5分钟后意外结局系列

红色噩梦

日本学研株式会社编辑部　编
罗越　译

中信出版集团 | 北京

图书在版编目（CIP）数据

红色噩梦 / 日本学研株式会社编辑部编；罗越译
. -- 北京：中信出版社，2021.1
（5 分钟后意外结局系列）
ISBN 978-7-5217-2363-2

Ⅰ. ①红… Ⅱ. ①日… ②罗… Ⅲ. ①短篇小说—小说集—日本—现代 Ⅳ. ① I313.45

中国版本图书馆 CIP 数据核字（2020）第 206052 号

Gofungo ni igai na ketsumatsu_Akai Akumu

红色噩梦
（5分钟后意外结局系列）

编　　者：日本学研株式会社编辑部
译　　者：罗越
出版发行：中信出版集团股份有限公司
（北京市朝阳区惠新东街甲4号富盛大厦2座　邮编　100029）
承 印 者：北京楠萍印刷有限公司

开　　本：787mm × 1092mm　1/32　　印　　张：5.25　　字　　数：64千字
版　　次：2021年1月第1版　　印　　次：2021年1月第1次印刷
京权图字：01-2020-6599
书　　号：ISBN 978-7-5217-2363-2
定　　价：128.00元（全五册）

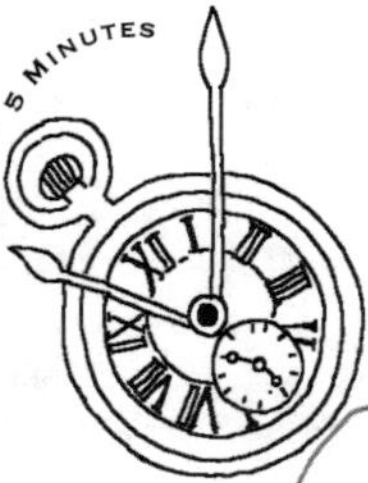

本书除了部分原创作品之外，还改编并收录了流传于世界各地的小故事、都市传奇、小说名篇、日本古典落语等等。此外，为了便于读者在短时间内掌握故事概要，本书对一些经典小说进行了改编。

目录

打开的窗户

有个名叫弗莱姆顿·纳特鲁的男人，由于厌倦了大城市的生活，心情非常抑郁。医生告诉他，想要改善病情，得多跟陌生人交谈。但是，对他来说，跟陌生人交谈本身就不是一件快乐的事。他决定搬去位于乡间的别墅居住，因为不想与任何人打交道。

弗莱姆顿的姐姐对他说："如果你窝在乡间的屋子里，病情日益严重，就没法再跟人聊天了。我会把别墅附近的人家都介绍给你，你一家一家地走访，跟他们打声招呼也好。"

弗莱姆顿的姐姐曾经因为工作，在那处乡间别墅居住，直到大约四年前才搬走，跟周围的邻居很熟。她希望弟弟去跟邻居们打声招呼，通过日常的相处，让他的病情逐渐得到改善。

于是，姐姐给弟弟写了好几封介绍信：“你拿着介绍信去，这样总不至于吃闭门羹。说不定，你会找到聊得来的人呢？”

弗莱姆顿搬到乡间别墅后，虽然心不甘情不愿，但总算遵照姐姐的吩咐，预备挨家挨户跟邻居们打招呼。第一户走过去只要五分钟，他按下门铃，一名十五岁左右的女孩出来应门。

“请问找哪位？”女孩问道。

弗莱姆顿说：“我找萨普鲁顿太太……”

女孩把弗莱姆顿请进屋，让他在客厅坐下，说这就去请姨妈下来。

女孩很快回到客厅。“姨妈马上来，我先陪您聊聊吧，”她问道，“您是姨妈的朋友吗？”

“不，我们素不相识，四年前，我姐姐住在这里，她跟你的姨妈认识，我这儿有她的介绍信。”

女孩重复道：“原来如此，您不认识姨妈啊……”接着，女孩压低声音，“不瞒您说，您的姐姐搬走后，也就是三年前，姨妈遇上了很可怕的惨剧。”

弗莱姆顿吃了一惊，如此平静祥和的村庄，居然会发生“可怕的惨剧”。

“您看，明明已经十月了，那边的窗户却大敞着，您不觉得奇怪吗？”女孩指了指弗莱姆顿身后。

弗莱姆顿回头看了一眼，果然，面向草坪的落地窗敞开着。“现在的天气还算暖和吧，那扇窗跟所谓的惨剧有什么关系吗？”

女孩吞吞吐吐道：“三年前的今天，我姨父和姨妈的两个弟弟出去打猎，就是从那扇落地窗出去的。但是，他们三个再也没有回来，他们在前往狩猎场的途中，被沼泽吞噬了，那是一片深不见底的泥沼，三个人就这么陷了进去，到现在还找不到尸体呢！”她的眼角隐隐涌出泪水，“可怜的姨妈，她相信他们三个总有一天会回来，会牵着那只褐色的小狗一起回来……所以，她总是把落地窗开着，一直开到天黑，”她补充道，“姨妈常常跟我提起他们三个，像今天这样安静的傍晚，我总是会恍惚间看到他们从落地窗走进来。您说吓人不吓人。”

这时，女孩的姨妈走下楼梯：“真不好意思，让您久等。薇拉没有怠慢您吧？”说着，她在弗莱姆顿对面、薇拉的旁边坐下，一阵凉风吹过客厅，“我把落地窗开着，请您不要介意，”女主人的态度很是亲切，“我丈夫跟弟弟出去打猎了，很快就会回来。他们今天去沼泽一带了，回来的时候，肯定会把落地窗附近的地毯踩脏吧，唉，男人们总是这样。”

女主人饶有兴致地聊起打猎，说今年鸟雀不多，冬天还能猎鸭，等等。弗莱姆顿越听越觉得不是滋味，极力转移话题。

他说明了自己登门拜访的目的：“为我诊断的医生说，我最好多休息，不要激动，要多跟不同的人交流。”

然而，女主人对弗莱姆顿的话题也毫无兴趣，她在聊自己家人、打猎的话题时那么兴奋，聊到弗莱姆顿时却几乎要打哈欠了。

薇拉则坐在女主人身边，无精打采的样子。

这时，女主人的表情突然鲜活起来：“他们回来了！薇拉，快看，他们都回来了！”

弗莱姆顿后背一阵发凉，女主人仿佛真的看到了三年前离世的家人们。

“哎呀呀，你看他们啊，脸上都是泥。”

弗莱姆顿听着女主人欢快的嗓音，望了女孩一眼，只见她眼中满是恐惧，呆呆地望向窗外。弗莱姆顿不愿意转身，但又没有法子，他缓缓转过身朝落地窗看去。在落日的映衬下，果然有三个人影缓步走来，他们手里捧着猎枪，后面还跟着一只小狗。

其中一个人影说道：“抱歉，我们回来晚了。”

弗莱姆顿听到这里，吓得跳了起来，冲向落地窗对面的房门，连滚带爬地逃了出去。

三个男人带着狗从落地窗走进屋内。

“我们浑身是泥，不过干得差不多了，奇怪，刚刚在这里的是谁啊？”

女主人答道：“真是个怪人，他突然登门拜访，说什么生病了，你们刚回来，他招呼都不打就冲了出去，真没礼貌。”

女孩若无其事地解释道：“那位先生，据说很怕狗。可能是看到狗了吧，他说以前在墓地被一群野狗袭击过，还在新挖的墓坑里躲了一整晚。无论是谁，遭遇过这样的情景，看到狗恐怕都会拔腿就跑吧。”

这女孩就有这种本事，她能随口编出故事，一段压根不存在的谎言。

原作：萨基《打开的窗户》
改写：小林良介

猴子的手

一对老夫妻跟儿子同住，家里来了客人。这位客人刚从印度回国。

“印度啊……真好，我如果年轻几岁，也想去印度看看那些古老的庙宇呢。”

“没那么好，还是家乡最好。你们看，我弄到这么个玩意儿……”客人拿出从印度获得的所谓“猴子的手”，那是一件陈年的木乃伊，看起来的确跟“猴子的手”有几分相似，“用右手把它高高举起，大声许愿，它就能帮你实现三个愿望。”

老太太在旁边问道：“你许过愿没有？”

客人回答：“许过，后来的确实现了。”说完，他身子打了个寒战。

“除了你，还有别人许过愿吗？”老太太又问。

“有，之前有个男人，许了三个愿望都实现了。前两个愿望我不清楚，他的第三个愿望是希望自己能够死去，后来这件东西就到了我手里。”

接着，客人拿起“猴子的手”，向客厅一侧的壁炉中扔去。

老先生吓了一跳，赶忙将“猴子的手”从火里捡了出来。

“还是烧掉为好！”客人语气非常坚定。

老先生说：“既然你不要，那送给我好了。”

“可以是可以，我已经把它烧了，要是出什么事，可别怨我。”客人留下“猴子的手”，扬长而去。

客人走后，老先生说：“你们说说，许什么愿望好呢？我们家什么都不缺啊……”

儿子听完说道：“要是我们家的房贷都还清了，父亲你也不用那么辛苦了，不是吗？”

老先生听从儿子的建议，右手举起“猴子的手”，许愿道：“请给我两百英镑吧！”

一瞬间，老先生能够清晰地感觉到，“猴子的手”就像被赋予了生命似的扭动起来，他发出惊恐的叫声，老太太与儿子走上前来。

“刚才，它动了……它动了！”

“没看到钱啊，父亲。”儿子捡起“猴子的手”，把它摆在桌子上，以为父亲一定是老糊涂了。

次日，儿子去工厂上班，下午有人来拜访老夫妻，自称是儿子公司的人。

“很抱歉地通知您二位，令郎被卷进机器里了……”

听到这里，老太太几乎要昏过去：“他……他受伤了吗？”

“伤得很严重，但现在已经不疼了。”

“那就好，只要他不疼就好。”老先生道。

“现在已经不疼了的意思，莫非是我儿子已经死了？”

客人很为难地说：“公司派我来向你们说明情况，并表达我们的慰问，这是两百英镑，请二位收下。”

于是，老夫妻收到了两百英镑。

葬礼过后，儿子被埋葬在墓地，老太太每天以泪洗面。一日，她忽然想到了一个主意，大声对丈夫说："我有办法了，老头子，快把'猴子的手'拿出来，我们还有两个愿望呢！"

"可是，那孩子已经离开十天了，而且……他被卷进机器里，血肉模糊，要不是穿着那件衣服，都认不出来……"

"那又怎样？他可是我们的孩子啊！"

老先生在妻子的催促下，用右手举起"猴子的手"，许下愿望："请让我们的儿子复活吧！"

当天夜里，老夫妻毫无睡意，携手坐在壁炉前，耳边忽然传来敲门声。起初是轻轻的敲门声，接着是"咚……咚……"的响声。

仔细听来，仿佛是柔软的块状物体在撞击大门，声音忽而停顿，就好像腐烂的肉块垮塌下来似的，不久再度响起。

"是我的儿子，儿子回来了！"老太太喊叫着准备去开门。

老先生强行抱住妻子，脑海里浮现儿子血肉模糊的样子："慢着，不能开门，别让他进来。"

"老头子，自己的儿子有什么好怕的，让我去开门，放开我，我这就去开门。"

敲门声越来越响，在房间里回荡，与此同时，外面传来如液体般流淌、飞溅的声响。

老太太挣脱开来。老先生找出"猴子的手"——为这个家庭带来灾祸的东西，许下了第三个愿望："请让我的儿子，立刻回到墓地吧！"

老太太拖着沉重的脚步，打开房门，门外什么都没有。

原作：威廉·魏马克·雅各布《猴子的爪子》
改写：小林良介

爸爸的时薪

他天天加班，总是深夜回家，到家的时候，妻子与五岁的儿子都睡了。

为了不吵醒妻儿，他在漆黑的客厅吃妻子为他准备的晚餐，尽量不发出声响。啤酒是他唯一的享受，他也会看一会儿电视，音量开得极低，再冲个凉，然后去睡觉。早晨，在儿子起床之前，他就得出门赶往公司。这就是他身为父亲的日常。

他当然也想多跟家人沟通，他知道这很重要。

可是，他不愿意三更半夜把妻儿吵醒，更何况，他也希望能尽快休息，他自己也很累。

有一天，他像往常一样，加班至深夜回到家。

只不过，家里的状况跟平时大不相同。他打开门，看到儿子穿着睡衣等他。他对只有周末才能说上话的儿子道：“你怎么还醒着？妈妈已经睡了吧？不听话哦！都几点了，快去睡觉吧。”他摸摸儿子的脑袋，牵起他的手，准备带他去卧室。

儿子说：“爸爸，我有一件事要问你，所以一直在等你回来呢。”

他很累，想快点吃晚饭，然后睡觉。他知道父子之间沟通很重要，但大可不必现在聊。他不耐烦地回答：“怎么啦？”

儿子的话出乎意料：“爸爸你在公司里上班对吧？你上多少小时，赚多少钱呢？一个小时，多少钱呢？”

他想，小孩子知道这些做什么，便答：“你不懂的，快去睡觉吧。”

“告诉我多少钱嘛，告诉我我就睡。”

他越来越烦躁，觉得孩子根本不知道他赚钱的辛苦：“你为什么问这些，知道了又有什么用呢？小孩子不要总是把钱挂在嘴边。”

“我就是想知道！告诉我嘛，一个小时多少钱？”

他望着苦苦哀求的儿子——儿子似乎就快哭出来了——只得回答道："你觉得呢？赚钱可不是一件轻松的事，爸爸在很努力地工作哦。让我想想，一个小时，应该差不多三十美元吧。"

"啊？"儿子叹了一口气，"三十美元啊……"

他望着显然有些失望的儿子，心想，难道在儿子心目中，我的时薪比三十更高吗？也许儿子跟小伙伴们聊起过"谁家的爸爸最会赚钱"之类的话题吧。

他知道，应该让孩子从小就对金钱有一定的概念，但拜金主义可不是好兆头。

为了获得三十美元的时薪，他付出了很多。他要让儿子明白其中的辛苦，他或许没有别家爸爸那么会赚钱，但他的努力并不该被否定。

"好了，可以去睡觉了。"他说。

第二天，他深夜回家，客厅的灯还亮着。

这回，等他回家的不是儿子，而是妻子。

只见妻子脸色凝重地说："我跟你说啊，那孩子很奇怪，今天找我要钱呢。"

妻子说，儿子并不是想买什么，只是一味地要钱，说了他也不听，后来她便答应借给儿子十美元，儿子答应一定还。

让他们吃惊的还不止于此，妻子今天才知道，原来儿子为附近的邻居跑腿，从中赚取零用钱。

当然，儿子能赚到的都只是一点点小钱，但似乎在旁人眼里，他们为人父母的，什么都不给他买，他才自己出来赚零用钱。

虽然下班后相当疲惫，他还是对妻子说："不好意思，把他叫起来吧。"

儿子揉着眼睛，难得一家人聚在一起，他看起来倒有几分兴奋。

"你坐下！"

儿子听到父亲语气颇为愤怒，知道大事不妙，低下了头。

"你在附近邻居家跑腿赚钱对吗？你为什么要这么做啊？为了让你生活得无忧无虑，爸爸每天起早贪黑，吃的、玩的，什么都给你买，住的、穿的，你还有什么不满意吗？"

儿子委屈地咬着嘴唇，眼中涌出泪水，似

乎觉得自己并没有做错事。他的确没犯错，也没说谎……

“你想知道赚钱有多辛苦，这本身没有错，但你所做的，可不是真正的工作，只不过是小孩子过家家，工作可没有那么简单。而且你还跟妈妈借钱，为什么不靠工作一点一点赚钱了呢，怎么又要借钱呢？”

他的语气逐渐平静下来，意识到自己太严厉，就像训诫公司的下属似的，于是放低了声音，问：“爸爸的意思，你明白了吗？”

儿子流着眼泪，点了点头。

他反省自己的不稳重：“对不起，我太严厉了，爸爸每天工作这么长时间，心情不太好，三十美元时薪，可是很辛苦的哦。”

儿子又点了点头，表情若有所思。

“对了，你要钱做什么？存钱是要买什么东西吗？”

儿子听了，猛地冲出客厅，跑回来的时候，拿着一个小小的存钱罐。他接过存钱罐，打开后看到许多硬币，想必都是儿子为邻居跑腿赚来的钱。

儿子的脸上浮现笑容，大声说："爸爸，今天我跟妈妈借了十美元，总算凑齐了三十美元，这样我就能买下爸爸一个小时了吧？爸爸，陪我玩好不好？这些钱给你，陪我玩一小时好不好？"

硬币从他手中滑落，看着儿子满是笑容的脸，眼泪从他的眼中滚落下来。

原作：欧美短篇故事

改写：小林良介

幸福折线图

查理在寻找自己的终身事业。

他找的，并不是一个能为他带来收入的工作，而是能让他倾注热情的某个事业。

他迄今为止的人生可以用“完美”两个字概括，顺风顺水。小时候他就很擅长读书，在体育运动、音乐、艺术等方面也都相当有天赋。在学校，他的成绩数一数二，后来进入一流大学念机械工程，并且获得了博士学位。

不仅能力强，他还很受旁人的喜爱与尊敬。每个人都愿意跟他做朋友，大家不嫉妒他，也不讨厌他。

在旁人眼中，他的人生是完美的。但查理自己却觉得非常空虚。

人生看起来轻而易举，但到底，什么才是真正的幸福呢?

这个问题看似司空见惯，是年轻人惯有的疑问，但对查理来说，却是个重大的问题。

为了寻求答案，查理去了很多地方，看了很多书。

他试图从哲学、宗教中寻找答案，但都没有找到令他满意的回答。他也读了一些关于占卜的书，例如西方的占星术与东方的卜卦。

在这些占卜书中，一年的运势通常会以折线图来表现。例如，四月运势达到顶峰，十一月跌落谷底……看起来一目了然。

查理起初非常不以为然，未来怎么可能提前预知呢? 他思考着，为什么人们想要预知未来呢? 这完全没有科学根据。哪怕科学再怎么发达，完美预测未来也是不可能的。

他转念一想，很多曾经被认为不可能的事，也都成了真，如果预知未来不可能，那预测是否可能呢?

如果“幸福”如同风向一样，看不见、摸不着，却真实存在，那么像天气预报那样用图表加以预测，应该并非全无可能。

古代，人们通过占卜的方法预测天气，如今，天气预报已经不再困难，人们用人造卫星拍摄图像，通过积累起来的庞大数据库，越来越精准地预测天气变化。

那么，如果科技继续发展下去，人们是否能够预测自己的未来呢?

有没有人在从事这方面的开发与研究呢? 查理想到这里，忽然有了灵感:“这是我的想法! 就应该由我来实现! 这是我一辈子的事业! ”

查理很快投入了研发。

他开始四处奔走，筹集资金，没人愿意为他的异想天开买单。他在大学找了份讲师的工作，还给人做家教，在店里做兼职，不断积累科研经费。

他主修机械工程，又搜集了大量遗传学、天文学、统计学等方面的知识，试图将人的一生量化，为此倾注了大量的心血。

查理付出了难以想象的辛劳，他沉浸在研究里，忘记了时间的流逝。

他花了二十多年，总算造出来一台机器。

这台机器，只要按下一个按钮，就能预测未来的人生，用折线图的方式描绘人生的起起伏伏，让你一目了然地看到幸福与不幸的时段分别落在哪里。那些活在不幸中的人们看了，肯定能够对未来重拾希望。

面对最终的测试，查理准备拿自己作为样本。

他的脑海中不断闪现往日的种种与一路走来的艰辛。

他太过热衷科研，至今没结婚，跟家人、朋友极少联系，不出去玩，没有爱好，过着往日的自己无法想象的生活。

但他不后悔，这些日子也让他格外充实。

查理心中感慨万千，他郑重地按下机器上的按钮，听到机器振动着发出声响。

他的研究会成功吗？还是会失败呢？那么多年的努力会付之东流吗？

查理屏住呼吸等待着，不一会儿，机器安静下来，四下里什么声音都没有，屏幕上终于显示出一张图。

从出生到博士毕业，查理的折线图趋势平平、并无起伏，不好也不坏，他当时对人生并不满意，机器的分析并没有错。

25 岁前后，开始从事研究后，查理的折线图逐渐往上走，以一种直线向上的方式。46 岁的今天，折线图达到顶点。

显然，查理的顶点就是这台机器完成的这个瞬间。

“太好了！我成功了！”查理兴奋地举起双手。

未来呢？查理继续看下去，只见折线图在达到顶峰后急转直下，跌至趋近于零的位置，此后再也没有上升。

“这是为什么？”查理一筹莫展，明明他完成了一辈子的事业啊。

在短暂的苦恼过后，查理终于明白：追寻梦想是最幸福的事，梦想实现的瞬间，幸福也就随之消失了。

原作：欧美短篇故事

改写：桑畑绢子

空座

为了今天，他等了整整一年。

有一位全球知名的指挥家，时隔多年再次拿起指挥棒，携手交响乐团带来“最顶尖的听觉体验”。一年前，他一听说这场演出，就立刻抢了一张门票。

音乐会傍晚才开始，他下午就早早地来到音乐厅附近，看了每一张广告牌与海报，还去入口处附近的纪念品商店购买了纪念册，从头到尾读了一遍。

开场前一小时，音乐厅开放入场。虽然所有座位都需要提前预约，没有急着入场的必要，但他还是下意识地快步进场。

期待这场音乐会的自然不止他一个，由于是“几年一遇”的精彩演出，临近开场，大大的音乐厅里几乎座无虚席，听众们都翘首以盼。

他的座位是所谓的特等座，能够清晰地看到指挥的一举一动，音响效果也最佳。

开场前五分钟，他发现左手边的位置还空着，右手边则是一位老人。

他忍不住对老人说："为什么特等座居然空着呢？"

老人望着舞台的方向答道："这个座位的主人来不了啦。"

"是您认识的人吗？"

"是我的太太。本来我们都期待着一起来听音乐会。"

原来这对老夫妻跟他一样，热切期盼着这场音乐会，今天不能来，想必是有非常重要的事。

他想，究竟有什么是比听音乐会更重要的事呢？为什么要浪费一张如此宝贵的门票呢？"您的太太，为什么来不了呢？"

老人说："她在今天到来之前，去世了。"

他深深为自己的冒失感到愧疚，不应该提起老人的伤心事。可是转念一想，妻子的去世固然令人伤心，但另一个世界的人并不能听到这个世界的音乐，何必浪费这张门票，为什么不转让给其他亲戚朋友？对今天这位伟大的指挥家来说，浪费宝贵的座位，难道不是一种冒犯吗？

他认定老人的感伤不过是自怨自艾，对音乐缺乏起码的尊重："可是，为什么不把门票送给您的亲朋好友呢？您的太太应该也希望这张门票不要浪费吧？"

老人静静地说："不，今天，无论是我的亲戚朋友，还是我太太的亲戚朋友，大家都没有空来。"

"这是为什么？"

"因为，我太太昨天刚刚去世，今天举行葬礼。此时此刻，大家都在参加她的葬礼。"

这时，演出开始了，音乐厅的灯光暗了下来，老人的脸上满是对音乐会的期待与欢喜。

原作：欧美短篇故事
改写：小林良介

如愿的结果

某日，在位于伦敦的某家酒吧里，尼克出事了。跟尼克一道来喝酒的朋友们瞒不过去，只好给尼克的妻子打电话。

可是，每个人都不愿意，几个大男人推来推去，最后猜拳输了的菲尔负责打这通电话。

菲尔咳嗽一声，似乎是为了驱赶那一丝无所适从，他拨出尼克家的电话号码，听到一声又一声的拨号音，心里想着，这通电话最好一辈子都不要接通。就在这时，电话那头传来听筒被拿起的声音。菲尔叹了口气，吞吞吐吐道："你好啊，琳达，好久不见，最近好吗？"

尼克的妻子琳达立刻听出了菲尔的声音。"你好，"她的语调非常欢快，"真是好久不见了！最近你都不来我们家做客，我还想不知你最近好不好，怎么今天想着给我打电话，我老公不是和你一起去酒吧了吗？”

“嗯，我们还在酒吧呢……”

琳达觉得菲尔的语气有些古怪，欢快的口吻瞬间消失了，电话那头传来诡异的沉默，琳达问：“该不会，我老公又闹什么笑话了吧？”

“嗯，算吧……”

“这回又怎么了？”

面对琳达的追问，菲尔叹了口气道：“也没怎么样，我们不是一起喝酒吗？尼克说只有自己那杯是温的，他说，啤酒不够冰根本不能喝，就作势要打服务员，当然了，我们把他拉住了。”

“唉，他一直都说，啤酒不够冰根本不能喝，实在对不起啦。你打电话来就为说这些？应该不止吧？”

菲尔心想，不愧是尼克的妻子，对尼克的性格了如指掌。他知道瞒不住，耸耸肩道：“你说的没错，不止这样。后来服务员送了一份炸鱼薯条给尼克，这次他又说薯条不够脆，冲进吧台去了。”

“哎呀，怎么说他好呢……”

菲尔想象琳达在电话那头懊恼的样子。

“哎，真拿他没辙，有这样的老公，我也脸上无光，我劝过他好多次，他都不听！后来呢，该不会是把人家吧台弄坏了，要赔钱吧？”

“那倒没有，我们把他拉住了，后来他心情很糟糕，说不跟我们喝酒了，跑去隔壁桌勾搭陌生女孩子。”

“这家伙！后来呢，他出轨了吗？你是特地给我通风报信的吗？”

菲尔隔着电话用力摇了摇头：“还好，不过也是理所当然，那些女孩对他没有兴趣。但是，尼克发脾气，一个人点了好些啤酒，大喝一通。”

“又爱女人又爱喝酒，我这个老公，真是没人比他更糟糕了！”

“嗯，后来啊，烂醉的尼克站在桌子上，手里挥舞着酒杯。”

“啊？他到底在搞什么啊？你们又把他拉住了吧？我每次都劝他，不要给别人制造麻烦，我真想跟他离婚！这样的男人，早早死了才好！”

“琳达，这种话可别乱说，尼克也有优点啊。”

琳达丝毫听不进去："他有什么优点？根本没有，我再也不想看到他了，要么我死，要么他死。"

琳达在电话那头大叫着，似乎平日里的不满情绪集中爆发了。菲尔小声问道："琳达，这是你的真实想法吗？"

"我真是这么想的。因为他，我不知道吃了多少苦头，我真想一头撞死算了。"

菲尔松了一口气："琳达，恭喜你，你的愿望实现了。"

"啊？"

琳达似乎一时没能理解菲尔的意思，不知说什么好，菲尔缓慢地说道："尼克站在桌子上发酒疯，一个不稳，摔了下来，脑袋着地，现在已经没有呼吸了。"

"……"

琳达说不出话来。不一会儿，救护车的警笛声透过听筒传到她的耳边。

原作：欧美短篇故事

改写：麻希一树

到不了的星星

在一片大陆的北部，有一个幅员辽阔的国家。这个国家的人民同文同种，但由于东部与西部的宗教信仰不同，十多年来总是发生大大小小的争端，后来，国家干脆分裂成东西两部分。

由于两国紧挨着，分裂时又曾爆发战争，基于同性相斥，文化、技术极为相似的两国互相敌视，呈现激烈对立的态势。在两国的国境线上，全副武装的士兵一字排开，戒备森严，连一只蚂蚁都不放行。当然，两国没有邦交关系，也不允许人民自由往来。

两国分裂后十年，虽然没有再度发生大规模的战争冲突，军队却依旧保持着对峙，局势紧张，战争似乎一触即发。

为了应对随时可能发生的战争，两国都投入了大量资金进行武器研发，并着力发展航天技术。航天技术与导弹等军事科技息息相关，也便于向邻国夸耀自身的科技实力。为此两国都耗费了数额庞大的资金，钻研航天技术。

结果，两国之间关于航天技术的竞争格外激烈。一边成功发射卫星，另一边隔一年就发射载人航天器；一边成功登陆月球，另一边隔年就启动火星计划。

于是，两国的技术在全球处于领先地位。某日，东边某大学的航天技术首席教授举办了名为“航天技术最前沿”的专题讲座。

讲座当天，为了听这位久负盛名的教授讲课，大量学生、研究人员蜂拥而至，能容纳数百人的教室在开讲三十分钟前就已经座无虚席，过道上都站着人。

教授走进来，望着满满当当的教室，志得意满地讲述本国的航天技术研发历史，在讲座告一段落后，他拍了拍身后的黑板道：“各位优秀的同学，只要科技继续发展下去，就没有我们去不了的地方，火星、木星，甚至太阳系以外的星星，总有一天都能去旅行。”

教授说完最后一句话，教室里响起雷鸣般的掌声。

教授满意地问：“好了，最后还有什么问题吗？任何问题都可以提。”

教室最后排有一只手举了起来。

“这位同学，你有什么问题？”

一位男同学站了起来，提问道：“您说没有我们去不了的地方，这是我们国家值得骄傲的科技实力。的确，我们能去任何地方旅行，去开拓未知的疆土。我的问题是，我们国家拥有如此强大的科技，什么时候能去同在地球的邻国呢？”

教室里鸦雀无声，包括教授在内，没有人知道这个问题的答案。

原作：欧美短篇故事

改写：麻希一树

动物园

乔治是个默剧喜剧演员。所谓默剧，指的是没有台词，全靠身体的动作进行表演的艺术形式，例如用手部动作模拟墙面的存在。默剧喜剧就是通过逼真的肢体动作与场景互动来逗笑观众。

乔治有将近十年的表演经验，但在演艺圈他几乎一点知名度都没有。

他从没有受邀去大型舞台表演过，靠在小剧场、酒吧餐馆、户外活动表演为生。最近，经常叫他去表演的小剧场倒闭了，户外活动又大幅减少，乔治成了个彻头彻尾的闲人。

乔治在家里无所事事，思索着有什么法子能赚钱，他觉得，与其守株待兔，不如主动出击。

乔治来到附近的动物园，这里的游客没有想象中那么多，他开始在动物园中央的广场表演默剧，人群开始聚集到他周围，他在地上摆了个帽子，人们往里投入硬币。

“生意还行嘛！”

乔治觉得有利可图，开始模仿各种动物，大象、熊、猴子、猩猩……他的动作很逗趣，游客越来越多，其中有个男人投来尖锐的目光。正当表演告一段落时，男人过来跟乔治打招呼：“我是动物园的院长，你能来我的办公室一趟吗？”

乔治心想：“大事不妙。”他脸色铁青，毕竟自己表演之前根本没有经过动物园方面的许可。

但是，来到办公室后，院长满脸堆笑：“你可真是我的大救星。”

乔治摸不着头脑。

只见院长一脸愁苦道：“前几天，我们动物园的大猩猩死了。”

乔治这才想到的确有个笼子是空的，想必就是饲养大猩猩的区域。

“唉，那只大猩猩……很聪明，也很讨人喜欢，是我们动物园最受欢迎的动物，没了它，游客少了许多，生意越来越差，我正发愁呢……”

“嗯……”

“我们也在找其他的大猩猩入园，但没这么快，况且也不知道能不能找到这么受欢迎的……”园长盯着乔治道，“我想请你帮忙，你来扮大猩猩好不好？”

“啊？不是吧？”

“我希望你能穿上特制的布偶制服，扮成大猩猩，当然了，我绝对不会亏待你的。”

园长开出的报酬是现在的乔治想都不敢想的数目。

乔治觉得，这个机会似乎值得把握：“好的，我愿意。”

第二天，乔治的生活焕然一新，他七点起床，八点半去动物园“上班”，一直工作到太阳下山。

乔治的工作时间与上班族无异，工作内容却相当特殊。他穿着大猩猩的布偶制服，在游客入园前进入笼子，一直模仿大猩猩直到动物园关门。

这份工作听起来奇怪，但却是乔治做过的最好的工作。他一整天无所事事，想睡就睡。为了不让游客感到厌倦，他不时抓着笼子里的轮胎，荡来荡去，有时跟游客们进行互动，朝游客们投掷香蕉皮。

布偶制服制作精良，配合乔治的演技，普通人根本看不出破绽。乔治的表演能力也有了用武之地，他一下子拥有了观众和他们的喜爱。

他开始觉得："这份工作或许是为我量身定做的。"

然而，事与愿违，随着时间的流逝，喜爱乔治的游客越来越少，隔壁的狮子成了大家追捧的对象。

好不容易获得的关注却被狮子抢走，乔治愤愤不平。大猩猩与狮子之间有高而坚固的围栏隔开，乔治突然想到一个点子，身手矫健的他应该能够爬上围栏，于是他爬上去，在围栏上匍匐前进。

来到狮子区附近后，乔治抓着围栏，向下垂吊着，拍拍屁股，做出挑衅狮子的动作。狮子发出低吼，却无力爬上围栏。

游客见状，大感惊奇："快看，那只大猩猩好有意思！""太好玩了！"

乔治又一次成为众人关注的焦点，他心满意足。

最开心的是园长，他很赞赏乔治的机智创意，答应给他加工资。

就这样，又过了几天，乔治依旧拿狮子开涮，游客人数大增，他的工资也不断上涨。

可是，有一天，发生了意想不到的状况。

乔治跟往常一样，垂吊在低吼着的狮子上方，他的手不小心滑了一下，整个人摔在了狮子笼中。

他浑身疼极了，只听狮子发出低吼，缓步靠近。乔治不知如何是好，狮子可不是好惹的，更何况自己挑衅了它这么久。

游客们也都屏住呼吸，关注着事态的发展。

乔治很想站起身子，但他的腰不听使唤，因为太害怕，嗓子也喊不出来。眼看狮子就要走到他身边了。

"救、救命啊！"

乔治的喉咙深处好不容易挤出一点点声音，就在这时，狮子一下子跳到他面前。

他无力抵抗，双手护在胸前，伏下身体，不敢发出声音，也不敢动弹。

完了，全完了。

正当乔治决心赴死时，耳边传来一个声音：“别说话！你个蠢货！”

乔治吓了一跳，他瞧了一眼狮子，只见硕大的尖牙深处，有一张男人的脸。

“你总不希望我们两个一起失业吧？”

原作：欧美短篇故事

改写：桑畑绢子

命运

埃德加在巴黎念大学，二十岁的那个夏天，他用做家教攒下来的钱，去向往很久的摩洛哥旅行。

摩洛哥位于直布罗陀海峡的另一侧，从法国出发，乘船大约几个小时就能到达，但是摩洛哥的风景跟欧洲城市截然不同。

这里巨大的广场曾经是刑场，排列着许多摊位，还有表演者们使出浑身解数娱乐游客。埃德加从眼镜蛇旁边经过，眼镜蛇露出的尖牙让他着实吓了一跳。他还在某个摊位第一次喝到薄荷茶，宛如牙膏的味道令他印象深刻。肉汁四溢的炭烤羊排相当美味，肉质酥软，香气扑鼻。

埃德加逛完广场，前往市场。从广场延伸出去的道路两侧，各种店铺鳞次栉比，那里售卖如同法师长袍般的斗篷，种类繁多的干果，还有五颜六色的香料，香料发出刺鼻的气味。

埃德加全然忘却了时间，在一家又一家店铺之间流连忘返。他在市场里越走越深，每每都有新发现，好像永远逛不厌。他不断往里走，同时肚子开始饿了，他这才注意到天色将晚，差不多到了晚餐的时间，不知道从哪里飘来阿拉伯烤馕的香味。

埃德加开始着急了，市场宛如一座迷宫，他不确定自己身在何处。他想回到广场。凭着几句简单的阿拉伯语，埃德加一边问路一边寻找广场的方向，可无论他怎么加快脚步，似乎都无法回到广场，每一条路都把他带回原点。

就这样，正当埃德加倍感绝望，以为自己再也不能回到广场的时候，一阵不可思议的香味充盈他的鼻腔。

那是一股甜美的花香，混合着香料的味道，带有强烈的异域风情。这阵香味令他忘却了迷路的焦急心情，不知不觉往香味传过来的方向走去。

香味来自一家小店，这家店与市场内其他店铺差异明显，门口挂着厚重的绸缎门帘，旁边摆着招牌，上面用鲜红色写着“占卜”字样。

埃德加透过门帘缝隙向店内张望，里面的景象令他倒抽了一口凉气，一位老妇人满脸皱纹，全身包得严严实实，头上还围着丝巾，跟儿时小人书里画的巫婆一模一样。

老妇人叼着水烟，烟斗里咕嘟咕嘟冒着泡，烟雾腾腾，香味似乎就是从这支水烟里飘出的。

注意到门外的埃德加，老妇人挑起一侧的眉毛，移开水烟，拉起门帘示意埃德加进来，并用不太熟练的法语问道：“要算命吗？”

虽然老妇人并不是巫婆，但埃德加觉得，她一定有某种超能力，在与她四目相对的时候，他的脊背发凉。埃德加从来没有算过命，也对算命毫无兴趣，但彼时，他就像被施了法术，乖乖地走进店内。

老妇人伸出右手：“一次，一法郎，你，给钱。”

埃德加能够听懂她非常基础的法语，递给她一个硬币。老妇人在昏暗的灯光下盯着硬币看了好久，仿佛在确认硬币是不是真的。她把硬币收入口袋，随后掏出一组卡牌，摆在桌面上。

老妇人的手骨瘦如柴，她将卡牌打乱，这似乎就是所谓的塔罗牌。埃德加正看得入神，忽然，老妇人停下来，指了指卡牌道："抽，一张，喜欢的。"

桌面上的卡牌看起来都差不多，埃德加迟疑了好一会儿，挑选了正中间的一张，他没有自行确认牌面，直接递给了老妇人。只见老妇人转动脖子，接过卡牌，看了一眼。那一刻，老妇人表情的变化令埃德加毕生难忘。

老妇人接过卡牌的一瞬间，黑色的眼睛睁到最大，她盯着埃德加，恶狠狠地叫道："死神！滚！死神！"

老妇人一连高叫了好几次"死神"，将桌子、身旁的水烟以及所有双手可及之物都朝埃德加扔去。

"死神是什么意思？死神缠住我了吗？"无论埃德加如何询问，老妇人都不回答。他被驱赶到店外，老妇人就像布下结界防范死神入侵似的，在埃德加面前将厚重的门帘拉了下来。

被赶出来的埃德加到最后也不知道“死神”究竟指什么，但他隐隐感觉，或许会有不幸的事情在他身上发生。

一周后，回到巴黎的埃德加，生活发生了剧烈的变化。

他不敢在香榭丽舍之类的大街上行走，因为害怕被横冲直撞的车辆撞到；而穿过狭窄小巷时，他也总是望着头顶，害怕有人会一不小心将花盆砸下来。

而且，埃德加成了素食主义者，不是为了保持健康，而是担心外面买的东西会被下毒，所有食物他都在自家院子里种植。

漫长的夏季假期，他没有再去摩洛哥，连山岳、海滩都不去，害怕路上出什么交通事故，或是在山里遇难、海中溺水。

老妇人表情如此可怕，“死神”恐怕不只会影响埃德加，还会连累他身边的人。埃德加不再与人交际，绝大多数时间都留在家中。

就这样，埃德加在死神的阴影下谨小慎微地活着。有一天，隔壁搬来一户新房客，他对埃德加感到非常好奇。访客知道埃德加不会搭理自己，便设法向埃德加的好友约翰打听。

“埃德加先生为什么会过这种生活呢？”

约翰耸耸肩，很无奈地说：“他去摩洛哥旅行，有个算命的说死神缠着他，但那都是八十年前的事了，我们明年就一百岁了，生命随时都可能结束，也许正因为他过着这种生活，所以反而比一般人更健康、更长寿呢。”

原作：欧美短篇故事

改写：麻希一树

雨后

这一年，梅雨季过后雨还是不停地下。

雨水是上天的恩惠，不下雨，万物就无法生长。可是，要是雨一直下个不停也不行，阳光也是必不可少的。

“不行啊，再这样下去，今年的收成就完了。”一群男人围坐在一起，最年长的老者叹息道。

“怎么会这样！我家的粮食都快见底了，我还有老婆和两个孩子要养，怎么办才好啊！”另一个男人愁眉苦脸，朝地面拍了几下。

这个小村庄由几亩贫瘠的农田和几家破败的农户组成。这里离海很远，村庄里的人也不懂如何去山里寻找食物。

“夏天和秋天还算好，能采到野菜和水果，问题是……"老人欲言又止。显然，如果今年庄稼歉收，恐怕不是每家每户都能撑过冬天。

"明明那里堆满了粮食。"

男人们的视线尽头是一幢气派的建筑，那里住着这一带的地主，他们家每天都有吃不完的白米饭。

"没用的，地主老爷太小气了，连一根鱼骨头都舍不得喂猫。"

"那能不能找少爷问问呢……"

地主老爷的儿子性情相当温和，听说以前少爷的仆人生病了，少爷花重金买药医治，还好不容易说服了老爷。少爷身体孱弱，很少离开宅子。

"算了算了，别想这些不着边际的，祈祷雨赶快停，散了吧。"老人道。

众人各自回家。雨水就像个不听话的孩子，又接连下了好几天，接着是异常寒冷的一个"冷夏"。最后，真正的冬天来了。

"能吃的东西，只剩下这些苔藓了。"在冰天雪地的天气里，男人叹息道。脚边是无论漫长雨季抑或冷夏都茁壮生长的一片苔藓。

“爸爸，苔藓能吃吗？”骨瘦如柴的女孩握着身旁男人的手问道。

男人也想让孩子吃上白米饭，但无论村里人如何向地主老爷请愿，地主都不肯打开粮仓。男人寄希望于性情温和的少爷，但无奈他从不出门。

“就把它们当成是白米饭吧，应该能吃的。”男人松开女儿的手，一把将苔藓塞进嘴里。苔藓触碰到舌头的一瞬间，他感到一阵恶心，苔藓很苦，草腥味儿很重，根本无法下咽。他在孩子面前装出好吃的样子，吞了下去。

“爸爸……”

“没事的，吃吧……”

无论如何，总比饿死强。男人将苔藓硬是塞到孩子嘴里。

就在这时，他们身后忽然传来一个声音：“你们在做什么？”

男人转过身，只见有几个男人抬着一顶轿子。说话的并不是轿夫，而是坐在轿子里的年轻人。

男人一眼就认出来了，这温和的眼神与表情，分明是地主老爷的儿子。他像在地狱里遇见活菩萨似的叫道：“少爷！您今天怎么出门了？”

少爷脸上浮现地主老爷从未有过的温和笑容，回答道：“我虽然多病，但总有一天要接替父亲的职责，管理好这个村庄的田地，有机会也得到周围巡视巡视啊。”

“少爷……”男人异常感动，俯下身子行礼。

“不必拘礼，你们在做什么？”

“我们家的粮食吃光了，肚子实在太饿了，没有别的办法……”男人心想，少爷跟老爷不一样，一定会大发慈悲让他们饱餐一顿。

“原来如此，”少爷望了一眼男人脚下的苔藓，似乎明白了一切，“你们跟我回家吧。”

“但老爷……”

“放心，今天我父亲不在家。”

“谢谢少爷！”男人不住地低头表示感谢，召集了全村的人，一起前往大宅。

众人头一回进入大宅内部，只见建筑气势恢宏，梁柱支撑着高高的房顶，后面还有巨大的粮仓。

“爸爸，有成堆成堆的大米啊！”孩子们看到米堆，忍不住兴奋地喊起来。

大人们默不作声，想象着好几个月不曾吃上一口的白米饭，心里别提有多高兴了。

再有一会儿，就能吃到心心念念的白米饭了。众人想象着幸福的未来，肚内馋虫乱爬。

少爷出现在众人面前：“大家好，今年大家辛苦了”。

最年长的老人代表众人向少爷低头致谢。

“不必介意，作为这片土地的管理者，这么做是应该的，大家都上前一步，这里有很多大家爱吃的。”

看到少爷向他们招手，众人忍不住咽了咽唾沫，终于有白米饭吃了。

大家满脸堆笑，在少爷的带领下来到院内。

“少爷，这是做什么？”

眼看众人满面狐疑，少爷温和地笑道：“不必客气，下了那么久的雨，院子里到处都是青苔，你们想吃多少就吃多少。”

原作：欧美短篇故事

改写：麻希一树

最重要的东西

大雨下个不停，在一座铁桥上，一个年轻人望着一只瓷瓶发呆。这只瓷瓶的瓶肚足有两臂合抱那么粗，表面绘有蓝色纹样。

年轻人旋转着瓷瓶，突然往地上一摔："全怪你！"

他整个人瘫软下来，失落地说："唉，我的人生，还能更惨一点吗？"

年轻人抽泣着，用手揉了揉眼睛，就在这时，一股白色的烟雾升腾起来。

"咦，着火了吗？"他慌忙观察身边的情况。

这股烟雾，正是从被摔得粉碎的瓷瓶碎片中升起来的。

“奇怪！”

年轻人又揉了揉眼睛，只见一个五颜六色的东西飞了出来。

“魔神来喽！感谢您把我召唤出来！”

“什么？”

年轻人吓了一跳，眼前有个身穿薄纱的女孩正笑盈盈地跟他打招呼，看上去活像阿拉伯舞女，只不过，跟普通的舞女相比，这个女孩没有腿。

“咦？您该不会是第一次见到魔神吧？我还以为这个世界上的人们，对魔神都已经很熟悉了呢。”

自称魔神的女孩冲年轻人挥了挥手，年轻人这才回过神来，仔细地上下打量女孩。他既觉得难以置信，同时隐隐有些期待。

“既然你是魔神，是不是意味着可以实现我的愿望呢？”

“当然啦！这就是魔神的工作，不是吗？”

年轻人大喜过望：“太好了！我终于……终于能出头了！”

他坚信，此时此刻他的人生跌落谷底，之后即将触底反弹。

“不好意思，您能先回答我的问题吗？如果只能实现一个愿望，您的愿望是什么？”

“嗯，不好意思，只能实现一个愿望吗？让我想想，一个愿望的话……”年轻人嘀嘀咕咕，打定主意后说道，“好，我决定了，如果只能实现一个愿望的话，我希望得到友情！”

“请问您的理由是什么？”

年轻人开始讲述自己的遭遇：“你别看我现在这副模样，其实以前我是富家少爷，只不过我大学毕业时，父母意外去世了，他们留给我一幢大房子，还有够花两辈子的财富。”

“哦，您的人生很戏剧化呢！”女孩附和道。

年轻人得意地说：“当时我只觉得眼前一片黑暗，不知道未来该怎么办，那段时间，是我最好的朋友陪在我身边。他来我家帮我做饭，邀请我出门走走，就像家人一样支持着我。后来，有一天，我们一起出去烧烤，我遇见了命中注定的那个女孩，我对她一见钟情。我的好朋友把她介绍给我，她是个漂亮又聪明的女孩，很快我就向她求婚了。”

“嗯，他真是个好朋友呢。”

“是啊，多亏他做媒，我们结婚了，婚后也很幸福。我跟她说，家里的经济状况很宽裕，不需要她出去工作，但她还是开办了公司，追逐自己的梦想，我自己也有别的事业，日子过得非常充实。但是！”年轻人忽然攥紧拳头，懊恼地捶向大桥的护栏，“结婚一年后，她的公司经营失败，欠下了巨额的债务。我找好朋友商量，他劝我夫妻就要共患难，于是我把所有财产都给妻子还了债。但是隔天早上，我一觉睡醒，妻子居然跟好朋友双双不知去向了！”

“您的妻子和好朋友从一开始就是同伙吧。这是典型的诈骗手法。”

“没错，所以这次，我希望能够拥有真正的友情。”

“原来如此，我明白了，你想要永远不会背叛你的友情！”

“是的，没错。对了，这么说来……”年轻人忽然抱着胳膊，一副大惑不解的表情，“永远不会背叛我的友情，具体是什么样子的呢？”

“要我说，应该就是不管你说什么，都表示支持的人吧？”

“那岂不是跟机器人没什么两样？我不要！算了，还是给我钱好了！”年轻人点了点头，似乎想通了，“金钱绝对不会背叛我，只要有了钱，什么都能买到！”

“那么，你要买什么呢？”

年轻人做起了白日梦：“要买的东西可多了。首先当然是把卖掉的大房子重新买回来，还要像以前一样，每天都有好东西吃，房屋、名车、从头来过的机会……这些东西只要有钱都能办到。这个世界上就没有钱不能……”

年轻人话说到一半，忽然咳嗽起来。

“怎么了？你没事吧？”女孩连忙轻轻拍了拍年轻人的后背。

年轻人总算调整好气息，眼眶含泪，望着女孩说道：“对……对不起，我想到了，有一样东西，是金钱买不到的……”

“什么东西？”

“健康。”

“的确，自己的身体谁都没法替代，不过，你的身体很糟糕吗？”

年轻人自嘲地说：“你看我这样子，不是很明显吗？”

年轻人骨瘦如柴，眼窝下方黑眼圈也很深。

“从那天起，我失去了妻子、好朋友，以及全部的财产，身上几乎一点钱都不剩，我只能拼了命地工作，否则根本活不下去。白天还好，一到晚上，唉……”年轻人低着头，带着泣音说道：“晚上，我钻进被窝，闭上眼睛，脑子里都是那些不愉快的事，非常痛苦。为了忘掉一切，我每天晚上都会喝很多酒。”

“后来身体就不好了？”

年轻人点点头，表示自己去过医院，医生说他命不久矣：“我的人生，可以说要多糟糕有多糟糕，但我还不想死！前不久，有个好心的朋友对我说，这只瓷瓶包治百病……”

“就是装着我的这只瓷瓶吧？”女孩望着瓷瓶的碎片，点头道。

“是的，我想自己还能工作，钱还能赚回来，就用所有积蓄买了这只瓷瓶，但身体完全不见起色，所有人都对我不闻不问。但是……”年轻人抬起头，抓着女孩的手，“还好，最后你这个魔神出现了！”

“好了，你思考到最后，希望得到的是健康对吗？”

“是的，谢谢！真的太感谢了！”

“不用客气，我才要谢谢你。问卷到此结束。”女孩望着不断低头致谢的年轻人，手掌轻拍胸前。

年轻人满是欣喜，心想自己的愿望马上就要实现了，他双手向上举起：“太好了！这下我不用再害怕死亡了，我想做什么都可以了！”

雨还在下，年轻人的心情却格外晴朗。年轻人高兴地跳了起来，没想到一不小心着地不稳，摔了个踉跄，撕心裂肺地咳嗽起来。

“请问……愿望实现需要多久呢，大概什么时候起作用啊？”他心想，即便是魔神，治好病入膏育的身体，应该也需要一段时间才对。

女孩望着他，满脸惊讶：“起什么作用？”

“啊？就是我的愿望啊……”

女孩对着疑惑的年轻人微笑道：“感谢您参与此次世界魔神协会举办的‘愿望排行榜’问卷调查，这是您的礼品餐巾纸。”

“什么？”

“好了，再见啦！”

“等一等！”

年轻人赶忙伸出手，但女孩一下子从他眼前消失得无影无踪，人影都不见了。

年轻人的手里握着一包餐巾纸，证明这一切并不是南柯一梦。

原作：欧美短篇故事

改写：麻希一树

失去的财产

我从农村来到纽约，离开了老家一望无际的美丽麦田，跟许多人一样，我也怀揣着美国梦。

我希望能够凭借自己的双手，白手起家，住豪宅、开跑车，娶一个漂亮的女人。我相信，只要肯努力，什么梦想都会实现。

但是，现实总是残酷的，一切没有想象中那么美好。

刚开始，我所在的公司很快就倒闭了。我换了好几次工作，都发展得不太顺利。现在，我在闹市区一家汉堡店打工，没有存款，勉强拥有一辆自行车，住在破旧的公寓里。

对我来说，跟同事汤玛斯去酒吧喝酒，成了唯一的娱乐。汤玛斯出生在纽约，但因为他一没学历、二没钱，同样也住在老公寓里，可以说境遇比我好不了多少。

生活看似平静，但突然有一天，我所在的汉堡店也倒闭了。

我拿不到上个月的工资，真是太倒霉了。

也许是经济不景气的缘故，我找不到新的工作，存款也用尽了，付不出房租，房东下达最后通牒，“如果明天不交房租就滚出去”。

父母希望我继承农场的工作，我不顾他们的反对，执意来大城市打拼。我对朋友们说，一定会“成功给他们看”。事已至此，我又哪里拉得下脸求助家人朋友。

我借遍了在纽约认识的所有朋友，最后能求助的，只剩汤玛斯一个了。在前往汤玛斯家的路上，我有些犹豫，汤玛斯的日子应该也不好过。

正当我准备打道回府时，一家彩票商店出现在我的面前。

我随便买了一张一美元的彩票。我认为，每个人一辈子“幸运的总量”是事先定好的。也就是说，属于我的幸运应该还有很多没被用掉。

彩票当场就能揭晓。

没想到我中了大奖。一转眼，我获得了一百万美元。

我相信，自己的好运气还没用完，一定还有很多幸运的事情等着我去实现。

我当然可以大肆挥霍这笔钱，但我决定用这一百万美元去换取更大的财富。

首先，我买了一台电脑。接着，我买了好多书，充实自己，并将手上的这笔钱投入股市。

我的运气好得令人后怕。我第一次买入股票，这家玩具生产商的股价随即暴涨。后来的投资也都相当顺利，财富就像雪球似的越滚越大。

我接受了多家媒体的采访，成了小有名气的人，朋友也变多了，还结识了一群以前从没见过的人，也就是所谓的社会名流。

即便如此，我与汤玛斯仍旧时常见面。他现在是热狗店的服务员，生活还是老样子。我好几次建议他，“我靠着一块钱的彩票积累了这么多财富，你也可以试着投资股票啊”，都被他婉言谢绝，他说现在的工作很适合他。

后来，我的投资顺风顺水，资产累积到一千万美元，终于建造了一幢属于自己的房子，带游泳池的豪宅。这幢豪宅，就是我成功的标志。老家的家人朋友，见到这幢豪宅，一定会打心眼里羡慕吧。

然而，“幸运的总量”果然是预先设定好的。我还没高兴多久，豪宅就发生了原因不明的火灾。我自己总算得救，但房子以及所有的财产都被一把火烧光了，属于我的幸运就这样被付之一炬。

此后，不管我做什么都不顺利。财富越变越少，最终我将手里的土地卖掉，所有朋友再度离我而去，他们在乎的无非是我的钱。

我独自站在曾经的豪宅面前，汤玛斯走了过来：“喂，最近好吗？”

我朝地面狠狠跺了跺脚：“可恶！一切都泡汤了，我所有的财产，一千万美元一转眼就没了！我没希望了……”

“别这么说，不就是一美元吗？”汤玛斯笑着说，“你所有的财富，都是从那张彩票开始的，所以你失去的，也只不过是买彩票的一美元啊。为了一美元，又有什么好沮丧的呢？”

也许他是对的。我的心情豁然开朗。

属于我的幸运或许还没用完。不，也许我的幸运用完了，但至少我还有真正的朋友。

原作：欧美短篇故事
改写：桑畑绢子

老妇人的肖像

某个国家，住着一位画家。这位画家并不出名，也没有代表作，是位普普通通的画家。

一天，画家的画室里，来了一位老妇人。老妇人穿着并不十分华贵，但气质高贵。老妇人对画家说："你能帮我画一幅肖像吗？"

"当然可以，请坐在这张椅子上。"

老妇人坐下，画家拿起画笔，在画布上画了大约一小时，肖像画完成了。

画家说："请您过目，画成这样好不好？"

老妇人看过画家的作品，优雅地微笑道："这幅肖像画很漂亮，但不是我要的肖像画。"

"啊？"

“这幅画里的我，不管怎么看，都好像比实际年轻十岁。这不是我。”

画家以为，全天下的女人都希望自己看上去比实际年龄更年轻，老妇人的说法让他感到很意外。

正当画家不知如何是好时，老妇人笑道：“请你画得更真实一些，画出有皱纹的、衰老的我。我希望这幅肖像画，看到的人，都会觉得跟现在的我一模一样。”

画家盯着老妇人的眼睛，他发现，老妇人面对自身的衰老非常坦然，她希望把这种姿态留给后世。

“太太，您的想法很值得尊敬，我明白了，我会用尽全力，画出你现在最真实的样子，但我有一个请求。”

“什么请求？”

“希望您以后每天都来画室，我需要更深入地了解您，把您这个人，整个儿画进去。”

老妇人听从画家的要求，之后每天都来画室。画家花费大量时间，将每一条皱纹精心刻画，每个色斑都不省略。

画家作画的时候，老妇人便与他谈论各种各样的话题。她告诉画家，三年前丈夫去世了，之后她以泪洗面。老妇人毫不隐瞒，将自己的想法坦诚地告诉画家："不怕您笑话，现在我瞒着其他人，跟一个年轻的小伙子同居，为了讨他欢心，我把丈夫留下的珠宝变卖了，换成了现金。"

画家很意外，没想到眼前这位老妇人也会做这种事。他注视着老妇人的表情，逐渐理解，这位老妇人一定想让那个年轻的小伙子成为真正的绅士，为此她不惧世人的嘲笑非议，为了年轻小伙子，甘愿牺牲自己。

老妇人是善良的。当天，画家在肖像画中，为老妇人在眼尾增添了一条柔和的曲线，一条柔美的皱纹，从而强化了老妇人温柔的印象。

几天后，老妇人又告诉画家："不瞒您说，那个跟我同居的小伙子，看上的是我的钱。"

画家对老妇人表示同情。这段爱情真是悲哀。老妇人为了爱情委曲求全，画家觉得这种感情既悲哀又凄美。当天，画家在肖像画中，为老妇人的眼眸增添了一抹深邃的灰色，衬托出某种悲伤的氛围。

又过了几天，老妇人又说："实际上，那个小伙子还有个年轻的女朋友。"

当天，画家在肖像画中，为老妇人的嘴角添上一丝微笑，仿佛表现她对恋人的包容，暗示她拥有宽大的心胸。

又过了几天，这次老妇人说："不瞒您说，我现在很可能会被他杀掉，他想杀了我，抢走我的财产，都是那个女人挑唆的。"

画家听了大吃一惊："这太可怕了，我能帮什么忙吗？"

"不，您只要专心画好现在的我就行了。"

老妇人连死亡都不怕。画家心想，老妇人居然为了爱情，能够牺牲自己的生命，她一定是想通过这样的方式，教会恋人什么才是真正的爱情。

画家大受感动，人居然能如此彻底地为别人而活，他为老妇人的肖像画增添了一束黄色的背景光，象征某种神性的光辉。

后来又过了一个月，肖像画总算完成了，画得相当精致，画家本人也对作品非常满意。

老妇人满意地说：“太棒了，每一根白头发都画得清清楚楚，画家先生，谢谢你，这是肖像画的报酬，请您收下。”

老妇人递出信封，报酬足足是普通肖像画的三倍。但是画家拒绝接受：“我不能收钱，能让我画这幅画，我反而想感谢您呢。有生之年能完成这么一幅作品，作为画家倍感荣幸。”

老妇人满脸疑惑：“完成？还早着呢，现在这样怎么行，还需要很多装饰品呢。”

“装饰品？我已经帮您充分修饰过了啊。”

“我希望给肖像画中的自己戴上首饰，钻石戒指、白金头冠，还有脖子上的纯金项链，请您都给我画上去。”

画家起初大惑不解，但他转念一想，这位老妇人既然提出这样的要求，一定有她不为人知的深刻用意，便说道：“好的，我帮您把珠宝首饰画上去，但请您把非画不可的理由告诉我。”

老妇人再次露出优雅的微笑，说道：“肖像画上画满珠宝首饰，对吧？我被那个男人杀了，对吧？然后那个唆使他的女人会看到这幅画，对吧？你觉得她会怎么样？”

“会怎么样？”

“她看到这幅肖像画，看到画里的珠宝首饰，肯定会拼命寻找珠宝的下落，找这些根本就不存在的珠宝。我一想到她发疯似的求而不得的表情，做梦都会笑醒的！”

说完，老妇人大笑不止。

原作：欧美短篇故事

改写：吉田顺

答卷

有一所大学规模庞大，每年都有大量新生入学。与此同时，这所大学也以考试严格出名，每个学年的期末考试都有不少学生无法通过考试，导致留级，无法获得文凭。

这所大学有一位教授更是出了名的严格。这位教授的专业是英语，他把认真当作美德，不仅对学问一丝不苟，对学生的生活态度也常常进行批评指正，因而在学生中间很出名。当然，是“负面”的出名。他对违规、迟到等行为相当严格，厌恶任何不合规矩的事，甚至到了极端不近情理的地步。

例如，但凡答案中有一丁点的拼写错误，教授都会判定为不合格。很多学生因此拿不到毕业证书，找到工作的学生还会前功尽弃，无法去心仪的公司上班。这样的学生每年都会出现十多个。学生们会向教授抗议，说他“毁了”他们的人生，但教授无动于衷。教授认为，学生的人生与他无关，他的职责只不过是为学生教授英国语言文学，他鄙视那些热衷跟学生打交道、希望获得学生欢迎的教授，他本人连学生的长相都记不住，名字也叫不出。他不想为这些事劳心费神，只想认真地向学生传授知识。

终于又到了决定能否顺利升入下个学年的期末考试。教授把八百多个学生安排在一间大教室里，进行统一的考试。

为了监督考试的进行，教授亲自到场：“下面我们发放考卷，答完的同学，排好队将答卷放在这张桌子上，就可以离开考场了。答题时间是两小时，超出交卷时间的，考卷立刻作废，请大家注意。”

考卷作废，指的就是得零分，无法顺利升到下一级的意思。

分发考卷的工作人员将卷子摆在每个学生面前，待考卷发放完毕，教授看了一下时钟，大声喊道：“开始答题！”

考场鸦雀无声，只听得到学生们笔尖划过考卷的声音。考卷题目繁多，经过精心的设计，通常要花整整两小时才能全部做完。学生们都打起十二分精神，全力以赴。

大概过了一小时，有个学生气喘吁吁地冲进鸦雀无声的考场。这位迟到的学生跑到教授跟前说：“不好意思，我迟到了。老师，请给我一张答卷。”

教授瞥了一眼学生，冷漠地说：“就算你现在开始写，也是做不完的。”

教授平生最讨厌迟到的学生，他本想直接将这个学生赶出去，但转念一想，考试毕竟还没结束，既然他来了，就有参加考试的资格。

“好吧，虽然多半是白费功夫，你爱写就写去吧。”

学生从教授手里接过考卷，坐下来认真答题。

很快，考试临近尾声，学生们纷纷结束紧张的答题，一个接一个站起来去交卷，先后离开考场。教授随后宣布，考试即将结束。还在答题的学生也纷纷站了起来，排着队去交卷。

教授来到摆放答卷的桌子面前，将卷子叠放整齐，考试结束后三四分钟，迟到的学生来到讲台前准备交卷。

“怎么，你还在啊？你不能交卷，时间已经到了！”教授心想，也许这个学生因为迟到，没听到他说“超时交卷无效”，但无论如何，这个学生都该为自己的行为负责，既然超时了，答卷必定无效。

没想到，学生对教授说了一句奇怪的话：“老师，您知道我是谁吗？”

教授一脸错愕，很不愉快地回答：“你也知道班上这么多人，我怎么会知道你是谁？”

学生继续追问：“那就是说，老师您不知道我爸爸是谁咯？”

教授认为，这个学生应该是想用父亲的权利和地位向他施压，这种利用关系“走后门”的行为他极其反感。

学生全然不顾教授怎么想，继续说道：“难不成，老师您不知道我们家族吗，您对我真的一点印象都没有？”

教授的愤怒到达顶点："我不知道你是谁，也不想知道！"

学生不为所动："真的吗，您不知道我是谁？"

教授的声音颤抖起来："我说不知道，就是不知道，就算你爸爸是这个国家的总统，也跟今天的考试没关系！我不知道你叫什么，也不认识你，我也不想知道，不想认识，你就是一个晚交卷的不守规矩的人！"

学生听完，反而一脸轻松："那就好。"

话音刚落，只见学生捧起那沓考卷，迅速将自己的考卷插到中间，并将考卷再度叠放整齐，转身离开了考场。

教授目瞪口呆，眼前只剩下八百多个学生的考卷。教授找不出刚才那个学生的考卷究竟是哪一张，由于平时对学生毫无兴趣，那个学生的长相很快也从他的脑海里消失了。

原作：美国都市传说

改写：小林良介

鹰溪桥上发生的事

十九世纪中叶，美国处于内战状态。南北战争打得非常激烈，南方军士兵佩顿·法克被北方军逮捕，正要被送上绞刑架处死。

在位于亚拉巴马州北部的铁桥——鹰溪桥上，佩顿能够望见桥下奔涌的河流，他的双手被绑在身后，脖子上绕着绳索，绳索系在头顶一根坚硬的木头上，此时并未绷紧，垂在膝盖附近。

佩顿表情淡定，他已经插翅难飞了。他脚下有一块木板，木板另一侧的男人会遵照长官的指示，向后撤一步，让木板倾斜，他就会掉下去。他没有戴头套，河流在他脚边卷起浪花，不停向前奔腾。

佩顿闭上眼睛，想着自己的妻子与孩子。

“对不起，我不能回去陪你们了，真想再见一面……”

佩顿想着自己的家人，睁开眼睛，再度望了一眼桥下的河面。

“如果我的手能动，就能甩开脖子上的绳索，跳下河去。我可以潜入水下，避开子弹，奋力游到河对岸。穿过森林，找到回家的路……”

就在这个瞬间，佩顿所站的地方，木板倾斜了，他的身体向下坠去。在感觉到痛苦之前，对死亡的恐惧令佩顿失去知觉。后来，喉咙处强烈的压迫感使佩顿苏醒过来，紧接着，一股窒息般的感觉向他袭来。

随着水花发出一声巨响，佩顿的身体被河水吞噬。冰冷的河水包围着他，佩顿意识到，自己脖子上的绳索被切断了，他落入了水中。佩顿奋力活动双手，解开缠住手腕的绳索，重获自由的双手拍打水流，他浮出水面，将脖子上绕着的绳索全部解开、扔掉。绳索在河面上随波逐流，像一条水蛇。

突然，尖锐的爆炸声传到他的耳边，水面发生剧烈的爆炸，水花拍打在他脸上。随后，又是一发子弹。听到枪声，他望向桥上，负责监督行刑的士兵扛着来福枪，正用瞄准镜对准他。行刑失败的北方军士兵，准备射杀佩顿。

在湍急的河流中，佩顿慌忙掉转身体，向下游的方向游去，桥上传来声音：“中队，注意了！举枪！准备！瞄准！开枪！”

佩顿尽可能潜入水下，如瀑布般的水流声撞击着他的耳膜。即便如此，一阵雷鸣般的枪声还是向水面袭来。

佩顿屏住呼吸，在水下前进，不一会儿，他浮出水面，呼吸急促，感觉周围已经相对安全。桥上的士兵再次装好子弹，但佩顿所在的位置超出了来福枪的射程。

正当佩顿略有松懈的当口，距离他两米不到的地方溅起一片水花，伴随着强烈的爆炸声，河水像帘幕一样飞溅起来，又像瀑布一般直扑而下。北方军动用了大炮，第二发炮弹接踵而至，从佩顿的头上飞过，击中森林里的树木。

“我必须逃出去！”

佩顿奋力划水，一点一点远离大桥所在的位置。炮弹声不绝于耳，他终于逃到炮弹的射程之外。他来到岸边，用尽最后一丝力气跑上斜坡，向森林深处飞奔。

太阳落山了，佩顿异常疲惫，饥饿感包围着他，但只要想到妻子与孩子，他就会自然而然地加快脚步。他必须在搜捕队赶到前，想尽办法逃到战线另一侧。

月光下，佩顿在森林中发现了一条通道。这条路显然与先前走过的道路不同，他支撑着继续往前走，忽然他发现自己来到了自家门前，他深爱的家人就居住在这里。屋子沐浴在朝阳的光辉下，佩顿知道自己一定走了整整一夜，他推开门，一条白色小径的尽头站着他的妻子。

妻子喜极而泣，走下露台楼梯来到他身边。

佩顿也同样打心眼里高兴，跑到妻子身边说：“啊，你真美啊！”

他带着死里逃生的喜悦，伸出双手想要将妻子拥入怀中。就在这时，颈部一阵剧痛袭来，就快要触碰到妻子双手的瞬间，佩顿眼前的房舍连同家人全都消失得无影无踪，一切被黑暗与静谧牢牢包裹着。佩顿忽然明白了。

从桥上摔下时的冲击力显然使佩顿的颈部骨折，他在鹰溪桥下来回摇晃。一切不过是他从铁桥坠落时产生的转瞬即逝的幻觉罢了。

原作：安布罗斯·比尔斯《鹰溪桥上》
改写：小林良介

出现奇迹

杰克是个非常虔诚的人。

从小，每天入睡前、起床后，他都不忘向神祷告。每顿饭前，他也会通过祷告感谢神的恩赐，哪怕是在快餐店吃汉堡，或是在小吃摊儿吃热狗。

他不读无聊的书籍，唯独对《圣经》爱不释手。书中，神施展神力的故事让儿时的杰克为之着迷。

神爱世人，在人们遭遇危难的时刻，神总是会施以援手。只要发自内心地祷告，石头也能变成面包，海面也会一分为二。杰克真心相信会有这样的奇迹发生。

为了敬爱神，杰克始终提醒自己生活不能有一丝一毫的偏颇，他尽心尽责地在学校学习，帮家里干活。

杰克长大成人，从学校毕业后，来到市政府工作。

杰克为人十分正直，也因为过于较真，周围人都拿他没辙。

例如，如果有人跟他约好见面时间，却迟到了，他会大声责备对方，经常为此争吵。后来人们才发现，原来是杰克的手表走得太快。

杰克秉性古怪守旧，对工作却尽心尽力，他从不说谎，深得周围人的信任。

杰克生活格外简朴，从不乱花钱。一日，杰克要去坐游艇，原来是他的老同学要在游艇上举办婚礼，邀请杰克参加。

当天，游艇驶出海面，派对气氛热烈。忽然一声巨响传来，游艇左摇右晃，原来是与礁石相撞，船身出现了一个大窟窿。

游艇逐渐下沉，乘客陷入恐慌，争先恐后地设法逃命。

杰克也想乘坐救生艇，但救生艇上已经挤满了人，塞不下杰克。

杰克留在游艇上，但他并未放弃，他站在甲板上，向天空祷告："请降下神迹吧！"

面对不断逼近的死亡，杰克感觉到奇迹即将降临，整个人颤抖起来。然而什么都没发生，船还是一点点往下沉。

杰克继续祷告，游艇的前方驶来一艘小船，是刚巧经过的小渔船，渔夫叫道："快上来，跳上船！"

杰克无动于衷，继续祷告。渔夫只好默默离开。

杰克继续祷告着："神啊，请现身吧，请您救救我吧！"

天空忽然传来巨响，杰克睁开眼睛，是一架直升机，也是偶然经过游艇上空。

直升机放下绳索，飞行员大喊："快抓住绳子！"

杰克还是无动于衷，继续默念："救救我吧！"

直升机转而飞向其他等待救援的人们。

船还在往下沉，终于淹到了杰克站立的地方，他依旧不为所动："神一定就快出现了！"

这时，有一个声音迅速逼近杰克，他朝声音的方向看去，原来是一艘快船。

快船快速靠近即将沉没的游艇，船长大叫：“快跳上船吧！”

杰克明确表示：“不！我相信神的力量，神一定会搭救我的。”

游艇就这样被海水吞没了，快船为了避开旋涡，只好离开，而杰克的身影也消失在海面上。

杰克醒来后，发现自己身在天堂的大门口。

大门耸立在云上，壮观而精美。

圣人站在门前，迎接杰克的到来。

杰克却异常愤怒，他对圣人说：“我要跟神当面说话！”

杰克来到神的面前，跟他想象中一样，神留着长长的胡子，看起来非常威严。

杰克问道：“神啊，我从小就对您深信不疑，您却见死不救，这是为什么呢？”

神回答：“你认为我见死不救吗？”

杰克点点头。

神长叹一口气：“你没发现吗？”

“发现什么？”

“我派了两艘船、一架直升机去救你啊。”

杰克有虔诚的信仰、一丝不苟的正直，可遗憾的是，他太过愚钝了。

原作：欧美短篇故事

改写：桑畑绢子

大富翁的真心

有个地方，人们对一个女人印象很坏，她是一位大富翁的妻子，性格相当恶劣。

这个女人从不把别人放在眼里，态度非常傲慢，特别是在大富翁面前，她更是肆无忌惮。每天，大富翁的太太都会出门购物，买下许多奢华的皮草、包袋与珠宝。不用说，她从来不会对丈夫表示感谢。

然而，比起女人的恶劣性格，更令人惊讶的是大富翁本人的宽宏大量。

例如，有一次，大富翁的太太包下整间百货公司，选购昂贵的物品，她让丈夫提着所有的东西，自己却空着手。大富翁紧赶慢赶，跟在太太身后，由于手上提的东西太多太沉，大富翁在百货公司门口摔了一跤，脚崴了一下，甚至还骨折了。

大富翁太太连忙赶过来，她对丈夫的情况丝毫不关心，推开骨折的丈夫，将摔在地上的纸盒打开，里面装着的水晶器皿果然已被摔碎，她将碎片扔向丈夫，大叫道：“真没用！把我心爱的水晶摔碎了，连个东西都拿不好，真是笨死了！”

大富翁不但不还嘴，还一个劲儿地向妻子赔不是，他将散落一地的物品捡起来，拖着受伤的腿，继续跟在妻子身后。这样的例子不胜枚举。

总而言之，在妻子面前，大富翁完全没有地位，从来不敢说一个“不”字。他从来不生气，总是笑容满面，不管妻子如何恶言相向，他都不置一词。

“那个大富翁怎么回事，宠老婆也要有个限度吧。”

有些人开始批评大富翁的做法，但更多的观点认为，大富翁的做法值得称道，特别是女性，普遍持这样的观点。

“那位先生对太太的爱是真的，这才是真正的爱情，真想让我丈夫好好学学。”

男人们也赞叹大富翁心胸宽广。

“他居然能忍到这种地步，要是我我可受不了，大富翁的人格太高尚了。”

大富翁并没有被赞美冲昏头脑，他继续充满奉献精神地对待自己的妻子，这也使得人们更加对他交口称赞。

“那个大富翁，真是个大好人！”“我们镇子应该交给大富翁来治理！”“他一定能成就伟大的事业！”“他会当上总统的！”

后来，大富翁的妻子去世了，是病死的。通常，在一个人去世后，人们会聚在一起，讲述对于死者的回忆。然而这一回，人们的话题依然围绕着大富翁。

“那位大富翁，爱了太太一辈子。”

很快到了大富翁太太的葬礼，人们纷纷前来观礼。不用说，大家的目的并不是缅怀死者，更多的是为了安慰大富翁。

他们对大富翁说：“请不要太难过，振作起来。”

大富翁强忍悲痛，对大家表达感谢：“谢谢各位前来参加我妻子的葬礼，我妻子人在天堂，一定也会高兴的。”

人们暗自觉得，这位太太一定上不了天堂，不过没人会把这种话说出口。大富翁眼眶含泪，人们对他更加感到同情。

“这位先生对太太的爱真是太深沉了。”

葬礼隆重举办，终于到了出殡的时刻。大富翁太太的棺材在族人的护送下向墓地前进，大富翁站在棺材前方，一行人到达墓地后，一位抬棺材的族人被墓地门口的台阶绊了一下，导致其他人也跟着七倒八歪。

棺材摔在台阶上，发出“砰”的一声巨响。

就在这时，传来一个微弱的声音：“好疼啊……”

人们面面相觑，望向棺材，只听：“哎呀，疼死啦，我撞到腰啦！这是什么地方，为什么这么黑啊！”

没错，声音是从棺材里传出来的。大富翁脸色铁青，赶忙打开棺材盖，死去的太太居然复活了。

“亲爱的，你还活着，真是太好了！”

大富翁的太太说："什么太好了，你为什么把我关在这种地方？真是太蠢了，一点用都没有！"

就这样，大富翁的妻子活了过来，在医院以及复健中心，她像往常一样继续对丈夫呼来喝去。面对妻子的指责，大富翁也毫不介意，态度平静温和。在妻子面前，他从来都是那么顺从，那么具有牺牲精神。

然而，大富翁太太的病没有起色，很快再度恶化，又病死了。葬礼再度举办，人们又一次前来参加。

大富翁说："各位，感谢你们今天来参加我太太的葬礼。"

大富翁像一年前一样，双眼含泪地对大家表示感谢。人们也像一年前一样，同情大富翁的遭遇。

到了出殡的时刻，抬着棺材的族人再度来到墓地门口的台阶处，那个不小心绊倒的人又险些重心不稳。大富翁见状，脱口而出道："当心一点！要是又摔了棺材，我太太醒过来了可如何是好！"

原作：欧美短篇故事

改写：吉田顺

教育的必要性

这个故事，发生在那个国家还被一分为二的时候。

划分当时社会的不是语言，而是肤色。

人出生时并不能选择自己的肤色是白是黑。同样的，当时的人们也无法选择今后的人生道路。

当时，就算出生在同一个城市，因为肤色不同，孩子们也会去念不同的学校。白皮肤的孩子在上坡高地上念书，那是一所纯白的学校，窗户里有阵阵凉风吹进来，环境相当宜人。另一边，黑皮肤的孩子们则在山坡下的学校念书，学校是灰色的，低洼地带的空气也相对浑浊。

因为肤色的不同，两个世界就这样被划分开

来，彼此互不相通。两个学校知道彼此的存在，但从来不相互交流，这样的状态似乎会永远保持下去。

后来，有一天，政府为了改善这座城市的教育，划拨下来十二万的经费。政府通知两所学校自行决定如何分配这笔钱。

两所学校的校长都很高兴，分头计算改善学校所需的金额。白人学校的校长率先完成计算，给出高达十一万的预算。由于预算总额只有十二万，如果按照他提出的方案，黑人学校只能分得一万。黑人学校的校长当然不满意，在确定如何分配前，他前往白人学校进行谈判。

两位校长头一次见面，白人学校的校长脸色煞白，活像一条蛇，仿佛从出生到现在，从来没有晒过太阳，蓝眼睛眯着，一副很不以为然的样子。黑人学校的校长在一群白人中间不免感到气短，他暗暗为自己鼓劲，此番前来，为的是争取学校的改善经费，他必须勇敢提出自己的意见。

“你好，我是布莱克，今天我来跟您讨论预算的问题。”

“布莱克？很好记的名字。我跟你恰好相反，我叫怀特。说实话，我很不乐意让你来我们学校，但百闻不如一见，为了让你明白这十二万的必要性，就允许你亲自看一看吧。”

白人学校的怀特校长说完，全然不理会布莱克校长伸出的手，独自在前方引路。布莱克校长只好跟在身后。

怀特校长首先来到宽阔的学校庭院，跟黑人学校不同，这里阳光充足，通风也很好，在这样的院子里穿行，心情一定很不错。

布莱克校长纳闷儿，究竟这院子会有什么不妥？

怀特校长挺胸道：“我准备用这次的预算，在这里建一座体育馆。”

“为什么呢？这个院子这么舒适，没必要非得让同学们在室内运动啊？”

“跟你们不一样，我们的学生是很金贵的，为了不管下雨天还是大热天都能运动，屋顶是必不可少的。我估计你们是没有这种需求的吧？”

“……”

布莱克校长无话可说。他失落地低着头，在场的白人几乎都没留意到他表情的变化。

接着，怀特校长来到图书馆。布莱克校长一走进图书馆，整个人就被古书的墨香包围了，黑人学校虽然也有同样古老的图书，但图书馆非常简陋，跟储藏室没什么两样。白人学校的图书馆有着成排的书架，直通向天花板，很是气派。

“这里储藏了多少本书？很壮观呢。”布莱克校长发自内心地感叹。

怀特校长在一旁不以为然：“这么点儿书有什么好羡慕的，为了让我们学校的学生能够成为有主见的成年人，我认为得让他们增加阅读量，我准备用这次的预算，将藏书量增加一倍。”

“还要多出一倍吗？”布莱克校长惊讶地环顾四周。

怀特校长全然不顾对方的表情，得意地说：“你们或许会对金额分配不满意，但如你所见，我们的要求也是合理的，都是为了教育的必要支出，你们学校连书架都没有，要书又有什么用呢？”

“为了教育？”

“没错。”怀特校长重重地点了点头。

布莱克校长欲言又止。

“怎么了？你有什么意见吗？”

“没有意见……您的话并没有错。”

怀特校长本以为对方会表示抗议，没想到布莱克校长会这么说，但他转念一想，也许在参观过学校后，对方终于掂量清了自己几斤几两，黑人学校根本不能与白人学校相提并论。

布莱克校长注视着怀特校长，坚定地说：“今天，来贵校参观，我总算了解，您是想用这次的预算，好好教育白人孩子，没错吧？”

“当然。”

“既然如此，我无话可说。费用的分配就按您说的办。毕竟，想要成为‘合格的人’，需要接受教育的不是黑人，恰恰是你们白人。为了让你们获得正确的教育，这次的预算，你们都拿去用好了。”

原作：欧美短篇故事
改写：麻希一树

讨厌学校

某天早晨，明亮的光线洒进房间，母亲走进来。

房间一角摆放着一张大床，儿子躺在床上，被子一直盖到头顶。儿子还在赖床，再不赶快起床、吃饭、换衣服，就要迟到了。

母亲嘀咕道："真拿你没办法。"她催促儿子："快起床，该去上学了！"

"我不……不想去学校。"

儿子的声音从被窝里传出来，然后再没有一点动静，儿子根本没有要起床的意思，态度似乎非常坚决。

母亲深深叹了一口气："为什么不想去学校呢？你不是交了很多新朋友吗？前几天还听你高兴地说起啊。"

“那是没错，但……”儿子在被窝底下蠕动着，似乎另有隐情。

“跟妈妈说说，妈妈帮你分析分析。”母亲坐在床头说道。

儿子知道总得面对现实，便说道：“那天我说交到很多朋友是真的，大家都很喜欢我，休息时间也聚在一起。可现在他们都疏远我，只有我不行……”

儿子的声音越来越小，母亲听不清楚：“你说什么？你说什么不行？”

“单杠倒立……”

母亲对这个答案有些意外，不过再怎么看，儿子都不像是运动健将。

“我已经尽力了啊，谁让我肚子这么大，根本翻不过去，他们都嘲笑我。”

“原来是这样，以前你扮演圣诞老人的时候，大家不是还很高兴吗？”

“圣诞老人怎么能一样！”儿子在被窝里抽泣起来。

母亲免不了疼惜儿子，隔着被子摸摸他的脑袋，说道："距离圣诞节还有半年，也不能让你现在穿圣诞老人的衣服。要不趁现在好好减肥吧，妈妈也会帮你的。学校的餐点，吃完可别再添咯。"

"学生餐！"儿子听到这三个字不禁颤抖起来，带着哭腔诉说道："前几天，有同学请假，布丁多出来了，班主任老师让大家猜拳决定谁吃，却不让我加入，我也很想吃布丁啊……"

"这样啊，改天我买布丁给你吃，快去学校吧。"

"我不去！就算给我十个布丁，我今天也不去学校！"

"为什么呢？"

"老师都太可怕了……"儿子在被窝里蜷成一团，"我忘带东西，老师们都用很严厉的眼神看我，其他同学忘做作业，他们却好声好气，提醒下次别再忘记就好。"

"是吗？他们的确很严厉，但这也是没办法的事，你就忍耐一下吧。"

"不要！今天我要在大家面前讲话，如果讲错话，大家一定会嘲笑我的。”儿子想象着最坏的情景，身体不住颤抖。

母亲隔着被子拍了拍儿子的肩膀：“我知道你害怕，害怕也不能解决问题啊，妈妈相信你能做到！”

“说得容易！妈妈你又明白什么！真的非常可怕！”

“总而言之，今天你非得去学校不可，如果肚子疼、发烧就算了，害怕算什么理由，怎么可以因为害怕就逃课呢？”

“那妈妈你倒是说说看，我有什么理由非去学校不可，如果你说得出来，我就去学校。”儿子喊道。

母亲语气强硬：“理由很简单，首先，你已经五十二岁了，是个一把年纪的大人了。其次，你是这所学校的校长啊。”

儿子从被窝里探出脑袋——一个头发稀疏、大腹便便的中年人。

原作：欧美短篇故事
改写：麻希一树

精美的礼物

埃莱娜与亚莱克西是一对结婚三年多的夫妻。他们俩从来没吵过架，婚姻生活相当美满。

亚莱克西为人踏实，脾气也好。他非常聪明，在大学从事科学研究工作，平时热爱阅读，知识面很广，不管埃莱娜有什么问题，他总能说出一番门道。

而且，亚莱克西从不乱花钱，不抽烟，也不喝酒，更没有赌博之类的不良嗜好。平时除了交通、餐饮，唯一的支出就是买书。

埃莱娜性格文静，丈夫是她的依靠，她很爱他。但是，埃莱娜对丈夫也有不满，她希望丈夫能再浪漫一点，最好能再大方一点，在沉稳之余，最好时不时能展现热情似火的一面。

他们谈恋爱的时候，经常去公园散步，却从来没去过时尚、昂贵的高级餐厅共进晚餐。每逢生日、圣诞节，他们会互赠礼物，可亚莱克西送给埃莱娜的礼物永远是书。

起初，亚莱克西送她厚厚的长篇小说、世界名著。后来，亚莱克西知道埃莱娜读不完，转而赠送图画书、画册。最近更开始送烹饪、健康等实用类的书籍。

埃莱娜能够感受到亚莱克西的心意，但说实话，如果收到首饰之类精美的礼物，她会更加高兴。亚莱克西送过的仅有的首饰，只有那枚结婚戒指。

随着圣诞节临近，某个周日，夫妻俩去百货公司买东西庆祝节日。

埃莱娜在一间珠宝店门口停了下来，橱窗里陈列着做工精美的项链、白金手链、钻石挂坠等。

“哇，好精致啊……”

埃莱娜看了一眼标价，对于有稳定收入的他们来说，这些首饰的价格并非无法承受。她表现出很喜欢的样子，但亚莱克西却看都没看她一眼。

“等等嘛，你看，这里的首饰很漂亮。”

亚莱克西回过头，看了看项链，笑道：“嗯，是不错。”随后继续往前走。

第二天，埃莱娜与好朋友丽莎在咖啡店闲聊。丽莎戴着一个镶嵌着硕大宝石的戒指，据说是丈夫送给她的礼物。

“前不久，我做了个梦，梦到跟老公被总统邀请参加派对，在梦里，我戴着珠宝戒指，穿着礼服。后来隔了一天，我跟老公逛街，刚巧在橱窗里看到一枚跟梦里一模一样的戒指。我对老公说，这个梦一定会应验的，如果我戴上这枚戒指，你一定也会出人头地，总有一天会见到总统。我老公说这是一枚幸运戒指，就买下送给我了。”

埃莱娜很是感动：“哇，这么说来，你的梦成真了呀！”

丽莎笑着说：“骗人的啦，其实是我早就看中这枚戒指了，不编出一套说辞，男人怎么肯买呢？于是我就略施小计，撒个谎又没什么大不了。”

埃莱娜对丽莎佩服得五体投地，也很羡慕丽莎有一个这么大方的丈夫。

她想到了一个主意。

圣诞节的早晨，埃莱娜边吃早餐边说："老公，昨天晚上我做了个梦，梦里你得了诺贝尔奖，要出席颁奖典礼，当然我也要出席。我穿着礼服，脖子上戴着精美的项链，就是那天在百货公司看到的那条，梦境非常真实。你说这个梦，代表什么意义啊？"

亚莱克西盯着埃莱娜说："你想知道梦境的意思吗？"

"嗯。"

亚莱克西说："今天晚上你就会知道答案。"

接着，在丈夫出门后，埃莱娜打扫好房间，装点完圣诞灯饰，等待亚莱克西回家。

亚莱克西迟迟没有回来，埃莱娜却一点都不担心，反而非常期待，心想丈夫一定是在为她挑选礼物。

门铃响了。

“你回来啦！”埃莱娜笑容满面地迎出去。

只见丈夫抱歉地说：“对不起，回来晚了，有点事要处理。”说着他从包里掏出一份礼物，笑着递给埃莱娜：“圣诞快乐！”

“哇！”埃莱娜激动极了。

“不知道你会不会喜欢……”

“只要是你送我的，我都喜欢。”埃莱娜脑海中浮现那件心心念念的礼物。

她勉强按捺住激动的心情，拉开丝带，可收到的并不是镶着钻石的白金项链。

她手中拿着的是一本书，书的封面上印着大大的书名——《解梦》。

“我问过店员了，这本解梦最准，你昨天的梦一定能在这本书里找到答案。”

原作：欧美短篇故事
改写：桑畑绢子

复仇

布莱恩在医院住了很长一段时间。他没有什么特别严重的病症，只是因为之前他跟家人一起乘车外出旅行，却莫名其妙地被后方的车辆追尾，当场昏迷过去，所以被送到了这家医院。

也许是脑部遭到了严重撞击，布莱恩迟迟没有恢复意识，周围的人担心他会一直昏迷下去，医疗团队更是给予他十二分的关注，精心护理。一天，布莱恩忽然醒过来了。为他提供治疗服务的医生和护士看到他健康的样子，都感到很欣慰，可心中却感觉还有一块大石头没能放下。

在苏醒后，人们觉得布莱恩的情况有些异样，他丝毫没有询问发生了什么，而是整天笑嘻嘻的，看起来特别享受住院生活。

医生们担心，车祸对他的大脑造成了损伤，从而导致他失忆。有一天，医生终于鼓起勇气询问布莱恩："方便问一下有关你家里人的事吗？"

"当然，您随便问。"布莱恩笑着点点头。

医生清了清嗓子，问了个相当简单的问题："你在跟家人去旅行的路上遭遇车祸，当时你跟谁在一起？"

"这还用问，是我的双胞胎哥哥啊。"

"布莱恩先生，不瞒你说，你的哥哥……"医生欲言又止。

布莱恩就像没听到似的，完全对医生的话无动于衷，笑道："我们两个长得一模一样，我从小不知道吃了多少苦头，比如说小学吧，哥哥把女同学弄疼了，不管我怎么否认，老师总责怪我，最后是我替哥哥受罚。"

"怎么会这样？"医生表示同情。

"这只是开胃小菜，"布莱恩望着医生笑道："我哥哥做的坏事，够写一本书呢。还有我刚拿到驾照，我们一起出去兜风，哥哥违反交通规则，他趁我不注意，从我的钱包中拿走驾照，递给交警，把我的分数都扣光了。还有那个我心爱的女孩……”布莱恩双目眺望远方，“双胞胎相像的不只是外表，我和哥哥从小喜欢的女孩也都差不多，大学的时候，我跟一个女孩谈恋爱，她对我很有好感，在开始交往后，哥哥却横刀夺爱。那个女孩也有些莫名其妙，不知道是分辨不清，还是觉得跟谁都一样……不过，事到如今，这些都过去了……”

“你的确吃了不少苦呢。”医生表示同情。

布莱恩摇摇头：“不过，幸亏有这么一个哥哥，最后总算做了件好事，把过去所有欠我的都一笔勾销了。”

“你该不会是说……”医生想到那起惨烈的交通事故，表情有些凝重。当时车里坐着布莱恩和他的双胞胎哥哥，难道哥哥在最后关头出手相救了吗？

“这要说回到前天，”布莱恩表情格外轻松，“我躺在病房的床上，意识清醒，但无法动弹。我忽然听到一个声音在问：‘谁是布莱恩？’我睁开眼睛，看到一个穿着一身黑衣的男人，也许是奇迹吧，我的手指勉强动了一下，指了指哥哥，黑衣人向哥哥走去……后来我就昏过去了。等我醒来的时候，才知道哥哥已经死了。那个黑衣人，应该就是所谓的死神吧。但是就连死神，也无法区分我们这对双胞胎。”

原作：欧美短篇故事

改写：麻希一树

心理准备

小镇上有一对兄弟。两个人容貌相像，性格却截然相反。哥哥理查德性格外向，爱说话，弟弟约翰沉默寡言，面无表情。母亲总是说，理查德在她肚子里的时候，一定把原本属于弟弟的那份开朗乐观一并抢走了。

这对性格截然相反的兄弟相处得非常融洽，长大后还一起经营杂货店。哥哥负责在外招待客人，与客户洽谈，弟弟负责记账等内部事务。两个人分工协作，相互扶持，杂货店的生意蒸蒸日上。两兄弟住在杂货店楼上，与他们共同生活的，还有年老的母亲和一只老猫。

哥哥理查德与母亲一样，特别疼爱这只老猫，每天亲自喂猫吃饭，就像对待自己的小孩那样。

一日，理查德为了外出进货，要去亚洲国家出差。

出发的那天早晨，理查德紧紧抱着宠物猫克里斯蒂娜，叹息道："哎，克里斯蒂娜，要一个星期见不到你了，这可怎么办呦！可是我又不能带着你去出差……约翰，我不在的这几天，克里斯蒂娜和母亲就拜托你照顾了！"

理查德放下爱猫，很不舍的样子。沉默寡言的约翰只是点点头。说实话，理查德根本不愿意出差，他想待在家里陪伴母亲与爱猫，可问题是，约翰无法胜任进货的任务。理查德恋恋不舍地前往机场。

进货之旅异常顺利，理查德辗转了好几个亚洲国家，买到了心仪的货物，价格还都非常合理。由于临时增加了不少单品，理查德的旅程一再延长，他对于爱猫的思念与担心也与日俱增。

出国后的头一天晚上，理查德挂念爱猫，怎么都睡不着觉，他给弟弟打去电话："约翰，克里斯蒂娜好不好？"

“很好。”弟弟的回答很简短。

理查德明白弟弟生性如此，并没放在心上：“克里斯蒂娜没事就好，它最喜欢吃生鱼了，两天喂一次鱼吧，还有……”理查德嘱咐了一大堆，才放心地挂断电话。

第二天临睡前，理查德又给弟弟打电话：“约翰，克里斯蒂娜状态怎么样？”

“很好。”

“很好是吗？那就好，那就好。今天我给克里斯蒂娜买了一种名叫木天蓼的植物，已经寄回去了。这种东西对猫咪来说就跟酒精似的，据说会让猫咪心情愉悦。下次我喝红酒的时候，也可以给克里斯蒂娜一些木天蓼。”

理查德大谈一番木天蓼的功效，随后挂断电话。

在国外出差的这段时间，理查德几乎每天都给弟弟打电话。过了十几天，有一天晚上两兄弟又在打电话。

“约翰，克里斯蒂娜怎么样？”

“它死了。”

“是吗？那就好，那就好……什么？它死了？”理查德感到错愕，握着电话听筒大叫道，“你说它死了是什么意思？昨天不是还好好的吗？”

“昨天它是还活着，但你出差以后，它的精神就越来越衰弱，今天早上死了。它应该是想你了，我一直没告诉你。”

听着弟弟冷冰冰的话语，理查德气不打一处来：“约翰，让我怎么说你呢？克里斯蒂娜的事，你难道没有更好的方式告诉我吗？好让我做好心理准备啊。”

“……”

电话那头没有回应，理查德知道，也许弟弟是出于好意，不想让自己担心，这才选择隐瞒，但是……他重重叹了口气道：“约翰，我知道你没有恶意，但说话做事总得考虑别人的感受，你一直说克里斯蒂娜没事，让我放心，今天忽然来了句，它死了，你让我怎么想？坏消息要一点点讲，好让别人有心理准备，你明白吗？”

“怎么做？”

“比如说啊，第一天你可以说它在围墙上散步，第三天可以说它从围墙上摔下来了，第五天可以说你带它去看医生，第七天可以说情况变糟了，最后第十天，再说救不回来。这样听的人就能有十天做好心理准备啊，是不是比你现在的处理方式要好得多？”

“对不起……”

痛失克里斯蒂娜的理查德很难过，但也不能单方面责怪约翰，他按捺住悲伤，调整了一下呼吸：“克里斯蒂娜的葬礼等我回来之后再办好了……妈妈好不好？”

母亲对克里斯蒂娜也疼爱有加，爱猫死了，想必母亲也很难过。

弟弟给出了肯定的答复：“很好，今天早上她在围墙上散步。”

“……”

理查德连忙挂断电话，立刻整理好行李，抛下还没完成的进货工作，提前结束行程，冲出了酒店。

原作：欧美短篇故事

改写：麻希一树

难得休假的鲍勃，在某个南方的小岛享受假日。他入住一间高级度假酒店的套房，窗外白色的沙滩一望无际。房间的床非常宽大，还配有私人游泳池。

“成功人士的假日，就要这样度过吧。”

鲍勃在美国拥有一家连锁商店，年纪轻轻就跻身成功人士的行列。他的成功不是靠运气，实际上，他付出了人们想象不到的努力。每天从早到晚，他都努力培训员工，开发新店铺，接受媒体的采访，一分钟都没松懈过。

浮潜是鲍勃的爱好之一，早晨，他在港口乘船前往浮潜点，享受在大海中徜徉的乐趣，傍晚返回酒店。

一天早晨，鲍勃睡了个懒觉，期待着今天将邂逅的美丽风景。他来到港口时，见到一个年轻渔夫。渔夫乘着小船，手里拎着一些鱼和贝类，正准备回家。这座小岛海产很丰富，海鲜又大又新鲜，远近闻名。

鲍勃对渔夫说："今天的海鲜很不错啊。"

"谢谢。这座岛上，这样的海鲜到处都有。"皮肤黝黑的渔夫得意地说。

鲍勃知道当地人对大海相当热爱，他向渔夫提出了一个疑问："你们是不是天没亮就要出海？每天工作多久啊？"

渔夫回答："我刚出去打鱼，大概几个小时吧。"

鲍勃继续追问："今天的工作，已经做完了吗？"

"是啊。"渔夫道。

才到中午，现在就结束工作未免太早了，鲍勃觉得很可惜，明明还有大把时光可以赚钱，为什么要浪费呢？"那到睡前的这段时间，你会做些什么？"

渔夫似乎经常被问到类似的问题，坦率地说："没什么特别，跟孩子们玩耍，跟老婆睡个午觉，傍晚起来去酒吧跟朋友们喝一杯，心情好的时候弹弹吉他、唱唱歌，困了就回家睡觉。”

鲍勃听了不禁抬起双手，频频摇头，他希望能够把自己获得幸福的方法传授给这位年轻的渔夫：“不是我自夸，我在美国生意做得很大，在哈佛大学学过经济管理，也获得了工商管理硕士学位，我来教你怎么赚更多的钱，让生活更幸福。你能遇到我，听到我的意见，这是你的幸运。”

渔夫表示出一点兴趣。

“听我说，首先，你要改变这种随意的生活方式，每天多花几个小时打鱼。这样一来，你能得到更多的收获，你把鱼卖掉，就能存更多的钱。”说着，鲍勃指了指右手腕上闪闪发光的手表，充满自信地继续传授经验，“有了存款，你就可以买更大的渔船，运用更先进的机器，进一步增加渔获量。如此循环，更多的船，更多的人手，最终变成一家渔船公司。”鲍勃意犹未尽，“有了渔船公司，你还可以进军水产加工，把海鲜加工成各种各样的食品，向世界各国出口，这时就可以进军美国，在纽约曼哈顿租一间办公室，作为公司的大本营。”

渔夫问鲍勃：“做到这个规模，需要多久呢？”

鲍勃想了想：“大概需要……二十五年吧，如果你够努力的话，二十年可能就够了。”

渔夫又问：“成功之后呢？”

鲍勃为了让渔夫过上幸福生活，最后指点道：“公司有了一定的规模以后，你可以卖掉股份，成为亿万富翁，退居二线。哈哈，不必担心，当你成了亿万富翁，我是不会问你要咨询费的。”

渔夫听到亿万富翁几个字，没什么反应：“变成亿万富翁能做什么？”

鲍勃有些诧异，没想到渔夫连这都需要他教，他慷慨地说：“退休以后，你有的是时间，想怎么过都行。跟孙子玩耍，跟老婆睡个午觉，傍晚醒来去酒吧喝喝酒，心情好的时候弹弹吉他、唱唱歌，困了就回家睡觉。这样的人生，是不是非常令人羡慕呢？”

原作：欧美短篇故事

改写：小林良介

第一百万名客人

老妇人刚走进百货公司，就立刻被一圈强光团团围住，眼睛都睁不开。

与此同时，老妇人耳边传来照相机的快门声，长枪短炮对着她，闪光灯此起彼伏。

“恭喜您！”

紧接着是彩蛋爆裂的声响，五颜六色的纸屑朝老妇人飘来。

百货公司的负责人、店员、职员将老妇人团团围住，背后则是电视台和报社的记者，摄影机、话筒架起来随时准备采访。

“您是本店第一百万名客人。”负责人带着灿烂的微笑走到老妇人跟前。

这家百货公司拥有几十年的历史，由于跟不上时代的潮流，曾短暂歇业，后来把几户经营者以及员工整体换掉，全新装修成了现在的模样，终于迎来了第一百万名客人。

负责人穿得非常隆重，毕竟这是百货公司值得纪念的大好日子，媒体也纷纷前来采访。

“请问，您是第一次来本店吗？”

“不，我一直来的。”

“感谢您对本店的喜爱。”负责人用力握了握老妇人的手，上下摇晃了几下。

由于态度过于夸张，老妇人瞪大了眼睛。

闪光灯再度此起彼伏。

紧接着，美丽的女职员笑着递上花束。

闪光轮又闪了一轮。

这边正在举办纪念活动时，有个穿着朴素的男客人向一位店员寻求帮助。由于所有店员都密切关注着纪念活动，没人回应男客人的求助。

男客人挠挠头，很苦恼的样子，他是百货公司的第一百万零一名客人，为了给未婚妻买钻戒，正在询问如何前往首饰专柜。

男客人与老妇人几乎同时走进百货公司，负责人选择老妇人作为“第一百万名客人”，或许是因为男客人看起来囊中羞涩。

在众人的注视下，新闻媒体向老妇人递出话筒，询问“作为第一百万名客人有什么感想”“百货公司哪里最吸引你”等问题。

老妇人一时答不上来。负责人打圆场道：“各位不要着急，这位太太不像艺人那样能说会道。”这一段也被镜头捕捉下来。

纪念活动的采访告一段落后，负责人满意地询问老妇人：“请问您今天来本店想买什么？需要帮您介绍吗？”

老妇人说：“请带我去投诉柜台，我有很多意见要投诉。”

包括负责人在内，在场的所有员工、媒体都惊呆了，愣在原地。一些员工终于回过神来，以难以想象的速度将地上的纸屑清扫干净。

老妇人丢下众人，来到投诉柜台说：“还是以前的百货公司好，以前的负责人不会这么没品位，店员也把客人放在第一位。刚才演的是哪一出？”

原作：欧美短篇故事
改写：桑畑绢子

盒子里的按钮

从前，有个不幸的男人。要说为什么不幸，是因为他三十岁时已经失去了许多东西。

因为经济不景气，男人所在的公司一年前倒闭了。之后，他换了几份工作，但由于失业潮，能在一个岗位干下去反倒像中彩票般困难。无论他怎么努力，结果都不尽如人意，他开始酗酒，妻子带着孩子离家出走。

他希望妻儿能回到自己身边，人生从头开始。为了彻底扭转人生，他染上了赌博的恶习。幸运女神没有那么容易降临，男人的积蓄在赌场输得精光，再这样下去，他一定会露宿街头，默默死去。

一日，他又赌输了钱，待在屋子里无所事事，突然门铃响了。已经过了晚上十点，这么晚谁会来找他呢？

男人缓缓站起身，打开房门，门口站着一个年轻人。眼前的年轻人四肢修长，面容姣好，身穿黑色风衣，他从来没见过如此俊俏的青年男子。

“晚上好，初次见面。”年轻人微笑道，“我知道您正为钱发愁，所以来通知您一个好消息。”

“什么好消息？”

他的好奇心忽然被勾了起来，同时又觉得眼前这个陌生的年轻人很可疑，说话相当古怪。他问：“你有什么事吗？你怎么知道我为钱发愁？”

“这是再明显不过的了，为钱发愁的人，就算要隐藏，也是藏不住的。更何况我们是专门做这一行的。”

“到底是什么好消息？”

“在具体向您解释之前，请您拿好这个。”年轻人从口袋里掏出一个盒子递给他。

这个盒子和放结婚戒指的首饰盒差不多大，外面用黑色绒布包裹，看起来颇有质感。他打开盒子，里头并没有戒指或宝石，只有一个红色的按钮。他把盒子拿在手里端详，看起来似乎并没有其他机关。

“这个按钮有什么用？”他疑惑地望着年轻人。

年轻人的视线毫不闪躲，他笑着指了指按钮说：“这个按钮很特别，只要按下去，在遥远的地方，会有一百个您不认识的人死去。”

“死去？”这个词令他大吃一惊。

年轻人点头说道：“放心，死去的都是跟你毫无关系的人，你不认识，也没听过他们的名字。没人会知道，是因为你按下按钮，那些人才会死。你需要做的，不过是轻轻按下按钮，作为报酬，我们会付给你一百万。”

年轻人说完，将随身携带的旅行箱摆在他面前，旅行箱里装满了纸钞，他看了一眼，下意识地吞了口唾沫。

年轻人见状，合上旅行箱，笑着对他说：“您意下如何？我三天后来取回盒子，您不妨慢慢考虑。”

随后三天，他寝食难安，一直思考着要不要按下按钮。为了得到旅行箱里的钱，他拿起了盒子，但转念一想，怎么能为了自己的幸福牺牲他人的生命呢？便又将盒子放了下来。

他一直犹豫不决，直到最后那个夜晚，他再次拿起盒子，暗自思忖：说到底，虽然素不相识的人会遭遇不幸，但自己能过上幸福的生活，更何况就算按下按钮，也不一定就真的会有人死去，这个交易的真实性也无法确认……

他的脑海中出现了妻儿的模样，他要从头开始，跟家人一起过上幸福的生活，为此他根本顾不上别人会怎么样。

在昏暗的灯光下，盒子里的红色按钮如同伊甸园中的苹果，闪着美丽奇异的光芒。他下定决心，按了一下按钮，按钮的触感远远没有想象中那么沉重。

次日晚上，年轻人如约到访："感谢您的帮忙。"

年轻人依旧神采奕奕，向他低头致谢，似乎不需要他多说一句，年轻人就已对他有没有按下按钮了如指掌。

"真的会有人死去吗？"他问。

年轻人笑着点头："我不能告诉您地点，但昨天晚上九点十一分，有一百个您不认识的人已经死去了。按照之前的约定，这是您的酬劳。"

年轻人驾轻就熟地取出旅行箱中的一百万现金，摆在餐桌上。

他谈不上有什么直接的感受，为了摆脱郁闷的心情，他左右摇晃着脑袋，心想，死去的一定是穷凶极恶的坏人，抑或是本就命不久矣的老人，比起这些人的生命，他的未来显然更重要。他望着桌上的现金，努力说服自己。

“好了，我先告辞了，非常感谢您的协助。”码放好现金后，年轻人拎着旅行箱站起身子，若无其事地转身离去。

他连忙一把拽住年轻人的风衣：“我还有一个问题，接下来会怎么样？”

“什么会怎么样？”

“按下这个按钮之后会怎么样？”

“哦，这个嘛，”年轻人一只手把玩着绒布盒子，脸上露出纯真无邪的笑容，“这个盒子会被送到很远的地方，交到您不认识的人手中，至于他们会不会按，我就不知道了。”

“啊？”

年轻人转身离去，黑色风衣下面的黑色尾巴若隐若现。

原作：欧美短篇故事

改写：麻希一树

机器人的报恩

距离现在不太遥远的未来，科学技术突飞猛进，人类终于造出了人形机器人。与二十一世纪初的人形机器人一样，这种机器人拥有人类的容貌与外形。他们不仅能够听懂别人说话，还拥有独立的思维，能够自行做出决定。

曾经，科学家们提出的“机器人三定律”，其中就有一条是机器人不得违背人的命令。然而，正因为超出了既有的定律，机器人的发展才达到了前所未有的高度。

起初，人们很难接受，认为机器人不可能拥有跟人一样的心灵，但如今，机器人早已成为日常生活中不可或缺的部分，照料老人、做家务都需要用到机器人，在烹饪、医疗领域，机器人的感受力也是相当高超的，拥有心灵之后，它们甚至能够创造艺术作品。

但是，对机器人的偏见还没有完全消除。社会上不少人坚决认为，机器人的心灵比真正的人类迟钝粗糙，只有为人服务，才能给机器人带来幸福。

有一天，某位律师接了一起机器人谋杀案，他最擅长处理与机器人有关的案件。

机器人是被告，他在一所大宅子里当管家。由于处事周到，机器人很受人类同事的信赖。可是，每当他提出任何意见，人类雇主都会对他破口大骂："你这个机器人怎么没大没小！""机器人只要按照我的吩咐去做就行了！"这位雇主甚至经常对机器人拳脚相加。

机器人起初保持隐忍，有一天，他终于无法压抑怒火，朝主人开了一枪。

通常遇到类似的案件，法庭会根据案情，酌情减轻被告的刑责。然而，由于这位律师特别擅长打关于机器人的官司，他留意到当天陪审团中不乏对机器人持负面态度的人，于是决定反其道而行之，强调机器人存在的缺陷："有的机器人拥有与人类同样的心灵，而另一些则尚且无法判断善恶，我们又怎能将罪责全都怪在他们头上？现在，如果判这个机器人有罪，就是关上了机器人研发的大门。”

法庭最后宣判机器人无罪。话虽如此，机器人只要袭击过人类，按照规定就必须接受处理，为了使机器人不再伤害人类，他们会被送往工厂，清除记忆。

宣判的时候，机器人若有所思地看着律师，律师则一副志得意满的神色。休庭后，律师回到自己的办公室。

什么机器人的心灵啊、人权啊，这位律师一点儿都不在乎，只要能赚钱就好了。延续今天的辩护套路，未来他还有大把大把的钱可以赚。听说，最近有一些机器人变得极其富有，也非常愿意为搭救同伴花费巨资。

一想到未来更多的委托人、更多的报酬，律师喜不自胜地走进了电梯。就在这时，一个干巴巴的声音在身后响起，同时一个坚硬的物体顶上了他的身体：“不许动！把手举起来！”

律师还以为自己听错了，这个声音，难道是……

律师转过头，居然看到了刚才自己还在法庭上为之辩护的那个机器人。按理说，他应该被送往机器人研究所，执行记忆清除程序。为什么会在这里出现呢？又为什么会对这个曾经搭救过他的人恩将仇报呢？

“喂，是我啊！”律师在枪口下感到一阵恐惧，盯着机器人说，“我可是你的恩人啊！我刚才帮你脱罪了不是吗？你该不会忘记了吧？你的记忆还没被清除啊！”

“当然，我还记得。你在法庭上说过什么，你如何看待我们机器人，我全都记得。所以，我才会从前往机器人研究所的车上逃出来，特地过来找你。”

“你什么意思？”律师大惑不解。

机器人笑道：“用枪指着恩人，难道不是无法判断善恶的明证吗？我这么做，怎么会有罪呢？你刚才是这么跟法官说的，不是吗？”

机器人说完，让律师将办公室的门打开，然后从保险柜里抢走了大量现金，逃了出去。

那天以后，这位律师再也不参与有关机器人的案件。

而为机器人服务的人权保护团体，当天收到了一笔匿名的巨额捐款。

原作：欧美短篇故事

改写：麻希一树

人生最糟糕的一天

山姆今年四十岁，是个普通的公司职员。他娶了一个貌美、温柔的妻子，买了房子，工作顺利，日子虽然乏善可陈却也无可挑剔。对他来说，生命中最珍贵的宝贝就是刚满五岁的可爱儿子。

一天晚上，山姆如往常一样，走进儿子的房间，给他送上晚安吻，却见儿子正在睡梦中挣扎。

山姆将儿子摇醒："怎么啦？"

儿子露出害怕的表情："爸爸，我做了个噩梦。"

"什么样的噩梦？是不是梦到怪兽啦？"

"不是，我梦到塞拉外婆死了。"

"怎么回事？"

塞拉奶奶是山姆妻子的姨妈，对儿子疼爱有

加，儿子跟她也很亲近，她年纪不过六十出头，身体十分健康。

山姆说："塞拉外婆不会有事的，你不要担心了。"说完便哄儿子重新入睡。

第二天，山姆接到消息，塞拉外婆因交通事故不幸去世了。

一周后，又到临睡前，山姆来到儿子房间，同样的情况再次发生。

"没事吧？"

儿子醒来后说道："我梦到外公死了。"

这次轮到妻子的父亲，虽然老人家年事已高，身子骨却还硬朗。

山姆安慰儿子："外公不会死的，没事的，你快睡吧。"他又哄儿子入睡。

第二天，外公果然也死了，没想到慢性心脏病突然恶化，外公就这样撒手人寰。

山姆开始怀疑，儿子或许拥有预知未来的能力。但儿子的表现并没有多少异常之处，很快就把梦境忘了。

就这样又过了一周，山姆在临睡前看见儿子比往常哭得更激烈，他连忙叫醒儿子。

儿子喊道：“我梦到爸爸死了，爸爸你不要死！”

山姆冷静地安慰他：“爸爸在这里，爸爸哪儿都不去，不过是做梦，没关系的。”在爸爸的安慰下，儿子睡着了。

山姆心想，儿子有预知未来的能力，虽然令人难以置信，但他似乎确实能预言血亲的生死。如果这次的预言也是真的，那么明天，自己也将死去……

当晚，山姆辗转反侧。

第二天，山姆战战兢兢地过了一整天。他原本不想去公司，但又觉得在家也未必安全，最后他放弃开车上班，选择搭乘公交车，路上，他目睹几辆车连环追尾，救护车、警车都出动了。

“也许，如果我开车上班，就会卷入这场交通事故，最终丧命……”

午餐时间，为了避免食物中毒或被下毒，山姆决定不吃饭，即使肚子饿得咕咕叫。他想，饿上一顿总不至于被饿死。

山姆拒绝一切外出的机会，尽量不与任何人接触，避免卷入任何案件、事故。

即便如此，坐在办公桌前的山姆只要听到一点风吹草动就会跳起来，悬着的心久久不能放下。

当天的工作总算完成了，山姆早早离开公司，小心翼翼地回到家。他连晚餐都没吃，躺在床上，盖着被子，抱着闹钟，时间一分一秒地流逝。妻子有些担心，他敷衍说身体不舒服，一个人窝在房间里不愿出去。

时间终于来到午夜零点，山姆从床上跳了起来："太好了！终于熬过去了！不，不对，也许这只闹钟走快了呢？"

山姆跟妻子确认时间，闹钟并没有问题。

"你怎么了？今天有点不对劲啊。"妻子担心地说。

他并没有告诉妻子关于儿子噩梦的事："嗯，没什么。哎，今天……不，昨天是我人生中最糟糕的一天。"

“是吗？的确不是什么好日子……”

“哦？发生什么了吗？”

“你不知道？”妻子皱了皱眉，“隔壁的男主人忽然去世了。”

山姆脑海中浮现隔壁男主人的面孔，同时，他的内心也产生了一个疑问。儿子长得很像妻子，却一点儿都不像他。他一直觉得儿子跟某个人有几分神似，而隔壁的男主人对儿子格外疼爱，视如己出。

难道儿子的梦再次应验了？

山姆得出一个结论。他对妻子说：“这么看来，我人生中最糟糕的一天，应该是今天才对。”

原作：欧美短篇故事
改写：桑畑绢子

力量

对人生深感疲惫的男人，坐在高高架设于溪谷之上的铁桥边缘，望着下方的水面出神。看到这样的场景，任何人都猜得到，这个男人想要自杀。然而，他只是一直望着遥远的河面发呆，似乎并非真的想往下跳。

"啊，我什么力量都没有……"男人不停地叹气。

近来，他的生活并未发生不幸的变故，准确地说，没有任何值得记述的糟糕状况，大多数事情隔一天就能抛诸脑后，每天都大同小异。

"我既没有臂力，不能跟别人打架，也没有经济能力，缺乏周游列国的经验。我到底一直在为什么而活呢？"

总而言之，他的人生可以用四个字概括：乏善可陈。

他自我分析，认为自己的人生之所以这么枯燥无味，是因为缺乏比其他人出色的某种能力。

“我一个下属都没有，从来不曾拥有权力，也没有魅力，交不到女朋友。真是太糟糕了！”

他显得格外沮丧，通过他的话语不难看出，在他身上，没有一点活力。他握着拳头的手也显得无力。

“我想拥有力量……”

由于缺乏做事业的心气与实力，在公司，他从来不被当作主力，更时常被排除在“战斗团体”之外。

“哎，要怎么才能拥有力量呢……”

没有实力，也可以努力，但是他不努力积累，对任何事情都不曾全力以赴。

“要是有人能满足我的愿望就好了……会不会有神来帮助我呢？”

他总是依靠外力的帮助，想象力也仅限于孩子的水平。

“哎呀，一点就好，给我一点点力量就好！”

此时，他的眼前突然出现一道亮光，光芒中有一位老人，握着一根长长的木头杈杖，白头发、白胡须，跟童话故事里的神一模一样。

他惊讶得说不出话来。

神对他说：“我是能够满足你愿望的神，你虽然没有行善，却也没有作恶，既然如此，今天就让我来为你实现愿望，作为对你正直品行的奖励。我给你一次机会，让你如愿获得一种力量。”

“真的吗？”他有气无力的声音中出现一丝期待。

“没错，任何力量都可以。说吧，你要什么？”

他没想到，神会忽然出现在他面前，赐予他力量。他陷入漫长的思考，不想草率地浪费这个机会，这是他人生的转折点。

“让我想想，作为一个男人，臂力还是很重要的，但只有臂力，对生活帮助有限。实际一点，应该选择经济能力……”他嘀嘀咕咕，抱着手臂，左思右想，“话又说回来，人生不完全靠金钱决定，只有钱而没有朋友，生活就太空虚了。领导力、权力怎么样？这类能力太强，会不会招致别人的厌烦呢？或者，拥有生命力怎么样？”

神默默凝望着他。

“对了，智力怎么样？不对，都这把年纪了，智力早就派不上用场了吧。感染力、包容力呢？或者，吸引女人的魅力又如何？虽然这些力量能让我变得受欢迎，但毕竟都是由旁人的眼光决定的。”

男人继续自言自语，仔细权衡着。

“说到底，人最终还是要有体力……如果能有用不完的体力，说不定还能去职业棒球联赛当球员，一举收获财富、名誉和爱情。等等……想要打好棒球，只有体力恐怕不够吧？”

神皱起眉头，看着喜滋滋地做白日梦的男人，逐渐失去了耐心。

男人的脑海中忽然闪过一个念头，仿佛电流通过般茅塞顿开。“太危险了，差点把这种力量忘了，我决定了，想清楚了，”他对神说，“神啊，请给我这种力量吧，我想要……”

神将手中的权杖伸到他面前，示意他不必说下去了：“不用了，不用说了，我只能给你一种力量，而且刚才，我已经赐给你了。我观察了你这么久，你需要什么，我看得一清二楚，那就是决断力！”

话音刚落，神一瞬间在他面前消失，声音也在山谷间越飘越远。

没过多久，只见坐在铁桥边缘的男人站起身，拍拍裤子上沾染的灰尘，毫不犹豫地从铁桥上纵身跃下。

原作：欧美短篇故事
改写：小林良介

沉默的安妮太太

艾格博德一想到白天跟太太吵架的事，心情就很低落。他们因为一点小事吵得不可开交，他从家里跑了出来，却又不能因此不回家。

“我回来了！”

艾格博德在玄关脱下鞋子，努力装出平静的语调。他和太太结婚多年，也曾争吵过许多次，每次最后都和好了，这次应该也不会例外。

为了解决燃眉之急，艾格博德只好走一步看一步，适度退让，再寻找和好的机会。问题是艾格博德的妻子安妮现在究竟是怎么想的呢？她想和好吗？气消了，还是依旧耿耿于怀？

“我回来了哦！”

艾格博德来到客厅，只见妻子像往常一样坐在凳子上，傍晚黯淡的夕阳洒在她身上，看不见她的表情。

壁炉前的地上，长毛狗堂塔基尼奥慵懒地躺着，这是一条毛色漂亮的纯种狗，它的身下还垫着一块高级地毯。客厅的另一角摆着一个鸟笼，里面养着一只名叫奥德里的小鸟，正唱着动听的歌曲。坐在椅子上的妻子、宠物狗、小鸟，在他眼里都是一道风景。

丈夫回家后，安妮一点反应都没有。艾格博德猜想她还在生气，他为自己倒上一杯茶，说道："白天我那么说，不过是就事论事，并没有针对你。"

说实话，艾格博德并不觉得自己错了，因此，他无法一开口就胡乱向妻子道歉，只是先从争吵中挑出无足轻重的部分，承认自己有些反应过度。

安妮依旧没有反应。每次安妮生气多半都是如此，先保持沉默，对丈夫不理不睬，借着反攻的契机，一股脑儿把丈夫批评得一无是处。

艾格博德在堂塔基尼奥的食盆里倒入牛奶，继续打探妻子的口风，对方依旧没有任何反应。“你有没有觉得，我们都太小孩子气了？”他推了推老花镜，讨好地说，“我也有很多不对的地方，人到了这个年纪，很多事情反而不会妥协了。”

艾格博德依然没获得原谅，他抚摸着堂塔基尼奥的脑袋，继续让步：“白天的事，是我不好。不，全都是我的错。只要你不再生气，像以前一样给我一个笑容，我一定痛改前非。”

迄今为止，在类似的夫妻吵架中，艾格博德从未如此退让过。这番话令他自己都颇为感动，但妻子还是无动于衷，一言不发。

“差不多要吃饭了吧？我去房间换件衣服。”艾格博德轻轻地关上门离开客厅，动作相当小心翼翼。

“真是个笨蛋。”此时，宠物狗堂塔基尼奥在心里这么想。它撑起金色的身躯，来到小鸟正下方，准备实行一个酝酿已久的行动，它等这个机会已经很久了。

堂塔基尼奥向鸟笼的方向跳了过去，将鸟笼拍在地上，并把嘴伸进损坏的鸟笼里，对小鸟发动了好几轮进攻。奥德里发出尖锐的求救声。

然而，同样身在房间里的安妮太太对堂塔基尼奥的行为视若无睹，根本不出手阻拦。

因为，她在丈夫回来前，也就是两小时前，已经死了。

原作：萨基《沉默的安妮妇人》
改写：小林良介

噩梦的延续

一天晚上，迪比特做了个噩梦。梦中，在冬天的一个寒冷清晨，他窝在被子里，睡得香甜，这时弟弟托尼出现在枕边。

“哥哥，没想到我们再也不能像从前一样说话了……”

托尼的声音跟蚊子一样轻，他坐在迪比特身边，一双大大的蓝眼睛几乎快要凑到迪比特脸上，托尼滴下的泪水从迪比特脸上滑过。

迪比特不知道自己究竟遭遇了什么，脑袋里一片混乱，只是一心不想和弟弟托尼就此分开，他下意识地想，如果现在跟托尼分开，恐怕就再也无法相见了。

在梦中，迪比特想起身，但身体却像石头一样重，连动一根手指都非常困难。

托尼一脸悲伤，站了起来。

“等一等，托尼！”

迪比特用力呼喊，托尼却没听到。托尼的个头比迪比特略小一圈儿，他的背影消失在夜色之中。迪比特又大叫托尼的名字，随后被自己的声音惊醒了，从床上跳了起来。

他被早晨洁白的光线包围着，身边一个人都没有。

“刚才是梦境吗？还是说……”迪比特觉得方才见到的景象特别真实，一切简直触手可及。

“别胡思乱想了，我们还不到年老力衰的地步，托尼才六十岁，怎么会莫名其妙就死了呢。”迪比特自我安慰。

尽管如此，他心中还是有些放心不下，想继续睡，却怎么也睡不着。时间还早，他跳下床，想要尽快确认托尼是否安然无恙。

他穿过昨晚忘记关闭的那扇半开的门，来到客厅，原本以为家人们还没睡醒，没想到妻子和平时住在别处的儿子儿媳都在客厅坐着。

“咦，怎么回事？”

“没想到，会走得这么突然……”儿子似乎没注意到迪比特走进来，连声叹息，眼眶里满是泪水。

望着儿子的表情，迪比特很快明白过来：刚才他并没有做梦。

弟弟托尼在生命的最后关头，前来与他相会。

“托尼，为什么会这样？”

他和弟弟都已经退休，正是享受人生乐趣的时候，这样的离别未免太令人猝不及防。

难以面对现实的迪比特，不由自主地用手掌捂住脸，全身无力地坐在客厅一旁的沙发上。

不知道过了多久，家人们一个个好像世界末日似的站到他跟前。

“大家都很难过，事已至此，去做最后的道别吧。”

“嗯，妈妈，别哭了，你总是哭，他怎么能放心去天堂呢？”

在一群身穿丧服的亲朋好友的簇拥下，迪比特跟着人群来到家族祭坛前，棺材用白色百合花装饰，托尼应该就躺在里头。迪比特已经看到了遗体的一部分，却还没有做好充足的心理准备与弟弟当面道别，他低声说：“托尼，真没想到要跟你说再见了……”

强忍住的泪水从迪比特的眼角滑落下来。

就在这时，一个声音从礼堂的门外传来——“哥哥！”

迪比特回身望去，瞬间看傻了眼：“托尼？你不是死了吗？”

站在眼前的分明就是今天早晨托梦跟他告别的弟弟托尼，托尼看起来没什么异样，身穿黑色礼服走了进来。难道是奇迹发生了吗？托尼活过来了？

“托尼，你没事了？”迪比特正想拥抱托尼，却半路停下脚步。托尼活着固然令人高兴，但如果他刚刚赶到，那么躺在棺材里的人又是谁呢？

迪比特心惊胆战地走过去瞥了一眼，这才明白过来。躺在百合花中的老人比托尼更令他感到熟悉，不会错的，那分明就是他自己的脸。

原来死去的不是托尼，而是迪比特自己。

原作：欧美短篇故事
改写：麻希一树

5分钟后意外结局系列

蓝色推理

日本学研株式会社编辑部　编
云青　译

中信出版集团 | 北京

图书在版编目（CIP）数据

蓝色推理 / 日本学研株式会社编辑部编；云青译
. -- 北京：中信出版社，2021.1
（5 分钟后意外结局系列）
ISBN 978-7-5217-2363-2

Ⅰ. ①蓝… Ⅱ. ①日… ②云… Ⅲ. ①短篇小说—小说集—日本—现代 Ⅳ. ① I313.45

中国版本图书馆 CIP 数据核字（2020）第 206050 号

Gofungo ni igai na ketsumatsu_Aoi Mystery

First published in Japan 2013 by Gakken Plus Co., Ltd., Tokyo
Simplified Chinese translation rights arranged with Gakken Plus Co., Ltd.
through Discover 21 Inc., Tokyo.

蓝色推理
（5分钟后意外结局系列）

编　　者：日本学研株式会社编辑部
译　　者：云青
出版发行：中信出版集团股份有限公司
（北京市朝阳区惠新东街甲4号富盛大厦2座　邮编　100029）
承 印 者：北京楠萍印刷有限公司

开　　本：787mm × 1092mm　1/32　　印　　张：5.75　　字　　数：67千字
版　　次：2021年1月第1版　　印　　次：2021年1月第1次印刷
京权图字：01−2020−6599
书　　号：ISBN 978−7−5217−2363−2
定　　价：128.00元（全五册）

服务热线：400−600−8099
投稿邮箱：author@citicpub.com

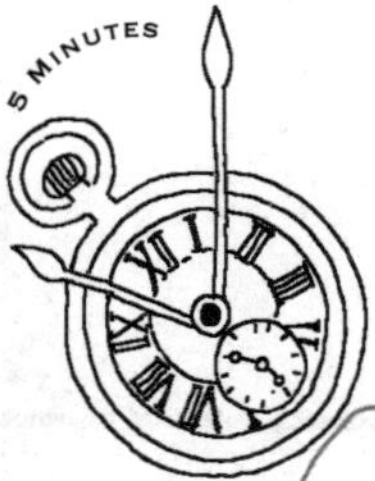

本书除了部分原创作品之外，还改编并收录了流传于世界各地的小故事、都市传奇、小说名篇、日本古典落语等等。此外，为了便于读者在短时间内掌握故事概要，本书对一些经典小说进行了改编。

目录

借一百美元的男子

银行每天都会接待形形色色的客户。

帮在这里开设账户的客户存钱，并不是银行的所有工作，借钱才是它最重要的业务。把钱借给有需要的客户，并在钱还清之前收取利息——这才是这份生意的基本法则。

正因如此，总有很多人带着各种各样的烦恼来银行借钱。

“……还能再想想办法吗？”

“可是您既没有保证人，也没有可以用来担保的物品……我们也很为难……”

“我不是说了有担保吗，这可是我去世的父亲留给我的遗物！”

“我理解它对您来说非常珍贵。可是这块表……实在不好意思……”

“这块表怎么了？”

“实话跟您说吧，这块表实在没有可以作为担保物的价值。”

“……哼！算了，我找别的地方借去！”

男人粗鲁地站起身，脚步弄出很大的声响，不满地离开了。

目送客户离开后，坐在柜台后面的支行经理长舒了一口气。

借钱收利息这门生意可有学问，要是借出去的钱收不回来，银行可就要倒闭了。所以，银行会要求客人进行担保，以防万一。担保的审查固然十分苛刻，可是为了避免重大损失，必须得弄清楚顾客用来担保的东西到底有没有相应的价值。银行又不是做慈善，绝不可能闭着眼睛随便发钱。

支行经理刚要起身离开柜台，又一位客户进来了。看到这位客户的样子，支行经理不由得感到奇怪。按说来这里借钱的大都是为钱所困的人，可他却和刚才那个气急败坏的客户一点也不同。他穿着一眼就能看出价格不菲的西装，留着整洁干练的发型，皮鞋擦得闪闪发亮，总而言之，丝毫看不出穷困的影子。

“欢迎光临，请问有什么能为您服务的？”支行经理问。

绅士风度的客人回答道：“我想借 100 美元。”

“这……一开口就借 100 万美元，这么大的金额可能……”

“不是 100 万，是 100 美元。1、0、0。”

“什么？您说 100 美元……”

支行经理一头雾水。100 美元的话，哪怕是他上高中的儿子，只要打一天工也能赚到。眼前这位绅士看起来完全没有金钱方面的困扰，他的钱包里估计现在就放着好几张 100 美元的钞票吧？支行经理虽然满腹疑惑，却不得不憋了回去：

“非常抱歉，可我还是想再次确认一下，您是想申请 100 美元的贷款吗？”

“没错，100 美元。”

支行经理陷入沉思。也许他看起来风度翩翩，其实只是徒有其表，一切都是为了骗钱而设置的圈套。人不可貌相，绝不能被他的衣着打扮所欺骗。就算区区 100 美元，我也不能贸然借给他。

“虽说是 100 美元的小额贷款，可您是第一次光顾本行，需要进行一些担保。请问有问题吗？”

绅士风度的男人一手托腮，望着天花板思考了一会儿回答：

“这样吧，我的劳斯莱斯你看怎么样？”

“劳斯莱斯！您确定吗？”

支行经理大吃一惊。本以为他会回答没有担保，或者拿出便宜的手表或戒指一类的东西来充数。

“没错。车现在就在停车场，一起去看看吧。”

支行经理半信半疑地跟了过去。没想到，停车场果然停着一辆劳斯莱斯，刚打了蜡的车身闪闪发亮，甚至有些晃眼。支行经理震惊地问道：

“这……先生，您用这辆车少说也能贷款 30 万美元。”

“不，100 美元就够了。”

绅士风度的男人办理了贷款所需的手续，随后用劳斯莱斯的车钥匙交换了一张 100 美元钞票，离开了银行。

“真是让人百思不得其解……他到底要 100 美元干什么呢？”

支行经理虽然摸不着头脑，却不敢怠慢客人的担保品。他派人把劳斯莱斯开入大客户专用的停车场，在这里，车子会受到严密的监管。虽说只申请了 100 美元的小额贷款，但车是实实在在价值 50 万美元以上的豪车。万一刮花或者碰坏，后果不堪设想。客户担保的东西银行必须妥善管理，这也是银行的职责之一。

六个星期过去了。风度翩翩的绅士再次来到银行。

“哎呀……劳驾您了。您的车我们帮您妥善保管着呢！”

"是吗，谢谢了。"

绅士拿着用劳斯莱斯担保所借的 100 美元，加上 6 个星期所需的 3 美元利息，换回了自己的车钥匙。离开之前，他面带微笑地赞叹道：

"新喀里多尼亚简直太棒了。"

"什么？"

"这里只用花 3 美元就能停 6 个星期的车……太划算了。要是一般的机场停车场，一天就要 10 美元。要停 6 个星期，你说得花掉多少钱！而且机场是露天的，整天风吹日晒。相比之下，你们银行的停车场不但在室内，而且相当安全！谢谢，以后我还会再来使用的。"

说完，绅士轻轻抬手关上车窗，离开了。

银行每天果然要接待形形色色的客户。

原作：欧美短篇故事
改编：小林良介

交通事故

只要想起那天，汤姆握方向盘的手都会变得更加谨慎。

那天，汤姆因为工作原因喝了一小杯红酒，随后开车回家。或许是酒精让他的判断力变得迟钝，通过交叉路口时不幸和另外一辆小轿车撞在了一起。

还好双方都没受伤，可是随后接受交警调查时，他被认定为酒驾。为此，汤姆的驾照被吊销，很长一段时间不能开车。而且酒驾是违法行为，汤姆要为事故负全责，保险也无法生效，修车花了一大笔钱。唉，喝酒真是没好事。

从那天起，汤姆决定再也不喝酒了，除非有格外值得高兴的事情。

可是，不管喝不喝酒，再怎么小心驾驶，有时还是会发生不可避免的事故。这一次，汤姆的车被另外一辆车迎面撞上。被撞，自然也就是说对方是责任方。

那是一条极少有车行驶的山路，通过一个大转弯时，对面的车大幅度压线。汤姆来不及闪避，他们就这样迎面撞在了一起。两辆车损伤都很大，可是如同奇迹，两个司机都毫发无伤。在这种人烟稀少的山路上，万一受了伤动不了，可能叫救护车都做不到。

话说回来，对面这家伙开车技术也太差了，到底是什么人这么冒失?

隔着前盖冒出的白烟，汤姆看到对面的车门开了。没想到，走下车的竟是一位年轻的美女。美女仿佛一点也不在意自己撞坏的车，而是急忙跑到汤姆车前，并把他从车里拉了出来——汤姆虽然没有受伤，但是身体卡在车里动弹不得。随后，她又用温柔动听的声音问道:

“你没事吧？受伤了吗？”

汤姆震惊于她的美貌，更让汤姆感到钦佩的是，比起关心自己的情况，她第一时间赶来关心对方。这种时候，许多女司机恐怕——不，男司机也一样——都会无视自己的过错，反而冲对方大发雷霆。可是眼前这位美女却恰恰相反。难道说，人美心也会更美吗？汤姆尽可能地装出帅气的样子，回问道：

“谢谢。比起我，你不要紧吧？”

“不要紧，我没事的。不过没想到发生这么大的事故，我们两个却一点也没受伤，真是奇迹呀。”

挂着微笑的温柔面庞，越看越惹人心动。二人互道姓名，美女名叫伊丽莎白，“叫我丽莎就好了。”

“我叫汤姆……我们两个今天真是多灾多难啊。”

“我们两个……真是太抱歉了，都是我的错。”

“哪里哪里，怎么能只怪你一个人。我要是再多留神一点，也就不会发生这样的事了。”

伊丽莎白谦虚的态度让汤姆好感倍增。

“不好意思，我可以给朋友打个电话吗？其实我今天是要去朋友家玩的，既然如此，肯定也去不了了，得赶快给他打个电话……”

伊丽莎白跑到离汤姆稍远一些的地方，取出手机打起了电话。虽然汤姆听不见声音，可依旧看得到伊丽莎白落落大方、沉着稳重的身影。这种时候还能不慌不忙，真是令人心驰神往。

汤姆看着伊丽莎白的侧脸入了迷，突然二人的目光对上了，伊丽莎白脸上露出无奈而又略带歉意的微笑，越看越美。

和伊丽莎白相同，汤姆对这次的事故也表现得相当沉稳冷静。就像汤姆感到伊丽莎白是一位迷人的女子一样，伊丽莎白也一定认为自己是个落落大方的绅士。汤姆表面上看起来风平浪静，内心早就掀起了惊涛骇浪——听说处于兴奋状态下的男女容易陷入恋情，这就是所谓的“吊桥心理”。

也许这正是上天小小的恶作剧，让二人命运的红线紧紧连在一起……汤姆的内心雀跃不已。

“别的都无所谓，只要你美丽的脸庞没有受伤，一切都好。”

看着伊丽莎白的眼睛，汤姆忍不住夸赞道。

“没有啦，谈不上什么美丽……”

伊丽莎白露出害羞的微笑，在汤姆看来简直就像天使一般。“不会错的，伊丽莎白绝对爱上我了。就像我也越来越被她所吸引……”汤姆暗想道。

“不过，遇到这样的事情，心脏还是在紧张地跳个不停呢。”

“这也难免，我也有点兴奋的感觉。”

“对了！我有个好东西。”

说着，伊丽莎白从副驾驶席上放着的纸袋中取出一瓶红酒。

“啊，太好了，没有碎！这是我本来要带给朋友的礼物。”

伊丽莎白像抱着珍贵的宝贝一般紧紧抱住红酒瓶，对汤姆说道。

“我们来缓解一下紧张……或者不如说，为了庆祝我们的相遇，就干了这瓶红酒如何？”

天色早已陷入黄昏，然而伊丽莎白的脸颊却羞得通红，汤姆认定这番话就是对自己的真情告白。

“我没有酒杯，直接对着酒瓶喝，可以吗？”

听到伊丽莎白的提议，汤姆立刻接受了。

“这附近又不是什么高级餐厅，只是乡下的山路而已，直接喝才更合适！”

汤姆从伊丽莎白手里接过酒瓶，一口气喝下了小半瓶。深紫色的液体通过喉咙，汤姆的心情也随之高昂起来。接下来要说出那些肉麻的情话，实在不能少了酒精的帮助。不过，让汤姆脸颊发烫的不只是红酒，美丽的伊丽莎白才是真正原因。汤姆喝完，把酒瓶还给伊丽莎白。

“来吧，丽莎，该你喝了……”

伊丽莎白接过汤姆递来的酒瓶。可随后她把瓶口对准地面，红酒全部倒在了地上。汤姆心想，是自己做了什么错事惹她不开心了？还是因为她不想和自己间接接吻呢……伊丽莎白对汤姆的疑惑视若无睹。她抬起手腕看了一眼时间，然后微微一笑。

“我要等警察取证结束以后，回家慢慢享受。”

就在这时，远处响起了警车刺耳的声音。“接下来，警察一定会向我们二人询问事故的经过，那么我就要进行解释和说明，而我嘴里红酒的味道……”

两辆车发生事故，其中一人清白无辜，另一人酒气冲天……这意味着什么？想必曾有过相同经历的汤姆比谁都清楚。

原作：欧美短篇故事
改编：小林良介

神仙生病了

很久以前，某国的一座小镇上，有个叫莫莱尔的名医。

年迈的莫莱尔满脸皱纹，浓密的白胡子快把整张脸都盖住了，让他看起来仿佛精灵族的长老一般。哪怕是奉承，莫莱尔的容貌也绝对谈不上英俊，可是小镇上的人都异口同声地称赞他，夸他是镇上最珍贵的宝物。因为，与外表截然相反，莫莱尔有着一颗比宝石还要美丽的心。

比如深更半夜时，要是听说哪家产妇需要接生，莫莱尔必然一跃而起，以最快的速度奔向他们家中。孩子平安降生，他比任何人都高兴。

再比如有的患者家境贫寒，付不起医药费，莫莱尔从不会生气。甚至，当患者的女儿为他送上自家炖的汤时，他会欣然喝下并夸赞道：

“这碗汤胜过一枚金币！”莫莱尔露出发自内心的微笑。

因为莫莱尔高尚的品格，小镇上的男女老幼都喜欢他。不过，太小的孩子可能是例外。住在小镇郊外的娜塔莎今年 6 岁了，过去她看到莫莱尔的脸就会吓得哭起来。这个国家有个传说，不听话的小孩会被妖怪捉去。娜塔莎误认为莫莱尔就是那个传说中的妖怪。不过，现在每当看到莫莱尔的白胡子，娜塔莎都会蹦蹦跳跳地跑到他身边去。莫莱尔总是给她带甜到让嘴巴都快融化掉的糖果，而且，他还是救了娜塔莎最好的朋友的大恩人。

娜塔莎家里养了一条叫作科林的狗。它和娜塔莎差不多同时出生，从小一起长大。他们两个亲密无间，总是平分饼干一起吃，而每当娜塔莎被母亲责骂，科林都会在一旁帮娜塔莎舔干眼泪，直到她重新开心起来。虽然娜塔莎也和别的小朋友一起玩，可是科林对她而言是独一无二的、最特别的好朋友。

她要和科林像现在一样永远在一起，娜塔莎对此深信不疑。可是有一天，突如其来的悲剧降临了。科林追逐娜塔莎丢出去的球，不幸被飞驰而过的马车碾过。科林的鲜血洒在地面上，一点点渗入泥土中。这不是真的！娜塔莎觉得自己在做梦，拼命捏脸颊想要醒过来。可是，脸颊火辣辣地疼，大人们也对娜塔莎说，科林可能再也无法走路了。只有莫莱尔安慰不停哭泣的娜塔莎，摸着她的头对她说："不用等太久，科林很快就能重新跑起来！"

莫莱尔把科林带去治疗，这是娜塔莎第一次和科林分开。马车事故过去一个月以后，科林回到了娜塔莎身边。的确和莫莱尔说的一样，科林蹦蹦跳跳，活泼地摇着尾巴。娜塔莎看到健康的科林回来了，才对莫莱尔生发了喜爱之情。

莫莱尔对娜塔莎和科林也十分疼爱，每当治病的路上看到他们的身影，都要停下马车跟他们打招呼。娜塔莎和科林，还有小镇上的所有人，都深深爱着莫莱尔。只要看到莫莱尔，大家都会露出灿烂的笑容。

可是……那一天，太阳在天空中熠熠生辉，可小镇却如同包裹着乌云一般被沉重的气氛笼罩着。小镇上的每个人都神色黯然，身上穿着黑色的衣服。在街上擦肩而过时，人们互相安慰，脸上的表情仿佛世界末日已然降临——大家深爱着的莫莱尔，突发心脏病离开了人世。

莫莱尔从死神的手里救回了那么多人，可到最后，小镇上却没人能挽救他的生命。今天是莫莱尔的葬礼，想到再也无法看到他的笑容，人们忍不住潸然落泪。

这天，母亲也给娜塔莎穿上了黑色的衣服，随后深深地叹了一口气，又给科林也系上黑色的项圈。可是，在一片悲伤的氛围中，只有娜塔莎还在笑。她仿佛马上就要跳起舞一般，和科林一起在院子里欢快地奔跑。

“为什么这种时候你还这么高兴？快停下！”

母亲很担心，难道娜塔莎是个内心阴暗的孩子？不管是多么十恶不赦的人，都会为莫莱尔的死感到悲伤，可唯独娜塔莎……

而娜塔莎也完全不明白母亲为什么要制止她。

“为什么不能笑？现在连神仙都在高兴地笑呢！”

“神仙？为什么神仙会高兴呢？”

母亲眨眨眼，不明白娜塔莎在说些什么。娜塔莎紧紧握住母亲的手，无比开心地回答道：

“因为听说昨天莫莱尔去天国了！一定是神仙生病了才召唤他过去的吧。现在，莫莱尔一定正在帮神仙治病，神仙当然会高兴啦！”

原作：欧美短篇故事

改编：麻希一树

按计划行事的男人

有一天，男人的事务所来了一位客人。客人看年纪大约 40 多岁，虽然她用墨镜遮住了大半边脸，可还是一眼就能看出，这一定是位富裕家庭的太太。不管是墨镜还是身上的穿戴，全都是能叫出名字的名牌，左手无名指上的钻戒闪闪发光，脖子上的金项链更是绕了好几圈。

他知道富太太心事重重。为什么？因为他是个职业杀手。当然，事务所的招牌上绝对不会将这件事情明写出来。而这位客人是老顾客介绍来的。

富太太进门的瞬间，杀手多年培养出的直觉告诉他，她的目标一定是自己的丈夫。到了这个年纪，还能有谁是她恨不得杀之而后快的人？几乎百分之百是丈夫——要么就是丈夫的情人。

杀手招呼客人就座。富太太果然说出了预料之中的话：

“听说你是手段相当不错的杀手。我想请你杀了我的丈夫——钱不是问题。”

杀手不痛不痒地哼了一声，回答道：

“没错，我是个杀手。所以不管是拜托我杀什么样的人，我都会完成任务。不过，杀手也有杀手的规矩。既然一条性命的生死要由我这双手决定，我就必须知道理由。你为什么要杀自己的丈夫？是想要丈夫的遗产吗？”

富太太毫不犹豫地摇了摇头。

“那是你丈夫出轨了吗？”

富太太再次摇头。

杀手百无聊赖的眼神变得锐利起来。他认真地打量起眼前的客人。既不是为了遗产，也不是出轨，那么到底有什么隐情让她不得不杀掉自己的丈夫呢？

富太太看起来似乎有些犹豫，不知道是否要坦白自己真正的理由。她放在膝盖上的双手紧紧攥在一起，低垂的眼神飘忽不定。

杀手耐心等待。面前桌上放着的冰咖啡，玻璃杯的表面早已凝结了水滴。水滴落在桌子上，形成一片小小的水洼。

当杀手开始思考要不要换一杯咖啡时，富太太似乎终于下定了决心，抬起头直视着杀手说道：

“丈夫不爱我。我的丈夫只爱‘计划’。我想打破丈夫的计划，所以，请你务必杀了他。”

“打破计划？这是什么意思？”

杀手瞪大了眼睛，完全没想到竟然会听到这样的回答。富太太憔悴地叹了一口气，用手指推了推墨镜，娓娓道来：

“怎么说呢，我的丈夫不论做什么都要设定完美的计划。就拿每天的日程安排来说吧，早上六点半起床，七点整吃一个加了煎蛋和培根的全麦面包；七点半出门慢跑，花正正好好二十一分钟跑完五公里；然后到了七点五十七分洗个淋浴，八点二十分准时上班。他的生活就是这样，安排得分秒不差！”

“真是个缜密的人啊。”

本以为这样的人只存在于小说里，听到真实的例子，杀手一时有些吃惊。不过，就算如此，有必要杀了他吗？富太太仿佛察觉到杀手的疑惑一般地说道：“我结婚以前对他这样的生活毫不知情。丈夫计划的不只是每天的日程，还有整个人生。比如，他二十七岁零一个月的时候和我结婚，二十九岁三个月有了女儿，三十四岁半的时候又有了儿子。这些，其实都是他事先计划好的。”

“这也太厉害了。”

“也就是说，他并不爱我，只是为了达成自己的计划才选择了我而已。如果他想要计划一切，那随他好了。可是不要连我的人生都列入他的计划之中！有一天我终于受够了一切都在他的计划内进行，于是……我想要一些新的刺激……”

富太太移开了目光。原来如此，杀手领会了她的意思，一手托腮问道：

“于是你就和别的男人出轨了？”

“是的……按一般来说就是出轨吧。那天我和孩子的家庭教师对上眼了，于是就……可是我们没注意到丈夫回家的时间，结果被撞了个正着。”

“他有什么反应呢？”

“他竟然完全没有生气。”

“是吗？那还真是稀奇。”

遇到这种情况，丈夫要么对着妻子和情敌大发雷霆，要么直接动手。一丝不乱地按计划生活的丈夫果然有所不同。

“那你的丈夫做了什么？他要跟你离婚吗？”

富太太困惑地耸了耸肩。

“离婚是我提出来的。可是他却告诉我，离婚这种事不在他的计划之内。”

“原来如此。所以你才想打乱他的计划，从他的掌控之中逃离出来，于是才来委托我的吧？”

“是的。不论多少钱我都愿意付，请你一定要帮我杀了他。”

她说的是真的吗？抑或是为自己的出轨找一个正当的借口？杀手不知道。不过，真相并不重要。杀手抱着胳膊思考良久，随后重重地点了点头。

“我知道了。那么，我会尽快了结你丈夫的性命。”

接受委托后，杀手开始观察目标的行动轨迹。这份工作的成功，全靠细致的准备和缜密的观察。可是，这份委托的准备工作比以往都要简单和无聊。

确如富太太所说，她丈夫的生活无比规律、分毫不差、日复一日，他的生活完全按照计划进行着。杀手观察一周后，终于决定动手。早上慢跑的时候，富太太的丈夫会通过一处没有人烟的树林。要想不引起别人注意，这便是最佳时机。

杀手带上长管来复枪，早上七点准时来到树林。来复枪操作起来非常简单，而目标永远会按计划行动，每天经过的路线一致，甚至速度都连一米的误差也没有。杀手需要做的只是把枪口对准而已，接下来只要等待他通过自己眼前，在那一瞬间扣下扳机，这份工作便圆满完成。

目标慢跑的时间越来越近了。杀手盯着瞄准镜，等待时机到来。

七点四十分——杀手的手指已经在扳机上就绪。

七点四十二分——计划好的时刻到了。可是不知为何，目标没有出现。

又过了五分钟，十分钟……八点过去了，目标依然不见踪影。

杀手最重要的职业素养，就是强大的神经，无论何时何地都能保持冷静。可是此时此刻，一种不祥的预感让他心如乱麻。

杀手从来复枪旁站起身，揉搓着前额，自言自语道：

“今天到底是怎么了？那家伙平时一直按计划行事，偏偏今天没有出现。是生病了吗？还是遭遇了事故？但愿他没有遭遇什么不测……”

原作：欧美短篇故事
改编：麻希一树

打电话的人

美国一处高级住宅区内，一个富裕的贸易商人坐拥一所花园别墅。商人白手起家，用了二十年的时间把公司打造成了美国屈指可数的贸易公司。他和总统谈笑风生，还在家乡立起铜像，收藏世间最美的宝石，声名显赫。可以说，商人已经拥有了他想得到的一切——除了一样东西。

那天，在国外出差的商人给家里打了一个电话。一个女人接起电话。通过电话线传来的声音听起来有些机械，商人马上发现这不是自己的妻子。如果是妻子，听到自己的声音会立刻不耐烦。

“你是谁？”商人询问。

女人用高亢且带着鼻音的声音回答道：

“我是这所宅子的女仆。”

“你是不是第一次和我说话？”

他雇用了好几个女仆，可电话里的声音还是第一次听到。

也许是商人的焦急通过电话传到了对面，女仆清了清嗓子，礼貌地回答道：

“我是夫人今天刚刚招进来的。所以，不论您是谁，我今天应该是第一次和您讲话。”

“呵，原来是在我不在的时候又换了女仆。”商人尽量远离话筒不让对方听到，没好气地小声嘟囔了一句。

妻子不论到几岁都还是一副小公主做派，遇到不满意的女仆就会立马辞退。就在不久前，有一次商人在外出差，家里有一个女仆给妻子的爱猫喂错了牛奶——她只是忘了用低脂牛奶，就马上被扫地出门。这次又是因为什么辞退了女仆呢？商人无暇管这么多。

“我知道了。可以麻烦你把电话给她吗？”

“不好意思，请问您是哪位？”

“我是这个家的主人。”

“……”

男人回答完毕，电话对面陷入了长时间的沉默。到底发生了什么？商人皱起了眉头。半晌，女仆犹豫不决地说道：

“夫人现在正在卧室休息。”

女仆似乎很犹豫是否去叫醒女主人。大概是害怕打扰到她，自己的饭碗不保吧。

“我有急事，快点把她叫来。”

这一次，商人刻意表现出着急的样子。电话对面再次沉默良久。随后，女仆用十分为难的口吻——似乎在表示自己对此事并无责任——回答道：

“我以为和她在一起的男人才是这个家的主人……”

这句话的意思再清楚不过。

“……”

这回轮到商人沉默了。

“您还在吗？”女仆等不下去了，战战兢兢地询问道。

“呼——”商人轻轻地叹了一口气。

商人很爱自己的妻子。与此相对的，妻子是否对他抱有同样的感情，却是个谜。不论他用多少钱讨她欢心，她还是经常一副不开心的样子。商人这辈子应有尽有，可唯独妻子的爱不是他所能掌控的。

但是，这一切都不重要了。商人没有那么宽容，既然妻子背叛了自己，他的感情也就荡然无存了。不如说正应了那句老话，爱之深则恨之切。商人感觉自己的脑中一片空白。

“我想问一个有些唐突的问题，你喜欢钱吗？”

“什么？”

“钱，我说钱啊。印着总统头像的钞票，我问你喜欢吗？”

“这……当然了。我想没有人讨厌钱吧？”

“那么，多少钱可以让你满足？”

女仆不明白问题的含义，再度陷入沉默。

不过，最终她还是找到了答案。

“您想让我做些什么，然后付给我报酬，对吗？”

“没错，就是这样。我想让你做的事情非常简单，只要你完成了这个简单的任务……我就给你100万美金。”

“……我应该怎么做呢？”

商人知道女仆心动了。他嘴角微微上扬，继续说道：

“首先请你打开电话下面柜子的抽屉，这样做我会给你5万美金。”

“仅此而已？”

“没错。快点，别磨磨蹭蹭的。”

电话里传来抽屉打开的声音。与此同时，他还听到女仆倒吸一口冷气。商人点了点头，继续发出指示：

“如你所见，抽屉里有一把枪。请你把枪拿起来，这样我会再加10万美金。”

“……拿起来了。”

“很好。接下来，请你拿着枪和电话走到卧室门前，这样就可以再得到15万美金。”

商人听到女仆咽口水的声音，她应该已经明白些什么了吧。可是，女仆并没有停下。也许是觉得蹑手蹑脚反而惹人怀疑，商人从电话里可以清晰地听到她“噔噔噔”的脚步声。

“我已经走到卧室门口了。剩下的 70 万美金，我怎样做才能拿到呢？”

女仆在寻求早就心知肚明的答案。她的声音害怕得发抖，可商人故意装作没有注意到的样子，轻描淡写地回答道：

“用你手上的枪射爆他们的脑袋。做完这件事，我就再给你 50 万美金。”

“……”

电话那边一片安静。这也是商人预料之内的，所以并没有因此感到慌张。

“你没有退路。假如在这一步回头，你不但无法得到刚才承诺的 30 万美金，还会立马丢掉工作。可是只要按我说的去做，你就能得到 100 万美金，后半生享尽荣华富贵。你自己考虑一下，哪条路更好？”

女仆没有回答。与此同时，两声枪响从电话里传了过来。

商人知道，一切都结束了。他唯一的求而不得的东西——妻子的爱，从今以后永远失去了拥有的机会。但是他不后悔。

“喂？请问……”女仆的声音响起。

商人用手捂住胸口，仿佛要把汹涌的情绪封印起来。随后，他缓缓开口：

“我知道。你想问的是剩下 20 万美金怎么才能拿到，对不对？”

“是的。是处理遗体对吗？请给我具体的指示。”

到了这一步，女仆想来是已经彻底放开了，说话语气不再唯唯诺诺。商人脑中回忆着自己家中的构图，思索着回答道：

“冰箱……有点太瘆人了。阁楼角落的小房间？不行，那样尸体腐烂太快。总之先藏进红酒窖里吧。”

“……这所房子有酒窖吗？”

“你才刚来我们家工作，不知道也难怪。厨房一角有扇连通到地下的门。门刷成了红色，你一看就知道。打开门从里面的楼梯向下走，就能找到红酒窖了。”

“什么？你说地下？可这里是高层啊，怎么会有地下室呢？我现在已经走到厨房了，可是并没有您说的门……”

“嗯？”

对话戛然而止。

沉重的空气在二人之间弥漫开来，带来深不见底的沉默。几分钟过去了，商人颤抖着开了口：

“请问……府上的电话号码是 123-987x 吗？”

原作：欧美短篇故事

改编：麻希一树

胆小的乘客

一个男人戴着只露出眼睛的黑色头套，手里举着来复枪大喊：

“都给我老老实实别出声！这架飞机已经被我劫持了！”

机内顿时一片悲鸣。

“听好了，我已经在这架飞机上安装了大型炸弹，一旦政府不满足我们提出的要求……”

电视机一闪，画面就此切断。约翰扔开手中的遥控器，把手边的果汁一饮而尽。他知道这只是一场电影，可依然无法继续看下去。

约翰有飞机恐惧症。不，准确来说应该是劫机恐惧症才对。

可是因为工作原因，他常常需要坐飞机出行。每次坐上飞机，他就会幻想飞机被劫持的情景，双手颤抖，额头冒汗，甚至感到眼前发黑和反胃。

这种现象从过去就时有发生，但是最近一段时间越来越严重。飞行途中有谁从后排站起身去洗手间，他都会惊恐地回头看，双腿止不住地颤抖。

再这么下去，不久之后他可能再也无法乘坐飞机了。

几天的出差结束了，约翰像丢了魂儿一样，踉踉跄跄地回到家中。

约翰忘不掉白天的恐惧，怎么也睡不着。于是，他决定去经常光顾的酒吧坐坐。明天开始就是周末，今天喝点酒也没关系。

到了酒吧，老朋友杰米也在。约翰和他并排坐下。

“嗨，约翰！出差回来了？”

“是啊，今天刚回来。不说这个了，我有件事想跟你聊聊……”约翰想跟他谈谈自己的苦恼。

“我害怕劫机害怕得不行。一想到万一自己坐的飞机被坏人劫持了，就焦虑得坐立不安。”

“这没什么，劫机谁都会害怕。”

“那为什么除了我以外，大家都平安无事地坐在飞机上？”约翰激动地说了下去，“我一想到自己坐的飞机可能被装了炸弹，就恨不得立刻打开舱门跳下去，连降落伞也不背！你看，我光是想象一下，手就已经开始发抖了。”

“放松，别激动。”

杰米给约翰递了一杯酒。

“你的心情我理解，不过你想想看，和带着炸弹的人乘上同一架飞机的概率有多大？”

“概率？”

“是啊。就是你坐的飞机上恰好有个人带着炸弹的概率。虽然不可能太精确，但是肯定只有几千万分之一的可能性。”

“原来如此……”

“这个概率，比你开车遇到交通事故要小得多。比起害怕有人劫机，你不如多担心一下自己开车时的安全。”

约翰已经听不进去杰米的话了。“几千万分之一……也就是说，乘坐几千万次飞机才能遇上一次……”约翰小声自言自语起来。

“杰米，我想问问你。”

“怎么了?”

“要是有两个人同时都带着炸弹，乘上同一架飞机，这个概率有多大?”

杰米大声笑了起来。

“哈哈哈，你真是个有趣的家伙！约翰，这种事情发生的概率别说千万分之一了，根本就是零。活十辈子也不一定能碰上一次。”

约翰又坐飞机了。可是，这次他既不害怕，也不发抖。自从那天和杰米谈话以后，约翰再也没有飞机恐惧症了。

“遭遇两个人同时带着炸弹劫机，哪怕活十辈子也碰不到……嗯，那我只要自己带着炸弹就没问题了。”

约翰一边默念，一边想着行李架上自己装着炸弹的箱子。舷窗外，蔚蓝的天空一望无际。

原作：欧美短篇故事
改编：小林良介

戒指

“史蒂芬！你怎么会在这里……”

杰西卡惊叫道。她身边是恋人哈里森，二人正在可以远眺浪漫夜景的餐厅约会。

而此时史蒂芬出现了，杰西卡不久前刚刚才和他分手。

自己前任和现任相遇，多么尴尬的场景。不，也许不只是尴尬与否的问题。

史蒂芬看着一脸吃惊的哈里森，脸上露出前所未有的阴险表情。

杰西卡感到脑袋一阵晕眩，回想起了和史蒂芬分手的那天。

仅仅是三天前的事情。

“这个……还给你。”

杰西卡把放着戒指的小盒子摆在史蒂芬面前。

那是一家街角的小饭馆，他们二人经常一起来。两个月前，史蒂芬就是在这里向杰西卡求婚的。

没错，他们刚刚订下婚约。可是，杰西卡却提出想要反悔。

“对不起，我不能跟你结婚。”

史蒂芬感到非常不解，他用充满怒气的声音问杰西卡：“为什么？！”

“因为……我有了别的喜欢的人。”

“到底是个什么样的人？”

“他是个医生。”

不只是医生，还在知名大医院工作，并且还是这家医院的继承人。这样好条件的男士向杰西卡告白了。

他和史蒂芬不同，可以带她去高层建筑上的高级餐厅享受，将来更是前途一片光明。杰西卡不想放弃千载难逢的机会——这些话，她当然说不出口。

杰西卡只把哈里森所在的医院的名字告诉了史蒂芬。

三天后，史蒂芬出现在他们面前。

已经跟他彻底说清楚了，没有什么好顾忌的。杰西卡这样自我安慰道。于是，她态度坚决地发问："你找我有什么事吗？"

"我不是来找你的，不用你插嘴。"

史蒂芬一动不动地盯着哈里森。

"你就是哈里森啊，在大医院工作的……"

"是、是的……"

谁都能看出来，哈里森虽然表面故作平静，内心却在打鼓。

"你、你找我有什么事？"

"那还用说，当然是这个！"

史蒂芬的手伸进上衣内侧的口袋。

他要掏手枪！杰西卡脸色铁青。

——事情怎么会变成这样？难道他因为失去我的打击太大，已经不顾一切了吗？他一定是想杀掉哈里森，下一个就轮到我……分手那天之所以没有动手，一定是想等我和哈里森都在场的时候再下手吧。我才刚来到幸福的巅峰，却眼看着就要跌入地狱了！

“啊啊！”

杰西卡下意识地尖叫起来，眼前一阵发黑。

餐厅里的客人被杰西卡的尖叫吓了一跳。人们似乎也意识到发生了什么，四下骚动起来。杰西卡的视线渐渐恢复，接着，她看清楚了。

史蒂芬掏出的是……杰西卡还给他的订婚戒指。

“请你买下这枚戒指！她应该很喜欢的，连尺寸都是按她的手指选的。”

说着，史蒂芬把戒指送到哈里森面前。戒指上的钻石在灯光下闪闪发亮。

“我要用这笔钱买辆车，因为昨天我交了新女朋友。”

原作：欧美短篇故事
改编：桑畑绢子

毒蘑菇

这场婚姻就是个错误——选择的结婚对象完全不对。因为看中他家底殷实，她不顾身边其他人的反对嫁给了他，可结婚以后才真正了解他的为人。话多得烦死人，歪理一大堆，给妻子自由支配的钱却少之又少，是一个彻头彻尾的小气鬼。不仅如此，还天天拈花惹草，为了讨好其他女人，他给她们买贵重的首饰。

“新婚没过多久，他就到处和别的女人勾勾搭搭，难道以为我不知道吗？”

妻子准备策划一场谋杀，目标正是相处多年的丈夫。选择嫁给这样的男人，她知道自己也有责任，可是忍受了十多年凄凉的婚姻生活，也算尽职尽责了吧。

“我已经无法继续忍下去了。光离婚绝对不够，我不但要他的命，还要理所应当地继承他的遗产。”

妻子一边在梳妆台前化妆，一边自言自语道。问题不在于杀或者不杀，而在于怎么杀，用什么方法杀。只是单纯杀死他太没意思了，我这些年受了多少委屈，必须让他加倍偿还。那么到底应该怎么做呢……这时，房间的门被敲响了。

“夫人，快到出门的时间了。”

敲门的是她的专属女仆，在十几个用人里她是最年轻的。

“她从来都对我的话言听计从，只要报酬丰厚，她一定愿意帮我。”

妻子一边想一边离开了房间。让女仆亲手杀死丈夫的确不太现实，但至少她不会在事成以后跟警察多嘴，还能帮忙一起动手。对于这一点，妻子有百分百的自信。为什么呢？因为女仆本人正是为了向丈夫复仇才来到这个家当用人的。丈夫曾经对她们一家落井下石，最终逼得她家破人亡。妻子知道这件事，却一直把秘密保守在心里。因为她知道，总有一天可以加以利用。

有一天，妻子从熟人手里弄来了毒蘑菇。听说这种蘑菇可以让人极为痛苦地死去，解剖后却只能视为心脏病发作而已。对妻子而言，这简直就是梦寐以求的作案工具。当然，前提是她听说的消息是真的。眼下的问题在于，熟人给她的毒蘑菇也是从别人手里拿到的。也就是说，蘑菇是真是假，没人亲自验证过。

“只要蘑菇是真的，我多年的怨恨就能得到平复了……”

丈夫吃了毒蘑菇以后，一定要俯视着他痛苦不堪挣扎的样子，把迄今为止的全部怨恨和心酸全部说出来……那该是多么爽快的事情啊！想到这一瞬间，妻子的脸上浮现出欣慰的笑容。

可是，毒蘑菇到底有没有效果？首先必须确认这件事。丈夫养了一条叫作约翰的狗，可这条狗从来不亲近她。现在正好可以趁这个机会，用这条蠢狗来试验一下。约翰是大型犬，体重也和丈夫差不多，假如毒蘑菇对它有效，那么毒死一个人也没问题。

妻子把年轻的女仆叫到身边。

“明白了吗？这件事你不能告诉任何人。”

听完妻子的计划，女仆虽然感到震惊，却无法抗命。不如说，她也完全不想拒绝，甚至很高兴见到复仇的机会终于到来。

“我明白了，夫人。”

她们的计划是这样的：家里总是在晚上七点准时开饭，但是养在院子里的约翰的晚饭一般会提前一些。妻子负责把毒蘑菇盛到丈夫的晚饭中，而女仆负责约翰。

晚餐一般是由专门的厨师准备，但是假如在结婚纪念日，妻子做一顿晚餐也就不会显得不自然。让厨师去休假，由妻子在厨房制作下了毒的晚餐。约翰会比丈夫更早吃到毒蘑菇，约翰一旦有什么反应，女仆会立刻通知她。

结婚纪念日到了，计划终于将付诸行动。年轻女仆趁专门服侍约翰的用人不注意，把毒蘑菇混入它的食物中。这种蘑菇没有味道，约翰一定不会怀疑。另外一边，妻子正在准备晚餐，丈夫也和平时一样吃了起来。

妻子一边盯着丈夫一口口送下食物的样子，一边吃自己盘中没有下毒的晚餐，等待女仆的消息。

晚饭全部吃完了。就在这时，女仆十万火急地跑进二人用餐的房间。

“夫人，约翰它……约翰死了！”

听到这个消息，妻子的目光马上转向丈夫。丈夫脸色铁青，看起来身体很难受。他的嘴巴一开一合，却说不出话来。妻子猛地站起身，快步走到门前上了锁。

“真是大快人心！啊哈哈哈哈哈！”

看到发不出声音的丈夫，妻子放声大笑。

“知道吗，我给你做的晚饭和约翰一样，里面都放了毒蘑菇！这么多年来你让我活在痛苦和委屈之中，今天我要让你加倍奉还！”

听到妻子突如其来的一番话，也许还有毒蘑菇的影响，丈夫从椅子上跌落下来。

“毒蘑菇马上就生效了，痛苦吧！挣扎吧！和你最喜欢的约翰做伴去吧！多么美丽动人的画面，啊哈哈哈哈！”

在妻子畅快的笑声中，女仆战战兢兢地插了一句：

“不、不好意思……虽然实在很难开口，可是我必须告诉您，约翰吃了蘑菇以后很健康……只是它太兴奋，奔向公路，然后……被路过的汽车碾死了。”

丈夫原本因长年宠爱的约翰死去而满脸悲痛。现在，知道了全部真相的他盯着妻子，脸上的表情因愤怒而扭曲。

原作：欧美短篇故事
改编：小林良介

说谎者

吉米实现了梦想，成功当上了一名警察。他从小就憧憬着警察帅气的白色摩托车，如今自己终于拥有了骑上去的资格。想要当警察，必须通过重重困难的考试，并且进行长期训练和研修，才能骑上白色摩托车，开始执行任务。

这一天，吉米正骑着车在自己负责的片区巡逻，很快他发现一辆超速行驶的汽车。这是他当上警察以来的第一份工作。吉米把摩托车加到最高速，追了上去。

听到吉米的警笛，超速行驶的汽车很快慢了下来。这条路限速 40 公里 / 时，这辆车至少超了一倍，绝对不能放过。吉米指挥他停在路边，这很可能会成为他警察生涯的第一次任务。吉米有些紧张，但还是以故作镇定的语气对开车的人说道：

“你开得太快了，这样很危险。请出示一下你的驾照。”

没想到却听到了对方令人难以置信的回答：

“什么？我怎么可能有那种东西。一年前我超速100公里的时候，驾照早就被吊销了。”

吉米一下子没听明白。没有驾照？超速100公里？而且毫无悔过之意。这是一个极为恶劣的家伙。吉米感到全身都紧张起来，这不仅仅是违章超速那么简单，已经涉嫌犯罪了。

“那不就是无证驾驶吗！这辆车是你自己的吗？”

开车的是一个略微年轻的男子。吉米注意到，以他的年龄来看，这辆车过于高级了。听到吉米的问题，年轻人毫不畏惧地回答道：

“怎么可能，我怎么会拥有这么高级的车？当然是我偷来的啊。”

面不改色心不跳，完全看不到罪犯常见的唯唯诺诺的态度。这一定是相当十恶不赦的家伙，吉米有些心虚，不过还是强装冷静继续盘问下去：

“偷来的车，那你就是小偷喽？这是谁的车，有什么车主的证明吗……对了，车辆行驶证也许在里面。”

吉米从来没想到，第一次任务竟然就遭遇如此重大的案件。作为一名合格的警察，他绝不能在此退缩。另外一边，开车的男子依旧一脸无所谓的表情，似乎没弄明白自己身处的境况回答道：

“车辆行驶证啊，我想想……啊，对了。刚才我从车里拿手枪的时候可能看见了。”

年轻男子语出惊人，可他的口气却轻描淡写。吉米的额头终于冒出了冷汗。

“手、手枪？你身上还藏着枪吗？”

男子好像并没有做什么坏事一般，毫不犹豫地承认了。

“没错啊。这辆车的女主人，刚刚被我用手枪杀掉了。”

这可是杀人的大罪，男子竟如此轻易地供了出来。眼前站着一个杀人犯！吉米开始害怕起来。这个家伙身旁就站着警察，可是却面不改色，一脸轻松。吉米被恐惧笼罩。

“杀……杀掉了?!那你就是杀人犯啊！”

比起这桩凶恶的犯罪，超速行驶根本不算什么了。吉米觉得自己一个人肯定对付不了他，更何况他还拿着手枪，连吉米自身恐怕都很危险。

吉米用无线电对讲机跟附近巡逻的上司联系，让他马上前来支援。而在这期间，年轻男子依然无动于衷，甚至有些无聊地坐在车上。吉米努力克制自己颤抖的声音，追问道：“被你杀死的女人的尸体呢?”

“这个啊，请你放心。我好好地放在后备厢里，正准备开车扔进山里呢。”

请我放心？什么鬼话。吉米按捺不住恐惧，眼看就快到极限了。吉米这辈子根本没见过尸体，更何况现在害怕得快要崩溃。要让他一个人打开后备厢去查看，是绝对做不到的。还好，就在这时上司赶到了。

吉米赶忙给经验丰富的老警官说明事情经过。

“这太反常了。不论如何，他肯定是相当危险的罪犯。现在我们也不知道他会干出什么事，你一定要多加小心。”

看着脸色发白的吉米，老警官鼓励道。接着，他径直走向年轻男子：

“我再问你一次，你是不是没有驾照？”

按吉米的描述，这是一个相当危险的家伙。老警官用手确认好配枪的位置，以便随时可以反击。可是没想到男子的回答却让人出乎意料：

“怎么会，我有驾照啊。您看。”

男子用文质彬彬的口吻回答。然后他掏出驾照，上面的照片的确是他本人，不像是伪造的。如果按吉米所说的情况，他应该是个极度危险的罪犯才对，到底是怎么一回事？

“……奇怪了。那这辆车是谁的？”

老警官追问。男子仿佛有些不满意地回答道：

“当然是我的。你看，车辆行驶证在这儿呢。”

男子取出车辆行驶证。果然，上面明明白白地写着是他本人的车。

“和吉米的描述完全不一样啊……”

老警官嘀咕道。但是紧接着，他想起了另一件大事：这家伙带着枪。

“车里是不是藏着枪？”

听到他的问题，男子显露出非常吃惊的样子。

“什么？你说我藏了枪？怎么可能。车里请随便查看。”

老警官按他说的打开车里的储物箱，甚至连座椅下面都仔细看了一遍。果然什么也没有。老警官更加困惑了，再次发问：

“对了，那你的后备厢里到底有没有尸体？”

年轻男子看起来一副完全摸不着头脑的样子。

“尸、尸体？! 这也太荒唐了，怎么可能呢？你要是怀疑我的话，打开后备厢看看就是了。”

他主动打开后备厢，里面的确什么也没有——连一滴血都看不见。这到底是怎么一回事……“难道吉米第一天上班太紧张了，头脑混乱出现了幻觉？”老警官自言自语道。

“奇怪……吉米——啊，就是刚才盘问你的年轻警察——说你没有驾照，车是偷来的，车里藏着枪，后备厢里还有女人的尸体。到底是怎么一回事？”

年轻男子无可奈何地说道：

“那位警察先生可真是谎话连篇，难道他还要说我超速行驶不成？”

原作：欧美短篇故事
改编：小林良介

一点小小的心意

乔治和梅利去年结婚，在近郊买了一处新家。崭新的厨房闪闪发亮，庭院里的草坪郁郁葱葱。太阳照映着雪白的墙壁和红色的屋顶，多么适合新婚宴尔的小两口呀。

很快，二人举办了一场乔迁新居的聚会，邀请参加过他们婚礼的亲朋好友来新家做客，并用亲手制作的饭菜招待他们。

“乔治，恭喜恭喜！”

“梅利，你们的新家真是太漂亮了！”

大家纷纷表示祝贺，送上鲜花和蛋糕，还有各种适合新生活的礼物。客人来了很多，客厅的一角很快被礼品占满，整个聚会热闹非凡。

几天后。乔治下班回到家，发现客厅的茶几上放着一封看起来十分高级的信笺，上面写着他和梅利二人的名字。

“这封信是哪来的？”乔治问梅利。

“刚才从信箱里取回来的。我看上面写着我们两个人的名字，所以想等你回来再拆。”

乔治揭开信封封口处上的金色标签，查看里面的内容。居然是两张话剧观赏票！并且是最近大受好评的一部。超人气作家和知名导演搭档，演员阵容也极为豪华。这部话剧从推出至今一直满座，乔治原本也想买票的，奈何全部场次早就一售而空。

票有两张，乔治赶忙招呼梅利过来：

“快来看，不得了了！”

梅利正在厨房准备晚饭，看到信封里的票，她高兴得跳了起来。

“太棒了！这份礼物送得简直太周到了。到底是谁送来的呢？”

乔治仔细查看信封，却没有找到送礼人的名字。只有信封里还剩下一张卡片，上面写着：“一点小小的心意。”

卡片上只有这一行字。

“你知道是谁吗？我想不出有谁会送我们这份礼物。”

乔治把打印的卡片递给梅利。梅利翻来覆去地寻找送礼人的名字，可是毫无收获。

他们刚刚结婚，并且前两天还举办了新居庆祝会。但是那天所有人都带礼物过来了，难道其中有人又送了一次吗？

就这样，直到话剧开演当天，他们都没弄明白礼物到底是谁送的。他们决定先进城去看表演，等知道是谁送的以后再好好感谢一下他。话剧果然十分精彩，难怪买不到票。再加上乔治和梅利很久没有这样约会了，他们都非常开心。

回程的车里，乔治和梅利兴奋地分享着观后感。说着说着，话题再次转到送票人身上。

“真是奇怪，到底是谁送的呢？”梅利一脸不解。

乔治回答道：

“别想了，过两天肯定会有谁打电话过来，问我们话剧好不好看。肯定马上就能知道答案了，你说呢？”

乔治说的没错，谜团很快就揭晓了。回到家，他们发现房间的衣柜和抽屉全都被打开，家中值钱的金银首饰不翼而飞。在二人出门看话剧的这段时间，小偷毫无顾虑，悠然自得地完成了自己的“工作”。

客厅茶几上又放了一张卡片。卡片上打印的字体和礼物里的一模一样。

“话剧好看吗？很抱歉前后顺序有些颠倒，那两张票是我收下你们的贵重物品后，送给二位的一点小小的心意。”

原作：欧美短篇故事
改编：小林良介

揩油的小偷

曼哈顿的高级商场里，有一家服装公司的实体店。这天关店后，店铺卖场主管开始清点账目。可是他发现一件奇怪的事——销售额和库存对不上。

从这天起，销售额和库存对不上的怪事频频发生。主管仔细核对账本，发现只有在新来的店员麦克上班的时候才会出问题。每次麦克负责收银的时候，就有钱不翼而飞。主管想了个办法，在收银台偷偷安装了一个摄像头。

第二天，主管检查摄像头的录像，果然发现麦克把收银台里的钱偷偷放进了自己的口袋。

铁证如山，主管赶忙跑到总经理办公室报告。

“我调查了账目的问题，结果真令人遗憾，犯人已经弄清楚了。”

主管把事情的经过诉说了一遍，还拿出了摄像头录下的证据。总经理愤怒得涨红了脸。

不为别的，麦克正是总经理本人从其他公司挖过来的人才。受到这种背叛，总经理自然气不打一处来。但是他强忍着怒气，用尽可能平静的语气告诉主管，通知麦克上班后马上来他办公室一趟。

第二天，麦克来了。主管对他说道：

“麦克，总经理找你。”

“好的。”

“他会被当场辞退吧，甚至有可能叫警察。”看着麦克的背影，主管心想。

几分钟后，麦克从总经理办公室回来了。可是他看起来心情相当好。面对主管的询问，麦克回答道：

“总经理说要给我涨五倍工资！真是太令人高兴了！”

主管震惊不已，马上跑到总经理办公室。

“总经理，您听明白我说的话了吗？他就是偷走公司财产的人！可是您却给他涨了五倍工资，这是怎么一回事？涨工资就不会偷窃了吗？这种人肯定会再犯的。再说了，如果偷钱还能涨工资的话，大家不就都去偷了吗?!”

“你说的没错。不过，这件事就交给我来处理吧。”

听到总经理的回答，主管突然心生疑惑。

难道，总经理想把这件事蒙混过去，息事宁人?

挖麦克进公司的是总经理本人，麦克出了问题，总经理的信用一定也会受影响。所以他才用高薪和麦克做了笔交易，一定是这样。

等等。总经理是个高傲的人，一定不会做这种卑劣的交易。说不定他和麦克是同谋?

麦克负责作案，总经理则在幕后指使。如果是这样，他自然不会处罚麦克。可是为什么要这样做呢？我们公司虽然小，工资也不算高，可是堂堂总经理也犯不着为这么点钱偷窃吧？还是说问题不仅仅是偷了一点销售额这么简单，背后其实有更大的作案手法?

如果是这样……主管不愿去想。可是自己无意中撞破了这个秘密，一定没什么好下场。

主管越想越怕。可是……可是！我没有做错任何事情！主管内心激愤不已。自己是为了公司好才向总经理告发的。

“总经理，不论发生什么，我绝不会认输的！”愤怒的主管对总经理吼道。

“别这么激动嘛。”总经理慢条斯理地说道。

“我和你一样，恨不得这个月……不，恨不得现在就把麦克解雇。”主管疑惑地说，“可您这样做是……”

总经理站起身，面朝巨大的落地窗：

“我就直说了，我们公司的薪水比起同行不算高也不算低。”

主管完全摸不着头脑。

总经理继续说了下去：

“如果报警，我们公司的形象会大大受损。我当然会炒了他的鱿鱼，但是我们手上只有一天的证据而已。现在解雇他，我们无法要求麦克赔偿所有损失。”

总经理说的没错。偷窃行为的确是解雇麦克的正当理由，可是眼下无法拿到更多赔偿。

“所以，我不想让这个混蛋感觉自己只是丢掉了一份普通的工作这么简单。现在，我给他比其他人多五倍的薪水，提拔他当领导，然后就要让他尝尝从高处跌下来的滋味。”

落地窗映出总经理因愤怒而扭曲的脸。

主管返回办公室，看见麦克正自我陶醉地坐在主管的椅子上，用鼻子哼着小曲，享受升职加薪的快感。

原作：欧美短篇故事
改编：小林良介

专业人士的坚持

男人认为自己的工作是十分机械的重复劳动。不过，他绝不认为这份工作卑微。三百六十行，行行出状元。而且，他做工作越是专业、娴熟，就越觉得这是单纯的体力劳动而已。

男人还认为自己像国家的银行职员一样，是撑起经济的重要支柱。钱这种东西，必须循环起来经济才能发展嘛。他把人们既不使用，也不存银行的钱利用起来，让这些钱回归市场。这就是他对社会的作用。

男人工作的步骤如下。

首先，他要上门拜访提前看好的一户人家，按响门铃。如果没有人应门，就以娴熟的手法迅速打开房门。进入房子后，直奔可能藏有钱和贵重物品的地方——这一连串动作只需一两分钟就可以完成。

没错，男人的工作（不论他描述得多么美好）直白地说就是盗窃。

确定家里没人以后，男人打开门锁进入房间。随后他会查看抽屉、储物柜、床下等处。

今天男人也确定了自己的目标。那并不是一座多么豪华的房子，可是因此也更容易得手。按了门铃后，没有人来应门。男人像往常一样打开门锁，进入这户人家。

“打扰了。”

虽然主人不在家，礼数还是要周到——这才是专业人士。

他快速打开壁橱的抽屉，可是里面没有任何值钱的东西；手伸进挂在墙上的大衣里面，依然一无所获。衣柜、书架……男人全翻了一个遍，竟连一张纸币、一枚硬币都没有。

“真是没见过这么穷的人家。”

待在颗粒无收的庄稼里只是白白浪费时间，该收手时就要收手——这才是专业人士的判断力。男人一边自言自语，一边准备走出房门的时候，突然传来门把手扭动的声音。房子的主人回来了。男人无处可逃，慌乱中藏进了壁橱里。

“这……”

看到凌乱的房间，年轻的房主惊呆了。这副样子怎么看也是进了小偷。

“不好了！”

年轻人大叫起来。男人本想趁机逃走，从壁橱里偷偷露出脑袋。可是没想到，外面很快传来了上楼的脚步声。年轻人又回到了房子里。

“先别管那么多了，你快看看吧！”

年轻人的声音响起。男人赶忙缩回壁橱内，进来的除了刚才的年轻人，还有一位看起来有些年纪的女士。

“房东太太！我一回到家，就看到这幅景象！”

看来年轻人带来的是这座房子的房东。她很可能就住在同一栋公寓里，或者就住在隔壁。

可是话说回来，年轻人为什么不叫警察，反而把房东叫来了呢？壁橱里的男人为自己的不走运连连叹息。如果他去叫警察，等警察过来还有一段时间，他本可以趁机逃走。

“真是太可怕了！原来你家真的进了小偷。”

房东太太的声音响起。接着，年轻人开口道：

“可不是吗！我不知道该怎么办才好，就把你叫过来了。”

二人完全不知道男人正藏在壁橱里。

房东太太说道：“那你快叫警察吧，不过，你被偷走了什么东西呢？”

年轻人回答：“存折、印章还有现金全都被拿走了。我才刚刚发了工资，正准备攒钱交房租呢，竟然遭遇这样的事情！”

听到这话，男人都明白了。原来年轻人拖欠房租，所以想借家里进小偷一事当作挡箭牌。

“太不幸了。还有东西被偷了吗？”房东太太问。

“当然还有，全都被偷了！我父亲留给我的金表，还有项链……”年轻人回答道。

壁橱里的男人惊呆了。别说金表了，我连一毛钱都没偷！再说了，他根本就没有这些东西。年轻人为了让房东太太更加同情自己，顺着刚才的话继续说了下去：

“还有我准备送给女朋友的钻戒，刚买的相机也不见了！”

真是个卑鄙的家伙！他竟然把一切都算在我的头上。我一向对自己的工作十分认真，抱着无论发生什么都绝不找借口的信念。真是让人忍无可忍，那些明明都不是我干的！

男人从壁橱里跳了出来，冲年轻人喊道：“喂！你这家伙，撒谎也要有个限度吧。说谎的人会变成小偷的！”

原作：古典落语《花色木棉》
改编：小林良介

好运的男人

“彩票，彩票，来张彩票吗？”

今天的销量太惨淡了。车站前，一家彩票店的小贩垂头丧气地看着堆积如山的彩票。别提十张一套的了，连一张散装的都没怎么卖出去。

“彩票，彩票，来张彩票吗？”

没办法，小贩只好跑到街上大声吆喝起来，可依然无人问津。

这时，史密斯先生走了过来。他是城里最富有的人。史密斯先生从小出生在贫寒的家庭，可是偶然认识了富豪家的千金。二人坠入爱河，史密斯也成了富豪家的入赘女婿，继承了富豪家业后把生意越做越大，成了世人瞩目的跨国公司老板。他的经营之道可谓天才，购买的股票总是不断升值，新开拓的事业也总能赶上时代的风口；买下的土地挖出了温泉，拥有的马匹在比赛中接连获胜。史密斯先生的成功不仅仅依靠他本人的才华，更有一种强大的好运气支撑着他。

“先生，您来得正巧。要不要买张彩票呢？一张就好！”

彩票贩卖的是一夜暴富的梦想，史密斯先生本来就是富豪，一定不会感兴趣吧。可是今天他有些赶时间，为了快点把对方打发走，就顺手买了一张。

“这是您的彩票！欢迎下次光临！”

彩票小贩递上了一张彩票。

两个星期过去了。

彩票中奖号码公布的日子到了，车站前的彩票小贩打开新闻，被眼前的消息吓了一跳。他卖给史密斯的那张彩票，偏偏就是那一张，竟然中奖了！那天彩票一直卖不出去，所以他清晰地记得一堆彩票最上面的这一张，是一串很有特点的数字。看来，史密斯的好运气是真的，随手买一张彩票竟然也能中大奖。

可是，史密斯这样的富豪，一定不会在意彩票开奖这种小事吧。想到这儿，彩票小贩赶忙奔赴史密斯的宅邸。卖给他彩票的是我这样的好人，这一定也是给史密斯带来好运的原因。

“是、是真的！这里写的号码和您的那张一模一样，请亲自对比一下！”

史密斯拿出自己买的那张彩票，按小贩说的确认了一下，果然一模一样，而且中的是五百万美元的大奖。

史密斯虽然家财万贯，可依然十分高兴。凭自己的本事中的奖，没什么不好意思的。他马上差遣用人去银行兑换了奖金。

奖金堆满了桌子。史密斯和彩票小贩隔着桌子谈论起来：

“多亏了你，我才得到这笔奖金，谢谢你。”

“这是我应该做的，再说，自己的彩票店出了大奖，我高兴还来不及呢！”

彩票小贩心想，从今天开始就要在店门口贴上大大的标语——“本店卖出的彩票喜中大奖！”这样自己的彩票生意也一定能兴旺起来，小贩描绘着对未来的美好愿望。

史密斯说道："要是你没有给我推销，我肯定也中不了奖。要是你没有跑过来通知我，我也不会注意到自己中奖。所以说，我觉得奖金应该分给你一些才对。你觉得呢？"

听了这话，彩票小贩内心狂喜。他赶忙深鞠一躬，连声道谢。

史密斯继续说道："我可以马上给你十万美元，不过，比起一次拿走巨额奖金，或许考虑长远的收入更好。我把这笔钱存入银行，每年都能拿到利息。我每年付给你两万美元，直到你死为止。这样如何？"

说着，史密斯拿出一沓十万美元的钞票，然后又拿出两万美元，分别放在小贩面前。选哪个好呢？

每年两万美元，也就是说五年就有十万了。而且他会一直支付到我死为止，岂有这等好事？！彩票小贩毫不犹豫地拿起两万美元钞票，感激地说：

"我真是太走运了，真是不知道该怎么感谢您才好！"

每年拿到两万美元，只要不过分奢侈，满足温饱是没问题的。同时他还可以继续现在的工作，加起来就可以过上比普通人富裕的生活了。十万美元虽然也很诱人，可是比起一次获得超过他身份的巨款，细水长流才是正确的选择。

“如果您能兑现承诺，我选择每年两万美元。”

史密斯在城里德高望重，是人人称道的名士，一定不会违背约定的。小贩心中窃喜，也许中奖的不是史密斯，而是他自己。我真是个走运的人！回家的路上，小贩的脸上洋溢着喜悦。

晚上，彩票小贩来到经常光顾的酒吧，点了比平时贵一点点的酒。离开酒吧时，已经是深夜时分。

“每年两万美元……我可以搬进比现在大一些的房子，甚至可以买辆车……”

小贩思考着怎么花这笔钱，感觉幸福无比。突然，一辆横冲直撞的摩托车朝他开了过来。车灯照在小贩眼前时，他想起了史密斯的话——“直到你死为止”。他再次深深地感受到了史密斯强大的好运气。

原作：欧美短篇故事
改编：小林良介

古董家的交涉技巧

菲利普在巴黎经营一家古董店。今天，他来到一座充满田园风情的乡村。

他要装作是在进行一次放松身心的小旅行——而真实目的是一场古董交易。

古董店进货的方法有三个，一是拍卖，二是古董市场淘货，三是个人交易。第三种情况，有时候卖家会把东西带到店里，有时候则是店主前往卖家的所在地。

有时候他会离开城市前往乡下，寻访当地的古董店和民宅，常常会有意外的惊喜。

可是古董的主人并非全都愿意出售。面对一个陌生人，难免会有所警戒。哪怕他告知对方自己是巴黎的古董店主，依然有人不愿出售。即便愿意出售，也总是提出极高的价格。因此，他巧妙地装作旅行者来接近当地人。

这一次菲利普又装作旅行者，一边暗地里物色好东西，一边走在乡间的小路上。只可惜，今天还没发现什么亮眼的好货。恐怕要空手而归了，菲利普心想。正在这时——

“喵——”

他回头一看，一只灰色的长毛猫正在宅子的围墙上晒太阳。

“猫啊，你说这附近哪里有宝贝呢……唉，猫怎么可能知道。”菲利普自嘲道。

这时从房子里走出了一个中年男人，猫起身跳进院子，依偎在男人的脚边。他大概是猫的主人吧。

“来，喝牛奶啦。”

菲利普看着男人给猫喂牛奶的情景，眼神不经意间停在了那个猫碗上。

给宠物用的碗还挺高档呢，菲利普这么想着。突然他屏住了呼吸。

洛可可的风格，深青的颜色搭配金色的镶边——不会错的，这是波旁王朝鼎盛时期，路易十五时代的东西，哪怕将它摆在博物馆里都不为过。

菲利普掩饰住内心的狂喜，瞬间想好了策略。

不管怎样都要把这个碗弄到手。如果对方像巴黎的富翁或贵族那样识货的话，交涉起来会很困难。但如果是乡下的淳朴老人，大概会比较容易吧。但是，虽然对他来说只是一件普通的东西，让他放手的话肯定会舍不得。要用既不让他觉察到碗的价值又可以搞到手的方法——菲利普决定使出他的看家本领。

“你好。”穿过本就开着的门，菲利普踏入了院子，“真是只可爱的猫呀。”

猫主人看了过去，表情一开始有点吃惊，但马上就变成了笑容。

“嗯，是个小美人吧。”似乎猫主人并没有对菲利普抱有警戒心。

菲利普也面带微笑接近猫和它的主人：“真是太可爱了。”

菲利普弯下腰，一边抚摸着猫一边趁机偷看旁边的猫碗，若无其事地检查颜色和样式，没错，这个是真品。

菲利普摆出严肃的表情，说道："我有个不情之请，您能把这只猫让给我吗……"

"什么？怎么……突然这么说？"

和预想的一样，猫主人一副为难的样子。菲利普的表情更加严肃起来。

"其实，我的儿子特别想要一只猫……过去他养过一只小猫，一不注意就跑丢了。本来儿子就体弱多病，从那之后就郁郁不振，连治病的心气儿都没了。这只猫和我儿子之前疼爱的那只简直一模一样。"

菲利普并没有儿子，这些当然是在说谎。

"是吗？有这种事……"

猫主人手扶着下巴思索着。

"可是，我也非常疼爱这只猫呀。"

"当然，我不会让您白送的。"

菲利普从钱包里掏出几张钞票："这些够吗？"

“这个……”猫主人仍然是一副为难的样子，“这可是比较稀有的猫呀。在同种类里，像这样带有灰毛的可不多见。”

菲利普又从钱包里掏出了些钞票。钱包里的钱已经所剩无几。

“……请稍等一下。”

猫主人回到房子里，出来时手中拿着一张纸。

“这是合同。”猫主人说道。纸上有手写的文字：“我发誓永远不会舍弃这只猫，将会照看它一辈子。”

“你能答应我会好好照顾它吗？你的儿子会好好地疼爱它吗？”

“一定会的。”

“这样的话，好吧。钱我就收下了。”

“十分感谢！”

菲利普在合同上签了字，并把钱给了他。身上带的钱几乎全花光了，但也实在是没有办法。不过反过来想，只用这点钱就能把波旁王朝时期的古董搞到手实在是赚翻了。

“谢谢，我儿子一定会非常开心的。”

菲利普抱着猫，看着猫主人轻松的神情，以尽可能自然的语气切入主题。

“话说，那个猫碗可不可以一起给我呢？这只小猫应该已经习惯用它吃饭了吧？”

“不行，这个可不能给你。”

本想要他白送，是不是惹他不高兴了？

“不，当然了，虽然不多，但猫碗的钱我也会付的。”

一开始就这么说的话就好了。

但是，猫主人却摆出了与刚才完全不同的嫌弃的表情说道：“你说不多？你呀，应该知道这个碗有多值钱吧？刚才给我的所有钱都不够买走这个碗。话说回来，多亏这个碗，这个月我已经卖掉了十来只猫了。”

菲利普突然觉得怀里的猫变重了。

“那个，这只猫……”

“恕不接受退货，你答应过要照顾它一辈子的。”

说完，猫主人邪魅一笑。

被玩弄于股掌之中，就是这种滋味吧。到现在为止，一定有好多古董商与他交涉后，陷入只买了只猫的窘境。

菲利普带着见底的钱包，抱着猫，踏上返回巴黎的路。

怀里的猫好像毫不在意自己的主人是谁似的，打了一个长长的哈欠。

原作：古典落语《猫的小盘子》

改编：桑畑绢子

致我的朋友布拉德

布拉德和科妮来到港口小镇已经一星期了。二人在一所能看见大海的房子里躲藏——他们有不得不藏起来的理由。好兄弟艾伦帮他们准备了这个藏身之处。

可是，一味躲藏也不是个办法。有一天，科妮出门买东西，布拉德负责看门。正在这时，一封信送到了。

熟悉的字迹——这是艾伦写来的信。布拉德赶忙打开信封。

致我的朋友布拉德：

你看到这封信时，我可能已经不在人世了。

把你放走这档事，老大不肯原谅我。

老大平时待我不薄，这次他非常生气。

可我还有想做的事没有完成。

我的人生平平无奇，还好认识了你这家伙。

不论发生什么，你都是我的好兄弟。

关于那件事，我已经不恨你了。你要好好待她。

最后，哪怕只有一瞬间，请记得我。

布拉德十七岁加入黑手党，就此踏入黑暗世界的大门。他和艾伦也是在那时认识的。他们两人同岁，意气相投，经常一起行动。

转眼过了许多年，二人在组织里混到了不错的位置。

可惜，他们爱上了同一个女人。起初是布拉德有错在先，他爱上了艾伦的女朋友科妮。科妮是一位和黑手党毫无瓜葛、温柔善良的女性。

布拉德明白自己必须放弃。可是，越想忘记，布拉德对科妮的爱慕就越发热烈。而且，科妮也被布拉德深深吸引，这么下去，布拉德就要变成横刀夺爱的第三者了。而和科妮成为恋人，就意味着要失去自己的好朋友。也许是艾伦发现了端倪，也许是他不想同时失去朋友和恋人，总之，艾伦主动和科妮分手，选择了退出。

布拉德对黑手党的生涯早已厌倦，再加上面对艾伦也有些尴尬，他决定离开组织，找个正经的工作，然后和科妮结婚。

布拉德非常苦恼，弄不好可能连命都保不住。

艾伦很快察觉到了布拉德的烦恼。

“布拉德，有什么我能帮上忙的，你尽管说。”

布拉德对艾伦说出了自己的想法。艾伦也许不会原谅自己的第二次背叛，可是布拉德不想继续对艾伦撒谎了。

面对布拉德的倾诉，艾伦的回答出人意料。

“布拉德，这件事就交给我吧，我去对付老大。我绝不会让他阻挠你们的幸福。”

之后，艾伦安排布拉德前往港口小镇，自己只身一人去找老大。

这一切就是一星期前发生的事情。从那以后，艾伦音信全无。

布拉德反复阅读书信，脑中回忆起和艾伦度过的日子。

任务失败时，总是护着布拉德，替他挨老大责骂的，是艾伦。

布拉德成功的时候，比他自己还要开心的，也是艾伦。

布拉德受重伤的时候，不眠不休地照顾他的，还是艾伦。

艾伦在信上说希望自己记得他。其实，布拉德从来没有忘记过他，今后也绝不会忘记。

布拉德感到眼眶发热。

“这家伙真是……”

正在这时，门被人粗暴地撞开了。两个男人闯进来，一胖一瘦，都举着手枪。

“不许动！”

布拉德大脑一片空白。他们是黑手党的手下。

两个男人扫视着房间，吼道："就你一个人？"

幸好，科妮去买东西不在家。

不论如何，布拉德一定要保护科妮的安全。她和黑手党毫无瓜葛，不能把她牵扯进来。

"没错，只有我一个人。这里没有别人了。"

大块头的男人从衣柜深处翻出了一个袋子，叫道："找到了！果然和电话里说的一样，竟然藏在这种地方。东西好像不全，是不是被拿去换钱了？"

布拉德不明白他在说些什么。

瘦男人冷静地说道："有人偷走了组织的宝石。宝石丢失后消失不见的只有你和艾伦，我们负责追查宝石的下落，看看到底是你们二人一起背叛，还是某一个人干的。"

他在说什么？我是为了和科妮在一起才逃离组织的。可是眼下如果不说些什么，科妮就要买东西回来了。这样下去，他们一定会杀了科妮。布拉德只能让他们尽快先杀了自己，等他们离开这里，才能保住科妮的性命。

布拉德放弃了挣扎，仿佛自言自语一般说道：“没错，是我干的，我坦白。”

这时，他突然想到一个问题。这间房子是艾伦安排的，也只有艾伦知道位置。闯进来的男人是怎么找到这里的呢？而且刚才大块头的男人还提到了电话……

“不会吧……”

艾伦其实是痛恨着我的吧。说起来，那封信的结尾艾伦是这样说的：“最后，哪怕一瞬间，请记得我。”这个“最后”原来是在说我生命的最后啊……

原作：欧美短篇故事
改编：桑畑绢子

犯罪动机

黄昏时分，一处住宅区传来枪声。

这里安静而和平，居住的多是中产家庭。可案情就这样发生了。是强盗入室抢劫开了枪？强盗是从别的地方过来的？

并非如此。

凶手就是这片住宅区的住户，名叫米勒。周围的人都评价他是一个做事认真、值得信赖的人。米勒因杀人罪被逮捕，所有人都很震惊。

米勒杀死了一起生活了十年之久的妻子。杀人是最卑劣、最不可饶恕的罪行。可是这一次，也有人对米勒抱有同情之心。

他射杀妻子的地方是卧室。当时，他的妻子身边躺着一个不认识的男人。

没错，妻子把情人带进了家门。妻子想来是知道傍晚丈夫要回家的，可是两个人不小心睡着了，于是被丈夫发现。

想到米勒那一瞬间的心情，人们不免对他产生些许同情。

米勒被起诉到法庭，审理开始了。米勒对杀死妻子一事供认不讳。

辩护人也只是提出，被告当时处于丧失理智的状态，希望能因此减轻判罚。当时被告受到极大的打击，在失去理智的状态下无法进行正确的判断。为了说明这一点，米勒自己也站在证人席上进行了陈述。他宣誓自己绝不说谎。

"我是一个平凡的男人。"米勒平静地说道，"每天我都规律地生活，完成自己应尽的职责。七点起床，七点半吃早饭，八点出门，九点到公司。然后，下午五点下班，六点准时到家，吃摆在桌子上的晚饭。之后看一会儿报纸和电视，九点洗澡，十点睡觉。就这样每天重复。也许，妻子觉得我的人生太无趣了……”

米勒低垂着眼睛，陪审团静静地看着他，有人脸上浮现出怜悯的表情。

米勒抬起头，继续说道：“可是，我很喜欢这样的日常生活。七点起床，七点半吃早饭，九点到公司，下午五点下班，六点准时到家吃晚饭，九点洗澡，十点睡觉。我从没想过，竟然有人会破坏这样安稳的每一天……直到那天！”

米勒不禁哽咽。他用双手捂住脸，一定是回想起了那天发生的一切吧。辩护人轻轻地鼓励他：“请继续说下去，米勒。那天发生了什么？”

“那天……”米勒继续开口说道，“我早上七点起床，七点半吃早饭，九点到公司，下午五点下班，六点准时到家。这些都和往常一样。可是回到家以后，我发现家里和平时不太一样——桌子上没有准备晚饭。平时回到家我总是马上就开始吃晚饭……妻子也没有给我留下任何字条。

“我觉得很奇怪，就开始寻找妻子。打开卧室的房门，我看到她正和一个陌生男人躺在床上。我马上打开衣柜里存放的护身用的手枪，然后对她开了枪。”

辩护人深深地点了点头，接着米勒的话说道：“那么你开枪时的精神状态是怎样的呢？”

“我非常愤怒。”

或许是回想起当时的情景，米勒的声音提高了许多。

“我无法思考别的事情，也无法控制自己的身体。因为我实在无法容忍！”

米勒扫视着在座的陪审员，脸涨得通红，一边拍打椅子一边喊道：“你们想想！我六点钟回到家的时候，竟然没有准备好的晚饭！”

米勒笔直地看向前方，直勾勾地盯着审判长的脸。

“十年了，我分毫不差地遵守着同一个时间表……如果晚饭不能准时吃完，其他的计划不是全都被打乱了吗？！我绝对不会原谅她的!!!”

原作：欧美短篇故事
改编：桑畑绢子

企鹅

那天，动物关爱协会接到一个电话。接电话的是工作人员安娜，听筒里传过来一个中年男人的声音：

“我有事要问问你们。”

男人自称鲍勃，他语气有些不客气地说道：“我家门前有一只企鹅，应该怎么办？”

“什么？企鹅？”

“刚才我正准备出门，打开大门一看，外面有只企鹅。”

“企鹅？”

“是啊，企鹅。”

真是件稀奇的事情。安娜从事这份工作很长时间了，从来没遇到过这种情况。

而且，目前为止也没有什么地方发布企鹅逃逸的消息。

也许是谁家养的宠物出逃了？最近的确有不少人饲养爬行动物等罕见的宠物，不过养企鹅的人恐怕很少见吧。安娜再次确认："真的是企鹅吗？"

"没错，就是企鹅。难道你觉得我在撒谎吗？还是说，你觉得我连企鹅也不认识？"

鲍勃有些生气，安娜赶忙回答道："不是的，我没有那个意思。这个怎么处理才好呢……总之先把它带到动物园去吧？"

"动物园？真的可以吗？"鲍勃似乎有些不认同地反问道。

"可以的，带去那里对企鹅来说是最好的。"

"好吧。"安娜说完，鲍勃同意了。

安娜询问鲍勃的住处，随后告诉他最近的动物园在哪里。

第二天，安娜给动物园打了一个电话，可是对方却说没有企鹅被送来。

“奇怪……”

难道那是一通恶作剧电话？还是说……

安娜有些担心，决定亲自去鲍勃家一趟。路上，安娜还向街坊邻居询问了对鲍勃的看法。

根据大家的说法，鲍勃一个人住，表情冷酷，很少跟邻居交流。因为总是顶着一张阴森可怕的脸，附近的孩子们都很怕他。这样的评价，似乎很难和爱护动物扯上关系。

安娜更加担心了。说不定他会虐待企鹅，或者随便扔到什么地方去……

安娜敲响鲍勃家的大门，一个大块头的男人走了出来。

“你是谁？”

和电话里的声音一样，应该就是鲍勃本人。看到安娜，鲍勃露出警惕的表情。

“我是动物关爱协会的工作人员，昨天你打过电话的……”

鲍勃的表情柔和下来。

“这样啊，你等一下。”

鲍勃回过头，对着里面喊了一声，一只企鹅迈着可爱的步子摇摇摆摆地走了过来。企鹅看起来十分健康，啪嗒啪嗒地拍打着小小的翅膀。

“我按你说的做啦，昨天带它去了动物园，它非常喜欢！今天我还想带它去电影院或者游乐场，你觉得哪个更好？”

原作：欧美短篇故事

改编：桑畑绢子

任务

这是一起令人痛心的案件。一所公寓的房东老两口被人杀害，财产也被盗窃一空。这是一起入室抢劫杀人案。

嫌疑人很快被捉拿归案，是这所公寓的住户，一个二十五岁的年轻男子。他没有固定的工作，整天游手好闲，一定是因为穷困才动了盗窃的念头，偷东西的过程中被老两口撞破，只得杀人灭口。

这是一起有计划的作案，善良的房东老两口一直很照顾他，可他却毫不犹豫地做出了如此残忍的事情。年轻人以一级杀人罪的罪名被起诉至法庭，死刑判决几乎没有悬念。

担任被告律师的是亚当。他还不到四十岁，但已经因聪颖过人而受到极高的评价。

亚当无论如何都不想让被告被判处死刑。

原因有二。一是他作为律师的责任感驱使，二是委托亚当担任律师的不是被告本人，而是某大企业老总，被告其实是老总的私生子。作为父亲，他对儿子溺爱有加。他和正妻没有孩子，这是他唯一的儿子。儿子的罪行的确不可饶恕，但是即便不能免除惩罚，至少能保住性命也好。于是他便以重金委托亚当担任辩护律师。

正因如此，亚当无论如何都要让被告免除死刑。他希望至少能将刑期减为有期徒刑二十年。

可这并不是一件容易的事情。

动机明确、手段残忍。这样的罪行想要减刑几乎是不可能的。

亚当决定动用背后的关系——买通陪审员。

这个国家使用的是陪审员制度，所谓陪审员，就是从普通市民里选出几个人，让他们参加庭审并讨论有罪无罪和量刑轻重。

陪审员不但可以判断被告是否有罪，还可以决定量刑多少。也就是说，到底是有期徒刑还是死刑，他们说了算。这是一件责任重大的工作，必须讨论到所有陪审员意见一致才能下最终判决。

恐怕这一次所有的陪审员都会提出死刑判决吧。讨论的过程只有陪审员才能参加，其他人一律不可干涉。

于是，亚当决定收买其中一个陪审员。

他准备接近其中一人，用重金作为交换，让他引导其他陪审员的意见。比如讲述被告不幸的过去，博得其他人的同情，最终或许能让他们动摇死刑的判决。

当然，这种行为是法律严格禁止的。亚当经过慎重的调查后，发现其中有一个人非常适合。

这个人名字叫作理查德，三十岁，男性。

理查德是某公司的销售员，可惜运气很差，最近刚被裁员，现在靠失业保险过活。家里还有妻子和三岁的女儿等着他养活，经济状况显然不太乐观。

理查德在学生时代有话剧表演的经验，他性格开朗、擅长说服他人，招人喜欢，而且做事认真。

周围的人还评价他嘴巴很严，任何秘密都不会外泄。

拥有演技和口才，却受金钱所困。没有比他更合适的人选了。

亚当不能轻易暴露自己，于是他变装接近理查德，说明了来意。

“请你无论如何都要帮我说服他们，把判决定为有期徒刑二十年。虽然这很难，可是我的报酬也绝不会让你失望。”

理查德思考了一会儿，决定答应下来。

“既然我接受了，就一定会做到。我可是个相当重视契约精神的男人。”

就这样，庭审开始了。对辩护方而言，形势不容乐观。亚当拼尽全力进行辩护，把被告悲惨的身世描述得催人泪下。

接下来就要进入陪审员讨论的环节，剩下的只能交给理查德了。陪审员讨论持续了很长时间。一定是理查德在奋力争取吧。

漫长的讨论结束了。陪审员得出的判决为——

有期徒刑二十年。

终于，被告免于死刑。

几天后，亚当再次变装和理查德见面。他对理查德表示感谢后，把一大笔钱交给了他。

“谢谢你！多亏了你，才实现了我们想要的判决。”

“哎呀，真是艰难哪！”

“是啊，说服他们一定相当不容易。”

“没错，真的太难了。一开始除了我以外大家都认为他是无罪的……”

“啊？”

“陪审员中的一人提出被告无罪的看法，真是个异想天开的家伙。受他的影响，其他人也渐渐开始倾向于被告无罪。”

“这是怎么一回事？”

“那个家伙是这么说的……辩护方里有被告的好朋友，他觉得这个人是个好人。被告很可能是为了袒护朋友才承认犯罪的。因为他的好朋友马上就要有孩子了，假如父亲进了监狱，那刚出生的孩子该多可怜啊。被告自己没有父亲，又觉得自己的人生怎样都无所谓，所以才想顶替朋友的罪行。简直就是电视剧！不过，按这个说法倒是的确能让很多事情对上号。”

这么一说，确实如此。为什么亚当没有意识到呢？

一定是亚当先入为主地认为被告一定就是犯人。他一次也没有试图相信他是清白的。

可是，他现在确信，被告的确是无罪的！

“但是没关系！”理查德大声说道，“我狠下心说服了他们！告诉他们被告绝对是有罪的，只是有一点点值得同情的地方而已。不管怎么说，毕竟我跟你说好了，一定要把判决定为有期徒刑二十年！”

任务完成得多么完美！理查德脸上露出骄傲的表情。

原作：欧美短篇故事
改编：桑畑绢子

警察与赞美诗

这里是纽约。苏比急躁不安地躺在长凳上，辗转反侧。每当苏比在公园的长凳上焦躁不安、翻来覆去的时候，就说明冬天已近在咫尺了。

苏比意识到，自己该好好准备过冬了。他的抱负并不算高，他不想在地中海巡游，也不想到南方去晒令人昏昏欲睡的太阳。布莱克韦尔岛上有一处监狱，苏比梦寐以求的只是在岛上待三个月就足够了。那里有饭吃，有床睡，还有志趣相投的伙伴，而且不受冰冷刺骨的北风和警察的骚扰。

多年来，布莱克韦尔岛的监狱一直是苏比冬天的寓所。正像有钱的纽约人每年冬天去棕榈滩和里维埃拉[①]度假一样，苏比也要去岛上过舒适的生活。

昨天晚上，他把三份报纸分别垫在上衣里、包着脚踝、盖住膝盖，也没能抵挡住严寒的袭击。因此，他知道冬天真真切切地到来了。于是他开始思考如何回到岛上去。他知道有许多简捷的途径，其中最舒服的莫过于去某家豪华餐厅大吃一顿，然后告诉他们自己身无分文，无力支付，这样便会被交给警察，投入监狱。

苏比离开长凳，跨过百老汇大街和第五大道的交会处，在一家提供高品质红酒和晚餐的餐馆前停下脚步。苏比对自己颇有信心，他修过面，上衣也还够气派，甚至系着一条黑领带。只要他顺利到达餐桌前坐下，成功就属于他了。他露在桌面上的上半身绝不会让侍者生疑。苏比想点一只烤野鸭，再

---

① 里维埃拉（Riviera）：这个词原指意大利利古里亚的海岸，现在世界上有多地被命名为此。美国有两处名为“里维拉比奇”（Riviera Beach）的地区，另有被称为“美国里维埃拉”的圣巴巴拉，都是用于避寒度假的旅游胜地。——编者注

来一瓶高级红酒。吃下这一餐，他就可以心满意足、无忧无虑地走向“度假岛”了。

可是，苏比的脚刚踏进门，领班侍者的眼睛便落在了他那旧裤子和破皮鞋上。强壮迅疾的手掌把他推了个转身，他就被推回了人行道。

看起来，靠吃一顿霸王餐走向岛上，这办法是行不通了。

在第六大道的拐角处，灯火通明的大玻璃橱窗内摆着许多商品。砸坏玻璃也是个不错的办法，苏比想。他捡起一块地上的鹅卵石，向玻璃窗砸去。警察从转弯处奔来，苏比一动不动地站在原地，两手插在裤袋里，对着警察露出微笑。

“肇事的家伙跑哪儿去了？”警官气急败坏地问道。

“你不以为这事与我有关吗？”苏比说，他觉得自己运气真好。

警察根本没把苏比看成作案对象。毁坏窗子的人一定会逃跑，警察看到有个人正跑去赶一辆电车，便挥舞着警棍追了上去。苏比再次失败了。

接下来，苏比的计划是“扰乱治安”。他在人行道上扯开嗓子，像醉鬼一样又跳又吼又叫，使尽各种伎俩胡闹。

警察旋转着他的警棍，背对着苏比向一位市民解释：“这是个考上耶鲁的小子在庆祝胜利，声音是有点儿大，但没什么危险。我们上面有指示，让他们尽情闹去吧。”

苏比停止了白费力气的“扰乱治安”。他想要前往的地方，似乎成了可望而不可即的梦幻之岛。他扣好单薄的上衣，抵挡刺骨的寒风。

苏比看到烟酒店里有一位衣冠楚楚的男士正在点烟，他把绸伞靠在门边。苏比跨进店门，拿起他的伞，慢悠悠地离开店铺。点烟人匆匆追了出来。

“这是我的伞！”他怒吼道。

“呵，是吗？那你为什么不叫警察？”

"哦，原来这是你的伞。对不起……今天早上我在餐厅……可能是不小心拿错了……"

"当然是我的。"苏比恶狠狠地说。

看来，这把伞的主人并不是他。

过了一会儿，苏比来到了通往曼哈顿的大街上。这儿的灯光暗淡，也很安静。他顺着街道向麦迪逊广场走去。即使他的家仅仅是公园里的一条长凳，回家的道路也一样烂熟于心。

可是，在一个异常幽静的转角处，苏比停住了。这儿有一座古老的教堂，柔和的灯光透过淡紫色的玻璃窗映射出来，风琴师正在练习下个星期天的赞美诗伴奏。悦耳的乐声飘进苏比的耳朵，吸引他伫立在铁栏杆旁欣赏。

月亮挂在高高的夜空，行人和车辆寥寥无几，麻雀发出几声啁啾。苏比感觉自己仿佛身处老家的教堂，他一动不动地在铁栏杆旁倾听，那是他过去非常熟悉的曲子。那时的他拥有母爱、浪漫、朋友、对未来的希望以及纯洁无邪的思想，而且还穿着有衣领的衬衣。

苏比的心情变得平和而纯粹，同老教堂交融在一起，使他的灵魂猛然出现了美妙的变化。他回顾往事，醒悟到自己已经坠入了深渊，度过无数堕落的岁月，可耻的欲念、破碎的希望、消失的才能……他想到这一切。

顿时，苏比的内心升起一股强烈的冲动，鼓舞着他去迎战坎坷的人生，把自己拖出泥淖，再次找回自己，打败夺走他人生的邪念。还有时间，他还算年轻。他要重新拾起当年的雄心壮志，不怕挫折，努力实现它。管风琴弹奏的赞美诗的旋律，在他的内心深处掀起了一场革命。

明天他要去繁华的商业区找活儿干。有个毛皮进口商曾让苏比当司机，明天就去找他，让他给自己工作。

他想做个有所作为的人物，他要……

这时，苏比感到有只手按在他的胳膊上。他赶忙扭过头，只见是一位警察。

“你在这儿干什么？”

“没干什么。”

“最近这附近有盗窃案发生，是不是你干的？跟我走一趟。”警察说。

“布莱克韦尔岛，三个月。”

第二天早上，苏比收到了自己的判决。

原作：欧·亨利《警察与赞美诗》

改编：桃户晴

女人还是老虎

在这个国家，国王拥有绝对权威。谁都不能违抗国王的命令，国王决定的事情，谁也不能插嘴。

王国的中心地带，有一座巨大的斗兽场。圆形斗兽场外围是观众席，不过，这里并不是披盔戴甲的战士决斗的地方，而是这个国家审理案件的“法院”。

被认为有罪的人毫无例外，都要进入这座斗兽场。眼前有两扇门，被告任选一扇并亲手打开。

其中一扇门里关着凶恶而残忍、饿了好几天的老虎。如果选了这一边，将会被老虎一瞬间撕碎。

而另一扇门里是一个女人。由国王的下属认真挑选，与被告的年龄和地位相符。

选择老虎的人有罪，选择女人的则无罪。这就是这个国家审理案件的方法。有罪的人会被老虎当场判处死刑。而无罪的人得到与女人结婚的奖励，就算此人已经结婚生子，或是有恋人，都不能违抗国王的绝对命令。如果有人选择了关着女人的那扇门，神父和唱诗班、少女舞蹈团将马上出现，在国王和观众的注视下举办结婚仪式。清白无罪的男人将伴随着花童撒落的花瓣，带新娘回家。

由自己选择的门来决定自己是否有罪，这一制度大受民众欢迎。不论是否有罪，能用自己的手决定命运，这是多么公正的判决方式。聚集在斗兽场的人们要么看到血溅四方的刺激场面，要么看到隆重华丽的结婚典礼，直到门被打开的瞬间，没有人知道结果。这一点吸引人们纷纷前来观看审判。

国王有一个貌美如花的女儿。公主的性格和国王一样，说一不二。她爱上了一个家臣，那是一位勇敢而英俊的男子，举国上下没有谁能比拟。公主对他的恋情如同熊熊火焰一般炽热。

有一天，他们的恋情被国王知道了，女儿竟爱上了身份低微的家臣！他马上把家臣抓起来投入监狱，等待斗兽场的审判。

为了那一天，他特意嘱咐挑选一只个头最大、最凶残的老虎。另一扇门里，也准备好了和家臣地位相符的女子。

审判的日子到了。全国上下的人们聚集到斗兽场，人山人海，座无虚席。国王和公主以及诸位大臣都来到了他们的座位上，不偏不倚，刚好正对着两扇门。

一切准备妥当，代表号令的炮声响起。王公贵族的席位正下方的门打开了，公主的恋人走向斗兽场中央。他身材高大，如雕像一般英俊。看到他，观众不由得惊呼：

“我们国家竟有如此英俊的男子……”

“难怪公主会爱上他呀。”

大家异口同声，窃窃私语。

他现在所在的处境是多么残酷啊。

年轻男子走进斗兽场，按礼节回头向国王行礼。但是他的眼睛却看着国王的右手边，那里坐着他深爱的公主。

其实，公主为了这一天偷偷得到了门后藏着的秘密。她知道哪扇门后面是老虎。结实的门扉后面铺着一张巨大的毛皮帘子，因此门后的声音丝毫无法传出。本来是没有人可以提前知晓门后到底是如何安排的，可是公主动用自己的权力和金钱，用了各种手段终于知道了答案。

公主不仅仅知道哪扇门后面是老虎，另一扇门里的女子是谁她也知道——那是王宫里一位数一数二的美女。

公主无数次看到这个姑娘对自己的心上人投去恋慕的目光，而且还撞见过他们二人在一起聊天。虽然不知道他们聊的什么，可是公主因此十分憎恨她。

另一边，站在斗兽场中央的年轻家臣知道公主的性格和行动力。

“她一定会想方设法，查清两扇门后分别藏的是什么。”

他相信，这个连国王都不知道的秘密，公主一定已经调查清楚了。接下来要想成功过关，公主是唯一的希望。看到公主的眼睛的瞬间，年轻人知道，自己已经成功了。

只有恋人之间才明白的眼神交流。就在短短一瞬间，他用眼神向公主发问："是哪一边？"

直到这一瞬间，公主仍旧处于痛苦之中。她当然不想让自己深爱的恋人被老虎吃掉。可是，假如他选择另一扇门和别的姑娘结婚，自然也是无法忍受的事情。

应当让他选择哪扇门呢？公主还没有决定。而现在站在斗兽场中央的心上人正看着自己，从他的眼神里，公主知道他在询问答案，并且非常清楚自己已经掌握了门后的秘密。她终于下了决心。

公主把靠在扶手上的右手抬起，装作不经意地撩了一下右耳附近的头发。

年轻人内心狂喜。他毫不犹豫地走向右边的大门。面对决定自己命运的大门，他用力一推。

门后出现的，到底是女人还是老虎呢……

原作：弗兰克·斯托克顿《女人还是老虎》
改编：小林良介

失窃的信

他的名字叫奥古斯特·迪潘，名门贵族出身——虽然已经没落了。现在他是一个侦探，住在郊外的一座宅子里。

巴黎警察局长 G 先生是迪潘的老相识。一旦有解决不了的案件，G 先生就会拜访他的宅邸，征求他的意见。

“这个案子请务必严格保密。”

那个晚上，困惑不已的警察局长又来到迪潘家。据说犯人已经确定了，可是搜查了三个月，依然没能捉拿归案，原因是找不到确凿的证据。

关于这个怪异的案子，警察局长娓娓道来：

有一个大臣偷走了一个位高权重的人的信。这封信十有八九就藏在大臣的宅子里，大臣也经常不在家，有的是机会搜查。局长带领手下细致地搜查了大臣的家，柜子、桌子、所有的抽屉、椅子坐垫下面、床下……边边角角分毫不漏。所有的家具全部拆开，地毯和壁纸也掀开来细细检查，靠垫用针刺探过，搜查绝对严密。

但是，搜查不能让大臣发觉。于是，警察局长和手下一边注意不留痕迹，一边孜孜不倦地找了三个月。他们把大臣的家分成一个个两平方英寸的单位，每一个都编上号，凡是可能隐藏这份文件的角落都逐一搜查。可是，信件依然没有找到。

“真的无从下手，这封信到底在哪里呢……”

听到局长无可奈何的叹息，迪潘问：“会不会是大臣寸步不离身地拿着呢？”

局长回答道：“其实有一个最后的办法，就是装作强盗袭击他，把他全身上下搜个底朝天。可惜不能这样做。”

局长似乎被逼到了绝境，迪潘只好继续询问：

“那他有没有藏在其他地方呢？”

局长摇了摇头，一边叹息一边回答：“邻居家的两座房子和大臣可能光顾的地方，我们全都仔细搜查过了，可是一无所获。一定还在他自己家中……”

迪潘对局长提出一个建议：“只能更加彻底地搜查那幢房子了。”

丢信的是王妃。王妃和宫殿的年轻守卫有着不可告人的关系。王妃作为国王的身边人，与人偷情这种事是绝对不会被原谅的，这个秘密不能告诉任何人。王妃和情人会面的时间非常有限，于是他们通过情书联络，偷偷维系这段危险的恋情。

有一天，王妃收到了新的情书。正在读信的时候，国王突然出现了。还好国王似乎并没有什么要紧的事，王妃装作不经意地把手头的信放在桌子上，并小心地让收信人的名字那面朝上，免得国王看见信的内容。

正在那时，大臣来到王妃所在的地方进行工作汇报。大臣是个阴险狡诈的人，和王妃处处意见不合。他注意到王妃桌子上有一封笔迹陌生的信。

“请您在这份文件上签字。”

这时，大臣把自己带来的文件放在桌子上，不经意地拿走了写给王妃的情书。王妃虽然看见了一切，却不能在国王面前出手阻止他。

就这样，王妃不为人知的秘密被大臣知道了。

在那之后，大臣在宫廷内获得了巨大的权力。他并没有明目张胆地威胁王妃，可是自己的把柄被人抓住，王妃再也不敢反对大臣的意见。

王妃很苦恼。她命令警卫在恪守秘密的同时，向警察求助。

“我知道了，我们会趁着大臣不在家的时候彻底搜查他的房间。”警察局长承诺道。

就这样，三个月过去了，他们把大臣的宅邸和各种可能藏信的地方全找了一遍，依然徒劳无功。

警察局长按照迪潘的意见，再次搜查了大臣的房子。信还是没有出现。王妃为这封信增加了悬赏，只要能找到信，报酬绝对不会让人失望，可惜局长还是辜负了王妃的期待。

局长再次来到迪潘家中拜访，样子十分苦恼。

迪潘突然说了句出人意料的话："局长，请在这张支票上签上你的名字。这样的话，我马上就帮你解开失窃的信的谜团。"

支票上写着悬赏金的金额。局长虽然半信半疑，但还是抱着搏一搏的心情，签下自己的名字。随后，迪潘从怀里取出了什么东西交给局长。

"难道……这东西怎么会在你手里?！"

迪潘给他的正是王妃的信。没错，这绝对是大臣从王妃桌子上偷走的那封信。局长赶忙问迪潘怎么拿到信的，于是迪潘讲述了下面的故事。

第一次听局长描述完案情后，侦探迪潘拜访了大臣的宅邸。迪潘找到挂在墙上的邮筒，看到里面塞着一封破破烂烂的信，看起来和王妃要找的完全不同。

可是迪潘确信，这一定就是那封失窃的书信。

第二天，迪潘以忘了东西为由再次来到大臣家。同时，他事先安排好手下，在大臣家门口开了一枪，引起骚乱。迪潘趁机调换了书信。

局长仍然不敢相信自己的耳朵。

“没想到，费尽辛苦寻找的这封信居然就在邮筒里……”

迪潘小心地收好支票，说道：

“大臣为了藏信，故意藏在了根本相当于没有藏的地方。所谓最危险的地方就是最安全的地方。你说呢？”

原作：艾伦·坡《失窃的信》
改编：小林良介

瘦男人的去向

某个大陆上有一个小小的国家。这个国家每五年进行一次总统选举，政局一直非常稳定。可是有一次，军队对当局不满，发动政变占领了总统府。随后，军队的首领未经选举就当上了总统，以需要施行稳定政局的紧急措施为借口，自己独揽大权。

随后，这位总统的判断和命令都必须绝对服从。总统往西，就没有人敢往东；总统说黑，就没有人敢说白。

国会被叫停，所谓的“紧急措施”整整持续了十年。起初，人们对总统的专横极为不满，纷纷发出愤怒的抗议。可是，反抗总统的人一个接一个地失踪了。

人们渐渐沉默，独裁政权越发稳固。总统在全国各地展开了慰问，表面上是用这种方式感化民众，其实是想顺便确认有没有反抗的声音。

总统的慰问方式总是千篇一律。来到一个村子后，先命令手下的军人把村民集中到广场。随后，在他们面前宣扬自己的政治观念多么优秀，追随自己是多么令人放心。演说最后，他总是问村民有没有人提问。

可以向总统提问的村民都是事先安排好的托儿。因为人们都害怕万一提出的问题触怒了总统，总统会加以责罚，所以谁也不敢提问。对此，总统非常满意。

有一天，总统来到一个小村庄。他像往常一样结束了演讲，并询问人们有没有问题。可是这一次，真的有人提问了。

“我有个问题想问总统先生！”

伴随着一个洪亮的声音，一只手举了起来。总统点头示意，提问者站了起来。他看起来大约四十多岁，极其瘦小的身材让人怀疑他营养不良，而锐利的目光却让任何人都过目难忘。

总统饶有兴趣地看着他，他也毫不畏惧地盯着总统，用果断的语气问道：“这个国家有没有言论自由？”

“……”

总统没有回答。他彻底无视了提问者，直接面对其他人问道：“还有什么问题吗？”村民们都低垂着目光，仿佛被上了锁一般紧紧闭着嘴唇。

虽然遇上了这样的事情，总统依然没有中断慰问的行程。今天去东边，明天去西边，连假期也没有，访问一座又一座的村子。日复一日，年复一年，总统心中开始感到莫名的恼火。他对演讲本身并没有什么不满，心中烦躁另有原因。

每到一个新的村子，那个极其瘦小、目光锐利的男人都会出现。

每次总统结束演讲后询问人们是否要提问，男人都会站起来问他：“这个国家有没有言论自由？”而每一次，他都无视了这个问题。

总统要让瘦男人从自己面前消失，也从所有人的记忆里消失。他让身边的人监视会场，不要放他进来，可是瘦男人总是在不知不觉间出现在演讲现场。渐渐地，整个国家都在议论提问的瘦男人，人们不再为听总统演讲而聚集，反而纷纷为了看这个提问者来到广场。他问出了人们自己不能问出口的问题，人们藏在心里已久的种子慢慢发芽了。

慰问持续了一个月。总统又来到一个村子，像平时一样结束了演讲。"有什么问题吗？"他问道。人们等待着瘦男人站起来，向总统提问："这个国家有没有言论自由？"

可是，他们等了很久，瘦男人都没有出现。村民纷纷寻找他的踪影，人群变得嘈杂起来。终于，一个村民战战兢兢地举起了手，问道："总统先生，我有一个问题想问您。"

"什么问题？"

"那个总是提问言论自由的瘦男人去哪里了？我们都找不到他……"

"我怎么知道？"

总统只回答了这么多。随后，看着沉默不语的村民，他满足地笑了。看着他的样子，村民们不由得感到脊背发凉。可是与此同时，一种近似愤怒的感情也渐渐涌上人们心头。

演讲结束了，总统转身离去，只留下伫立在原地的村民。这时候，有人站在远处的山丘上注视着这一切。

就是那个男人。

“哎呀，这下人们该知道独裁者有多可怕了吧。播种算是成功了。”

说完，男人耸了耸瘦小的肩膀，从山丘上走下来，离开了。

原作：欧美短篇故事
改编：麻希一树

财富的分配

有一天，一个男人来到大富豪的宅邸。他是个没什么特点的人，身材不高也不矮，即便迎面而过，他的容貌在几秒后也会被人遗忘。就是这样一个存在感稀薄的人，可唯独一点会让人留下印象——他身上穿的 T 恤上印着一个大大的红色口号：平等。

大富豪的宅邸面朝大海，位于高级住宅区。在屈指可数的豪宅中，这也是最大的那个。从大门走到玄关，要花几分钟穿过庭院。

男人远远望着豪宅，站在高高的铁栅栏面前用最大的音量喊道："里奇，我有话要跟你说！"

从这么远的地方喊话，屋子里的大富豪里奇不可能听见。当然，他更没有提前预约。男人的叫声响彻夏日的天空，闻声赶来的保安按住了他。要是按平时的处理方式，保安会把男人赶得远远的。可是今天稍微有些不同，里奇偶然在家里的监控器上看见了这一幕，感到有些好奇。

“真是个奇怪的家伙，穿着奇怪的T恤。”

男人是想要对自己声明什么吗？他T恤上写的“平等”二字，到底是什么意思？里奇想问问看，于是他叫管家把男人带过来。

男人被带到会客室，管家让他坐在高级皮革制成的沙发上。男人坐下的瞬间，一种从来没有体会过的柔软仿佛把他的身体吸进去了一般，他赶忙挺直身子往前挪了挪。这时候，里奇进来了。男人立刻笔直地站了起来。里奇惊讶地睁大了眼镜，他发现这个男人的动作仿佛提线木偶一般僵硬。男人猛地伸手指向里奇的鼻子，大声叫道：“终于见面了，小偷里奇！”

“啊？”

里奇不明白他在说什么，费解地眨了眨眼睛。

他没有冲动行事，而是平静地说道：“我这辈子，可从来没有做过偷盗的事情啊。”

“你胡说！这所房子和你的一切，全都是你从穷人手里偷来的！”

“你这话是什么意思？我不知道你对我有什么了解，可我从穷人手里偷钱这事，你有什么证据吗？”

里奇没有慌乱，但是眉头却不快地皱了起来。男人深深地叹了一口气，直视着里奇，一字一顿、恶狠狠地说道：“你给我听好了。在工厂劳动的人辛辛苦苦工作一小时，最多也只能赚到十美元。可是你呢？你们资本家只用坐在椅子里，对劳动者指指点点发号施令，一小时能赚一万美元！这样的世道难道是合理的吗？”

一开始里奇只觉得他是个怪人，说这些话的过程中，也许是无法抑制心中的怒火，男人指着里奇的手指颤抖起来。

里奇仿佛被男人的话说服了一般，脸上的不愉快消失了，他甚至用赞同的态度点了点头，随后若有所思地说道："你就是所谓的平等主义者吧？"

"没错！少数人占有了大多数财富，这是不平等的。你必须立刻把财富公平分配给所有人！"

"公平分配啊……你的话的确也有道理。"

看到里奇被自己说服，男人显得充满自信，嘴角浮现出笑意。里奇在一旁小声叹了口气，不紧不慢地从钱包里拿出五美元，递给男人。

"请收下。"

男人脸上的笑容消失了，他涨红了脸，愤怒地吼道："这算什么？你当我傻吗？这么点钱就想打发我吗？"

"不是的，这是你应得的金额。"

说完，里奇叫管家进来。门口蓄势以待的管家马上出现了。

"主人，有什么事？"

"塞巴斯蒂安，我想问你一个问题。现在我的个人财产总共有多少？"

管家缜密地计算起来，随后干脆地回答道："到今晚为止，您的资产算上不动产和贵金属，总共三百六十亿美元。”

“那么世界上总共有多少人呢？”

“大约七十二亿人。”

管家的回答让里奇满意地点了点头，接着他转向刚才的男人：“如你所听到的，我的个人资产分配给全世界的话，每个人可以获得五美元。好了，今后你不要再出现在我面前！”

刚才还温和平静的里奇突然提高了音量。男人呆呆地站在原地，手里握着五美元，一句话也说不出来。

男人被保安带走了。这一次，他会被赶得远远的。

原作：欧美短篇故事

改编：麻希一树

看望病人

“我老公……他出大事了！”

一通电话突然打来。我马上停下手头的工作，奔向医院。打电话的人是我的好朋友哈里斯的妻子。哈里斯和我是发小，而他的妻子梅莉亚也是我从他们谈恋爱时起就认识的。二人的结婚典礼上，一向不擅长演讲的我接受了发表演讲的邀请，因为我打心底祝福他们。

认识哈里斯已经超过三十年了。我们各自老去，可是彼此的友情从未消减。梅莉亚也深知这一点，所以在哈里斯遭遇车祸的时候，她第一个通知了我。说不定要和哈里斯诀别了，我心中充满不祥的预感。

飞速开到郊外的医院，距离接到电话已经过去了两小时。我向医院的接待处说明来意，护士马上告诉我病房的号码。

我急急忙忙冲进病房，哈里斯躺在床上，身旁的梅莉亚正紧紧握着他的手。

“怎么样？情况如何？”

我问梅莉亚。她一边擦眼泪一边说道：“医生说手术很成功，已经脱离生命危险了。现在虽然是这个样子，但是一定能恢复过来。”

哈里斯浑身上下插满了管子，手腕上打着点滴，脸上戴着氧气面罩，一些读取心电图的仪器的电线从被子底下伸出来。不论如何，听到哈里斯能捡回一条命，我终于放心了。

“对了，令郎知道这件事了吗？”

哈里斯有个刚读大学的儿子，学校好像在其他城市。就算他知道哈里斯出了车祸，也不能马上赶过来。

“我已经告诉他了，今天他就坐飞机回来，明天就能到。”

正在这时。

“呜……啊……”

哈里斯发出痛苦的声音，似乎渐渐恢复了意识。他的眼睛慢慢睁开一条缝。

“是我！能认出我来吗？”

“老公！你放心吧，已经没事了，老公！”

哈里斯看了一会儿病床两侧的我和梅莉亚，好像突然想起自己身上发生了什么。可是，全身插满管子的哈里斯无法正常说话。

“真是太可怜了……不过，经历这么大的事故还能捡回一条命，也算是运气不错！”

我半开玩笑地说道。哈里斯微笑起来。看到他的样子，梅莉亚高兴得流下了眼泪。

“事故的处理和保险手续这些就交给我吧，你好好休息就对了！”

听到我的话，哈里斯微微点了点头，仿佛在向我道谢。越是这种时候，我们越该互相帮助才对。只要是我能做的，什么都会帮他去做。

“对了，你儿子明天也要过来。”

哈里斯露出高兴又有些寂寞的表情。也许是因为能见到分别许久的儿子而感到高兴，又或许是因为自己害他跑这么远而感到自责。认识这么多年，哈里斯在想什么只要看他的表情就能猜出来。

“别这样，你看一看儿子的脸，伤肯定好得更快！”

我靠近哈里斯，紧紧握住他的手。正在这时——

“呜……啊！”

哈里斯的状况突然急转直下。

“怎么了?！哈里斯，你怎么了?！”

梅莉亚赶忙冲出病房去叫护士，我在哈里斯耳边不断呼喊着他的名字。

“哈里斯，挺住啊！哈里斯！”

哈里斯痛苦地扭动着身体。

“喂！怎么回事！不要乱动啊！”

可哈里斯还是拼命扭动身体，想要把手伸出去。

我看到床边放着纸笔。哈里斯一定是想写点什么，也许他意识到自己就快走到人生的尽头了。

“你是不是有话想跟老婆和儿子说？写在这张纸上吧，我会好好交给他们的。”

我把纸笔递给哈里斯，他的手抖个不停，气息十分微弱。

“算了！太勉强了！”

我想拿走纸笔，可哈里斯拼命用笔写着什么。看样子他有不得不说的话。现在我能做的只有叫他的名字而已。

梅莉亚带着护士赶到病房的时候，哈里斯已经写完遗言，他全身突然失去了力量，再也没有醒过来。

那天，我和梅莉亚在医院的太平间外守了一晚。深爱的丈夫去世了，梅莉亚几乎哭干了眼泪，我不能丢下她不管。至少要陪她等到儿子回来为止。

第二天早上，哈里斯的儿子终于赶到了医院。等待他的是父亲冰冷的遗体。

儿子得到的消息原本是手术非常成功，他一时间无法相信哈里斯已经不在人世。面对父亲的遗体，他呆呆地站在一旁。

突然我摸到兜里有一张纸，我这才想起哈里斯死前写下的字条。护士到病房后，整个病房乱作一团，根本没有时间看字条上写了什么。“对了，这是哈里斯留下的最后的话语。”我握住哈里斯儿子的手，把团成一团的字条放在他的手里，“你问我哈里斯临死前有没有话留给你，他写了这个。一定是非常想对你说的话。”

哈里斯的儿子慢慢打开字条，看着我说：“这是留给我的话吗？”

他把字条递给我，上面歪歪扭扭地写道：“别踩我的氧气管子，把脚拿开！”

原作：欧美短篇故事

改编：小林良介

送给审判长的礼物

因涉嫌侵犯版权，A 公司被起诉了。起诉他们的是竞争对手 B 公司。可是 A 公司反而认为 B 公司侵犯了他们的版权，也提出了诉讼。

哪个公司说的是真的呢？法官之间产生了分歧。

不论哪家公司，一旦败诉，就将支付赔偿金给自己的竞争对手。考虑到产品的销售规模，恐怕这将是一笔不小的数字。对双方而言，这款引发争议的商品都是主力产品。所以，判决结果可以说是决定公司生死存亡的关键。

两家公司都请了实力过硬的辩护律师团，胜算是五五开。

“怎么样，我们公司能胜诉吗？”

还有几天就要开庭了，A 公司的负责人再次向律师询问。

“这个嘛，要看审判长怎么决定了。可是实话说，他怎么判断我也不知道。可以说就看裁判长的心情了。”

两家公司都来到了生死关头，共同面对一场绝对不能输的审判。听完律师的话，A 公司的负责人说道：“那么这样吧，平时审判长也为我们的案子不辞辛苦，送他一箱高级雪茄如何……”

律师大惊失色，马上否定了他的提议。

“当然不行！负责这次庭审的审判长，在这方面可是出了名的严格。假如你们做出行贿的举动，公司的形象绝对大打折扣。也就是说，一点胜诉的希望也没有了。明白了吗？绝对不能做这种事！甚至在庭审过程中对他露出笑容，都会招来对自己不利的结果！”

听完律师的话，A 公司的负责人反而松了口气般地摸了摸胸口。

“律师先生，谢谢你！你告诉了我这么重要的消息，太感谢了。多亏了你，不然我们公司差点就搞砸了官司。”

律师看到自己成功挽回了A公司的致命错误，也放下心来。

“不论如何，我们已经做了万全的准备，接下来就交给上天和运气吧！”

几天后，A公司大获全胜。A公司的负责人握住律师的手说：“谢谢你那天提出的宝贵意见。那箱雪茄救了我们！不，是多亏你的意见，我们才能胜诉。”

律师不负客户对他的期待，自然也是欣喜万分。

“我没说错吧，要是你们把雪茄送出去，我们早就败诉了。”

“雪茄的确送了，而且是特别高级的货色。”

A公司负责人的话让律师吃了一惊。

“你说什么？”

A公司负责人把食指放在嘴上，悄悄地对律师说：“所以我们才能胜诉呀。”

律师在这一行摸爬滚打多年，他知道负责今天庭审的审判长是数一数二的严格，绝不可能做出收受贿赂、贪赃枉法的行为。律师感到不可思议。

“没错，我们的确胜诉了，这个事实不会改变。可真是奇怪……”

看到歪着脑袋、一脸费解的律师，A 公司的负责人一语道破天机：“没什么好奇怪的。我们只是在雪茄箱里加了一张 B 公司的名片而已。上面还写着‘请务必多多关照’。”

原作：欧美短篇故事

改编：小林良介

医生和律师

这家高级酒店坐落在喧闹的大都会，这里以美丽绚烂的夜景闻名。酒店里有一个巨大而奢华的宴会厅，一些上流人士正在这里举办一场晚会。

宽敞的空间内摆放着许多餐桌，上面铺着洁白的桌布；银制餐具里盛放着精致的菜品，酒店服务生在餐桌间忙碌地穿梭。

绅士淑女们穿着挺阔的西装和华美的晚礼服，随手拿起喜欢的食物和饮料，聊得十分尽兴。不知从哪里播放的古典音乐，在席间恰到好处地流淌着。

"好久不见，杰克！"

杰克回头一看，原来是老同学哈利。如果没记错的话，哈利现在是一名律师。

“别来无恙啊，哈利！”

杰克是一名医生。他们互相寒暄了一阵，随即陷入沉默。

他差点忘了学生时代的往事——哈利这家伙一点也不招他喜欢。也不是发生过什么具体的事件，但他的一举一动都让杰克感到不舒服。一言以蔽之，就是哈利太小气了。

有人借哈利的书看，还给他的时候却被索要书价的一半作为借阅费。

大家一起去烧烤的时候，自然要均摊食材的费用。可是哈利却说自己吃的比别人少，不肯付一样的钱。这件事弄得气氛很不愉快，原本热闹开心的烧烤聚餐闹得不欢而散。

可是听其他朋友说，哈利当上了律师。比起帮助弱者、捍卫正义的形象，杰克觉得哈利更符合“恶毒的律师”这一形象。

打破尴尬的是一位中年女性。

“是你呀，先生[1]。”

杰克和哈利同时回过头。不过，打招呼的似乎是杰克认识的人。

如果没记错的话，她应该是某位患者的夫人，以前在他这里看过病。也有可能是他的妹妹……杰克正在寻找模糊的记忆时，来者自顾自地说起话来：“正好遇见你了，我刚好想问点事情。”

“什么事情呢？”

杰克不好无视对方，于是跟她搭起话来。

“最近总觉得全身没力气，哪里都不舒服……是怎么回事呢？”

中年女性开始滔滔不绝地讲起自己身体如何不适，一个接一个地询问原因。真是麻烦死了，可是他找不到溜走的理由，再加上本身性格并不强势，拒绝这种场面对杰克而言十分困难。“晚上总是睡不好，白天觉得像是在发低烧一样，浑身无力……”

① 在日本，对律师和医生都尊称为“先生”。——译者注

杰克束手无策地困在原地，被一个想不起名字的人问东问西。

每一个问题杰克都礼貌而细致地做出了回答，不仅如此，还提出了许多维持健康的建议，甚至聊到了营养均衡的菜谱，以及改善生活习惯的方法，语气耐心而温和。杰克成为医生，原本就是为了帮助他人。虽然一开始有些厌烦，可是没过多久，反而是杰克变得滔滔不绝起来。

再来看哈利，他没什么好去处，也没人跟他搭话，就这样站在二人身边。哈利并没有偷听的打算，只是因为没有必要特意离开，所以站在原地，医生和中年女性的对话自然而然地飘进了他的耳朵。

二人聊了接近三十分钟，依然没有停下来的意思。

“哎呀，真是不好意思，我聊得太投入了！会不会占用你太多时间了？”

听到这话，杰克医生露出温和的微笑：“哪里，有什么问题随时找我。”

“真是太谢谢你了！”说完，中年女性终于转身离开。

杰克松了一口气，一口喝干杯子里的酒，对站在一旁的哈利说道：“我是不是该跟她收诊疗费？”

杰克开了个轻松的玩笑，显然有些讽刺哈利的意思。可是哈利丝毫不为所动，答道：“是啊，你回答得那么认真，的确有索要诊疗费的权利。”

杰克说完，晚会刚好迎来了尾声。人们三三两两地起身告别，离开了宴会厅。

第二天，杰克照常来到医院上班，发现桌子上有一封来自哈利的信。他昨天才刚刚和哈利见面，难道是他忘了什么东西，哈利帮忙送过来了？可是看信封的厚度和重量，里面似乎没有除了信纸以外的东西。

杰克疑惑地打开信封，里面写着这样一句话：“法律咨询费一百美元（不含税）。”

居然是张账单。

杰克想起了昨晚发生的事情——“我是不是该

跟她收诊疗费？”杰克的确对哈利这样说过，而这句嘲讽被哈利当成了“咨询”。

原作：欧美短篇故事
改编：小林良介

顶级律师

有一天，美国的地方法院正在审理一个案件。这并不是什么特别的案子，只是一起普通的盗窃。

男人偷走的是一条璀璨夺目的钻石项链。盗窃发生的当晚，项链的女主人把项链放在了窗户旁边的桌子上，随后便回到里面的房间。那是一个有些闷热的初夏夜晚，她本以为晚上没什么人，于是任由窗户敞开，没想到却被人偷走了。女主人换好衣服出来，发现项链已经不见踪影。一定是有谁从窗外伸手拿走了项链。

不幸中的万幸是嫌疑人很快被抓住了，就是今天坐在被告席的男人。警察对案发现场掉落的头发进行基因检测，比对后锁定了嫌疑人。男人否认自己偷了项链，可是如此确凿的证据摆在眼前，案件已经没有悬念了。陪审员们一致认为男人有罪。

“那么接下来宣判结果。”

上年纪的审判长环视法庭，开始宣读判决书。正在这时，男人身边的律师突然举手。

“审判长！宣布判决之前，请允许我提出一点辩护！”

陪审席传来人们的议论声。这位律师至今帮助过许多被认为有罪的被告，甚至还帮公认的死刑犯实现了减刑。人们都夸赞他是顶级律师，自然也期待他能再次扭转局势。

审判长疑惑地看了一眼律师，不悦地锁紧眉头。都到最后关头了，还有什么可说的？审判长很想当作没看见，不过还是清了清嗓子，恢复了平和的情绪。身为审判长，不论何时都要保持情绪稳定。他看着律师，说道：“好吧，我允许你发言。不过，请尽可能简洁。”

“谢谢。”

律师向审判长点头致意，随后用夸张的肢体动作开始了辩护——这是他最擅长的。

“很抱歉在这种时候占用大家的时间，可我无论如何都有话要说。被告是清白的，他被冤枉了！”

法庭哗然。有几个陪审员沉下脸，似乎感到很不满。

“肃静！让他把话说完。”

审判长让大家安静下来。听到他冷静的声音，差点站起来抗议的陪审员回到了座位上。审判长很满意，再次向律师说道：“你如何证明被告是无罪的呢？为什么之前都没说？你有什么比基因检测更加有说服力的证据吗？”

“证据虽然没有。可是，量刑宣布之前，我有几句话必须要说。”

他一定是想给被告减刑，才上演了这一出。审判长的眉头再次锁紧。可是律师毫不在意，抑或是根本没有注意到，他充满信心地说了起来。

“如本次庭审的意见所言，被告的确从窗户里伸手偷走了项链。可是，他的右手和他本人并不能画等号。那么，为什么被告要为了不是他本人的一根胳膊所犯下的罪行，遭受法律的惩罚呢？”

“……原来如此，你说的也有道理。”

陪审员都向律师投去匪夷所思的目光，只有审判长重重点了点头。

审判长真的认同这样的无稽之谈吗？旁听席一片哗然。可是，审判长接下来的话语让人们顿时安静下来。

“如果是右手不受控制地犯下罪行，那么被告的确是清白的。我同意你的说法。我宣判对被告的右手判处有期徒刑两年零两天。被告可以选择和右手一起服刑，也可以让右手单独服刑。如何选择，是被告人的自由！”

听到判决，陪审席上发出一阵笑声。是砍掉右手，还是老老实实服刑，答案自然不用多说。顶级律师也不过如此，只不过擅长诡辩罢了。审判长不为所动，巧妙地化解了一切。

人们像看傻瓜一样看着律师，随后却发现律师脸上露出奇怪的表情。看起来好像胜诉了一般，他的嘴角竟露出得意的笑容。

“审判长，谢谢。我们尊重法院的判决。”

说完，律师轻轻地拍了拍被告的肩膀。下一秒，所有人都倒吸一口冷气，瞪大了眼睛——偷项链的男人竟然把右手从身上拆了下来。原来，男人的右手是一条假肢。

“请让这只右手偿还它犯下的罪吧。”

顶级律师带着假肢的主人翩然离开，留下目瞪口呆的审判长、陪审员，以及旁听的民众。

原作：欧美短篇故事

改编：麻希一树

森林里充满危险

从前，某个小村子里有一个叫贝尔纳的懒汉。田里的农活都是随意应付了事，日落后就一直泡在酒馆里直到打烊，喜欢和周围的人聊一些无聊的话题。他不学无术，只有在玩闹时会动点脑筋。

理所当然地，这样的人并不受其他村民待见，甚至有时候被当作笨蛋嘲弄。

深秋，收获节快到了。收获节上，人们载歌载舞，可以吃到各种美食。

对贫穷的村民来说简直是一年里最值得期待的日子。

每当这个时候，村里就会安排人去外面的大城镇买到村子里买不到的东西，如游行用的装饰品、制作点心所需要的砂糖等，这些对村民来说如同奢侈品。

村民们每年都会一起凑钱，再选出代表带着钱前往城镇。今年被选上的是贝尔纳。

这可不是单纯去买东西回来这么简单，绝对不是个轻松的差事。城镇离村子非常远，在没有汽车和火车的年代，唯一的办法就是步行。

而且要从村子前往城镇，必须穿过一片幽暗的森林。

即便是白天，森林里的光线也很差。这一带常有野狼出没，就算是成年人也必须格外小心。再加上听说最近还有山贼出没，森林越发危险重重。

山贼就是会抢夺路人财物的家伙，换言之就是强盗。

终于，村民们凑足了钱，到了贝尔纳出发的日子。

这时的天气已越发寒冷，贝尔纳穿上了他的大衣，并把装满钱的布袋放入了大衣的口袋。他手中拿着从邻居大爷那儿借来的木头拐杖，行走在凶险的森林之中，这根拐杖不可或缺，而且要是遇上什么危险，它也能当作武器派上用场。

贝尔纳背负着村民的期待，不安地踏入了森林。幽暗的森林果然十分诡异，时不时传来的鸟兽叫声。

贝尔纳谨慎地前进着，大概走到一半时，突然从树影中钻出一个不认识的男人，挡住了贝尔纳的去路。

“把钱交出来！”

是山贼。帽子下面一张大胡子脸，十分凶恶。

山贼拿着一把手枪，将枪口对着贝尔纳。

贝尔纳握紧手中的拐杖，苦苦支撑着自己已经被吓软的双腿。

“钱……我没有钱……”

贝尔纳使出全力说了出来。

“骗谁呢！快到收获节了，怎么可能有人不带钱就出门！”

“看招！”

贝尔纳挥舞起手里的拐杖。山贼见状立马把手指扣在扳机上，枪口直直地瞄准对方，吓得贝尔纳一松手，拐杖掉了。

“要钱还是要命，你选吧？”

“嗯……”贝尔纳思索起来。

“别磨蹭！”

“我、我知道了。虽然这笔钱很重要，可是命只有一条。”

贝尔纳把装着全村希望的钱袋子交了出去。山贼呵呵一笑，伸手去拿钱袋。可是贝尔纳却把手收了回去。

“干什么?!”

山贼马上戒备起来。

“是不是没脸回去见村里人？我才不管你呢！不给钱就等着挨枪子儿吧！”

枪口再次对准了贝尔纳。

“才不是呢！”

这次轮到贝尔纳不怀好意地笑了笑。他似乎在心里盘算着什么。

“我是让你给我留点路费。”

“路费？”

“我要是不来这鬼森林，你也不可能拿到这笔钱。我就相当于是专程来给你送钱一样。”

“怎么好像还有点道理似的。”

“我先跟你说明白了，假如我是个认死理的人，为了这笔钱弄不好要跟你拼命。那样的话，你多少也得受点伤吧？可我是打算乖乖交给你，给我几个银币当路费绝对不过分吧？”

山贼一脸无奈。

“真是个无可救药的家伙，虽然我也没资格说别人。那好吧，给你一块钱。”

“真小气……”

贝尔纳嘟囔着拿出一枚银币，然后把钱袋交给了山贼。

“后会有期！”

山贼说着正转身要走，贝尔纳又把他叫住了。

“等等！”

山贼闻声回过头来。

“又有什么事？”

“我要是告诉村子里的乡亲们钱被山贼抢了，他们肯定不会相信我的，一定以为是我独吞了。我在村里没什么信誉……”

“你也确实私吞了一点。”

贝尔纳耸了耸肩。

“所以我想拜托你一件事。”

说完，贝尔纳把身上的外套脱了下来，像斗牛士的红布一样在山贼面前抖开。

“你用手枪在这件衣服上面打几个洞，这样就可以证明我的确遇到山贼了。”

“真是个麻烦的家伙，我可没时间陪你玩游戏！”

贝尔纳摸着下巴，若有所思地说：

“哦，我明白了——原来你拿的不过是玩具枪而已，根本没有子弹！”

“什么？别小看了我！”

砰！

山贼立即开了一枪，子弹打在贝尔纳的脚边。

“哟！你的枪法可真烂，根本没打到靶子上！”

山贼被惹恼了，他对自己的枪法很有自信。

“我打中给你看就是了！”

“来吧！”

贝尔纳把外套拿好，山贼射出第二发子弹。

砰！

子弹果然贯穿外套。

“这才对嘛！没想到你的枪法还挺不错的。”

“哼！”

山贼又开了一枪。

砰！

这次命中了外套的正中央。

“太厉害了！再来几发，我要让他们相信我遇上了一个特别凶残的家伙，好不容易才死里逃生！”

山贼摆好架势，瞄准——

可是枪声却没有响起。与此同时，枪管发出咔咔的声音。

“怎么了？”贝尔纳问。

“没子弹了，里面只剩三发。”山贼无奈地说道。

“原来如此，那你走吧。”

山贼正准备离开，突然！

“手枪没了子弹，就和没有一样！”

贝尔纳捡起拐杖，以迅雷不及掩耳之势重重地抡在山贼头上。

不知道是打得好还是不好，山贼立刻昏了过去。

“这么重要的钱，怎么可能给你！”

贝尔纳夺回钱袋，并把刚才拿出来的银币放了回去。他把山贼绑在树上，离开了森林。

到了镇上，贝尔纳把山贼的事情报告给了警察。

山贼很快被抓了起来，贝尔纳也顺利买完东西回到了村子里。

贝尔纳还没回来，他智斗山贼、保护财产的事迹就已经在村里传开了。人们像迎接英雄一样欢迎贝尔纳归来。

收获节的游行上，贝尔纳像国王一样被大家抬起来，甚至有人推举他当下一任村长。

之后贝尔纳怎么样了呢？他还是老样子——田里的农活随意应付了事，日落后就一直泡在酒馆里直到打烊。村民们也很快忘记了贝尔纳的功劳。也就是说，贝尔纳和从前没什么两样。

原作：欧美短篇故事

改编：桑畑绢子

老人的智慧

在某个镇上有两个男人，一个叫克劳斯，一个叫施密特。他们的年龄差好比爷爷和孙子。年老的克劳斯不喜欢年轻人，年轻的施密特也不懂得尊敬长者。两人都在镇上经营着超市，是商业上的对手。

为了能多拉到一位客人，两人通过给商品降价来相互竞争。至今为止，鸡蛋、肉类、零食以及日常生活用品，数不尽的商品都曾成为降价的对象。最近蔬菜类又成了他们竞价的主战场。

一开始，施密特开拓更加便宜的蔬菜进货渠道，他和附近的农民处好关系，将采购的新鲜西红柿以一美元十个的价格卖出。于是第二天，克劳斯把自己店里的西红柿价格也改为一美元十个。不甘心的施密特把西红柿打价格又了九折。同样的，克劳斯也把自己的西红柿价格降为九十美分十个。

不仅仅是西红柿，施密特把黄瓜按十美分一个卖出，第二天克劳斯也会把同样价格的黄瓜摆在店里售卖。施密特降价，克劳斯就会紧紧跟上。就这样，两人的蔬菜价格一降又降。

镇上的居民对他们的蔬菜竞价行为拍手叫好。甚至有人会说："每天都能吃上这么便宜的蔬菜，当个素食主义者也不错呀。"

面对居民们的反应，施密特当然没办法轻易结束降价的做法。但是即便无视居民的反应，对克劳斯的敌视使得施密特绝不想放弃降价，直到克劳斯举手投降，自己获得胜利为止，否则绝不罢手。

"克劳斯很快就会放弃了吧。因为那个老家伙只是单纯把东西卖得便宜，什么努力都没做。"施密特完全不把克劳斯看在眼里。

但令人惊讶的是克劳斯无时无刻不在和施密特的降价行为作对。当施密特把茄子以五十美分一根来卖时，克劳斯也会以同样的价格出售。然后当价格以十美分为单位逐次下降后，包括茄子在内的所有蔬菜的价格终于变得比进价还要低，这样就出现赤字了。以现在这个情况，再这么卖下去，自己就会赔本。

“喂，老头儿。我提议蔬菜的打折降价这事儿，咱俩都收手怎么样？以现在的状态继续下去，你我都会亏本。你不觉得这样很傻吗？”

克劳斯一定一直都在逞强，自己先做出让步的话他肯定立刻就收手了。施密特这么想。

但是和预料的相反，克劳斯一脸茫然地摇了摇头。

“你自己想从竞争中投降，我不拦着你，反正我是没有亏本。”

“别骗人了，我都开始亏本了，你怎么可能不亏本呢！”

“现在的年轻人总是疑心重重，真受不了。你呀，一定是进货不用心吧，稍微反省下你自己吧。”

克劳斯无奈地耸耸肩：“我还有活儿没做呢，先走了。你要是不想被人看不起，说年轻人遇到什么事马上就放弃了这种话的话，你也加把劲努力一下吧。”说完，克劳斯朝店里走去，留下施密特一个人歪着脑袋思考这个“解不开的谜”。自己现在已经从农民那里以破格的低价位采购到了蔬菜。这附近不可能再有比这更便宜的进货渠道了。那为什么克劳斯却没有亏本呢？还是说他其实已 经在亏本了，只是为了不向竞争对手示弱而故意逞强？

虽然现在迫切地想问出个所以然，但施密特绝不肯向如此小看自己的人低头。并且，也十分不情愿被这个老头子继续指手画脚。一想到克劳斯和他的蔬菜，施密特没来由地生了一肚子气，骂骂咧咧地大步走回了自己的店。

第二天，施密特带着黑眼圈来到店里。一思考克劳斯的事情他就彻夜难眠，但又必须转换情绪来店里接客。

施密特顶着苍白的脸卖着菜。一位经常买大量蔬菜的常客吃惊地向他搭话：“喂，施密特，你这是怎么了？一副快要倒下的样子，身体不舒服吗？还是有什么烦恼？”

“啊，其实呀……”

虚弱的施密特把昨天的事告诉了客人。反正不管是谁都解不开这个谜吧。可意外的是，客人全部听完后笑着说：“什么呀，原来是这件事啊。”

“明明和你用同样的价格在卖蔬菜，为什么老爷子没有损失？这很简单嘛。因为，我把从你店里买的蔬菜卖给了老爷子，老爷子就直接摆在店里用同样的价格售卖。既不赚钱也不赔钱。”

听了客人的话后，施密特仰天长啸。

从第二天起，这个镇上的居民再也买不到便宜的蔬菜了。他们餐桌上的蔬菜沙拉，分量也比以前少了许多。

原作：欧美短篇故事

改编：麻希一树

5分钟后意外结局系列

白色恐怖

日本学研株式会社编辑部 编
李雨萍 译

中信出版集团 | 北京

图书在版编目（CIP）数据

白色恐怖 / 日本学研株式会社编辑部编；李雨萍译
. -- 北京：中信出版社，2021.1
（5 分钟后意外结局系列）
ISBN 978-7-5217-2363-2

Ⅰ. ①白… Ⅱ. ①日… ②李… Ⅲ. ①短篇小说－小说集－日本－现代 Ⅳ. ① I313.45

中国版本图书馆 CIP 数据核字（2020）第 206048 号

Gofungo ni igai na ketsumatsu_Shiroi Kyofu

白色恐怖
（5分钟后意外结局系列）

编　　者：日本学研株式会社编辑部
译　　者：李雨萍
出版发行：中信出版集团股份有限公司
（北京市朝阳区惠新东街甲4号富盛大厦2座　邮编　100029）
承 印 者：北京楠萍印刷有限公司

开　　本：787mm×1092mm　1/32　印　　张：6　字　　数：72千字
版　　次：2021年1月第1版　印　　次：2021年1月第1次印刷
京权图字：01-2020-6599
书　　号：ISBN 978-7-5217-2363-2
定　　价：128.00元（全五册）

服务热线：400-600-8099
投稿邮箱：author@citicpub.com

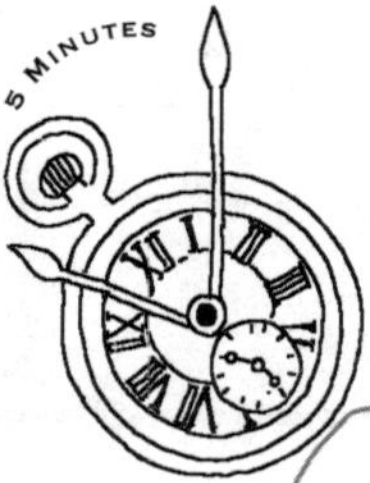

本书除了部分原创作品之外，还改编并收录了流传于世界各地的小故事、都市传奇、小说名篇、日本古典落语等等。此外，为了便于读者在短时间内掌握故事概要，本书对一些经典小说进行了改编。

目录

给妻子的寻猫启事

在美国的一个小镇上，有一个名叫乔伊的男人，经营着一家小酒馆。他年近四十五岁，是个平平无奇、没有什么过人之处的男人。不过，他脾气非常好，总会聆听疲惫的客人发牢骚，还会为了祝贺有喜事的客人而免单。所以，他的小酒馆虽然不赚钱，客人却总是络绎不绝。

乔伊结婚了，新娘是个比他年轻二十多岁的漂亮姑娘。据说，她因为失恋在酒馆抹眼泪的时候，乔伊安慰了她，这件事就是他们缘分的开端。

能和她结婚，乔伊欣喜若狂，他发誓要将她当成全世界最重要的人。他彻底变成了一位模范丈夫。她感冒生病时，他愁得仿佛天都塌了，不眠不休地照顾她。她过生日时，他拿出酒馆一年的收入，买下一枚闪闪发光的钻石戒指，送给她做生日礼物。而且，无论何时，他都对所有人宣称："她是我的女神。"在所有人眼中，他都是位理想的丈夫。

不过，乔伊的爱情只有一个烦恼，那就是他有些爱吃醋。妻子接到男性好友打来的电话时，他会毫不掩饰地面露不悦；妻子跟酒馆的男客人说话时，他也会表现得很不开心。妻子也被乔伊的爱情压得有些喘不过气来，可是，因为她也很爱他，所以没把这件事当成一个严重的问题。

就这样，他们结婚一年了。夫妻俩没有孩子，而是养了一只小猫。这只小猫在下雨天被人遗弃在路边，被妻子捡回家。乔伊不怎么喜欢小动物，可是，妻子眼泪汪汪地对他说："我怎么能眼睁睁地看着这个小家伙不管！"他也不能显得太不近人情，只好不情不愿地接受这只小猫，让它成为家里的一员。

没有孩子的妻子就像溺爱孩子一样溺爱这只小猫。她早上起床的第一件事就是为它准备新鲜的牛奶。冬天她怕小猫受冻，还为它织了一顶毛线帽。

帽子的款式和她给乔伊织的一模一样。看见乔伊抱着跟他戴同款帽子的小猫，她露出了幸福的笑容。

可是，幸福的日子十分短暂。有一天，小猫出门散步，却再也没有回来。

“乔伊，小家伙去哪儿了？要是它有什么好歹，我可怎么办！”

妻子太担心小猫了，她茶饭不思，哭红了双眼。

“别担心，它跟我一样爱你，不可能忘了你的，说不定马上就会回来了。”乔伊安慰妻子。

但是，三天过去了，五天过去了，小猫依然没有回来。一想到小猫可能正在某个地方受罪，妻子就彻夜难眠，眼睛周围也渐渐有了清晰的黑眼圈。看见她这副模样，乔伊急得坐立不安。于是，在小猫失踪一周后的一天，他去了朋友工作的报社。

对方是乔伊的高中同学，他编辑的报纸虽然是本地报纸，却在乔伊居住的小镇和周边地区非常畅销。

在报社一见到朋友，乔伊就深深地鞠了一躬。

“马克，我这辈子就求你这一次！请你在你们的报纸上登一则寻猫启事，帮我找一找我太太的猫吧！”

“猫？你太太养的那只？”

乔伊点点头，向他解释了小猫失踪的来龙去脉。朋友静静地听完了他的话，却轻轻地耸了耸肩，叹了口气说：

“小猫丢了，确实令人同情。但是，就算登了寻猫启事……恐怕也没什么效果。你是我的好朋友，我可以不收广告费，但我估计读者并不会热心地帮忙寻找。”

“……一万美元。”

“嗯？一万美元什么？”朋友惊讶地反问。

乔伊斩钉截铁地宣布：

“只要能让我太太不再伤心，哪怕倾家荡产我也在所不惜。谁能把活蹦乱跳的小猫带回来，我就付给谁一万美元！”

第二天，在乔伊生活的小镇上，刊登在晨报上的一则广告引起了热议。

“这个人也太爱自己老婆了吧！要是寻找老婆本人还能理解，只是为了寻找老婆的猫，他竟然肯出一万美元……”有个读到报纸的人惊讶地嘟囔道。

另一个人猛地拍了下胸脯说：

“这可是个好机会！我一定要帮他找到这只猫！对了，这只猫有什么特征？”

“嗯……瞧，这里登了照片。上面说它是只‘黑色公猫，两岁。不爱亲近男人，喜欢跟女人撒娇’。真奇怪！”

“据说它是只被抛弃的猫，说不定以前被男人虐待过呢！不过，管它呢！我现在就去找！”

于是，那天小镇上有很多人都在到处找猫。

因为这件事，身为新闻记者的马克忙坏了。不断有人抱着猫闯到报社问他：“这是寻猫启事上的那只猫吗？”马克起初还认真地接待他们，但渐渐就筋疲力尽了。上午一过，他就把乔伊喊来，让他坐在自己的座位上，然后落荒而逃。

所有人都在那一万美元赏金的驱使下跑来跑去。只要金额够大，大家就都会认真地帮忙寻找。

乔伊的目的算是达到了，吃亏的却是自己。在猫被找到之前，要是一直这么闹哄哄的话，要不要收点广告费呢？马克深深地叹了口气。就在这时，有人扯了扯马克的衬衫袖子。他回过头，看到一个男孩站在那里。

“叔叔，你是那个报社的记者吧？”

“是啊。怎么了，小朋友？你迷路了吗？”

他蹲下去问，男孩却立刻摇了摇头。

“我住在这附近，不会迷路的。我是想告诉你，一周之前我看见那只小猫了，就是叔叔报纸上刊登的寻猫启事里的那只。”

“怎么可能……”马克很想叹气。但是，小男孩跑过来找他说话，他又不能置之不理。

不知道是因为不习惯跟大人说话，还是因为紧张或害怕，男孩似乎在轻轻颤抖。马克为了不吓到男孩，努力露出和蔼的微笑，问他：“你在哪里看到的？能告诉叔叔吗？”

结果，男孩指了指外面的河说：“那只小猫，现在肯定还沉在河底呢！”

“什么意思？”

“我看见有个叔叔把报纸上的那只小猫扔进河里淹死了！”

“你说什么？什么人竟然干出这种事！”

“看，就是那个叔叔。虽然他总是笑得很亲切，但我很害怕他！因为他把猫丢进河里的时候，也是这样笑眯眯的。”

马克吃惊地看向男孩指着的方向，只见那位模范丈夫——乔伊正朝这里走来。

原作：欧美短篇故事

改编：麻希一树

斯莱德尼·瓦什塔

康拉丁今年十岁了。他父母双亡，是个孤儿，从小被寄养在姑妈德洛普夫人的家中。

康拉丁在这个家里的生活非常拘束。无论他做什么，姑妈都会对他说：

“不许做那件事！”

“你在搞什么？快停下！”

就连康拉丁最喜欢的烤面包，自从他来到这个家以后，姑妈就再也不让他吃了。姑妈仿佛将禁止康拉丁做他“想做”的事视为己任，所以康拉丁非常讨厌姑妈，德洛普夫人也不怎么喜欢康拉丁。

但是，他们彼此都没有将自己的讨厌表现出来。就连在这座大房子里做工的女仆，也都认为他们亲如母子。

在这座房子的院子里种着两三棵果树。姑妈非常爱护它们，她严禁康拉丁摘树上的果子。另外，在院子的一个角落，有一个如今已不再使用的大储物间。那是康拉丁的秘密基地和藏身之处，也是他在这个世界上唯一一处可以无忧无虑地待着的地方。

康拉丁在里面偷偷养了两只动物。

一只动物是一只母鸡，男孩带着满腔的爱意喂养这只母鸡。

另一只动物被他养在储物间深处漆黑的笼子里，是一只大雪貂。他认识的肉摊儿小学徒将它连笼子一起卖给了他。它是种长着锋利的獠牙和爪子，以老鼠或兔子为食的夜行动物。康拉丁很害怕这只野兽，却又将它当成自己的宝物。

不论是储物间的存在还是他在里面养动物的事，都绝对不能被姑妈知道。德洛普夫人管教男孩的方式就是“禁止”他做任何事。一想到自己拥有她不知道的秘密，他就会感到开心。

康拉丁为这只大雪貂起了个名字——“斯莱德

尼·瓦什塔”。从那一刻起，男孩就将这只大雪貂当成上帝来崇拜了。

在沉寂的储物间里，康拉丁常常跪在伟大的斯莱德尼·瓦什塔的笼子前，举行神秘的仪式。鲜花盛开的季节，他会带来艳丽的鲜花，草莓收获的季节，他会带来红彤彤的草莓，供奉到“教堂”里。

“斯莱德尼·瓦什塔和那个女人信仰的上帝不一样，它是属于我一个人的上帝！”

那个女人自然就是德洛普夫人。对于男孩而言，储物间如今已经变成秘密祷告的教堂了。

每当遇到开心的事，他就要把肉豆蔻粉撒在笼子前，这也是一项重要的仪式。在德洛普夫人被剧烈的牙疼折磨了三天的时候，康拉丁也举行了三天的庆祝仪式。他几乎相信是斯莱德尼·瓦什塔的力量，让那个女人遭受了牙疼的折磨。

康拉丁将院子一角的储物间当成乐园的事，终于被德洛普夫人发现了。

“这样的天气还在那种鬼地方玩，对他的身体不好！”

姑妈下定决心后，立刻将母鸡卖给了养鸡场。早上吃饭时，姑妈告诉康拉丁：

“昨天晚上我把母鸡卖了。”

姑妈等着男孩生气、悲伤或者“哇”的一声哭出来，她已经等不及要将这个号啕大哭的孩子无情地训斥一顿了。

但是，姑妈的预想落空了。男孩虽然脸色苍白，神情僵硬，却一言不发。可能姑妈觉得内疚了，下午茶的时候，她烤了面包给他吃。平时她觉得烤面包太费事，以“对身体不好”为由不让他吃，这一次她却特地为他烤了面包。

男孩却连碰也没碰。

“你不是喜欢烤面包吗？”

德洛普夫人的语气，仿佛受到伤害的人是她似的。

“此一时，彼一时。”康拉丁好不容易才低声回答。

那天傍晚，康拉丁去了储物间，对着住在笼子里的上帝祈祷：“斯莱德尼·瓦什塔，请实现我的心愿吧。”

尽管他没有说出是什么心愿，但身为上帝的斯莱德尼·瓦什塔肯定能明白他的意思。康拉丁忍住眼泪，望了一眼已经没有母鸡的空空的角落，离开了储物间。

从此以后，康拉丁日日夜夜都在祈祷。傍晚，他在昏暗的储物间里祈祷。入睡前，他在被窝中祈祷。

“斯莱德尼·瓦什塔，请实现我的心愿吧。”

德洛普夫人发现康拉丁还没有放弃去储物间。有一天，她走进储物间深处，又将里面检查了一遍。那一天的晚餐时间，她向男孩宣布：

“你在那个上锁的笼子里养了什么东西？我猜是豚鼠之类的。这两天我会全部处理掉！”

第二天，姑妈找到康拉丁藏在他房间里的钥匙，走进储物间。

“你给我待在这儿，哪里也不许去，我会帮你收拾好的！”

康拉丁按照姑妈的要求留在房间里，透过窗户观察储物间外的情形。

“再过一会儿，她估计会一脸得意地走出来，把我心爱的雪貂连笼子一起丢掉吧。从今以后，我也将继续在她的监视和虐待下，像行尸走肉一样生活……”

男孩不知不觉地合掌祈祷，向他专属的上帝——斯莱德尼·瓦什塔祈祷。

结果，从半敞的房门中走出来的并不是姑妈，而是那只大雪貂。它慢腾腾地爬了出来，从下颌到喉咙都沾满猩红色的液体。大雪貂用舌头舔了舔那些液体，走到院子尽头的小河边喝了一会儿水，然后消失在院子对面的草丛深处。那是他最后一次见到斯莱德尼·瓦什塔。

康拉丁不由得对着它的背影跪拜。他将额头抵在双手上，脸颊上闪着晶莹的泪光。

“晚饭做好了，你看到夫人了吗？”

听到女仆的问题，康拉丁回答：

“她刚刚去储物间了。”

没多久，家里就乱作一团。先是传来女仆的尖叫声，又听到有人问：“怎么了，出什么事了？！”接着是一串凌乱的脚步声。康拉丁像没有听到门外传来的吵闹声似的，烤起了面包。他的耳畔响起往屋里搬重物的动静，接着又传来一个声音：

“可怜的孩子！谁去告诉他他姑妈死了的消息呢？我可说不出口！”

康拉丁听着她们的尖叫，又不紧不慢地为自己烤了一片面包。

原作：萨基《斯莱德尼·瓦什塔》
改编：小林良介

梦十夜

我做了一个这样的梦。

我背着六岁的儿子走在路上，儿子是个瞎子。

“究竟是什么时候瞎掉的呢？”我问他。

“早就瞎了。”

听声音倒是小孩的声音，但说话的口吻却像个大人似的，而且哪有小孩是这样对父母说话的？

我为什么会走在路上呢？

“这是在庄稼地里走啦。”从背上传来小家伙的声音。

“你怎么知道的？”

小家伙回答我：“你听，这里不是能听到鹭鸶的叫声吗？”

就在这时，鹭鸶叫了几声。我有些害怕。这小家伙明明眼睛瞎了，怎么什么都知道？他是怎么知道鹭鸶会叫呢？我渐渐害怕起自己的儿子来。等等，我究竟有没有这样一个儿子呢？

我突然生出了一个念头，干脆扔掉这个可怕的小家伙吧，赶紧扔掉……扔在哪里好呢？我往前面一看，只见夜色中出现了一片森林。就扔在那里吧。我刚起了这个念头，背后就传来嗤嗤的冷笑声。

“你笑什么？”我问他。

他并不回答，反问我：

“爸爸，重不重？”

“不重。”我答道。

背上的小家伙说：“很快就会变重了。”

他的语气越发可怕了，我赶忙加快脚步。突然，前方出现了一个三岔路口。背后又传来他的声音：“按说这里应该立着一块石碑才对。”

我定睛一看，在岔路口果真立着一块齐腰高的石碑。石碑的左侧用红字刻着“日之洼”，右侧则刻着“堀田原”，都是地名。

“往左边走嘛。”

从背后传来的声音带着命令的口吻，我正犹豫不决，又听见他说：“别犹豫啦。”

我无可奈何，只好往他说的方向走去。

这小家伙为什么连这种事都知道呢？我正感到疑惑，又听到他的声音：

“我是个瞎子，行动可真不方便啊。”

我答道：“我不是背着你吗？”

小家伙依然用那种语气回答：“让你背着，对不住了。可是，我实在不乐意让人家把我当成傻瓜，哪怕是父母也不行。”

他连我在想什么都知道吗？我越来越害怕他了，想赶紧走到森林里，将这个小家伙扔了。

“再往前走走你就知道了，正好就是这样的夜晚。”小家伙自言自语一般说道。

他在说什么呢？我努力用轻快的语调问他：“知道什么？”

小家伙语气嘲弄地回答：“你这不是明知故

问吗？”

明知故问？我吗？听他这么说，我总觉得我确实知道些什么。但是到底是什么事，我就不得而知了。不过，再往前走一会儿，应该就会知道了。可是，要是知道就糟糕了。趁着现在还糊里糊涂的，赶紧把他扔掉算了。我再次加快步伐。

背上的小家伙究竟是谁？他是我瞎眼的儿子，但我却不记得他，这到底是怎么回事？我要赶紧把这个小家伙扔掉，然后逃离这里，我一刻也等不及了。

“就是这儿，就是这儿，就是这棵杉树底下！”

不知不觉下起了雨。在雨中，他的声音无比真切。那里果真伫立着一棵杉树。

“爸爸，就是在这棵杉树底下。”

我不由得附和道：“嗯，是啊。”

“是文化五年，龙年吧？”

好像确实是那一年。

“你杀死我的那一天，正好是一百年前的今天。”

听到这句话的瞬间，我终于回忆起来了。我杀了一个瞎眼的男人。正好是一百年前的今天，也是在这样一个漆黑的晚上，就在这棵杉树底下。

啊，原来我是个杀人犯啊。

我刚冒出这个念头，背后的孩子突然变得像地藏菩萨的石像一般沉重。

原作：夏目漱石《梦十夜之第三夜》
改编：小林良介

一直在寻觅的女人

“嫁给我吧，我一定会让你幸福的！”

面对本的求婚，詹妮弗一口回绝。她是三天前认识本的。在咖啡馆里，他坐在她的隔壁座位，与她简单地聊了一会儿。他们兴趣一致，意气相投，今天是他们第二次见面。

“我不能嫁给你。我们对彼此还一无所知，我不了解你，你也不了解我。”

“最重要的不是认识的时间长短，而是时机和感觉。我已经为你神魂颠倒了。只跟你聊了几句，我就知道，没有比你更适合我的人了！虽然才刚刚认识你三天，可我知道，你就是我一直在寻觅的女人！”

本目光灼灼地注视着她。这热情似火的求婚让詹妮弗心动了。但是，詹妮弗却突然想到一件事，不禁沮丧地垂下头。

“可是，不知道我爸爸会不会答应。”

“所以只要你爸爸同意，你就会嫁给我吗？我明白了，我一定会说服你爸爸的。”

几天后，本和詹妮弗一起去见她父亲，并且当面对他说：“请把您女儿嫁给我吧！”面对本突如其来的拜访，父亲并未惊讶，而是问了他一个父亲理应要问的问题。

“你究竟是干什么的？”

“我是您女儿的未婚夫。”

“我是问你的工作。”

“我的工作无所谓。这个世界上再也没有比我更爱您女儿的人了，这就够了，您说呢？”

父亲笑了。

“哪怕你真心爱我女儿，我也不能答应女儿嫁给一个连工作都不肯说的男人。”

“可是，我有信心让您的女儿幸福。”

“什么信心？在我看来，你根本就是一个不切实际、只会空口说大话的人。我经营着一家公司，所以比谁都知道金钱的重要性。想让人幸福，必须要有钱。你有没有能让我女儿幸福的经济实力？”

“很遗憾，现在的我没有存款，但赚钱是我的强项。如果可以，我想向您展示一下我的实力。”

“哦？怎么展示？”

“要是您能赚钱，您的女儿就会更幸福，对吗？”

“那当然了。”

“那么，就让我通过自己的人脉，让您的公司比现在的规模更大吧！”

“别胡说八道了。你小子知不知道，为了让公司壮大，我迄今为止付出了多少努力？”

父亲轻蔑地笑了。但是，本却完全没有退缩。

“我并没有胡说八道。做生意就像打仗，经济就像战斗。倘若您的竞争对手O公司破产了，您的公司在市场上的份额就会扩大，对不对？”

“当然了，要是O公司破产的话，确实会如此。”

“那么，我就让O公司破产吧。”

“别说大话了。这盲目的自信令人很不愉快。虽然这么说很不甘心，但O公司的技术水平领先我们公司。你要怎样才能将O公司逼到破产呢？”

“我不能透露让它破产的方法。不过我答应您，绝对不会给您惹麻烦。”

父亲寻求詹妮弗的意见。望着一脸担忧的詹妮弗，父亲下定了决心。

“好吧，那你就试试吧。不过，要是O公司没有破产，你就再也不要出现在我女儿面前！”

其实，父亲完全不相信本的话。但是，即使失败了，顶多也就是女儿跟他分手罢了，自己并没有其他损失。

不过，父亲的期望却落空了。因为O公司没多久就破产了。

父亲震惊地问本：“本，你究竟是怎么让O公司破产的？”

本没有回答这个问题，而是说：“请把您的女儿嫁给我！”

女儿已经被这个男人迷住了，他再怎么反对，估计女儿都不会听他的。

“好吧，我答应把女儿嫁给你。”父亲只好答应了他。

没过多久，本就和詹妮弗结婚了。本去了詹妮弗父亲的公司上班，成了岳父的左膀右臂，还跟詹妮弗生了三个孩子。

几年后，詹妮弗的父亲去世了，本继承了公司和巨额的遗产。

詹妮弗想，父亲已经去世了，他应该会揭开谜题吧，于是问本：

“你也该把真相告诉我了吧？”

“什么真相？”

“你是怎么让O公司破产的？”

“或许是时候说出真相了。好吧，那我就告诉你吧。其实我本来在银行上班，O公司一直在我们银行贷款，但是负债累累，在我拜访岳父的时候已经濒临破产了。”

“哎呀，这么说，并不是你让它破产的喽？”

“是啊。但是请相信我，我为了能跟你结婚拼上了性命。当时我对你说过的话，没有一句是谎言。”

本的话没有一句是谎言。

只是，本有一件事隐瞒了詹妮弗。

他早就知道詹妮弗是大公司掌权人的独生女。他在咖啡馆装作偶遇的样子，接近詹妮弗，也是为了她父亲的财产。

“我一直在寻觅你这样的女人。”

这虽然不是谎言，却只是真心话的一部分。他当时其实是这样想的——

“我一直在寻觅你这样心思单纯、家境优渥的女人。”

可是，这句话已经没必要说了。因为，虽然他是为了财产接近她的，但如今他真的爱上了詹妮弗。哪怕失去财产，他也不想失去与詹妮弗和孩子们在一起的生活。

“我爱你。”本说道，然后吻了吻詹妮弗的脸颊。

原作：欧美短篇故事

改编：吉田顺

倒计时

这一天，杰莉再次见到了她一年未见的好朋友。

这位好朋友是她老家的邻居，她们两个从小一起长大，就像一对亲姐妹。内向胆小的杰莉被男孩子欺负哭的时候，茱莉亚总是会帮她伸张正义。杰莉在附近捡到一只小猫时，也是茱莉亚给她出主意，让她偷偷地藏起来养。

在上高中之前，两个女孩总是在一起玩，杰莉常常得到茱莉亚的帮助。不过，茱莉亚成年后嫁到了遥远的乡下。杰莉也离开老家去外地上班。在茱莉亚的婚礼之后，她们就一直没有机会见面。

难得放了个长假，杰莉首先想到的就是去见

茱莉亚，和她优哉游哉地聊聊天。杰莉不好意思去茱莉亚的新家，但茱莉亚对她说：“你一定要来！”

杰莉怀揣着久别重逢的喜悦，在茱莉亚家门前下了马车。她对车夫道谢后，按响门铃。她心爱的茱莉亚大概一直在等待她的到来，和丈夫埃德蒙一起出门迎接她。

“好久不见，埃德蒙！还有茱莉亚，你还好吗？终于见到你了，我实在是太开心了！”

杰莉难以抑制内心的喜悦，上前抱住了茱莉亚。她怀里的茱莉亚也开心地笑了，将她请进客厅。

家里面积虽小，但收拾得整洁舒适，到处都装修得很精致，估计是埃德蒙的品位吧。杰莉还在东瞧西看，埃德蒙就端着茶水和曲奇饼干走了过来。

“我有事出门一趟，你们在家里慢慢玩吧。”埃德蒙微笑着说。

除了客人杰莉的那一份儿以外，他还麻利地为妻子茱莉亚端来一杯茶。

茱莉亚注视着埃德蒙，脸上挂着杰莉在高中时代从未见过的恬淡的微笑。

望着他们恩爱的模样，杰莉心想："原来传闻是真的。"

她回老家时曾听母亲说，埃德蒙非常爱他的妻子茱莉亚，愿意为她做任何事。而且，争强好胜的茱莉亚，在他面前也非常小鸟依人，变成了一位温柔的妻子。

"你们真是一对理想夫妻！茱莉亚，我可真羡慕你呀！"

埃德蒙离开后，杰莉开玩笑地戳了戳茱莉亚的腰窝。但是，刚刚脸上还一直挂着淡淡的微笑的茱莉亚，不知道为什么突然沉默着垂下了头。

"茱莉亚，你怎么了？都不像你了。"

杰莉担心地打量茱莉亚的脸，惊讶地发现，茱莉亚正在咬着牙默默流泪。一直很坚强的她竟然哭了，到底发生什么事了？

"杰莉，我！"

茱莉亚抬起噙满泪水的双眸望向杰莉，断断续续地将她嫁给埃德蒙之后的事告诉大惑不解的杰莉。

“那是我们婚后不久发生的事。你也知道，今年玉米大丰收，我和埃德蒙一起把一捆捆玉米装上马车，拉去集市卖。事情就发生在回家的路上。

“我们用卖玉米的钱买了很多马铃薯和肉，装在马车上运回家。路上，我们碰到了邻居乔治。乔治也驾着马车正要回家，我们就跟他并排往前走，有一搭没一搭地闲聊。谁知两匹马突然发生了冲突。乔治的马受惊跳了起来，把他的货物全都甩在了地上……我和埃德蒙拼命道歉，帮他把货物捡了起来。乔治人很好，没有怪罪我们，但是我们感到非常愧疚，直到他的背影看不见了，我们才抬起头来。”

茱莉亚到底想说什么呢？杰莉有些莫名其妙。但是，茱莉亚像是要把压抑的情绪一股脑儿发泄出来似的，继续说道：

“我们等乔治走远了才回到马车上。谁知，埃德蒙突然笑着对我们家的马儿说：‘一！’后来，马儿恢复了好心情，可是没过多久……大概是有只苍蝇停在它头上，它有些痒，所以突然在马路中间跳了起来。所幸我没有受伤，但是，一直笑眯眯的埃德蒙很罕见地发火了：‘要是茱莉亚有个三长两短，我要你好看！’他捡起散落在地的货物，对马儿说：‘二！’‘一、二，到底是什么意思啊？’我问埃德蒙。他却笑而不语。

“尽管我还是很好奇，但看到他又恢复了平时笑眯眯的样子，便没有深究，跟他一起回到家中。

“一路上相安无事。可是，在埃德蒙要将马赶到马厩里的时候，马儿估计是积攒了一些压力吧，它突然咬了一口埃德蒙的肩膀！那一刻他应该很疼，但不知道为什么，他的脸上却浮现出我从未见过的愉悦的笑容，说：‘三！’

“随后，埃德蒙直接进屋取出一把枪，当着我的面毫不犹豫地把马枪杀了！我当然向他提出抗议：‘埃德蒙，你怎么能这么残忍！咱家的马儿今天确实惹了很多祸，可罪不至死吧！你不觉得它很可怜吗？而且，没了它，咱们明天怎么运货啊？’

“我哭了，埃德蒙却一滴眼泪都没有掉，而是望着我笑了，说：‘一！’从那以后，我就不敢向他提任何意见，也不敢做错任何事了……”

杰莉听完一切之后，用力搂住瑟瑟发抖的茱莉亚的肩膀。

“茱莉亚……你一直都在忍耐吧！你放心！就像你以前总是会帮我一样，这次我也会帮你的！”

“杰莉！”

茱莉亚这些日子以来压抑的情绪瞬间决堤，她紧紧地抱住了杰莉。

“先离开这个家吧！你最好回老家，把事情告诉你的爸爸妈妈！”

杰莉说完，握住茱莉亚的手站起来。或许她应该慢慢地制订逃跑计划，可是万一晚了就来不及了。杰莉一手拉着茱莉亚，一手拿起自己的包冲向门口。她转动门把手，飞奔出去。

一出门，杰莉却僵住了。刚刚明明已经出门的埃德蒙，此时就站在她们面前。他望着她们，笑眯眯地说：“二！”

他的手中握着一把枪。看来，茱莉亚拥有的次数比马还少。

原作：欧美短篇故事
改编：麻希一树

捉迷藏

在美国的一个村庄，有一个名叫亚瑟的男孩。他还不到十岁，却是村里最粗鲁的孩子，村民都很害怕和讨厌他。比他小的孩子自不必说，就连同龄的孩子也都很害怕他。只是被他瞪一眼，他们就会吓得一句话也说不出来，所以他总是形单影只。不过，他还是交到了朋友。对方是他的同学，名叫彼得。

彼得总是一副迷迷糊糊的样子，像是没睡醒一样。哪怕亚瑟捉弄他，他也浑然不觉。就算发觉了，可是一觉醒来，他就什么都忘了。

亚瑟刚认识彼得的时候，非常不喜欢他的态度，总是捉弄他。可是，无论他如何捉弄彼得，彼得总是笑眯眯的，很快亚瑟就厌倦了，不知不觉间，他们就成了朋友。没过多久，因为彼得这个桥梁的存在，亚瑟和其他的孩子也一起玩耍了。

亚瑟虽然嘴上没说，心里却非常感谢彼得。亚瑟其实非常想跟大家做朋友。

有一天学校放学早，亚瑟他们便去附近的原野玩。冬天已经过去，原野上弥漫着春天的气息，到处都是绿油油的草木。

孩子们决定在原野上玩捉迷藏。亚瑟猜拳输了，成了第一个扮鬼的人。他闭上眼睛，慢吞吞地高声报数，大家就都趁机逃走了。在视野开阔的原野上，他们想尽量离鬼远一点，都往远处树林的方向跑去。

亚瑟数到十之后，拔腿就追。比起同龄的孩子们，他身材更高，力气也更大，总能轻易地捉住其他的孩子。哪怕大家拼命逃，也都跑不过亚瑟，转瞬间就被他一个个地摸到了。还不到五分钟，所有人就都被亚瑟捉住了。除了彼得。

“喂，彼得呢？”

听到亚瑟的问题，大家不禁互相对视一眼。

“对啊，刚刚他还跟我在一起呢！”

“怎么回事？他不会躲进林子里了吧？”

孩子们呼唤着彼得的名字，进树林里找他。可是，无论他们叫得多大声，彼得都没有出现，他们把能藏人的地方里里外外找了一遍，还是没有找到彼得。最终，他们只好放弃寻找他，各自回家了。

第二天，孩子们从学校老师那里听说了彼得转校的消息。原来，健忘的他忘了自己要搬家的事，和他们玩捉迷藏的时候被他的母亲给接走了。时间仓促，他连声招呼都顾不上打，就匆匆地离开了村庄。

“那小子太过分了……”

听完老师的解释，亚瑟很生气。

而且，健忘的不仅仅是彼得，他的家人也忘了把新家的地址告诉学校，所以，亚瑟也没办法给他写信。

后来，二十年过去了。

因为彼得交到了朋友的亚瑟，再也没像从前那样形单影只。他每天都愉快地和朋友们一起玩耍。上高中以后，他成为一名美式橄榄球运动员，周末还经常和女朋友一起去兜风，生活非常惬意。大学毕业以后，他因为强健的体魄成为一名警察。

他的第一个工作地点是纽约。虽然最近犯罪率越来越低，但犯罪案件依然不少。像亚瑟这样的新警察，晚上必须和前辈搭档去负责的辖区巡逻。

“今天晚上格外冷呢！”

亚瑟将外套的衣领拉到嘴巴附近，冻得瑟瑟发抖。

“你是第一次在纽约过冬吧？这才刚开始呢！很快你会连门都不想出。”

“可是，哪怕天再冷，罪犯也不会等我们。”

“是啊，真是造孽的营生！”前辈望着亚瑟，耸了耸肩。

就在这时，眼前的珠宝店里突然传来“当啷”一声巨响。

“怎么回事？！”

“亚瑟，你留在这里！我绕到后门！”

前辈话音未落，就拔出手枪跑进小巷。留在原地的亚瑟也拔出手枪，瞄准店门，全神贯注地等待着。

这个季节，纽约还没有下雪，眼前的白气是他呼出的热气。大概是太紧张了，他缓缓地呼出了好几口气，视野里白茫茫一片。突然，亚瑟盯着的地方出现了一个活动的人影。

“举起手来！再动我就开枪了！”

亚瑟的手指扣住扳机，朝对方喊话。那个人影蓦地停了下来。

“听着，不要动！双手抱头，慢慢地走过来！”

他大概就是偷珠宝的贼，有可能会逃跑或是反抗。不过，事情却出乎亚瑟的预料，那个人影竟然老实地听从了他的指示。

在朦胧的街灯的映照下，男人的脸从黑暗中渐渐浮现出来。那一刻，亚瑟不由得松开了扳机。

“彼得?！你在这里做什么?！”

小偷手中攥着一串闪闪发亮的钻石项链。他正是二十年前在玩捉迷藏游戏的途中消失的彼得。

“你怎么知道我的名字?”

听到对方严肃的问题，亚瑟很想扔下手枪挠头。

“你还问我怎么知道的！我一直都很担心你，你竟然还是老样子，把我忘得一干二净！我是亚瑟啊！你不记得我了吗?”

过了好一会儿，彼得才恍然大悟地拍了下手。

“啊！是亚瑟啊！亚瑟，我记得你！”

他的外表成熟了许多，迷糊的性格却完全没变。照这个架势下去，自己只怕要忘记本职工作了。亚瑟收回心神，再次扣住扳机。

“你到底在干什么？那串珠宝……不会是你偷的吧？”

亚瑟眯起双眼。再粗鲁的人看到他这个眼神，估计都会被吓得瑟瑟发抖。被这样的眼神瞪着，彼得没有逃跑，却也没有放下珠宝。他像从前一样直视亚瑟的眼睛，然后……猛地低下头恳求。

“求你了！亚瑟，这次就放我一马吧！为了救我儿子的命，我必须搞到一大笔钱！”

“……到底是怎么回事？”

疑心重重的亚瑟仍旧把枪口对准他，只给了他一个解释的机会。彼得“咕噜”一声咽了口唾沫，开始说起与亚瑟分别后的事。

搬到纽约的彼得在高中遇到了心爱的姑娘，并且与她生了个孩子。但是，儿子却患有先天性心脏病，如果不能尽快手术，会有生命危险。可是他们却面临着天价的手术费。

“我虽然拼命筹钱，但是按照我现在的速度，在筹到手术费之前我儿子就会死！所以，求你了！今天就放我一马吧！”

亚瑟无言以对。他紧紧地注视着眼前的童年玩伴，在这二十年里，他似乎背负着沉重的压力。这时，突然从远方传来一个声音。

“亚瑟，你那边怎么样？我这边什么人都没看到！”

原来是绕到珠宝店后面的前辈回来了，有规律的脚步声在深夜的小巷里回荡。

彼得的脸因为恐惧而轻轻痉挛。亚瑟望了望前辈赶来的方向，又望了望眼前的彼得，最终深深地叹了一口气，将手枪装进枪套里。

“亚瑟？”

亚瑟没理会彼得的呼唤，一步步朝他走去。

“别过来！不要抓我！”

彼得伸出手臂，拼命地抵抗。亚瑟却一把抱住彼得。

“上次跟你玩捉迷藏，已经是二十年前的事了，我终于逮到你了。接下来就由你当鬼吧。等一切结束以后，别再落到我手里了，你可千万别再忘了啊！”

亚瑟的手臂缓缓地松开彼得。彼得默默无言，他飞快地鞠了个躬，拿着珠宝消失在夜色中。

一年后的某一天，有个男人到纽约的警察局自首。

在法庭上，男人讲述了自己为给生病的幼子筹手术费而盗窃珠宝的故事。最终，男人为他的罪行付出了代价。可是，这件事却被媒体铺天盖地地报道，他儿子收到了来自全国各地的巨额捐款。这些钱一部分被赔给失窃的珠宝店老板，剩下的则被用作他儿子的治疗费。

在法庭上，很多人听完男人的故事都泪流满面，只有一位警官始终面带微笑。有人觉得奇怪，问他原因，他却只是笑着，一言未发。

原作：欧美短篇故事

改编：麻希一树

讨厌的邻居

肖恩家的隔壁搬来了一个叫作克里斯的男人。

克里斯与肖恩年龄相仿，都年近四十。与肖恩不同的是，克里斯是个独居的光棍儿，他总是笑眯眯的，很是平易近人，和任何人都能成为朋友。

他刚搬过来时，肖恩的生活没有任何变化，他和妻子南希、七岁的儿子和五岁的女儿过着风平浪静的生活。

一个周末，肖恩正在用割草机打理庭院的时候，克里斯路过。

“嗨。”克里斯微笑着跟他打招呼。

“真是座整洁的小院！你打理得太好了，尤其是草坪，真漂亮啊！”

听到他的夸赞，肖恩有一些难为情。

“谢谢，多亏了这台割草机。”

“是吗？我也正好想打理一下院子，但是我的割草机坏了。”

隔壁院子的草坪确实凌乱不堪。

“真羡慕你……”

克里斯羡慕地望着肖恩的割草机。善良的肖恩有一些同情他。

“要不要借给你用一下？”

克里斯立刻面露喜色。

“哦？真的吗？”

他说着，手却已经伸向割草机，丝毫也没有跟肖恩客气。

肖恩本来只打算借给他用一天。可是，直到第二天、第三天，克里斯都没有把割草机还给他。

虽然肖恩委婉地催了他几次，但不知道为什么，他总是有各种各样的借口：“抱歉，我不小心忘了。不过我现在必须得出门一趟，明天一定还！”

肖恩家院子里的草坪开始变得凌乱不堪，邻居家的草坪却总是整整齐齐。

三周后，他总算把割草机还回来了，可是，肖恩刚松了口气，就发现割草机坏了。

他去询问克里斯，克里斯却很纳闷儿。

“太奇怪了，我最后一次用的时候还好好的呢！”

肖恩相信了克里斯的话。

“估计是用的时间太久，到寿命了……”

他无可奈何，只能又买了一台割草机。

下一个周末，肖恩正在为院子的木围栏重新粉刷油漆。

克里斯路过的时候，又称赞他刷油漆的技术高超。

“对了，我家的大门也有点掉漆了，正好跟你家门上油漆的颜色一样，能借给我用一点吗？我马上就还！”

肖恩见他很发愁的样子，而且又只是借一点儿，便爽快地借给了他。

这一次他同样没有当天归还，而是一周后才

归还。

油漆罐里已经一滴油漆也没有了。

“我太投入了，等我意识到的时候，已经把家里的门都重新粉刷了一遍。实在对不起！”

他的道歉非常诚恳，肖恩只好回答：“一罐油漆而已，大家都是邻居，有麻烦的时候互相帮助是应该的。”

从那以后，克里斯动不动就会上门借东西。

吸尘器、收音机、台灯、平底锅、调味料……不知道为什么，他明明没有孩子，却会借孩子的玩具，而且总是不还，就算归还，东西也已经坏了。

最先表达不满的是南希。

“咱们这位邻居是不是有点厚脸皮啊！”

肖恩虽然嘴上劝她“别这么小气”，可他的内心也有些迟疑。

“可能确实有些厚脸皮……不过，他应该不是故意的吧？毕竟是邻居，咱们得和睦相处。”

善良的肖恩纠正自己的观念。他不喜欢怀疑别人，因为这样会显得自己太小肚鸡肠。

没过多久，克里斯又来向他借留声机。如今听唱片的人很少，基本上买不到留声机了，即便买到了也要精心保养。

克里斯说，他碰到有人在车库处理旧货，在那里发现了青春时代喜欢的唱片，就买了下来，可惜他没有留声机。

音乐爱好者肖恩非常珍惜这台留声机，内心不太想借给他。

克里斯却泫然欲泣地求他："求你了，只借我听一下就好！"肖恩碍于情面，只好借给了他。

可是，这一次他仍然很久没有归还。等到归还的时候唱针已经断了。

没有唱针就无法听唱片了。

"果然坏了，我听的时候就感觉有奇怪的声音，还好没弄坏我的唱片。"克里斯轻描淡写地说。

他一直精心养护的唱针，怎么可能会坏？肖恩这一次终于忍不住动怒了。

不久之后，在一个星期五的晚上，克里斯喊住刚刚开车回家的肖恩。

“嗨。”

“嗨。有事吗？”

肖恩难得用冷淡的语气回应。但是，克里斯大概是没听出来吧，仍旧像从前一样笑眯眯地对他说：“真是一辆好车啊！其实明天我约了朋友去兜风，你能把车借给我吗？我很快就还你。”

他绝对不会很快归还，而且一定会把车弄坏。自己怎能让心爱的汽车遭受他的摧残？

肖恩不由得勃然大怒：“车我不借！明天我们一家要出远门！”

出远门是事实，不过，哪怕不出门，他也不打算借。

克里斯的笑脸丝毫未变。

“是吗，你们一家人要出门玩吗？真羡慕你们！那你能把那个借给我吗？”

他指了指肖恩家大门的方向，好像想借放在门口的扫帚。扫帚怎么用估计都不会坏，而且已经很旧了，也该扔了。

“啊，那个的话，你随便用吧。”

“随便的意思是……怎么用都可以吗？”

“是啊。不过，我把丑话说在前头，这是我最后一次借给你东西了。”

克里斯的神情有些震惊，但脸上立刻就浮现出理解的微笑。

“好的，我知道了。”

第二天，肖恩就像对克里斯说的那样，开车带一家人出门了。

星期天的晚上，一家人旅行回来，却看到有好几个陌生人在院子里烧烤。

“怎、怎么回事?！”

往家里一看，客厅、餐厅也都一片狼藉，甚至连浴室都有用过的痕迹。

他仔细看了看院子里的人，在他们中间发现了克里斯的身影。这场花园派对似乎是他开的。

“克里斯！你这是在干什么?！”

肖恩发出前所未有的怒吼。可是，克里斯却一脸茫然。

“咦，你不是说我可以随便用吗？”

“你要借的不是扫帚吗？”

“扫帚？你在说什么？我是说想借你的房子一用……”

当时克里斯指的原来是肖恩的房子。

克里斯有些为难地说：“哎呀，我还以为你是要把房子借给我呢。真是的，这种状态我一时半会儿没办法还你呀。你能再等我会儿吗？实在不行，你可以去我家住。”

肖恩转向身边的妻子，喃喃道：“走吧。咱们去房产公司，租一栋新房子吧。”

原作：欧美短篇故事

改编：桑畑绢子

丑时参拜

夏日的一天，几个大学生计划开一场试胆大会。游戏的最后一名必须接受“丑时独自去附近有名的神社”的惩罚。

“丑时参拜”是一种诅咒，传说中，如果在每天晚上的丑时，即深夜两点左右，在代表憎恨对象的稻草人身上钉一根五寸钉[①]，并不停地敲钉子的话，就能够咒杀对方。可是，如果敲钉的人被看到了，诅咒就会反噬，所以必须杀掉那个看到自己的人。

游戏结束后，被迫接受惩罚的是一个叫小林的男生。

① 五寸（约16.6cm）长的钉子，也泛指又长又粗的钉子。——译者注

朋友们说，他们在那棵以钉稻草人出名的大树底下放了一个球。小林必须在丑时独自去神社把它取回来。

面对这个惩罚，小林心想："饶了我吧！"他非常害怕幽灵或妖怪之类的东西。可是，当着朋友和喜欢的女生的面，他却不能被吓跑。

"只要把球取回来就行了？这么简单？要不要我帮大家都抽根签？"

小林装腔作势地做了保证。丑时一到，他就独自去神社了。

这是一个夏末的夜晚，热烘烘的风拂过脸颊。这阵风令小林心里莫名有些发怵，他不禁缩起脖子。

白天还游客熙攘的神社内，此时却连一个人影都没有。仿佛只有这里的时间停止了流逝一般，周围一片寂静。

"不管怎么说，我赶紧找到皮球回去吧！"

小林像是为自己打气般握紧拳头，向前走去。传说中那棵钉稻草人的大树在神社的最深处。据说它表面上是一棵平平无奇的大树，可一旦走近，就能看到侧面的树干上有无数钉痕。

“现在都什么时代了，我可不相信真有丑时参拜这回事儿！”

所谓的钉痕，肯定也是听信传言的人添油加醋的玩笑。

小林虚张声势地自言自语着，但回应他的只有夏日的夜风。小林走了五分钟左右，终于来到神社深处。传说中的大树近在眼前了，小林“咕嘟”咽了口唾沫，加快脚步。就在这时，突然从前方传来敲击金属般沉重、响亮的声音，铛——铛——

“呃，不会吧……”

肯定是他的错觉。或许是因为他一直胡思乱想，才出现了幻听。小林摇了摇头，试图将恐怖的幻想赶出脑海，继续往前走。他在郁郁葱葱的树林中缓缓穿行——看到那个画面后，小林的身体霎时变得像石头一样僵硬，无法动弹。

最先映入眼帘的，是一袭白衣。有个女人立在树前，身上裹着一件仿佛刚刚洗过的雪白的和服。

她举起手时，那翩跹飞舞的衣袖间露出一张脸来，整张脸都被涂成了白色。她头缠白色头巾，上面还插着一根蜡烛。

四周再次响起“铛——”的声音。顺着女人落下的手望去，那里赫然是一个钉着一枚粗钉子的稻草人。

小林的后背仿佛被浇了一盆冷水。他极力稳住哆嗦的双腿，想立刻逃跑。但或许是他比自己想象中还要紧张，他的腿仿佛被钉在了地上，一动也动不了。这时，手电筒突然从他脱力的手中滑落。

“啊！”小林极力将冲到嘴边的尖叫吞回去，但已经来不及了。只见那袭白色和服的衣袖像蝴蝶般飘动了一下，女人回过头来。

“……谁？”

她的声音全然不像女人的声音。那声音简直就像来自地狱深处，充满怨气，贯穿了小林的耳膜。

小林瞬间拔腿就跑，连手电筒都忘了捡起来，路上差点被树根绊倒，他也没有停下。小林借着月光狂奔。

跑了整整三十分钟，小林总算穿过神社，回到朋友们等待他的店里。在进门之前，他才第一次回头看了一眼。身后没有任何人影，唯有一片仲夏的茫茫夜色，仿佛要将一切吞没。

“是……做梦吗？”

无论是那个女人，还是稻草人，会不会都是夏夜的幻觉？小林调整好急促的呼吸，走进店内。

“喂，小林，皮球呢？你不会是吓得没敢去吧？”

朋友们看到小林回来了，纷纷嘲笑他，兴致盎然地等着听小林的故事。但是，他却只字不提在神社的所见所闻，连他自己都不知道为什么。他想赶紧把一切忘记，只道歉说自己没有找到球。大家好像对小林的反应很不满意，但是天马上就要亮了，每个人都很困，就没有刨根究底。

聚会终于结束了，在首班电车发车之前，家住附近的朋友细井邀请小林在他家休息一会儿。他家是木结构的房子，面积很大，据说如今家里只有他一个人住。他的父母都被调到了国外，只有他留在这里上大学。

“小林，你没事吧？从刚刚开始你的脸色就不太好，不会是感冒了吧？”

细井担心地问垂头不言不语的小林。

“没事儿。我只是不习惯玩试胆游戏，有点累了。”

“是吗？那就好。我用这床被褥，那床被褥你随便用，快睡吧。”

细井说完，大概是困了，迅速在房间中央铺好床，一骨碌躺了上去。小林还想再跟朋友多聊几句，但又不好意思打扰他，只好乖乖地铺好床，也打算睡觉了。就在这时，细井突然抓住正要钻进被窝的小林的手臂。

“喂，小林！你怎么还有心思睡？快起来！刚刚我一直没开口，但有一件事我憋不住了。咱们出去说吧！”

“呃？”

小林有些怀疑自己的耳朵。刚刚一直很热情的朋友怎么突然这么生气？难道是自己做了什么让他不开心的事吗？

“快啊！听我的，赶紧来！”

细井不容分说地说完，揪住小林的衣领，将他拽出家门。

“等等！你突然怎么了？！”

无论小林怎么问，细井都没有回答，而是用蛮力将他拖到附近的便利店。直到走进黎明时分依然灯火通明的便利店内，细井才放开小林的手臂。

“喂，到底怎么了？”小林再次询问。

细井在他旁边深深地叹了口气。

“你果然没有注意到吗？”

细井转身看向小林，他的脸上已经血色全无，一片惨白。他深吸一口气，直视着小林的脸，明明白白地告诉他：“刚刚我躺进被窝的时候，看见头顶的房梁上趴着一个穿白色和服的女人，她的嘴里还叼着一把菜刀。”

“什么？女人？”

“没错，是一个长头发的女人。她并没有看我，所以应该没有注意到我发现她了。我才装作若无其事的样子，把你给带出来啊！”

听到细井的解释，小林的脑海中一片空白。

“你在神社干什么了？她的整张脸涂成了白色，只有那双格外黑的眼睛在死死地盯着你！”

小林面如土色。就在这时，他的耳畔突然传来响亮的金属声。铛——铛——他吓得条件反射般回过头。

在黎明前的浓浓夜色中，他看见一张脸贴在便利店的玻璃窗上。是那个白衣女子的脸。隔着窗户，他们的视线交汇。就在那一刹那，漆黑的眼睛捕捉到了小林，里面漫开一抹笑意。

原作：日本都市传说
改编：麻希一树

永别了，我的小乌龟

丹尼尔开始养宠物了，是一只绿色的小乌龟。母亲担心刚刚五岁的丹尼尔无法好好地照顾宠物，所以一开始很反对。但是丹尼尔说，他一定会好好照顾小乌龟，并为小乌龟取了个名字叫乔治。他每天都亲自给它喂食，笨手笨脚地给它的水槽换水。丹尼尔努力遵守自己的承诺。

可是有一天，丹尼尔却尖叫着喊她：

“妈妈，你快过来！”

母亲跑过来，看见丹尼尔站在水槽前。水槽中的小乌龟紧闭双眼，一动也不动。虽然小乌龟平时就很少活动，但是，她一眼就明白了这种情况意味着什么。五岁的丹尼尔估计也凭直觉猜到了吧。

“乔治死了吗？”

面对丹尼尔的问题，母亲一时不知道该如何回答。可是，为了丹尼尔，她不能闪烁其词。于是她决定告诉他真相。

“乔治死了，它去天堂了。”

丹尼尔的眼睛里蓄满泪水。

母亲想，宠物一般都会比主人先死，可是，与珍爱的事物分别，也是孩子成长过程中的重要一课。

“丹尼尔，有生命的东西总有一天会死亡。虽然分别很痛苦，但你必须承受，要是没有人为它送别，死掉的小乌龟就没办法去天堂了。”

丹尼尔小小的身体颤抖着，努力克制自己的眼泪。

“丹尼尔，我们为它举行一场葬礼吧？”

“葬礼？”

“我们得送乔治去天堂。”

母亲拿来纸巾和一个小盒子。

“把它用纸巾包着放进盒子，埋在院子里吧。就埋在山茱萸树下好了。我们举行一场完美的葬礼，跟乔治告别吧！”

可是，丹尼尔却仍然一脸悲伤。母亲想安慰安慰儿子。哪怕分别很痛苦，也不能一味地沉湎于悲伤，必须转换心情。

“葬礼结束后，我们去喝冰激凌汽水吧？你有养宠物的资格，是个很棒的大哥哥。下次我们养一只小狗吧？”

“嗯！”

丹尼尔总算破涕为笑。

“真是个好孩子，丹尼尔！”

母亲说着，将手伸向水槽，打算将小乌龟拿出来。

“哎呀！”

她之所以发出尖叫，是因为小乌龟乔治刚刚好像轻轻地动了一下。

母子一起往水槽中看去。只见小乌龟的眼睛缓缓地睁开了一些，然后慢慢地动了动腿。估计是因为冬天太冷了，它陷入了冬眠状态吧。

“在它身上洒一些温水，乔治或许就能活过来了。我去端盆水来！”

母亲说完，慌忙跑去浴室。

她端了满满一盆水，打算回房间。这时，从房间里传来了丹尼尔的声音。

丹尼尔伸手抓住小乌龟，试图强行将它包进纸巾里。

乔治开始四脚乱蹬。

“别动，求你了！”

“丹尼尔，怎、怎么了？你在做什么？”

母亲有些不知所措，丹尼尔却笑着回答：“如果不办葬礼，就不能喝冰激凌汽水了啊！而且我还想养一只小狗，连名字都已经想好了！”

原作：欧美短篇故事

改编：桑畑绢子

围墙内的规矩

35642。

这串数字今后就是我的代号了。这是犯人编号。罪犯不需要名字，也不需要个性，一切都要通过数字来管理。

我从来没想过自己会成为一名罪犯。

不过，我并不是杀人犯。我以前是个银行职员，偶然迷上了赌博，欠了很多钱，才忍不住挪用了银行的公款。

我一开始只打算干一票，挪用的数额也很小。由于那次完全没有败露，我便得意忘形了，挪用的数额越来越多，罪行也终于败露了。

我企图畏罪潜逃，但还是遭到逮捕，并被送进了围着高墙的监狱。

入狱手续一办完，我就被看守带到了牢房。

像体育馆一般开阔的空间里，摆放着一排排高低床。在连翻身都困难的狭窄的小床上，有的犯人坐着，有的犯人躺着。每间牢房和每一张床上都贴有数字和编号。

看守指了指其中一张床的下铺说：

“35642，从今天起，48A24 号房就是你的房间，386-6 号床就是你的床了。”

看守一走，犯人们阴沉的目光就毫不客气地打量起我。

从今以后的几年时光，我都要在这里度过了。虽说这是自作自受，但我的心情依然很郁闷。我什么也不想思考。就在我打算睡一觉的时候——

“629！”

有个犯人突然高声叫道。下一刻，所有犯人都被逗得哈哈大笑。

我以为他叫的是某个犯人的编号，但似乎并不是这样。

阵阵笑声逐渐止息，现场安静了下来。

“133！”

这一次，换另一个犯人叫道。大家再次笑了起来。

没笑的只有我自己。

看来这里有不成文的规矩。我心想，那些数字究竟是什么意思呢？这时，刚刚那阵笑声还未停止，我对面床铺的犯人就喊道：

“271！”

没有一个人笑。在一片寂静中，有人不悦地咂了咂嘴。喊出这个数字的男人有些窘迫地蜷缩起身子。

我越发不解了。究竟是什么样的规矩呢？

是秘密暗号吗？为了避免看守察觉，用这种方式互相传递信息？不，也有可能与黑道的交易有关。要是知道的话，会不会反而比较危险？

我正在暗自绞尽脑汁，隔壁床的男人突然跟我打招呼。

“怎么样，新来的？熬得过去吗？”

他和我一样躺在下铺，大概 50 岁左右，好像是监狱里的老资格了。

我简单地回复：“不知道。”

“你马上就习惯了。”

他好像是个平易近人的男人，于是我直接问他："有件事我不明白。刚刚一提到数字，大家都笑了，到底是在笑什么？"

"啊，那个啊。"老资格坐起来说，"监狱的生活太无聊了。每天都看着同样的脸，干着同样枯燥的工作，很快就没什么可聊的了，讲的笑话也都老掉牙了。虽然有些笑话无论听几次都很好笑，可是同样的笑话讲好几次，也会渐渐变得没什么意思。所以，为了节省时间，我们给笑话分别编了号。"

"原来是这样……那刚刚的 271，为什么大家都没笑呢？"

"那是因为笑话的内容不好笑，那小子根本不知道怎么讲笑话。"

刚刚喊"271"的男人依然一副垂头丧气的样子。他好像被贴上了这样的标签——连个笑话都不会讲的"无聊男人"。

"要不你也讲一个？"老资格口吻随意地说。

"我吗？"

几号笑话是什么内容，我完全一头雾水。要是不受欢迎怎么办？一想到这里我就有些害怕。不过，我倒是很想试一试。或许是这种不确定性让我嗜赌的血液沸腾了吧。

我喊出突然浮现在我脑海中的数字。

“959！”

沉默蔓延开来。但是，和刚刚不同的是，大家的脸上都浮现出震惊的神色。

糟糕了，这或许是一个不能讲的笑话。

可是，下一瞬间，现场却暴发出大笑。大家歇斯底里地捧腹大笑，仿佛连空气都在振动。过了一会儿，笑声终于止住了，但是有人像是又想起来似的，再次笑出声来。于是，笑声便又一次蔓延开来。

看见自己的笑话得到接纳，我非常开心，问老资格：“这肯定是个很有意思的笑话吧？”

老资格一边擦拭笑出来的眼泪，一边回答：“是啊，太棒了，毕竟这是个新段子啊！”

原作：欧美短篇故事

改编：桑畑绢子

婚姻生活

这是正在进行离婚调解时发生的事。

“太太，请说说您的诉求吧。”

在法官的催促下，妻子爱丽丝开口：“我是在五年前参加朋友的婚礼时遇到帕特里克的。他虽然有些腼腆，但个性温和，豁达可靠，很有魅力。我们立刻坠入爱河，相识三个月就决定结婚了……可是，或许是这个决定太仓促了吧，他在我心目中的美好形象很快就破灭了。”

说到这里，爱丽丝仿佛打开了开关，滔滔不绝地罗列起对丈夫的不满。

“一开始我竟然认为他豁达可靠，这完全是一个误会！用一句话来说，他太散漫了。在家里总是邋里邋遢的，厕所的门从来不关，脱下来的衣服也从来不收拾……”

她停顿了一下，继续说：“他根本不是腼腆，而是窝里横。在外面和颜悦色，在家里却总是说别人的坏话。而且他是个胆小鬼，怕虫子、怕玩游乐园里刺激的项目、怕看恐怖片……”

爱丽丝完全不给别人插嘴的机会，滔滔不绝地说下去：“可是，他的自尊心又很强。有一次他工作失利，心情很低落，我安慰了他一句，他却对我发火说：‘你懂什么！’他还总是对饭菜的口味指手画脚……我难得烤了一次巧克力饼干，他却说难以下咽，还是他妈妈做的饼干最好吃！”

爱丽丝的嗓门越来越大。

“而且，他还是个骗子！之前有一次，他跟我说是和朋友出去吃饭，实际上却是去跟女人鬼混了！”

爱丽丝哽咽了，眼睛里泛起泪光。

一直静静地听她说话的法官转向帕特里克。

“对于您太太刚刚的话，您有什么要反驳和纠正的吗？”

帕特里克默默地摇了摇头。法官再次转向爱丽丝，问她：“所以，您丈夫的男女关系是您最无法容忍的，对吗？”

“不，他要是能爱上其他女人反倒好了。但是在他心目中，有比女人、比我这个妻子更重要的东西！”

“那是……”

“是娃娃！就是漫画或动画片里的主人公的娃娃……也就是玩具！那是我丈夫的宝贝。我稍微动一下他那些收藏，他就会对我大发雷霆。那些玩具比我更重要！”

妻子怨恨地瞪着丈夫，丈夫却没有看妻子的脸。

“我明白夫人的诉求了。”法官冷静地作出判断。

“夫人，既然您这么厌恶这个男人，何必继续跟他在一起呢？二位应当离婚，这是最好的解决方式。帕特里克先生，您意下如何？”

丈夫的肩头轻轻颤动，他哭了。

然后，他起身对法官说：“离婚！请允许我

离婚！”

这时，爱丽丝却立刻尖叫着反对丈夫的说法：“离婚？你休想！”

法官有些纳闷儿。刚刚说了丈夫那么多坏话的妻子，竟然不想离婚？

“这我就不明白了。听了您刚刚的话，我感觉您对自己的丈夫有很强烈的不满，也不再爱他了。您好像很讨厌您的丈夫。”

法官说完，突然意识到一件事。夫妻关系很不可思议。有的夫妻表面相亲相爱，实际上却相看两厌；有的夫妻表面彼此怨恨，其实却感情深厚。

或许妻子爱丽丝是希望丈夫能够改头换面吧。说不定她是想通过这场官司，向他当面表达自己的不满，期待他能够成为符合她最初幻想的“理想丈夫”。

“夫人，您是不是还爱着您的丈夫？”

法官换上温和的语气。这是他在达成和解、结案以及教育双方时会用到的语气。

可是，法官的设想却被爱丽丝的哈哈大笑否

定了。

“哈哈哈哈！我还爱着这个臭男人？法官先生，您别开这么无聊的玩笑了！”

法官的经典台词被一笑置之，为了掩饰尴尬，他慌忙说：“谨慎起见，请允许我再确认一次。二位的夫妻关系显然已经破裂了。离婚之后分开生活，对你们彼此而言应该是最幸福的选择。可是，您为什么不想离婚呢？”

爱丽丝一脸“您真是莫名其妙”的神情望向法官。

“对我们彼此而言都是最幸福的选择？也就是说，这个男人也会幸福？这个让我对婚姻生活失望透顶的男人，我凭什么要让他幸福！如果继续跟我生活下去对这个男人而言是最大的不幸的话，那我非常乐意将婚姻生活维持下去！”

听到爱丽丝洪亮的宣言，申请离婚调解的帕特里克号啕大哭。

“我只是说了一句，你误把盐加在饼干里了，就被你饿了一周。我只是在同学会上跟女生说了一句话，你就把我的衣服剪了个稀烂。后来，我只能和娃娃做朋友，你却将我的娃娃付之一炬！我已经别无所求了，求求你了，放我自由吧！”

原作：欧美短篇故事

改编：桑畑绢子

噢，上帝

某一年夏天，有个医学生决定利用假期打长工。因为他梦想去环游欧洲。虽然平时他一直在做家庭教师，有一些积蓄，但还是远远不够。哪怕住最便宜的旅馆，加起来至少也需要一万美元，他必须更努力地工作，赚更多的钱。

有没有什么办法能够尽快赚到钱呢？哪怕辛苦一点也行。他想找一份比较划算的兼职。后来，他找到了第一份兼职，是在医院上夜班。虽然他学的是医学，但只是个学生，无法从事正式的治疗或护理工作。所以，分派给他的任务就是将救护车送来的急诊病人运到手术室、给手术中要用的工具消毒等。

他已经习惯了消毒水的刺鼻味道，胆子也很大，一点儿也不害怕晚上待在医院。医学生每天晚上都有条不紊地完成自己的工作。医院也很欣赏他的工作态度，时不时会给他发奖金。

可是，即便如此，他依然迟迟攒不够钱。照这样下去，哪怕他整个暑假都工作，也别指望能环游欧洲。

所以，医学生很庆幸暑期大学不上课，他决定白天也去做兼职。工作地点还是医院介绍给他的，是一家跟医院来往频繁的殡仪馆。这座殡仪馆是家族企业，由于负责干力气活的儿子受了重伤，所以正在招募能够从医院搬运尸体的年轻劳力。于是，医学生就过起了别具一格的生活——晚上将急诊患者运到医院，白天则反过来将去世的人从医院运走。

虽然工作很辛苦，但殡仪馆和医院都很认同医学生的工作，在方方面面都很照顾他。就这样工作了一个月，他总算习惯了这两头的工作。这一天，有个老奶奶深夜被送到医院。据说她踩着椅子取高处的东西时，不小心打翻了椅子，把腿摔骨折了。

虽然老奶奶疼得浑身冒汗，却从容不迫地对救护人员说明了情况。到医院门口接她的医学生看到她的情况，也放下心来，冲担架上的老奶奶微笑了一下。

谁知，刚刚还很冷静的老奶奶突然发出尖叫：“啊！别过来！”

她吓得瑟瑟发抖、面如土色，仿佛眼前就是地狱。她只要动一下身体，就会牵动骨折的腿，但哪怕已经疼得面容扭曲，却依然挣扎着从担架上滚了下来。

医学生慌忙跑过去搀扶，老奶奶的神色却越发惊骇，惊恐万状地往后面躲。

这位老奶奶是不是回忆起了过去可怕的手术经历？但是，她只是轻微骨折，根本没必要做手术。这一点医学生也明白。

“您别紧张，冷静一点。”

医学生朝她伸出手，试图安抚她。老奶奶却挥开他的手，尖叫道：“噢，上帝！我还活着，只是受了点小伤，您为什么要这样对我？前段时间在我家那口子的葬礼上帮忙的殡仪馆小伙子，为什么要把我带走！他要把我直接抬进棺材吗?！不是上帝也行，有没有人救救我！！”

原作：欧美短篇故事
改编：麻希一树

黑猫

男人心地善良，非常喜欢小动物。从小他就在自己家里养各种各样的动物，包括鱼、昆虫、兔子、小狗，等等。

其中他最喜欢的是猫。男人年纪轻轻就结婚了，结婚后立刻在家里养了一只黑猫。妻子也和丈夫一样疼爱这只名叫普鲁托的小猫。

普鲁托很听话，也喜欢黏着主人。在家里，男人走到哪儿，普鲁托就跟到哪儿。

但是，结婚几年后，男人因为工作压力大，渐渐开始酗酒。他每天晚上都会喝闷酒，而且越喝越烦躁，最后会把气撒到妻子和普鲁托的身上。

小猫对于主人的变化非常敏感。这一天，男人像平时一样醉醺醺地回来了。他发觉普鲁托躲着他，想往屋外跑，立刻勃然大怒。他一下子将普鲁托抓起来。普鲁托受惊之下，咬了男人的手，但他的手却越来越用力。

“你这个小畜生，我要给你点颜色看看！”

男人在酒精的作用下变得异常暴虐，他一只手从胸前的口袋里取出钢笔，向普鲁托的一只眼睛扎了过去。

第二天早上，男人酒醒了，非常后悔自己昨夜的所作所为。但是，只要晚上一喝酒，他又会变成残忍暴虐的恶魔。妻子看见瞎了一只眼的普鲁托，也知道了他昨夜的行径。

她质问他：“你怎么能做出这么残忍的事？！”

男人抬起手，对放声大哭的妻子说：“你这么啰唆，我看干脆让这只猫消失吧！”

然后，男人抓住瞎了一只眼的小猫，在它的脖子上绑上绳子，将它吊到了院子里的大树上。普鲁托像是号啕大哭的婴儿一样，发出凄厉的哀号，它挣扎、扑腾了一阵儿，逐渐筋疲力尽，不再动弹了。

当天晚上。

“着火了！”男人被众人救火的声音惊醒了。等他回过神来的时候，房间已经变成了火海。他和妻子奋力逃了出去，整个家却在火海中化为灰烬。

第二天，来火灾现场做调查的警察和消防员发现了一件古怪的事。在男人睡觉的床边的地板上，只有一个地方几乎没有被烧到。男人见废墟中聚集了很多人，感到奇怪，走过去一看，不由得被地板上烧剩下的痕迹吓了一跳。这形状不是一只猫吗？而且脖子上好像还系着根绳子。

“肯定是屋外的人想喊我起来，所以将吊在院子里的猫的绳子扯断，把它从窗户里扔进来了。”

男人努力说服自己。

由于这场火灾，男人倾家荡产，和妻子搬进了一座又破又小的房子里。

但是，发生了这种事，男人依然没有戒酒。

有一天，他像往常一样去了常去的酒馆。他发现有只独眼猫一动不动地蹲在酒馆的角落里。他问酒馆老板是不是他养的，老板却说不认识这只猫。

“过来，过来。”

男人一时兴起，伸手呼唤它，小猫立刻亲昵地走了过来。不仅如此，男人回家的时候，小猫也寸步不离地跟着他回到了家。

妻子看见丈夫带回来的猫以后喜出望外。

“它一定是普鲁托的转世！”

听到妻子的话，男人的心猛地一跳。被她这么一说，他才发现这只猫确实和之前养的那只名叫普鲁托的猫一模一样。新来的这只黑猫就这样住了下来，仿佛从很久以前起，它就是这个家里的一员。

有一次，男人去地窖取东西，打算下楼梯的时候，黑猫突然跳到他脚边嬉闹，害他险些从楼梯上踩空。

男人勃然大怒：“你这畜生，莫非是来找我报仇的吗?！”

男人觉得它是普鲁托转世来杀自己的，忙拿起手边的斧头，向猫砍了过去。就在这时，妻子突然走了过来。

她跟在男人身后，原本是想给丈夫搭把手。谁知，她却看到了丈夫拿起斧头砍猫的一幕。她忙拼命地按住他的手。妻子的行为让正在气头上的男人更加怒火攻心。失去理智的男人手中的斧头对准妻子的面门砍去。她瞬间发出一声惨叫，倒在了血泊里。

刚刚还被愤怒冲昏了头脑的男人，面对眼前的情况却无比冷静。男人俯视着妻子的尸体，思忖片刻，决定将她的尸体藏在这间地下室里。幸运的是，地下室的墙是用老式的砖砌成的。把砖拆下来，将尸体藏进墙里，比带到外面的山里抛尸更不容易被发现。男人立刻付诸行动。

用十字镐将砖凿掉后，露出了后面的土墙。他在土墙上挖出一个足够放进一个人的洞，将妻子的尸体塞了进去。他将砖块按照原样垒起来，用灰泥把缝隙填满后，墙便又跟原来一模一样了。估计谁也不会想到这里面藏了一具尸体吧。

男人心里的石头暂时落下了，开始寻找那只害自己杀了妻子的猫，但是它已经不见踪影。管它逃到了什么地方呢，已经无所谓了。他没有继续寻找。

几天后，警察上门搜查失踪的妻子。在大门口问了几个问题之后，警察便带着搜查队员走进家中。

搜查队员搜索完床下、浴室和阁楼等地方，终于发现了那扇上锁的门。

“这里是？”

男人气定神闲、泰然自若地回答：“哦哦，这里是地下室的入口。”

他在警察的催促下打开锁。搜查队员踩着昏暗的楼梯来到地下室，男人也跟在他们的身后。

狭窄的房间里并没有放置什么特别的东西。四面都是旧式的砖墙，湿漉漉的空气中弥漫着尘土的气息。搜查队员用手电筒照了照地板、天花板和墙壁。

“不可能找到的……”男人心里想。他镇定自若，毫不畏惧。曾经被他凿开又恢复原状的墙壁，无论从哪个角度看，都没有什么不妥。男人有自信，无论警察盯多久，事情也绝对不会败露。

“可以了！”

一个似乎是搜查队队长的警察说。一行人像是收到了暗号，纷纷越过男人，打算撤回楼上。

就在这时——

突然从墙里传来一个声音。既像是怨气森森的悲鸣，又像是来自地狱的呻吟。

“你们听，这声音到底是从哪里传来的？”带头的搜查队队长喊道。

众人凝神细听，那好像是猫的叫声。他们开始四处寻找。

男人记得这个声音。在杀掉普鲁托时，他听到的就是这样的悲鸣。男人大惊失色，瑟瑟发抖。一阵眩晕袭来，他险些站立不稳。男人惊慌失措地用手撑住墙，谁知砖墙突然塌了。下一刻，男人隐约看到了妻子腐烂的尸体，但瞬间又被扬起的灰尘遮蔽了视线。

“这、这是怎么回事？！”

灰尘渐渐散尽，搜查队员透过弥漫的尘烟往里望去。只见有只瞎了眼的黑猫正端坐在妻子尸体的头顶上，血口大张，眼睛里闪烁着幽幽的光。

原作：埃德加·爱伦·坡《黑猫》
改编：小林良介

父母的来信

有个叫作汤姆的年轻人求婚了。他的求婚对象卡洛琳是个非常认真、稳重的女孩。卡洛琳还没有见过汤姆的父母，汤姆决定把她介绍给他们。

父亲说，卡洛琳非常像汤姆的母亲、自己的妻子。母亲也非常中意卡洛琳。

——几天后，他收到了母亲的来信。

致亲爱的儿子汤姆：

谢谢你，上次见面，我度过了一段美好的时光。知道你和卡洛琳订婚了，我和你爸爸都由衷地感到高兴。

看到你们两个的样子，妈妈不由得回想起

遇到你爸爸的时候。你爸爸年轻的时候是个桀骜不驯的小伙子，和现在的你一模一样。

虽然我没怎么跟你讲过，但你爸爸和我结婚之前，因为年轻气盛而远近闻名。他经常赌博、酗酒、打架斗殴，简直是个小痞子。而且，你爸爸年轻时的理想还是环游世界，希望能够过上纸醉金迷、任性放荡的生活。

可是，自从和妈妈结婚之后，你爸爸就变了。他尊重妈妈的意愿，彻底戒掉了赌博，也不再喝酒，变成了一个彬彬有礼的男人，得到了所有人的认同。他每天都会参加祷告，星期天也一定会陪我去教堂，他变成了一个完美的丈夫。

你出生之后，他同样是个完美的父亲，这一点你也知道。妈妈为你爸爸感到骄傲。

妈妈在抚养你时，总是会想："有些地方你可真像你爸爸啊！"我至今都会常常想起，你小学时曾经因为性格急躁打伤过别的小朋友。

当你说想要带一把吉他去浪迹天涯的时候，我也心想："啊，果然有其父必有其子！"可是，妈妈并没有过度担心，因为妈妈相信，你肯定也会遇到命中注定的那个人。那时，你肯定也会和你爸爸一样发生改变。

没想到这个预感真的应验了。你遇到了一位优秀的姑娘。她是个认真、聪慧的姑娘。啊，卡洛琳是个多么优秀的姑娘啊！妈妈一见到卡洛琳就喜欢上了她。你带她回家的那天晚上，妈妈喜极而泣。这样妈妈就放心了，你和卡洛琳在一起肯定会成熟起来的。

汤姆，你也要像你爸爸一样，好好听卡洛琳的话。这样一来，你肯定会变成一个优秀的丈夫。

总有一天你也会生孩子。那孩子或许也会像你和你爸爸那样，有一些淘气。可是，请你放心。就像你爸爸遇到了妈妈，你遇到了卡洛琳一样，人生肯定会有一场美好的相遇。那场相遇会让人生更加精彩、更加幸福。

抱歉，妈妈忍不住扯远了。你们还没结婚，我竟然连孩子的事都想好了。可是，希望你能明白，妈妈是如此高兴，并且期待能够早日见到孙子。

最后，你记得再带卡洛琳回家做客。我还得把让你们幸福的方法传授给卡洛琳呢！

不，妈妈只是在开玩笑。其实我只是想多和卡洛琳聊聊天，因为上次跟她聊天非常开心。卡洛琳的想法、感受和妈妈的几乎完全一致，太让人惊讶了。她简直和年轻时的我一模一样。妈妈和卡洛琳肯定非常合得来，也就是说，你和卡洛琳肯定能幸福的，就像我和你爸爸这么幸福一样。请你一定要幸福。

妈妈

这是一封非常温暖的信。

汤姆不由得露出微笑，打算将信装回信封里。可是，信却被什么东西卡住了，无法装回信封。汤姆往信封里一瞧，只见里面还有一张小字条。汤姆将信封倒过来，抖出那张字条。字迹无比潦草，怎么看也不像是妈妈的笔迹。

此刻，我接到你妈妈给我的任务，正要去邮筒寄信。我在路上写了这封信。这些话很重要，不能被你妈妈知道。要是回家晚了，她肯定又要大发雷霆，所以我时间紧迫，就长话短说了，请你用心听。卡洛琳和你妈妈年轻的时候一模一样，你也和我年轻的时候如出一辙。所以，你们会相互吸引，我非常理解。可是，你现在想跟她结婚，只是年少冲动。要是你和卡洛琳结婚了，肯定也会和我一样因为苦闷的生活而窒息。我可以斩钉截铁地告诉你，你会失去所有自由。所以听爸爸的，绝对不要结婚！

原作：欧美短篇故事
改编：吉田顺

绿洲

有一架小型飞机坠落在沙漠中央。飞机损坏严重，驾驶飞机的飞行员和大部分乘客都死了，幸存的乘客也大多受了伤。

其中有个奇迹般毫发无伤的男人。

男人说：“我去求救，大家就在原地等我吧！”

这只是他为了独自逃离沙漠而说的场面话。

他的内心其实是这么想的——

让我背着谁在沙漠里走，跟自杀有什么两样？而且，其他幸存的乘客都是外国人，全都来自不懂礼仪的野蛮之邦。我才不要管那些家伙的死活呢！回国后我可是有爵位的名流，是欧洲社会的上流阶层，这里值得获救的就只有我！

男人出发了。可是，在他翻越重重沙丘后，举目向地平线望去，依然是千篇一律的风景。视野里只有无边无际的沙漠以及火辣辣地炙烤着大地的太阳。

很快，他的喉咙就干得冒烟了。他拿起水壶，想要喝口水，但里面只剩下最后一滴矿泉水。“浑蛋！”男人骂骂咧咧地将水壶扔了出去。渐渐地，他的双腿像灌了铅一样沉重。男人为了走得更轻松一些，将公文包和西装都扔了。就连领带都被他解下来扔到了沙地上。

他走了一天一夜，突然想，救援队会不会已经赶到坠机地点了呢？或许他最好原路返回。

男人停下脚步，回头望去。只见沙丘上残留着一串脚印。可是，仔细一看，那些脚印却在半路就消失了。肯定是风吹来的沙子把脚印给覆盖了。这样一来，他连回坠机地点的路都找不到了。

不过，算了。男人心想，这个国家的家伙们，肯定连发生了坠机事故都没有发现。即使发现了，有没有救援队也是个未知数。所以，就算在那里干等着也无济于事。要是一直在坠机地点，听那些家伙用奇怪的语言哭天喊地，自己的精神肯定也会变得不正常。那些家伙根本理解不了被迫听他们哭天喊地的人的心情。他们毫无同情心，也不懂礼仪，只会考虑自己。与其和那帮人待在一起，倒不如忍着口渴继续前进。

对于那些被他丢在坠机地点的乘客毫无道理的愤怒和鄙夷，化为男人的动力，支撑着他不断前进。可是，他走了很久，别说是人了，连一头骆驼都没有碰到。

天空依然万里无云，只有火辣辣的太阳照射着大地。男人终于走不动了，一下子仰躺在沙地上。

远方出现了一架飞机。那或许是救援的飞机，正要前往坠机地点。可是，男人连后悔的力气都没有了。

他的大脑里只有一个念头。

“我想喝水，我想喝水，水、水、水……”

男人的嘴里满是沙子，不断地喃喃自语。

就在这时，他突然感觉有片阴影落到自己的

身上。他一抬头，就看见一个缠着头巾的男人，正坐在骆驼上俯视着自己，看样子他应该是沙漠里的商人。

男人对商人说："有水吗？我快渴死了。"

商人只说了一句话："领带，很便宜，领带，买吗？"

"领带？我不要领带。水，我要买水。"

"很便宜哦，只要两美元。"

"太好了，给，两美元。"

男人从口袋里掏出两张一美元的纸币，递给商人。结果，商人却递过来一条领带。

"你搞错了，我要买的不是领带，是水！我要买的是水！"

商人茫然地望着男人。男人拼命用手势告诉他："我要买水！"

过了一会儿，商人说："你，想喝水？"

"是啊，你可算明白了！"

"买领带。"

"你怎么回事！我不买领带，给我水，水！"

“水，没有。”

“早点说啊，你这个蠢货！去哪里才有水？”

商人露出一副失望的表情，指着地平线道：“这里，直走，有块大石头。在那里左转，再直走。那里有水。”

男人摇摇晃晃地站起来，朝商人指给他的方向再次迈出脚步。从他身后又传来商人的声音：“领带，真的不要吗？”

男人回头道：“烦死了，要什么领带！你看我现在的样子还不明白吗？我快渴死了！要你的领带有个屁用！”

男人不断往前走。极度缺水的身体已经不听使唤了。有好几次他都被砂石绊倒，脸朝下栽倒在沙漠里。可是，他稍微喘息片刻便又站起来，继续去前方找水。

商人说得果然没错，前面有一块大石头，他左转后，继续向前走了一会儿，远方出现了一片椰林。那里是一片绿洲。男人用尽最后的力气狂奔起来。他对站在绿洲入口的门卫拼命请求：“我快渴死了，能不能给我口水喝！”

门卫流利地回答：“我们有充足的水。您瞧，就在那里。”

门卫指着水井。得救了，终于能喝水了！男人拔腿向水井跑去。门卫却喊住他：“等等。”

“这里的水不能给您喝。”

“我知道了，是要钱吧？真是个瞧不起人的势利鬼！见我这么痛苦，就故意趁火打劫！你们这帮卑劣小人，我就是讨厌你们这一点！要钱的话等会儿，多少钱我都付得起，赶紧给我水喝！”

门卫用有些怜悯的口吻对男人道：“不是钱的问题。”

“那到底是为什么？凭什么不让我喝水？！”

“看来您不知道呢。我们这个国家非常重视礼仪。水很神圣，所以喝水时必须打领带，这是我们的礼仪，不遵守礼仪的野蛮人没资格喝水。”

原作：欧美短篇故事
改编：吉田顺

征婚

那天晚上，萨莉一回到家，就听到院子里传来“砰、砰”的声音，就像用斧子砍树。那是母亲用棒球棒击打院子里的大树的声音。一听到这个声音萨莉就紧张起来。因为这个声音，萨莉迄今为止已经听过无数次了。

无论是父亲在外面花天酒地结束后回家的晚上，还是父亲与母亲大吵一架离家出走的晚上，母亲都像现在这样不停地挥动棒球棒。今天晚上肯定也发生了什么不愉快的事，让她想发泄心里的愁闷。

萨莉往院子里探了探头，战战兢兢地听着里面的动静。

“妈妈，您有什么烦心事吗？”

母亲停下动作，回头望了一会儿萨莉，自言自语般点点头："嗯，我估计已经不用烦心了……"

"什么意思？"

"我已经下定决心，要在报纸上登征婚广告。"

"啊？"

母亲竟然考虑再婚，这令萨莉感到无比意外。因为她一直觉得，无论母亲说了多少父亲的坏话，她都会一直等父亲回家。她是不是在勉强自己呢？

萨莉有些担心地说："妈妈，您已经放下爸爸了吗？"

"那种男人，我早就忘了！"

她的语气似乎有一些生气。萨莉觉得，这证明母亲心里还有父亲的一席之地。可是，她没有理由阻止母亲的决定。

父亲已经离家出走三年了。这段时间内，父亲一次也没有跟家里联系过。所以，就算母亲考虑再婚也不足为奇。

萨莉说："好吧，我很支持妈妈再婚。"

母亲却一脸茫然，然后像突然意识到了什么似的哈哈大笑："你搞错了，我是要为你征婚。"

"我？"

"是啊，你也三十岁了嘛！"

萨莉不由得低下头去。她并不是不想结婚。只是，如果她嫁人了，家里就只剩下母亲孤零零一个人了。萨莉很爱母亲，她不想让辛辛苦苦拉扯自己长大的母亲那么孤单。

"妈妈，谢谢您为我操心，可我不想结婚，我想一直和妈妈一起生活。"

可是，母亲却很坚定。

"萨莉，妈妈更加担心的是你的未来。妈妈知道，你是不想让我孤单才不想结婚的。要是因为我耽误了你的婚姻大事，妈妈会更难过。"

"妈妈……"

"你不用担心妈妈。妈妈一个人也能活下去！"

母亲抱住萨莉，接着说："萨莉，你一定要幸福。如果你要结婚，就不许妥协。你不能像妈妈这样在身边找对象，更不能和你爸爸那样的男人结婚。你得有更高的理想，和配得上你的对象结婚。在报纸上登广告，肯定能找到这样的对象！”

“可是，在报纸上登出我的名字，太难为情了！”

“不用担心，用假名就行了，可以用邮局里的私人信箱收信。”

母亲很快就写好了征婚广告的草稿。

> 现征一位以结婚为前提的交往对象。希望性格温和、头脑聪明的先生给我来信。本人教养好，学历高，容貌出众，是一名贤惠的女性。

“等等，妈妈，您写得会不会太夸张了？我觉得我不是这样的女性……”

“听我的，不这样写的话，哪有吸引力呢？要是连面都见不到，不就一切免谈了吗？”

萨莉也觉得这话有道理。她答应征婚，本来就是不想让母亲担心。只要母亲觉得行，她也无所谓了。

于是，母亲编写的广告词便原封不动地登在了报纸上。登报后，萨莉也跟着激动起来。对方会是什么样的人呢？要是结婚了，自己会过上什么样的生活呢？他能跟母亲好好相处吗？做不到这一点，哪怕对方再优秀，她也绝不考虑。她的心被期待和不安占据了。从广告登报的第二天起，萨莉连工作都有些心不在焉了。

母亲柔声安抚萨莉："别担心，萨莉，肯定会有优秀的人过来应征的。"

广告登报的第三天晚上，下班回家的萨莉耳畔又响起"砰、砰"的声音。那是母亲用棒球棒击打大树的声音。

萨莉走到院子里，对母亲说："今天也没人应征吗？"

萨莉想，没人应征的话就算了。

可是，母亲却停下手，头也不回地将球棒转向屋子的方向。萨莉望向球棒尖所指的位置，看见了那里的垃圾桶。

到底是怎么回事？

萨莉走近垃圾桶，发现有个小纸团躺在里面。

她将皱巴巴的纸团展开，看到上面写着这样的内容：

　　您好。这么说或许有些自卖自夸，不过，我是个容貌端正、身体健康的男性。而且，我教养好，学历高，个性温和，头脑聪明，自认为符合您的要求。请务必以结婚为前提和我交往。

“妈妈，这不是征婚广告的回信吗？您为什么把它揉成一团丢进垃圾桶呢？”

母亲又用球棒指了指垃圾桶。萨莉再次往里看去，发现装信的信封也被揉成一团扔在里面。

萨莉将信封展开，看了看寄信人栏。寄信人是詹姆斯·莫里斯。看到这个名字，萨莉非常无语。詹姆斯·莫里斯是萨莉父亲的名字。

母亲不断用球棒击打的究竟是树干，还是……连萨莉都不曾听过的沉重的声音，响了一整晚。

原作：欧美短篇故事

改编：吉田顺

怕狗的少年

美国的一个小村庄里，有个叫罗杰的男孩。他是个典型的淘气包，在幼儿园经常欺负小朋友，还喜欢扯家里的宠物猫的尾巴，整天以捉弄别人为乐。

村里人都称罗杰为“小恶魔”，一看到他过来，他们就会把花盆等易碎物品搬进屋。

罗杰一点儿也不怕惹大人生气。哪怕每次搞恶作剧都会被大人训斥，他也丝毫不会反省，可谓天不怕地不怕——除了邻居家的狗，玛丽。虽然它有一个可爱的名字，却是一条两岁的虎头狗。

它每次听到主人唤“玛丽”时的喜悦表情，可以让附近的捣蛋鬼们立刻变得弱小而无助。它的脸皱巴巴的，宛如活了一千年的女巫，总是阴恻恻地笑着，嘴里露出尖利的獠牙。要是被那些獠牙猛然咬上一口……仅仅是想象一下，哪怕是罗杰，也会和其他孩子一样吓得双腿发抖。

大人们称赞玛丽是一条聪明的狗，非常宠爱它。其实，玛丽是一条友好、可爱的小狗，所有人都喜欢它的性格。除了那张脸以外……

罗杰这帮孩子并不了解它的性格。在他们眼中，玛丽是真正的恶魔。所以，只要在玛丽面前经过，所有孩子都会默默地躲到大人身后。

有一天，罗杰和附近的几个小孩因为一件鸡毛蒜皮的小事吵了起来。罗杰可以选择闭嘴，但他却取笑“怕妖怪”的朋友。

“妖怪来了，我会赶跑它。我什么都不怕！”

“你骗人！”

听到罗杰得意扬扬的话，被取笑的孩子有些愤懑地说。

“罗杰，你不怕妖怪，却害怕玛丽！”

“才没有呢！我怎么会害怕那样的小狗！”

“那你就证明给我们瞧瞧！”

“好啊！什么都难不倒我！”

就这样你一言我一语，最终，罗杰不得不去证明自己的胆量。玛丽被锁在邻居家的院子里，旁边放着一个它很喜欢的皮球。他要将那个皮球取过来给朋友们看。

实际上，哪怕有糖吃，他也不愿意接近玛丽。但是事已至此，他想临阵逃脱已经晚了。

罗杰带着一帮附近的小孩，浩浩荡荡地朝邻居家的院子而去。大概是刚刚吃过午饭，玛丽的肚子圆滚滚的，正在打盹儿。每次吸气，它脸上深深的褶皱就会往上抬一下，露出闪闪发光的獠牙。那凶恶的模样简直像是地狱的看门犬。不过，趁它正在睡觉的时候过去，应该没问题。

“罗杰，去啊！”

罗杰在朋友们的推搡下踏进邻居家的院子里。玛丽还在睡觉。

他悄悄地把手伸向那个红皮球。就在这时，玛丽的耳朵突然动了一下，堆满褶皱的眼皮也抬了起来。被那双黑黝黝的眼睛紧紧盯住，罗杰不禁僵在了那里。

“罗杰，快逃！”

朋友们发出尖叫。尽管他们刚刚一直在嘲笑和起哄，但此时也意识到了事情的严重性。罗杰说不定会受重伤。

罗杰突然回过神来，他一把抓住皮球。玛丽看到他的动作后，一骨碌爬了起来，罗杰吓得拔腿就跑。

一定没问题的！玛丽被狗链拴着，肯定追不过来。罗杰在心里这样安慰自己。可是，他却听到一串欢快的脚步声从身后传来。罗杰回头一看，不禁目瞪口呆。它什么时候已经凶神恶煞地跑到自己身后了?！

狗链呢？竟然被它挣脱了！

罗杰的大脑一片空白。

“罗杰！”

朋友们发出惊呼。

完了！

下一刻，罗杰就被玛丽给扑倒了。呼呼呼——

耳畔响起像是检查猎物的呼吸声。罗杰不禁放声大哭。

但是，玛丽却毫不关心，它张开大嘴就对着罗杰的脸……舔了起来。终于有人陪它玩了！它开心地舔着对方的脸，一下又一下。

“罗杰?！究竟是怎么回事?”

那个淘气包竟然哭了?究竟发生了什么事?接到罗杰的小伙伴们的求救，大人们匆匆跑出家门。可是，没有一个人上去帮助罗杰。

“玛丽可真喜欢罗杰啊！”

看到不停地摇着尾巴、疯狂地舔着罗杰的脸的玛丽，大人们都露出了笑容。罗杰一把拉住赶过来的妈妈的裙子，大声地抽噎起来。

那天晚上，罗杰哭了一整晚。

“我碰到了这么倒霉的事，为什么妈妈他们还要这么笑话我?”

这难道是他一直以来做了无数恶作剧的惩罚吗?说不定大人不愿意对他伸出援手。

“妈妈，求你救救我！玛丽会过来咬死我的！我以后会做一个乖孩子，求求你保护我！”

罗杰紧紧地抱住母亲恳求。见他吓成这样，母亲也有些担心了。而且她有些想不通，白天的事他为什么会害怕到现在。

“罗杰，玛丽很喜欢你哦。你为什么会觉得玛丽会咬死你呢？”

站在罗杰的角度，他也想不通大人为什么不理解自己。

“它不是‘很喜欢我’，而是觉得我‘很好吃’！你为什么不明白呢？玛丽它想吃了我！玛丽舔了我的脸无数次！它是在尝味道！今天晚上，我肯定会变成玛丽的晚餐！”

原作：欧美短篇故事

改编：麻希一树

射击

迈克尔曾经是军队里首屈一指的射击高手。可是，他最近却有一个不为人知的烦恼。不知道为什么，他一举起枪就会手抖，并导致打出去的子弹脱靶。

只有靶子是人形的时候才会发生这样的情况。瞄准普通靶子或物品的时候，他的手并不会发抖。但只要目标是人形，哪怕是没有生命的物体，他都会手抖。

他不知道原因。或许，是因为迄今为止他在战场上用这项射击本领夺取了许多生命，给他造成了巨大的精神压力吧。不过，迈克尔自己倒是丝毫也没有感觉到良心上的苛责……

目前还没有任何人发现迈克尔遇到了这样的问题。迈克尔自己也觉得，过一段时间估计自然而然就能痊愈了。

可是，战争却并没有给他时间。

迈克尔被交付了一项重要任务。由于高超的射击技术和灵敏的反应，迈克尔接到了暗杀敌国将军的命令。长官的命令他必须服从。

敌国的统帅是一个位高权重、足智多谋的大将军。只要能杀掉这位将军，他们就能以最小的代价结束这场战争。暗杀计划不是由迈克尔独立执行，而是由一个四人的特别小队负责。

四名成员趁着夜色潜入敌国，暗中刺探将军的行程，寻找执行作战计划的最佳时机。他们发现，将军身在指挥部时周围总是戒备森严，但是，每隔几天他就会回家休息。他自己的府邸里自然也有警卫，但人手不多，所以暗杀成功的可能性更高。

还有一个可以考虑的方案，就是利用他在路上的时间暗杀。将军的座驾是一辆安装了防弹玻璃的黑色汽车。或许可以在他上下车时伺机袭击他。

四人小队分成了两路，一路负责袭击将军的府邸，另一路则负责袭击汽车。迈克尔负责的是汽车。

终于到了执行作战计划的日子。将军乘坐的汽车从指挥部开往府邸，迈克尔则坐在搭档驾驶的摩托车的后座，保持距离尾随汽车。将军乘坐的黑色汽车先开出了几百米的距离，迈克尔他们追了上去。为了不被发现，他们小心翼翼地保持着一定的车距。幸运的是附近没有其他车辆。

就在这时，他们遇到了一个千载难逢的机会。将军乘坐的车突然下滑，然后紧急刹车，停在了路边。警卫下车查看情况。原本坐在车里的将军大概想呼吸一下新鲜空气，也从车上下来了。

“就是现在！”

迈克尔坐在搭档驾驶的摩托车上，扣住扳机，一口气来到将军面前。

“什么人？！”

摩托车比警卫的反应更快，转瞬就来到将军身边。此时的将军毫无防备地暴露在他们面前。迈克尔扣动扳机。

可是，在这千钧一发的时刻，迈克尔的手却在抖。尽管目标近在咫尺，他打出的子弹却一发也没有击中将军。

将军被护送到安全的地方避难，警卫们纷纷上前抓捕暗杀者。迈克尔手中的枪里只剩下一发子弹了。他已经没有时间犹豫了。迈克尔做好了心理准备。暗杀者无法完成使命时，只有一条路可以选。在被敌军逮捕，因严刑拷打而吐露机密之前，只能亲手让自己闭嘴。一直以来，迈克尔接受的就是这样的教育。

迈克尔用枪顶住自己的太阳穴，毫不犹豫地扣动扳机。砰——沉闷的枪声响了起来。

五年后。

在一位足以名垂青史的大将军的率领下，敌国获得胜利，结束了战争。战败国为在这场战争中牺牲的人建造了烈士陵园。一排排墓碑整整齐齐地伫立在广阔的墓园里。

有个男人将一束花供奉在其中一座墓碑前。男人对着墓碑鞠了一躬，泪流满面。

“都怪我……我对不起你。”

这座墓的墓碑上，刻着在暗杀将军作战中和迈克尔搭档的男人的名字。这个久久默哀的男人正是迈克尔。

“原谅我。我当时本来想打穿自己的脑袋，可我……没想到我的手连那个时候都在抖……”

他瞄准自己的太阳穴开枪时，子弹射偏了。不仅射偏了，还穿透了驾驶摩托车的搭档的胸膛。

迈克尔立刻被逮捕了，并且作为战俘被关进敌国的监狱。战争结束后，他被释放了。一出狱他就直奔这座墓园，掏出藏在怀里的枪，再次抵在自己的太阳穴上。他的手抖得厉害。看来，他还是不被允许去见他的搭档。

原作：欧美短篇故事

改编：小林良介

将爱坚持到底的勇气

乔治和弗莱德是一对性格相似的好朋友。二人上同一所大学，成绩接近，长得也很像。不过，他们只有一点大为不同。

那就是乔治有一位优秀的女朋友，而弗莱德却还是个单身汉。

弗莱德并不是不想谈恋爱，恰恰相反，他非常渴望找一个女朋友。二十岁生日那天，弗莱德在大学附近的咖啡厅把乔治约了出来，对他说："乔治，我想找你咨询一件事。"

"你好像挺发愁的。说吧，咱们关系这么好，你的事包在我身上！"

"谢谢。我说了，你可不要笑话我。怎么样才能像你一样找到一个优秀的女朋友呢？”

乔治没有嘲笑他，而是一脸认真地说：“没有女朋友归根结底只是结果。你知道咱们之间最大的差别是什么吗？”

“是什么？”

“是将爱坚持到底的勇气。”

“勇气？”

“是啊，你到目前为止追求过多少次女孩？”

“一次吧。不过，我被拒绝了。”

“所以你就放弃了？”

“嗯。”

“这就是问题所在。我和你不一样。如果我认定了哪个女孩，在她答应我的追求之前，我会一直对她发动攻势，将爱坚持到底。”

“可是，如果还是不行呢？”

“还是不行的话……顶多也就是再追求一次嘛。听好了，最重要的就是将爱坚持到底。只要你坚持发动攻势，无论什么样的女孩，肯定都会被你打动。”

“是吗？将爱坚持到底的勇气吗……”

弗莱德像是自言自语一般，低声重复了好几遍“将爱坚持到底的勇气”。接着，他仿佛醍醐灌顶般精神焕发地对乔治说：“谢谢你，乔治！我好像茅塞顿开了。我也要鼓足勇气去试一试！”

“就是要有这样的气魄，加油！”

不久后，弗莱德突然不来学校了。乔治心想，他肯定是交到了女朋友，跟她如胶似漆、难舍难分了。

可是，这么长时间不来学校上课，还是令人有些担心。乔治决定给弗莱德打电话，久违地约他见一面。见面的地点还是那家咖啡厅。

一看到走过来的弗莱德，乔治就吃了一惊。弗莱德比之前憔悴多了。

乔治觉得弗莱德应该是感情不顺利，所以心里有些过意不去。

“抱歉，弗莱德，都怪我多嘴……”

“不，不怪你，我还得谢谢你。我按照你说的那样，坚持不懈地努力，终于交到了女朋友。”

“你可吓死我了！我看你一副很累的样子，还以为你是交不到女朋友，太痛苦了呢！害我白担心了一场。”

“对不起。”

“不，没关系。还要恭喜你，这不是挺好的吗？”

“嗯，好是好……”

“看来你还是有烦恼啊。怎么了？”

“嗯……不，算了，我怕给你添麻烦。这毕竟是我自己的问题。”

“你这是什么话，跟我客气什么？我们不是好朋友吗？”

“可是……还是不提了吧。”

“你再这样，我可要生气了！我不是说过了吗？你的事包在我身上！”

弗莱德愁容满面地低着头，沉默不语。过了一会儿，他抬起头说：“你说得没错，我确实特别累。其实我有一个烦恼。我的烦恼就是我的女朋友。我爱她，也打算一直爱下去。可是，她的父亲并不愿意我们谈恋爱。”

“真搞不懂，怎么会有男人不喜欢你这样专一的人。”

“我也不懂，你读一下这封信吧。”

弗莱德说着，将一个信封递给他，里面有一封信。乔治读完这封信，感到无比愕然。信很短，里面是这样写的：

你这个废物！赶紧跟我女儿分手！！不照做的话，我就取你狗命！

乔治觉得这件事非比寻常。他有种不好的预感。仿佛是为了印证他的预感一般，弗莱德将一样东西放在桌子上，好像是一枚手枪子弹。

“这是真家伙吗？难道这枚子弹是随信附送的?！看来他不只是吓唬吓唬你而已啊。”

“是啊。”

“你打算怎么办？”

弗莱德认真地盯着乔治的眼睛，说：“我不想分手，我要将爱坚持到底。”

乔治有些犹豫了。毕竟是自己鼓励他将爱坚持到底的。这件事本身并没有错。可是，这种情况是特例。

如果弗莱德将爱坚持到底，说不定会一命呜呼……想到这里，他觉得这已经不是谈论爱情的时候了。

乔治说："弗莱德，你还是跟你女朋友分手吧。"

弗莱德目光锐利地瞪着乔治。

"你在说什么，乔治！你两个月前不是还跟我说'要有将爱坚持到底的勇气'吗？"

"我确实说过。可是，那也要看情况啊！这样下去你会有生命危险的。我是为你着想，你最好分手。"

"我做不到。她肯定也爱着我，我不能背叛我的爱人。"

弗莱德的专一与纯粹，令乔治感动得快要落泪。他甚至忍不住问自己，我也曾经像他这样深爱过一个女人吗？可是，如今应该优先考虑的是弗莱德的生命。

乔治绞尽脑汁，劝道："假如你把这份爱坚持到底，你或许会没命的！”

“确实。”

“你死了，会是你女朋友希望见到的结果吗？”

弗莱德一时说不出话来。

乔治继续说下去：“如果你死了，你女朋友肯定会很难过。万一她也想坚持这份爱，追随你自杀了呢？你也无所谓吗？”

弗莱德咬住嘴唇。眼泪轻轻从他的脸颊滑落。

“怎么可能无所谓！”

“对吧？那是当然的。你应该将爱坚持到底。可是这一次，你只有和女朋友分手，才能将这份爱坚持到底，不是吗？我觉得这才是真正的勇气。”

漫长的沉默之后，弗莱德说：“我明白了，我会和女朋友分手的。”

“弗莱德，你很有勇气。”

“可是，还有一个问题。”

“什么，还有问题？算了，你说吧。”

“嗯。你看一眼信封的寄件人栏。”

乔治乖乖地看向寄件人栏，那里是空白的，信里面也没有写寄件人的名字。到处都找不到寄件人落款。

“这是封匿名信。”

“嗯，显而易见。可是这有什么问题吗？”

“问题大了！这么一来，我就不知道这是哪个女朋友的父亲寄给我的信了。也就是说，我完全不知道到底该跟谁分手。乔治，我该怎么办？”

弗莱德说着，烦恼地抱住了自己的脑袋。一旁的乔治不禁也陷入了忧愁。

原作：欧美短篇故事
改编：吉田顺

正义胜利的那一天

“您真的相信您丈夫吗？”

“是的，我对上帝发誓。”

哈罗德太太用手帕拭去眼泪。

看到她的模样，律师希娜·戈登做出了决定。

“好的，那我就接受为哈罗德先生辩护的工作吧！”

著名政治家哈罗德因为杀人罪遭到了起诉。

几个月前，哈罗德和老朋友琼斯打完高尔夫球，又一起去喝酒。但是，二人因为一点琐事发生了口角。第二天早晨，琼斯的尸体被发现了，头上还有被钝器击打留下的伤痕。

作为嫌疑人，哈罗德立刻就被逮捕了。目击者的证词和各种各样的证据都显示，很有可能是哈罗德在高尔夫俱乐部里殴打了琼斯，并导致他死亡。

但是，哈罗德本人和他的家人都坚称他是无辜的。

“哪怕我喝得烂醉如泥，也不可能杀人！”

可是，世人却坚定地认为哈罗德有罪。实际上，没有任何一项对他有利的证据可以证明他无罪。

这估计会是一场很难打赢的官司。所有知名的律师事务所和知名律师，都拒绝为他辩护。所以，他就只能委托名不见经传的年轻律师了。

希娜是一名二十八岁的女律师。一年前，她从一家大型律师事务所辞职，创立了自己的事务所。这么年轻就出来单干，并不是因为她过于优秀，也不是因为她积累了无数漂亮的战绩，而是因为她正义感太强了。

希娜从小就是个正直的姑娘。

她之所以想要成为律师，是因为她曾经阅读过一本关于一场审判的书。书里描写了一桩无罪之人被逮捕的冤案。

在法庭上被宣判死刑的被告提起了上诉。也就是说，他希望重新审理自己的案子。在二审中，被告坚持自己是无辜的，并且胜诉了。如果没有律师的正义感，他是无法洗刷冤屈的。

深受感动的希娜决定成为一名律师，为弱者提供援助。她寒窗苦读，成功当上了律师，并且进入一所大型律师事务所工作。

可是，这个事务所作为大企业的法律顾问，必须始终将委托人的利益放在第一位，哪怕委托人并非正义的一方。

希娜无法认同这种颠倒黑白的作风，她与高层针锋相对，并且断然表示："无论发生什么，我都会坚守正义的底线！"接着，她便从律师事务所辞职了。

这个世界当然没有她想的那般美好。无名律师接不到赚钱的委托，面临着严峻的经济危机。可是，哪怕是再小的工作，希娜也会倾注满腔的热忱。

就在这时，她接到了为哈罗德辩护的工作。

只看报道，希娜也不得不承认，哈罗德的嫌疑很大。她感觉他是“黑”的。可是，媒体传播的未必是事情的全貌，也未必就是真相。所以，希娜决定与委托人哈罗德的妻子见一面，亲自做出判断。

想要打赢官司，首先就要相信被告，这是她的信念。

看到他妻子的眼泪，她相信正义属于他们，于是决定接受委托。

很快就到了开庭的日子。

人们本以为这场审判中检方占优势，谁知，庭审却往意想不到的方向发展了。希娜用尽自己的智慧，东奔西走地收集对哈罗德有利的信息。她真诚的话语打动了法庭上的所有人。

陪审员讨论了好几个小时，最终评议认定哈罗德“无罪”。

希娜赢得了胜利。

审判结束后，希娜走出法院，在无人的地方流下了喜悦的眼泪。

不过，她立刻拭去泪水，给在家等候的哈罗德太太打电话。

“太太，审判结束了。”

“是吗？结果呢？”

希娜边哭边高喊道：“正义胜利了！”

电话那头，太太深深地叹了口气，回答道：“那就请你立刻上诉。”

这句话的意思是让她再打一次官司。希娜感到有些莫名其妙。

“为什么？”

“你不是说正义胜利了吗？正义不是检方吗？是检方获胜了吧？”

“不是的，是哈罗德先生，我们胜利了！”

“那你怎么不直说呢？是我误会了。哎呀，难不成……你真的认为我丈夫是正义的那一方？你不会觉得他是无辜的吧？那个酗酒的浑蛋……”

希娜的脑子里乱成一团。

“您不是说，您相信您丈夫是无辜的吗？”

“可是，我如果不这么说，不就打不赢官司了吗？总之，赢了就好。我会好好犒赏你的。”

电话挂断了。

官司打赢了，自己深信的正义得到了伸张。可是——

希娜却茫然地伫立在原地。

原作：欧美短篇故事
改编：桑畑绢子

期末考试

响个不停的电话铃声把保罗吵醒了。昨天他玩了一个通宵，此时眼皮沉重得抬不起来。

“喂……谁啊？”

打电话的是他的好朋友约翰。保罗回忆起来，昨天晚上自己一直和约翰在外面玩。

“喂，你在哪儿呢？既然你接电话了，说明你还在家？”

在约翰的大嗓门中，他渐渐清醒过来。对了，今天是，今天是……完了！今天是二人所在的大学最重要的期末考试的日子！二人平时成绩优异，对考试很有信心，所以并没有认真复习，考试的前一天晚上一直在玩。

而且，他看了一眼时钟，发现考试早就开始了。就算现在匆匆赶往学校，也来不及了。

虽说他一直以来成绩很好，但不考试肯定拿不到分数。那样一来，他说不定就得留级了。

“怎么办？就算我们现在赶过去，也根本赶不上考试，说不定那时考试已经结束了！”

约翰带着哭腔在电话那头向他求助。保罗想，要是你能早点起来叫醒我的话，不就没这事儿了吗？不过，他也没资格怪别人。

保罗反而庆幸地想，幸好有人陪自己一起面对这个危机。

保罗是个天生的乐天派，他对约翰说：“没关系！我们成绩优秀，教授一直很信任我们。我们去求一下教授，让他破例允许我们参加考试吧！”

二人匆匆穿好衣服，飞奔出家门。保罗和约翰都是一个人住，几乎同时赶到大学校园。

二人前后脚溜进学校大门。

“咱们迟到这么久，教授会让我们参加考试吗？”

约翰一脸担忧地念叨着。

保罗说："行了，我会想办法的。约翰，你在旁边顺着我的话说就行，这件事就交给我吧！"

看到朋友拍着胸脯保证，约翰觉得他非常靠谱。

话说回来，只要和他在一起，无论何时，他都能想方设法渡过危机。自己在学校只是成绩比别人好一些而已，但保罗的聪明才智却不仅仅表现在成绩方面。他脑子转得很快，非常擅长随机应变，是个机灵鬼。没错，只要听保罗的，这次肯定能够渡过危机！

考试早就结束了，其他的学生都已经离开教室。监考的老教授整理完答题纸，正准备离开考场。

"你们迟到太久了！"

平时无比温和、平易近人的老教授，今天却语气严厉地斥责了他们。

可是，面对这样的教授，保罗却依然一副气定神闲的模样。

"对不起，教授，请您听我们解释！"

他的语气感情充沛，就连莎士比亚戏剧的演员都望尘莫及。约翰心想："保罗已经进入状态了。"

保罗解释道："我们和平时一样，坐同一班电车一起来学校。可是，我们在电车里碰到一位马上要分娩的孕妇……对吧，约翰？"

"没、没错。"

"于是，我们搀扶着孕妇在最近的站点下车了，然后打车将她送到了附近的医院。"

教授静静地听着他们解释。

"可是，那家医院却不能马上收治这名孕妇，我们被迫跟着转了好几家医院……"

"是啊。"

"等我们意识到的时候，已经和这名孕妇一起被送到邻市的医院了。后来，我们火急火燎地跑去医院隔壁的租车公司，租了一辆车，打算赶回学校。"

二人的话有着很强的说服力。在这种情况下，想要赶到这座建在郊区的大学，比起搭电车，开车确实更快。

"可是，那辆车却爆胎了，我们拼命修，还是没修好。迫于无奈，我们只好把车丢在原地，打了辆出租车，终于赶到了学校。”

“真的太不容易了！”

约翰也在保罗身边拼命地帮腔。如果看到的是文字，教授估计会发现这个胡编乱造的故事破绽百出。可是，保罗精湛的演技足以令人忘记那些小破绽。

“我们知道自己或许赶不上考试了，但是毕竟有特殊情况。教授您一直那么好，肯定能理解我们，一想到这里，我们就拼命地赶过来了！”

约翰也接着保罗的话说：“迟到是我们不对，真的很对不起。可是，求求您通融一下吧！”

教授一开始还阴沉着脸，听了一会儿后，他理解地点了点头。

“请让我们参加考试吧！”

看到齐刷刷地低下头的学生，教授语气温和地说：“我知道了，你们抬起头来吧。”

二人脸上的阴霾立刻一扫而光。

“那，教授……”

“嗯，我明白了。我会给你们一个补考的机会。

明明有重要的考试，你们却肯放弃考试去帮助有困难的人，我为你们感到骄傲。人有很多比考试分数更重要的东西，我希望你们能够知道这一点。今天，是你们给我上了一课。”

就这样，二人获得了一次补考的机会。

“从你们的学习能力和人品来看，你们不可能作弊。不过规则就是规则，必须遵守。”

教授说完，让二人分别坐在教室的两头。因为教授也在场，所以作弊是不可能的，他们也没有这个打算。

“我们两个迟到了，只要能参加考试就知足了。”二人想。保罗和约翰都有满满的自信可以及格。幸好他们凭借保罗的机智顺利渡过了危机。约翰非常感谢位于教室另一头的保罗和他的演技。

补考的试卷上只有两道题。因为不能跟正式考试出同样的题目，所以教授紧急编写了一份试卷。题目数量虽然很少，但估计是需要花很久才能解开的证明题吧。

第一道题非常简单，分值是五分。但是，当约翰翻到试卷的第二页，看到第二个问题时，他清楚地感觉到自己的脸上失去了血色。从他的座位看不到保罗的表情，但对方估计也一样吧。那不是一道证明题，而是一道图解题。上面画了一张汽车剖面俯视图，下面则附了一道问题：

“约翰和保罗在租车公司租的汽车，爆胎的是前、后、左、右哪个轮胎？请将爆胎的轮胎圈出来（本题 95 分）。”

原作：欧美短篇故事

改编：小林良介

被诅咒的王子

很久很久以前，在一个王国里，有一位喜欢恶作剧的王子。

他从小就以捉弄家臣、刁难城里的人为乐，全国的百姓都很讨厌他。但是，国王和王后却很溺爱王子。没有任何人敢规劝王子，王子就这样任性妄为地长大了。

王子十五岁那年，第一次和家臣外出猎狐，这也是王族的一项消遣。虽然家臣说王子只要在旁边看着就行，他却并不满足，趁家臣不注意，一个人跑去追狐狸。王子一直没有抓住狐狸，他穷追不舍，渐渐进入森林深处。

森林深处有一座小屋。他透过窗户，看见架子上摆放着一排又一排的瓶子，里面装着颜色可怖的液体。到处都挂着晒干的药草、蝾螈和青蛙。屋子正中间放着一口大锅。

这大概就是传说中的女巫的家吧。王子在好奇心的驱使下，确认女巫不在之后，便走进小屋。他缓缓地往前走，耳畔突然传来“嘎”的一声惨叫。原来是他不小心踩到了角落里黑猫的尾巴。这只黑猫肯定是女巫的宠物。可是，女巫不在，它看起来就像是一只普通的猫。王子就像捉弄城里的动物一样，先是捅了捅它，又将它的胡子系在一起。

“你是谁?！你对我的猫干了什么?！”

他一回头，就看见一个女人。她头戴黑色帽子，身披黑色斗篷，长着巨大的鹰钩鼻和快要咧到耳朵边的大嘴。她肯定就是女巫!

王子努力虚张声势，说：“原来你就是女巫啊。不就是个平平无奇、步履蹒跚的老太婆吗？谁允许你住在我的国家的?”

女巫却不为所动，脸上挂着阴恻恻的笑容：“真是一个没教养的小子！呵呵，就让我来教育教育你吧！”

女巫说着，对王子下了一个诅咒。

“从今往后，你再也无法开口说话，也不能用写字或手势来表达。你无法向任何人传递你的意思，哈哈哈。算了，我可怜可怜你，让你一年能说一个字好了。”

你说什么？开什么玩笑！

王子开口想要叫嚷。

女巫却微微一笑：“你就算开口，也只能说一个字。你要白白用掉这一个字吗？再等上一年，你就能说两个字了哦。”

王子刚要发怒，闻言慌忙闭上了嘴。

“也不是没有解开诅咒的方法，不过，我可没那么好心告诉你。”

女巫将王子从森林里赶了出去。王子想方设法回到了城里，但他无法对父母和家臣说出森林里发生的事。

王子生活在痛苦中。哪怕是很小的信息他也无法表达。就连这是女巫的诅咒，他都无法告诉别人。

区区一个字什么也无法表达。想要向对方表达自己的意思，只有等好几年，攒够需要的字数。

后来，他无数次前往森林，但都没有找到女巫。王子渐渐厌烦了与人类相处，便将自己关进湖畔的别墅。他读了很多书，想找到解开诅咒的方法，却始终没能找到答案。

所有人都注意到了王子的异常变化。但是，没有任何人知道原因。有人担心他“或许生病了”，但是，现在的王子远比从前的王子讨人喜欢。没有人希望王子变回从前的样子。

有一天，王子出门散步，看见一位在湖里洗澡的少女。金色的秀发随风飘扬，红润的双唇微微含笑，淡蓝色的瞳孔熠熠生辉……

王子对她一见钟情。她好像是附近村子的姑娘，经常会到这里打水、洗澡。少女也渐渐喜欢上了这个经常来这里跟自己相会的青年。

她觉得青年有些似曾相识，但完全没有想过他会是王子。因为传说中的王子和青年的性情截然不同。

王子几乎要说出“我爱你”了，可是他做不到，甚至无法写情书。所以，他只能静静地等待时间的流逝。为了攒够“我爱你”这三个字，他决定三年内一言不发。

三年过去了，少女稚气未脱的脸上已多了几分成熟的风韵。此时，面对这个始终不对自己表达感情的青年，少女也开始有些着急了。

王子虽然察觉到了少女的情绪，但他觉得自己必须问她：“嫁给我好吗？”于是，他又多等了五年。

从第一次见面起，已经过去了八年，少女已经是大姑娘了，王子终于下定决心求婚。

“我爱你，嫁给我好吗？”

王子在心里不断重复着这八个字，向湖畔走去。湖畔出现了正在摘花的姑娘的身影。

王子紧张地走向姑娘。谁知，她的身后却突然出现了一头熊。姑娘对此浑然未觉。

王子不由得高喊：“危险！快点离开那里！”姑娘发现了熊，却吓得双腿发软无法动弹。王子拉住姑娘的手，带着她逃离了那里。

二人好不容易逃掉了，王子却突然回过神来。

“危险！快点离开那里！”——正好是八个字。

他必须再等八年，可他不能再让姑娘苦苦等待了。

王子无比沮丧，姑娘却很感激他。

“谢谢你救了我！”

然后，她在王子的脸颊上吻了一下。王子满脸通红地从姑娘身边逃开了。

看到他这副样子，姑娘也一脸羞涩。

“对不起，我太不知羞了……”

“没、没有！”

王子竟然顺利地说出话来。

原来，心爱之人的吻就是解除诅咒的方法。

王子由衷地高喊道：“我爱你，嫁给我好吗？”

没过多久，二人就结婚了。后来，王子变成了一位深受人民爱戴的国王，从此过上了幸福的生活。

原作：欧美短篇故事

改编：桑畑绢子

弗莱德的弱点

弗莱德是学校里最受欢迎的男生。他运动神经出类拔萃，学习成绩在整个年级名列前茅。他头脑机敏，风趣幽默，容貌俊朗，对女孩子一直很温柔。虽然略微有些做作，却很讨女孩子欢心。学校里的大部分女生都迷恋他，这也是理所当然。

可是，其他男生就有些不开心了。

就算他们向喜欢的女孩子表白，她们也总会这样回答："对不起，我有喜欢的人了……"

那个人肯定是弗莱德。

只要弗莱德在，他们就没机会追求到这所大学的女生。男生们对弗莱德的不满越演越烈。

"再这样下去，我们的大学生活就要永远暗无天日了！”

“有人知道弗莱德的弱点吗？得想办法找到弗莱德的弱点，告诉女生们！”

“没错，这主意好！”

——在课外活动前，有个男生若无其事地跟弗莱德打招呼：“嗨，弗莱德，你的身材还是这么棒！”

弗莱德淡淡地回答：“毕竟我每天都坚持训练嘛！”

又有一个男生装出一副自然的样子走过来，问他：“我说弗莱德，你这个完美先生有什么不擅长的东西吗？”

弗莱德一边脱下衬衫换上运动衫，一边回答：“我不擅长的东西吗？你突然这么问，我一时倒是想不起来呢。”

不能就这么放弃！男生们一个个走过来，将弗莱德围了起来。

“哎呀，总得有一个吧？”

“比方说，你有没有什么害怕的东西？只是看到它就会吓得哆嗦的那种……”

弗莱德将运动衫套在肌肉发达的身体上，一边系运动鞋的鞋带，一边冥思苦想。

“这么说来，有一样东西我好像确实挺害怕的。”

听到弗莱德的话，所有人都探长脖子。

“是、是吗？所以，你害怕的东西是什么？”

弗莱德有些难为情地说：“蛋糕。”

众人不约而同地发出惊讶的声音：“蛋糕？！”

还有这种事？一个男生开口：“你说的蛋糕，就是那种吃的蛋糕？怎么会有人害怕这种东西？”

听到他的问题，弗莱德低下头，有些自嘲地说：“这件事我之前一直保密，不过既然你们问了，我就不瞒你们了。其实我非常不喜欢蛋糕。确切地说，不是不喜欢，而是害怕。”

大家还是不太信服。

“有什么好怕的？蛋糕又不会打人。你顶多也就是不会主动去吃蛋糕而已吧？”

“不不，我是真的害怕。那种白色的裱花蛋糕、形状恐怖的栗子蛋糕、黑乎乎的巧克力蛋糕……我特别害怕它们的颜色和外形，还有味道。要是吃了那种甜掉牙的东西，我好不容易锻炼出来的身材不就保持不住了吗？啊啊，我只是想想就觉得不寒而栗！”

弗莱德双手搓着肩膀，离开更衣室，去操场了。剩下的男生们凑在一起窃窃私语。

“喂，听到了吗？”

“嗯，没想到他竟然有这么出人意料的弱点……”

“好！那咱们就把蛋糕放到弗莱德面前，将他吓得浑身发抖的样子录下来，放给女生看！”

几天后，他们制订了使坏的计划以后，派了个男生喊住放学后正要回家的弗莱德。

“嗨，弗莱德！教授说他突然有件急事找你。”

男生的脸上挂着亲切的笑容。

“他说让你马上去一趟九号教室。”

那是一个如今已无人使用的小教室。男生们在那里安装了一台隐藏摄像机，并且在中间的桌子上摆了一堆蛋糕，就等着他上钩。

“谢谢，那我过去一下！”

弗莱德朝九号教室走去，男生目送他的背影远去，拿出手机。

“OK，计划成功了。弗莱德现在往那边去了！”

对此一无所知的弗莱德抵达教室，敲门进去了。

“趁现在！”

躲在走廊死角的男生们齐刷刷地跑到门口，从外面把门抵上，防止他逃跑。很快，里面就传来弗莱德的尖叫声。

“蛋、蛋糕！这是怎么回事！快来人，救命啊！”

男生们对视一眼，脸上露出得逞的笑意。里面的情况已经被摄像机录下来了，只要看到弗莱德的样子，女生们对他的幻想应该就会破灭了。

可是，片刻后，里面却没了动静。

“弗莱德那家伙不会是太害怕蛋糕，吓晕过去了吧……”

他们打开门往里一瞧，却发现弗莱德正双手捧着蛋糕，在那里狼吞虎咽。

“好可怕啊，这么可怕的东西，我得赶紧把它们干掉！噢，这个好甜！这么甜的蛋糕，只是看一眼我就惨了！”

弗莱德一边说，一边将他们准备的蛋糕吃了个精光。

男生们大惑不解："喂，弗莱德！你不是害怕蛋糕吗？"

事情发展到这个地步，他们终于意识到自己被骗了，怒气冲冲地涌入教室。

"喂，弗莱德，你真正害怕的东西是什么？快说！"

男生们逼问弗莱德。弗莱德有些不好意思地笑道："我想想……其实我真正害怕的是热乎乎的苦咖啡。如果你们现在就端一杯过来，那我可就太惨了！"

弗莱德是一个头脑机敏、风趣幽默的男生。

原作：古典落语《害怕包子》
改编：小林良介

禁忌之爱

这件事发生在某家医院午休的时候。上午的门诊已经结束了，迈克正在诊室做下午的准备工作。突然响起一阵巨大的敲门声，吓了他一跳。估计是有急诊病人吧。

他看向门口，只见那里站着一个跟他一样穿白大褂的男人。他是负责隔壁诊室的医生，也是他的好朋友乔治。乔治是个医生，此刻脸色却比病人还苍白，他步履蹒跚，好像马上就要摔倒似的。

“乔治，你怎么了?！身体不舒服吗?！”

今天早上碰到的时候，乔治还正常地跟他打过招呼呢！短短几个小时的时间，究竟发生什么事了？看到慌里慌张跑过来的迈克，乔治虚弱地摇了摇头。

“谢谢你的关心，迈克。我的身体非常健康。只是，有件事我必须找你商量商量……”

看到乔治的状态，迈克意识到了事态的严重性。总是风趣幽默的乔治竟然会这么烦恼，事情肯定很严重。

“乔治，究竟是什么事让你烦恼成这样？如果可以的话，你跟我说说吧，我会帮你想想办法的！”

“其实我……”

乔治说了一半，犹豫地偷觑了一下迈克的神色。迈克用力地点点头。获得勇气的乔治深吸一口气，声如蚊蚋地开了口：“我爱上了那位患者，如果可以，我想立刻跟她结婚。”

“你说什么？！”

听到他出人意料的表白，迈克手中的资料都差点没拿稳。

“患者？难道是一个月前你送来的那位？”

乔治垂着眼，有些难为情地点点头。迈克使劲摇了摇乔治的肩膀。

“喂，乔治！你是认真的吗?！你知道你在说什么吗?！”

“我当然知道。昨天我愁了一晚上，但还是无法放弃这个念头，我认准她了。”

“那你也不能……”

迈克不由得愁容满面。说实话，他曾经隐隐察觉到事情会变成这样。一个月前的雨夜，乔治把她送过来以后，不眠不休地为身负重伤、濒临死亡的她治疗，并且一直陪护在她身边。他那拼命的样子已经超越了医生的使命，可是，没想到他竟然想跟她结婚……

乔治目光坚定地抬起头望向迈克。有那么一瞬间，迈克想：“只要好朋友愿意，那或许也行。”但接着他慌忙摇了摇头。

他必须阻止这个注定不幸的结局。

“听着，乔治，虽然你说你爱她，但那只是一时的意乱情迷罢了。她无依无靠，又受了伤，你对她施以援手，将她送到医院。你只是同情她，才会对她产生感情，这绝不是爱情！”

“你错了！一开始我对她的感情确实是同情，但是，我最近已经确定了自己的心意！”

不知道是不是回忆起了遇到她之后的时光，乔治的眼中泛起泪光。他的手中握着一张照片，应该是她的照片。

迈克轻轻地将手放在乔治的肩头，语重心长地劝他：“对不起，我非常明白你有多珍惜她。可是乔治，听我一句劝。她的家庭背景和成长经历跟你差别太大，和她一起生活，你真的能幸福吗？”

“只要我配合她的生活……”

“别说傻话了。你怎么配合？”

“不试一试怎么知道！而且，那种生活也不会太久！毕竟她的生命马上就……”

乔治说不下去了，泪水如决堤一般从脸颊滑落。

迈克虽然反对，但看到他这副模样，还是觉得无比心痛。迈克非常理解乔治的悲伤。

乔治将她送到医院时，她能活着堪称奇迹。医院的工作人员用尽一切方法，总算将她从鬼门关拉了回来，她的身体也逐渐康复。然而，那只是上天一时的恩赐。最近她越来越虚弱，谁都能看出她命不久矣。

“哪怕她马上就会离开我……不对，正因为我知道她时日无多，才想陪在她身边，直到最后一刻！”

“乔治……”

迈克被好朋友真挚的表白打动了。可是，他仍然无法支持他和她结婚。迈克握住乔治的肩膀，斩钉截铁地告诉他：“乔治，我非常理解你的心情。但是，你要做的事是有悖医德的，不，是有悖身为人类的道德的！我们兽医，决不能和患者有太深的瓜葛！”

乔治号啕大哭，她的特写照片也从他无力的手中滑下，落到地板上。照片上是一只毛色靓丽的黑猫。

原作：欧美短篇故事
改编：麻希一树

副业

之前的负责人只对我说，你去看一下就知道了。从他的苦瓜脸上我也没能看出更多的信息。

“在这种住宅区里会有工厂吗？”

我灵活地开着货车，在狭窄的小巷中穿行。在最后一个拐弯处，我倒了好几次车，总算拐了过去。前面有一座被高墙包围的建筑。我确定地址无误后，按下门铃。门开了，后面竟然还有一扇上锁的门。“这里可真是戒备森严啊！”我边想边把车开了进去。

“真想不到这个大订单的客户会在这样的地方！”

我还是赶紧把货物搬上车回去吧。这是今天最后一单工作，天色也不早了。

我将车开到像是工厂的建筑旁，等待负责人出现。

终于有个人影朝这里走来，我连忙停下正在敲方向盘的手指，从车上跳下来。

我朝那个人影走去。当我走到可以看清他模样的距离时，不由得僵在那里。

眼前的画面令人难以置信。只见那个人浑身裹在黑袍里，戴着一张骷髅面具，手里还握着一把锋利的镰刀。最重要的是，他黑袍的下摆竟然悬浮在空中。

我吓得浑身僵硬，脑海中不禁浮现出这样一句话："死亡突然降临。"我瞬间深切地感受到，自己之前对这句话的认识太不深刻了。谁能想到，我竟然会在这个时候遭遇死亡。过往无数画面犹如走马灯一般在我的脑海中掠过。

"辛苦了，您就是新负责人吧？您好，请跟我来。"

骷髅男说完，便迈着看不见的双腿转过身去。我因为他礼貌的口吻松了口气，不知是因为突然放松下来，还是因为太害怕了，我的大脑一片混乱，当即膝盖一软，跪倒在地。

“怎么了？”

“啊！”

他走到我旁边来，跟我近在咫尺。我慌忙往后爬去，试图逃跑。

“瞧您这副样子，看来还没有人把情况告诉您吧。还是要认真地交接工作啊，不然头疼的就是我了。每次换负责人，我都得把同样的话重复一遍，实在是浪费时间。”

听到他这颇有人情味的抱怨，我的心情变得很古怪。他究竟是不是人呢？

“你是人吗？”

我头脑一热，勇敢地问道。

“不，我是死神。”

我感到一阵眩晕。

“不过，目前我已经不负责死亡业务了，所以这个称呼属于过去式了，这把镰刀如今也只是工作制服的一部分。”

闻言，我不禁松了口气。看来他没有要用这把利器伤害我的意思。我终于找回认真思考的能力。

“所以说，我们公司一直在和死神做交易？”

“是啊。”

怪不得之前那家伙讳莫如深呢！就算他再怎么解释，如果我没有亲眼看见，估计也不会相信吧。

可是，如果死神是我的雇主，那么我要运送的货物究竟是什么呢？不会是尸体吧？

“不是哦，那种业务早就废除了。看来您真的一无所知啊！”

我判断出随便搪塞不是上策，于是点了点头。

“真没办法，今后咱们也会一直合作，我还是大概跟您说说吧。

“我们最初的主要业务，是像间苗一样，选择一些人类带走，这是为了避免人口饱和。

“不过，我也不是因为喜欢才干这份工作的。工作嘛，就算讨厌也不得不做。虽然这不是一份令人心情愉快的工作，不过总得有人做嘛！所以，我一直带着这份使命感，自豪地从事这份工作。何况待遇还相当不错。”

死神唇畔露出一丝微笑。

“可是，有一天却出现了一个不守规矩的家伙，他试图无差别、无计划地夺走大量人命。对了，你们那边的世界，不是有段时间发生过一系列奇怪的事故吗？就是那家伙干的。

“在历史的长河中经常会出现这样的家伙。如果每次都发生这样的事，不就太悲惨了吗？所以，我们内部经过讨论，最终商议决定，干脆停止死神这项业务。所以，如今你们世界的死亡，要么是自然死亡，要么就是你们自己造成的。无论是人口减少还是增加，都跟我们无关。”

听着他轻描淡写地谈论死亡这个敏感的话题，我不禁有些失神地想，这大概就是真正跟死亡打交道的专家和对死亡一知半解的外行之间的差别吧。

“不过，我们却面临另一个问题。停业固然不错，但如此一来，我们就必须找一些别的工作了。一旦没有收入来源，那就是生死存亡的问题了。我们聚在一起，商量了各种各样的方案。有人提议大力发展代理诅咒业务。之前我们就已经研发过诅咒商品，投放市场，算是利用闲暇时间干这项副业。虽说是诅咒，但并没有严重到性命攸关的程度，顶多就是让人倒点小霉而已。

“不过，之前的业务规模非常小，所以大家觉得就算扩大规模，也只会供过于求，赞成的声音很少。可毕竟也没有比这更好的方案了，我们就决定先实验性质地发展一下代理诅咒业务。

“谁知这项业务非常成功！在这个世界上，怨气比我们想象中还要泛滥。而且，你们人类虽然想诅咒别人，却又不想弄脏自己的手，所以我们的订单源源不断。

“过去，我们都是手动举行诅咒仪式，不过考虑到供需平衡的问题，手动作业完全无法满足需求，于是我们就建造了这座工厂。”

“也就是说，你们正在这里大量生产诅咒吗……”

只是想想我就觉得不吉利。

“那么你们贩卖的是什么样的诅咒？”

“主要是使用稻草人的诅咒。客人需要把他想要诅咒的人的头发寄过来。委托人要做的只有这一件事，剩下的一切都由我们来代理。您要参观一下里面吗？亲眼看看会比较容易想象哦。”

我跟在缓缓往前飘的死神身后。

“你能穿墙吗？”

“能倒是能，不过那样您就跟不上了。请进吧。”

里面有些昏暗，我再次提心吊胆起来。突然另一个死神穿透了我的身体，我被吓得惊恐万状。

“对了，跟死神接触并不会伤害身体，请放心吧！您首先看到的是自动编织机。”

我整理好心情往那里一看，只见稻草人正源源不断地从出口滚落，并被传送带依次传送出去。

“熟练的死神工，只需一眼就能将瑕疵品挑出来。下一道工序，是要在已经经过挑选的产品里，将客户送来的头发一根一根地塞进去。这道工序也是由机器自动完成，真的很方便。

“这道工序完成后，就要进入这间隔音室了。因为声音很吵，我就不带您参观了，直接去看下一道工序吧。”

“隔音室里面是做什么的？”

“将录有污言秽语的录音带用巨大的音量播放给稻草人听。类似于诅咒之前的准备工作吧。我们已经论证过，有没有这道工序，诅咒的效果会有天壤之别。您感兴趣的话，我可以跟您讲讲，不过，听了肯定会影响心情哦。”

我婉拒了他的好意。

“这里就是诅咒最重要的工序了。”

“啊，这就是五寸钉吧？”

“是的。在这里，它会被插入依次传送过来的稻草人体内。怎么样，很壮观吧？”

他的语气轻松，有些事不关己。我却不禁担心，这里面会不会有诅咒我的稻草人呢？

“好了，这里就是最后一道工序了！”

“温度突然上升了呢。”

“稻草人会被放进工业烤箱中烘烤。烤箱设定的温度接近稻草人的燃点，这样做是为了让它经历最大的痛苦。在这里烤半天时间，诅咒就完成了。然后，就要在前面的焚烧炉中做焚烧处理。不过，五寸钉我们会用强力磁石回收，循环使用。”

对于他们的资源节约意识，我深感钦佩。

我突然想到一个问题：“呃，谢谢你为我展示这么重要的东西。顺便一提，虽然我是合作方，但这样的秘密可以这么轻易地告诉我吗？你不怕我泄露出去，那些厄运缠身的人杀到这里闹事吗？”

“您尽管试试，如果不怕被诅咒的话。”

我打了个寒战。说不定公司的高层也遭到了同样的威胁，不得不跟死神合作。

“好了，我已经解释完了。那就请您开始工作吧。”

我在死神的带领下，前往货物的搬运口。

“那么……呃，我要运出去的就是这一堆箱子？”

“是的。”

“可是，里面究竟装的是什么？虽然你刚刚说过，会有头发运到这里，但应该没有什么需要运出去的吧……”

询问客户货物内容也许是违规的，但是我无比好奇箱子里的东西。

“里面是护身符。”

“护身符？你不是说，这里是诅咒工厂吗？”

“我本来觉得这件事说起来比较耗时，所以想以后慢慢解释，不过既然您问了，我就告诉您吧。最近我们把业务扩展到了不同的领域。

“代理诅咒业务广受好评，我们源源不断地收到感谢信，但是，也有很多人向我们吐露了心中的不安。在这样的世界，也不知道自己什么时候会因为哪种鸡毛蒜皮的小事被诅咒。所以，他们希望我们想想办法，以防万一。

“虽然擅自诅咒别人的也是他们，不过，我们觉得这倒是一个商机。于是就引进了自动书写装置，开始生产印有五芒星的护身符。我们发现，人类虽然对诅咒别人有非常浓厚的兴趣，但更关心保护自己，所以这项业务也大获成功！”

死神再次露出微笑。

“最近，这一项副业反而更有赚头！”

作者：田丸雅智

蜻蜓玉[1]

“那是什么？”

问他话的是个少年。

神情忧郁的青年惊讶地回过头。看见少年后，他的脸上露出一抹微笑。

“你觉得呢？”

青年向他招了招手，让他坐到自己身边，然后将手里的皮口袋举起来，故意弄出“丁零当啷”的声响。

脚边不知从哪里漂来一个竹叶小船，它靠近混凝土的台阶后，又被缓缓的流水推向远方。河面波

① 即日式琉璃，是日本室町时代，民间艺人用特殊的材料，经独特的工艺制成的工艺品，因像蜻蜓的眼睛一样晶莹可爱，遂将其称为“蜻蜓玉”。——译者注

光粼粼，美丽极了。对岸的斜坡上盛开着一片火红的曼珠沙华。

“是糖果吗？”

“不对。”

“我知道了，是石头！”

青年微笑着，将皮口袋打开，从里面取出一样东西。

“很遗憾，正确答案是它。”

他递给少年，少年立刻伸出双手小心翼翼地接过来。

“是蜻蜓玉！”

少年的眼睛立刻亮了。

“我可以摸一摸吗？”

看见青年点头，少年的眼睛更亮了。少年把它捧在手上，从各个角度打量了一遍，然后将它拿起来，放到夕阳底下看。上面清晰地浮现出乳白色和红色的大理石花纹。

“哥哥，你是卖蜻蜓玉的吗？”

青年苦笑着轻轻否定。

“那你是卖什么的？”

少年带着好奇的目光追问他。

青年没有回答，而是微笑着眺望对岸。

“你喜欢蜻蜓吗？”

少年重重地点了点头。

“太好了。其实我也很喜欢。一到这个季节，就会有各种各样的蜻蜓四处飞舞。

“白刃、豆娘、秋赤足，还有鬼蜻蜓。你知道碧伟蜓吗？遇到那种蜻蜓的时候，我激动到觉得自己简直白活了这么多年。

“不过，我最爱的还是红蜻蜓，那染得恰到好处的淡红色让我无法抗拒。

“一到盂兰盆节，就会有红蜻蜓从四面八方一起飞过来。

“小时候，一到傍晚，我就会带着我弟弟，拿着捕虫网去附近乱跑，还会带上三个虫笼，一直追啊追，直到把笼子都装满。

“红蜻蜓很不可思议，哪怕一直捉一直捉，它们的数量也完全不会减少。岂止如此，每次我挥动捕虫网，里面就能多上几只。等我回过神来的时候，网已经被染成蜻蜓的颜色了。蜻蜓的红色和夕阳的颜色交相辉映，我开始分不清自己是在追蜻蜓还是在追夕阳了。然后，我就会产生一种无欲无求的心情，把虫笼里的蜻蜓放归天空……

“制作红蜻蜓就是我的工作。明天一到，整个城市都会被染成蜻蜓的颜色。”

沉浸在青年编织的幻想里的少年，听到他的话后，不禁露出惊讶的神情。

“哥哥在制作红蜻蜓吗？”

“准确来说，我只是协助而已。”

“怎么协助？”

“这个蜻蜓玉就是提示。”

少年慌忙将手中的红色蜻蜓玉又看了一圈。

“和红蜻蜓是一个颜色！”

“是的，这就是制作蜻蜓的原料。”

青年打开皮口袋给他看。少年往里一看，口袋里装满了蜻蜓玉。它们都是同样的颜色。少年手中的那颗正好是中等大小。

“这不仅仅是蜻蜓玉，我一年到头都在四处收集它们。”

“它们掉在哪里了吗？”

青年再次露出苦笑。

“我不是在地上捡的，而是去各种各样的地方收集来的。”

“那你是怎么收集的呢？”

少年充满好奇。

“对着有蜻蜓玉的地方转一圈手指，就像是对着蜻蜓的眼睛转一样。就这么简单。然后，我会把做好的蜻蜓玉变成红蜻蜓。对着蜻蜓玉，朝反方向转一转手指就行。”

听到他的话，少年立刻双目放光。然后，他对着左手中的蜻蜓玉伸出手指。青年却迅速地阻止了他。

“要明天才能做，听到了吗？这是一份重要的工作。”

少年有些遗憾。可是，看到青年有些抱歉的神色，他乖乖道：“明天就能做了吗？”

“可以尽情地做。”

少年的眼前浮现出在空中飞舞的红蜻蜓，胸中激动难耐。然后，他像是想起什么似的，问青年：“那么，这个蜻蜓玉是什么做的呢？只要对着一样东西转动手指，就能获得蜻蜓玉吗？”

青年望了少年片刻，又缓缓望向远方。

“是用人的灵魂做成的。”

少年瞪大眼睛。

“我一年四季都在到处收集那些无法超度、在人世徘徊的灵魂。它们有各种各样的苦衷。

“找不到归途的人、对这个世界还有留恋的人……找到这样的人，我就会将他们变成蜻蜓玉，最后再将他们变成蜻蜓，放归天空——在一年一度迎接和送别死者的日子，盂兰盆节的那一天。

“变成蜻蜓的灵魂会各自回到属于他们的地方，被爱他们的人迎接，最终回到天上去。没错，红蜻蜓就是人类去天上之前，在这个世界停留的最后的形态。”

青年说完，神情有些悲伤。然后，他转向少年，缓缓地伸出手。

少年明白了他这个动作的意思，瞬间脸色苍白，往后退去。

“那我……”

可是，青年却用力摇了摇头。

“别怕，要去天上的不是你。虽然我很想过完今年的盂兰盆节，但我很庆幸自己的样子能被你看到。

“我不是想让你成为我的继任，只是希望你能帮我完成最后的工作。这样，我就能放心地回天上了。这些蜻蜓玉中的灵魂也能获得超度了。”

青年将皮口袋交到少年手中，说：“记住，明天要反方向转哦。啊啊，和大家一起在天空遨游，会是什么样的心情呢？”

青年握住少年的手，对着自己缓缓地转动起手指。

作者：田丸雅智

魔法灯与人生

在一个淅淅沥沥地下着小雨的傍晚，有个没撑伞的男人走在街上。他好像好几天都没有照过镜子了，胡子拉碴，黑发乱蓬蓬的。

“我可真是不走运啊。”

男人低声抱怨了一句，胡乱将被雨水打湿的刘海撩起来，露出一双可怖的、黯淡无光的眼睛。那双眼睛仿佛憎恨这世界上的一切，里面没有一丝光彩。

实际上，男人的人生如今就跟行走在黑暗中一样。去年，父母相继离世，未婚妻也离开了他，他成了孑然一身。大概是因为他精神恍惚，无心上班，工作也黄了。更加倒霉的是，他还遭遇了小偷。手头剩的钱估计这两天就会彻底花光吧。

“可恶！我以后该怎么办呢?！”

一股烦躁之情涌上心头，男人无处发泄，一脚踢向路边的垃圾桶。他并没有多用力，垃圾桶却发出一声沉闷的声响，滚落在道路上。不知是垃圾回收车忘记了回收，还是懒惰的居民在回收时间过后才丢垃圾，只见一堆破烂儿从里面撒了出来。

“唉，我真是任何时候都不走运啊！”

他心烦意乱，但此刻油然而生的激烈情绪却又转瞬即逝，取而代之的是一股“无力感”。

有一瞬间，他想直接离开。但是，懦弱的男人最终没有这么做，而是乖乖将撒出来的垃圾一一捡回去。几天后自己或许就会横尸街头，现在却还在捡垃圾。男人只能无力地嘲笑这样的自己。就在这时，他伸出去的手冷不防地停了下来。他不由得屏住呼吸，目不转睛地盯着地上的东西。在男人视线的尽头，是一盏仿佛来自《一千零一夜》的金色油灯。

“是孩子的玩具吗？不过做得还真精致啊！”

男人停下捡垃圾的手，将那盏油灯捡了起来。

他曾经在图画书中见过好几次这样的油灯，但还是第一次亲眼看见。

“在图画书里，是不是摩擦一下油灯，面前就会出现一个精灵？”

男人回忆起童年往事，脸上久违地露出笑容。虽然他不能回到相信魔法的童年，但是，面对这盏小时候憧憬过的油灯，他不由得用双手摩擦了一下。

男人心口蓦地一跳，险些打翻手中的油灯。只见一缕白烟缓缓从灯嘴升上半空。

男人突然有些害怕，忙将油灯扔了出去。虽然油灯被他狠狠地扔在了路上，但那缕白烟却没有消失。不光如此，白烟还越来越多，逐渐将他包围——在白茫茫的视野里，缓缓出现了一个轻轻摇晃的人影。

“你、你是谁?！”

“是您在召唤我吧？主人。”

一个粗犷的嗓音回答着男人的问题。一双仿佛有魔力的宝石一般的黑眼睛，目不转睛地注视着男人。在烟雾尽头看到这个出乎意料的人影，男人不禁惊讶地张大嘴巴。

那是一个格外魁梧的男人。人？不，他明显不是人。此时已是隆冬，他却只穿了一条宽松的阿拉伯风格的裤子，上半身什么也没穿。而且，他的腿宛如幽灵一般，从上到下越来越细、越来越透明，最终与灯嘴连在一起。正是《一千零一夜》中的精灵形象！

“主人，您可以命令我为您实现一个心愿。”

与他野蛮的外表相反，他低下头说话时如管家般恭敬。男人恍然回过神来。他无法相信眼前的现实，掐了一下自己的脸颊。好疼！自己现在好像并不是在做梦。

“我应该不是出现幻觉了吧？你真的能替我实现心愿吗？”

“是的。我能为您实现任何心愿，但只能实现一个。”

看到精灵郑重地点头，男人不禁对着天空举起拳头。

这一年中他一直厄运缠身，不仅失去了工作，还失去了家和关心自己的人，剩下的只有一条命。连这条命他都觉得不受自己掌控。但是，上天并没有抛弃自己，竟然给了他这样一个逆转人生的机会。

“主人，我离开油灯的时间有限，所以请您尽快决定心愿。”

“啊，噢……好的，等我想想。”

精灵目不转睛地注视着陷入沉思的男人。男人足足烦恼了十分钟，终于想到了一个答案。

“我决定了，我要钱！虽然生命更重要，但如果在不幸中活下去，那么能得到的就只有痛苦。大部分痛苦都能用钱来解决。可是如果决定具体的金额，万一被偷就糟糕了。所以……对！我要一辈子都花不完的钱！”

“您确定吗？”

“是啊，当然确定了！”

“那就是小事一桩了。”

精灵在胸前合掌。等到他张开手的时候，掌心已经躺着厚厚一摞钞票。

“主人，请收下吧。”

男人双目放光地接过钞票数了数。一万日元的钞票，正好有一百张，一共一百万日元。对于现在的他而言是一笔巨款。但是，跟男人的期待相比，这只是一笔小钱。精灵肯定会继续拿出更多的一百万日元吧。

男人期待地将手伸到精灵面前。精灵却没有动。男人愤怒地瞪着精灵。

“我说的是‘我要一辈子都花不完的钱’！这么点儿钱，稍微玩儿一下就花光了。剩下的钱呢？难道你根本没有可以实现我心愿的能力？”

精灵有些意外地皱起眉头。

“这种废纸，我想变出多少就能变出多少。可是，您刚刚说的是‘我要一辈子都花不完的钱’。所以，刚刚我给您的这些，应该已经够您花了。”

男人的脸上顿时失去了血色。

“等等！我的寿命难道这么短，连花完一百万日元的时间都没有吗？！”

“我不能回答您的问题，因为我已经实现了您的心愿。”

“求求你告诉我吧！”

男人对着精灵哀求。但是，精灵却一言未发。在男人伸出的手的前方，精灵庞大的身体逐渐透明。最终，油灯“哐当”一声，滚落到路中央。

男人捡起油灯，在它的侧面摩擦了无数次，可精灵再也没有出现，男人一边哭一边不断地摩擦油灯。

十年后——男人还活着。非但如此，他还积累了巨额财富，成了这座城市最有钱的人。从某一天起，这个曾经放弃生命的男人开始对生命有眷恋了。

“把这一百万日元用完的话，我生命的灯火肯定就要熄灭了——”

男人想到这里，便将精灵给的钱严格地存在金库里。为了不动用这笔钱，他开始拼命地工作、赚钱。

与此同时，他把消费控制在最低限度，始终过着朴素的生活。虽然人生很无聊，但是远远好过失去生命。

今天，他终于可以歇一口气了。他已经辛勤工作了十年。

“攒了这么多财富，我应该暂时不会死吧？”

男人这么想着，悠闲地回顾起迄今为止的人生……这时，他突然意识到，自己对精灵许下的愿望是“一辈子都花不完的钱”。

哪怕现在他突然死了，与这个愿望也并不矛盾。

哪怕他拥有再多钱，不，哪怕他没有这么多钱，也与“死亡”到来的时间无关。死亡会平等地来到所有人面前。而且，没有任何人知道它何时会来。

这与精灵的力量无关。他一直过于在乎精灵的魔法，却过着乏善可陈、平平无奇的人生。但是，毋庸置疑，正是因为与精灵的相遇，他才再次获得了活下去的力量。

男人将钞票从金库里取出来，把它们付之一炬。然后，他放声大笑。可是，那笑声听上去却又像是哭声。

原作：欧美短篇故事

改编：麻希一树

5分钟后意外结局系列

黑色幽默

日本学研株式会社编辑部　编
玄承智　译

中信出版集团 | 北京

图书在版编目（CIP）数据

黑色幽默 / 日本学研株式会社编辑部编；玄承智译
. -- 北京：中信出版社，2021.1
（5 分钟后意外结局系列）
ISBN 978-7-5217-2363-2

Ⅰ. ①黑… Ⅱ. ①日… ②玄… Ⅲ. ①短篇小说－小说集－日本－现代 Ⅳ. ① I313.45

中国版本图书馆 CIP 数据核字（2020）第 206051 号

Gofungo ni igai na ketsumatsu_Kuroi humor

黑色幽默
（5分钟后意外结局系列）

编　　者：日本学研株式会社编辑部
译　　者：玄承智
出版发行：中信出版集团股份有限公司
（北京市朝阳区惠新东街甲4号富盛大厦2座　邮编　100029）
承 印 者：北京楠萍印刷有限公司

开　　本：787mm × 1092mm　1/32　　印　　张：6.5　　字　　数：80千字
版　　次：2021年1月第1版　　印　　次：2021年1月第1次印刷
京权图字：01－2020－6599
书　　号：ISBN 978－7－5217－2363－2
定　　价：128.00元（全五册）

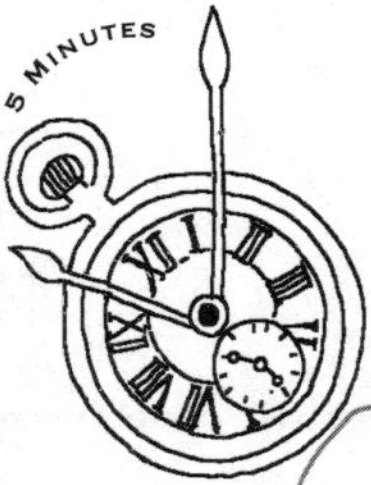

本书除了部分原创作品之外，还改编并收录了流传于世界各地的小故事、都市传奇、小说名篇、日本古典落语等等。此外，为了便于读者在短时间内掌握故事概要，本书对一些经典小说进行了改编。

目录

神父与死囚

荒无人迹的沙漠中有一处围墙高筑的监狱，狱长最近正因新收监的一名死囚而烦恼不已。这名罪行累累的男人，名叫托尼。

他的死刑判决已是板上钉钉，不可能再更改。托尼在监狱中，一直处于一种自暴自弃的状态。

“反正我也要死了！做什么不都无所谓吗？！”

从牢房里伸手抓住来送饭的看守员，试图揍他一顿，这是托尼常干的事。同样，他对前来调解的看守员也同样激烈地反抗，完全不知悔改。即便罚他连着好几天蹲在单人牢房里，他也丝毫没有反省，总是在监狱里惹是生非。在强调秩序的监狱里，从看守员到狱长，都对他头疼不已。

就在这时，狱长听说了一位神父的事。据说，他常年供奉神灵，教诲之语非常管用，再穷凶极恶的犯人，听完他的话都能改过自新。

狱长仿佛抓住救命稻草一般，决定立即邀请这名神父前来。听完狱长的讲述后，年迈的神父说道：

“明白了。要是您觉得可以的话，就让我跟那位名叫托尼的死刑犯聊一聊吧。”

目送神父手持《圣经》离去的背影，狱长兀自半信半疑。

无论怎样说教，那人都听不进去吧。毕竟他是死刑犯。面对即将来临、无处躲避的死亡，究竟说什么才能让他老实下来呢?

在看守的引导下，神父来到了单独囚禁托尼的牢房。

“你是谁?！都这时候了，神父要跟我说些什么呢?！滚出去！”

托尼的吼叫声从紧闭的牢房内传了出来。看守也跟狱长一样半信半疑，觉得不管说神父什么，肯定都对他不起作用。

但是，就在神父进入牢房后几分钟，托尼的吼叫声便再没响起过。

不一会儿，神父面色平和地走了出来。

“我跟他先简单地寒暄了一下。现在，应该不必把他再关在单独的牢房里了。下周我会再过来跟他聊一聊。”

说罢，神父便离开了监狱。

果然如神父所言，托尼仿佛变了个人似的，跟以往表现得完全不同。他不再蛮横无理地纠缠看守员，甚至也不再跟其他的犯人发生争斗，该起床的时候就起床，该睡觉的时候就老实地睡觉。第二周，神父又来到监狱时，狱长对他说道：

“神父先生，您该不会是跟他说，只要好好表现就可以免除死刑吧？您要知道，这是不可能的。他罪大恶极，无论如何都必须处以死刑。”

神父笑着回答说：

“我不可能那么说的。何况，托尼也不会相信吧？”

确实，神父说得没错。接着，他便留下狱长独自在一旁纳闷儿，径自朝托尼的牢房走去。

跟上次的牢房不同，这次，托尼跟神父来到专门为他们聊天准备的一间牢房里。在这里，托尼依然安静地听神父布道，甚至自己翻开《圣经》，阅读上面所写的内容。

在玻璃窗外目睹这一切的狱长，不禁陷入了沉思：

“看来，似乎就连一向难搞的托尼，也因神父先生的布道而洗心革面了啊！”

接下来一连两周，神父都一如既往地来到监狱。第三周，给托尼执行死刑的日子就要到了。最后一次见面时，托尼也表现得十分听话。

终于，执行当天，托尼在左右两旁的监狱看守的押解下，来到了电击椅所在的房间。但是，他的表情中没有任何恐惧，甚至浮现出一丝笑容。

“或许他是对自己犯下的罪行深感悔悟，决心下辈子重新做人了吧。”

监狱看守看到眼前的这一切，竟然有一丝感动。最后，直到托尼戴上面罩前的那一刻，他都面带微笑。

死刑在肃穆的氛围中执行，托尼用自己的生命赎清了自己的罪。

刚才还在担心托尼看到电击椅会再次激动的狱长，此时终于舒了一口气，向神父认真地问道：

“您究竟跟托尼说了什么，才让他老实下来的呢？”

听见狱长这么问，神父回答道：

“我给了他‘希望’。不论身处怎样绝望的境地，人只要有了‘希望’，内心就会得到平静。”

神父微微点了点头，接着便像第一次来这里时一样，面色平静地离开了。

神父前往的，是另外一所监狱。原来，他又接到新的委托，希望他能帮忙管教一下跟托尼一样自暴自弃、惹是生非的囚犯。

看守把他带入单人牢房后，神父对冲着自己骂个不停的犯人小声说道：

“安静点！听着，上头正在想办法把你救出来。”

接着，神父将《圣经》摊开，放在已经惊讶到说不出话的犯人面前。里面夹着一张小纸条，上面写着：

“计划已经启动。我来这儿就是证明，在救你出去之前，你一定要低调行事。”

接下来神父每次来见那名囚犯，都将《圣经》里夹带的纸条给他看一下。

“计划非常顺利，离成功不远了。”

“营救行动是在死刑执行当天进行。一切都已安排妥当，等你坐到电击椅上后，就可以重获自由了。要是你轻举妄动，被人察觉的话，就功亏一篑了。记住，要麻痹他们。”

不久后的死刑执行日，犯人脸上挂着充满希望的笑容，坐上了电击椅。

原作：欧美短篇故事

改编：小林良介

手术的不安

拉尔夫感到非常不安，以至于几乎要喘不上气来了。明天就要做手术了。

据医生说，这并不是危及性命的大病。而且，由于发现得比较及时，病情并没有恶化，手术也并不复杂，医生甚至还对他说："你真是幸运啊！"

即便如此，拉尔夫还是放心不下。这是他 35 年的人生中，第一次做手术。第一次在身上动刀，他会担心也是理所当然的吧。

但是，让拉尔夫感到如此不安的原因，不仅仅是这些。手术定了下来，入院后，他明显地感受到一种奇怪的氛围笼罩着自己。

似乎，大家都在隐瞒着什么重要的事情。

拉尔夫询问妻子跟父母，他们都说是自己想多了。从他们的眼神来看，他们似乎并没有说谎。

但是护士们却不一样。每当他向他们倾诉对手术的忧虑，护士们就会笑着安慰他说没事儿的。但他总觉得他们好像是在隐瞒什么。他偶尔还能看到护士们望着自己这边窃窃私语。

拉尔夫无论如何也放心不下，于是他要求和医生再好好谈谈。但护士忙安抚道："我们医院配备了最新的设备，请您放心！无论出现什么情况，我们都能迅速应对的。"

虽然听到这句话的一瞬间松了一口气，但好好想想，这不就是暗示会有什么事情发生吗?

经验丰富的护士嘴很紧，根本问不出什么。要是逮着新人追问下去，他们又会委屈得哭出来，找机会夺路而逃。

其实自己得了很严重的病吧?而且是那种世界上罕见的病例吧……拉尔夫更加担心了。

到了手术的前一天，拉尔夫终于知道了这个不可告人的秘密。

夜里，睡不着觉的拉尔夫翻身下床，在医院里漫无目的地走着。路过护士站时，他无意间看到了护士长。他偷偷地往里看，或许是因为夜深人静，很小的说话声也能清楚地传进耳朵里。于是，拉尔夫就这样知道了事情的真相。

必须赶紧离开这儿，拉尔夫下意识地想。他拔腿就跑，拼尽全力来到了门口大厅。但不知是由于住院期间身体非常虚弱，还是手术前保持空腹，拉尔夫的身体完全不受控制，同时一股困意袭来。

他累得不行，正想坐下来，一位之前见过的护士发现了他。

“拉尔夫先生，出什么事了吗？”

“我要离开这儿！”

“为什么啊？明天可就要做手术了啊。”

“所以才要离开啊！刚才，护士长说‘因为是简单的手术，所以没必要担心，肯定会一切顺利的’。”

“确实是这样的呀，你为什么这么害怕呢？”

“这话不是护士长跟我说的，是跟另外一名医生说的！”

原来，刚刚房间里除了护士长外还有一个人。他就是明天负责手术的年轻医生。

那名医生说：“果然还是很担心。毕竟是第一次做手术……我……只要一紧张，手腕就会抖个不停。”

听了拉尔夫的话，护士语气温和地安慰道：

“没关系的。不是跟您说过吗？不管出现什么情况，我们都会及时应对的。那位医生是这家医院将来的继承人，所以绝对不会出意外的。即使出了任何问题，‘失败’这种事也是不存在的。”

听了护士的话，拉尔夫感觉全身的力气都“哗”的一下流光了。

话说起来，刚才医院在反常的时间安排了注射。现在拉尔夫异常疲倦，连眼睛也睁不开了。

等他再次清醒的时候，手术或许已经结束了吧？

还是说……

原作：欧美短篇故事

改编：桑畑绢子

来不及了！

深夜，哈利的兽医院突然接到一通电话。

“喂，请问有什么事情吗？”

“不得了了，帮帮忙吧！我们家乔治，不小心把不能吃的东西吞下去了，快来啊！”

电话那头传来一个十分慌乱、带着哭腔的声音。哈利为了让对方冷静下来，特意将语调放缓问道：

“乔治是你们养的宠物的名字吗？”

“是的，它是我养的狗，就像我的家人一样！”

“您的名字是？”

“啊，不好意思，我叫霍纳。”

“那霍纳先生，请先把乔治带到我们医院来吧。”

“这……不行的！”

“为什么呢？”

“事实上，乔治吞下去的就是车钥匙。要是不开车，从我们家到不了您那儿。”

现在已经是大半夜，但电话那头希望哈利能马上赶过去。要是一般的兽医，这时候大概都会拒绝吧。不过，哈利是一位有责任感的兽医。毕竟，宠物也是家庭的重要成员。他坚信，挽救它们的生命，就等同于挽救家人的生命。

“行，那我马上过去吧。话说回来，乔治误吞车钥匙，是什么时候的事呢？”

“大概一小时以前。今天晚上，我本来计划和家人一起去海边玩的。我们打算趁着夜里出发，这样就能看到太阳从海平面升起来。所以，大概一小时以前，我就把车钥匙预先放在桌子上了，然后乔治就把它给……”

“误吞下去了……原来如此。”

“是的，帮帮忙吧！刻不容缓了。请尽量快点过来吧！”

“我明白了。那么请把地址告诉我吧。还有一点，以防万一，请记下我的手机号码。要是情况突然恶化了，请马上给我打电话！”

“明白了！”

哈利记下了霍纳的住址，然后告诉了他自己的手机号。接着，他拿起装着手术用具的工具包，急忙赶往霍纳家中。

霍纳已经在家门口等着了。哈利从出租车上下来后，连忙跟着他来到客厅。在房间中央，蹲着一只大型犬。

“这就是乔治吗？”

“是的大夫，情况怎么样？”

哈利观察了一下乔治的瞳孔，并用听诊器为它做了检查。目前来说，乔治还没有什么异常的反应。

“乔治的的确确吞掉了钥匙是吗？”

“是的，我女儿正好看到了。”

既然如此，那就一定不能大意。哈利说道：

“帮忙把乔治的嘴扒开吧。最糟的情况是动手术，但是先试试看能不能从嘴里取出来吧。”

“我知道了。”

霍纳撑着乔治的身体，让他的妻子把乔治的嘴扒开。哈利拿手电向乔治的嘴里照了一下。果然看到喉咙深处，车钥匙正卡在当中。

要是这么下去的话，钥匙就会被彻底吞掉，那就麻烦了。于是，哈利用动物专用的钳子伸进乔治嘴里，打算把钥匙拉出来。

但是，钥匙顶在喉咙内，很难取出来。每次哈利想把钥匙拉出来时，乔治都会发出一阵“呜”的声音，听上去很痛苦。

这样来回几次后，一旁霍纳的女儿哭着喊道：

“别弄了！住手吧。乔治好可怜啊！”

“你说什么呢！”霍纳训斥道。

“这样就要放弃吗？怎么能为这样的事就弃家人于不顾呢！”

女儿哇的一声哭了起来，跑到屋里把自己关了起来。

“不好意思，大夫，请继续吧。”霍纳的妻子说道。

哈利能感受到，无论是霍纳的妻子还是女儿，都在担心乔治。为了不让这一家人失望，他更加卖力地想要把钥匙取出来。

但是，这样尝试了很多次，都没能奏效。这时霍纳说道：

“大夫，这样下去可不是办法，就给乔治实施手术吧。”

或许，只能这样了。但是……哈利说道：

“手术有不确定因素，你们可以接受吗？”

霍纳的妻子望向一旁的丈夫，霍纳像是下定决心般地说道：

“要是现在放弃，可能抢救也来不及了。”

哈利猛地咬了咬嘴唇，从包里取出手术刀。接着，他一边说着“马上就好了，加油啊”，一边准备给乔治注射麻醉剂。

“慢着！”一个声音传来。

霍纳转过身去，只见女儿站在客厅入口处。霍纳生气地训斥道：

“现在正是关键的时候，你别过来！”

“不是这样的，看这个！”

哈利向女儿的右手望去。她手里抓着一个东西，正来回地晃动着。看起来像是车钥匙。

“那……不是车的备用钥匙吗？它不是已经丢了吗？！”

“找到了啊！”

“在哪儿找到的呢？”

“掉到衣橱里面了呀！”

“太好了！”

霍纳连忙放开乔治，走过去抱紧了女儿。哈利责备地说道：

“霍纳先生，请把乔治好好地按住啊。”

这时霍纳回过身，笑着对哈利说道：

“大夫，已经没事了。谢谢了。”

“这是什么意思？”

“就是说已经没必要做手术了。大夫，让您费心了。只要有了这把备用钥匙，我们就能开车了。差一点儿就赶不上看日出了。哎呀，还能赶得上真是太好了！”

手里还拿着注射器的哈利，不可思议地看向霍纳：

“等……等一下，现在还没到放心的时候吧！你给我打电话的时候就说过吧，说乔治就像您的家人一样！”

“啊，您是指乔治吗？不用担心的。我们也会带上乔治一起去的。是吧，乔治？”

“不是这个意思……”

乔治的喉咙里还卡着钥匙啊?！哈利刚想这么说时，乔治的叫声在客厅里回响起来。

“汪、汪！”

因为钥匙卡在喉咙里，它的叫声听起来有些奇怪。乔治摇晃着尾巴，好像它也很期待跟家人一起旅行呢！

原作：欧美短篇故事

改编：吉田顺

窗外

粉刷得洁白明亮的房间里，有一位老人正在睡觉。他大概一个月以前从台阶上摔了下来，不仅摔坏了腰，以前的老毛病也迅速恶化，导致现在没有办法从床上起身。

在枯燥乏味的日子里，老人总是望着窗外，独自叹息打发时间。

之后的某一天，旁边一直空置的床位上，住进来一位少年。

“初次见面，你好啊。”

老人好不容易遇到了可以说话的伴儿，开心不已，满脸微笑着向少年打招呼。但是，少年的回复却充满了戒备。

“你是哪位？”

如此粗鲁的回答方式，让老人一时语塞，不知该说什么才好。少年身边的母亲连忙打圆场道：

“哎呀，裕也，怎么能这么说话呢！太抱歉了。这孩子，他的……眼睛，看不见东西。”

这么一说，老人也察觉到了。难怪他不直视自己，而一直奇怪地盯着房间里某处。

“哪里哪里，是我疏忽大意了。我叫源藏，今后请多多关照。”

“我们要请您多多关照才是。裕也，快打招呼啊！”

尽管被母亲催促，少年依然什么都没说。他“哼”了一声转过脸去，把手里的棒球放到床边之后，就钻进被子里去了。

看着在一旁连连低头致歉的母亲，老人耸了耸肩，表示没往心里去。

几天后。

这天暮色西沉，天空被染成了粉红色。迷迷糊糊快要睡着的老人，突然被一阵响声惊醒。

“哎呀，怎么回事！”

这声音听起来既像是在生气，又像是很无奈。老人起身看了看，只见一只棒球撞到墙上后，咚、咚地滚落到了地上。他叹了口气，把球捡了起来，交回到少年手里。

“你还这么年轻，可不能自暴自弃啊！”

“你，是老人吧？老年人懂什么啊?！我的眼睛已经看不见了！今后可能也得一直活在黑暗的世界里！”

“哦，那你知道已经一只脚踏进棺材里的老人的心情是怎样的吗？”

少年错愕片刻，吸了口气。

“抱歉，我不该说什么老年人之类的话。而且，你也是病人……是我不好。”

少年依旧低着头，向老人道歉。

似乎没想到他会这么坦率地道歉，老人意外地瞪大了眼睛。但这只是一瞬间的事，他很快就像看孙子一样慈祥地望着少年。

“我确实年纪大了，你不用向我道歉。虽然我这身体就跟总出故障的报废品一样，但有一处地方，可是非常灵光呢。你猜是哪里呢？”

“这我怎么会知道呢？”

看到少年立马摇了摇头，老人指着自己的脸说：“这地方啊，就是眼睛。别看我上了岁数，我的眼神还是很好的呢。”

“你这是在挑衅吗？！”

少年一下被激怒了。

“好了好了，”老人拍了拍少年的肩膀，继续说道，“难得我身上还有可以用的地方，我有个提议。在你的眼睛恢复视力以前，我来充当你的眼睛怎么样？”

“什么？这种多余的关心，我可不需要！”

“关心？才不是呢。反正我闲着也是闲着。”

老人笑了笑。少年似乎察觉到一种不容分说的气氛。

“随便你！”

他大吼一声，手里仍旧攥着棒球，用被子把自己蒙了起来。

第二天开始，少年就多了一双“吵闹的眼睛”。

“裕也，裕也，好厉害啊！”

刚吃过午饭，正在少年愣神的时候，一旁的老人突然吵嚷了起来。

“窗外有个像去骨火腿一样胖嘟嘟的男人呢！哎，怎么会?！”

“怎……怎么了?！”

发生什么事了吗？少年一下坐了起来。这时，老人开始鼓起掌来。

“哎呀，真是厉害啊！”

“到底是什么啊？”

“那个男人，以为自己要摔倒了，没想到用自己的肚子顶了一下，又弹了回来。听起来就像这样‘砰、砰、咚’。真是精彩啊！”

“啊，什么东西啊?！”

少年刚要忍不住笑出声来，还是用力憋住了。不过他总觉得有点生气，刚刚居然差点在老人面前笑了。

老人什么都没有说。可到了第二天，老人仍旧望着窗外，进行现场直播。

“裕也，裕也！今天有女孩子在外面吃便当哦。”

“中午嘛，肯定要吃便当的啊！”

“但是啊，那便当居然是褐色的呢。”

“啊？！所以呢？！”

到底是什么便当呢？尽管嘴上那么说，但少年却一脸兴致勃勃。老人继续说道：“啊，有老鹰冲下来了！要撞到便当了！啊，我知道了！那褐色的东西原来都是炸鸡块啊！”

“要这么说的话，应该是‘到嘴的肥肉被夺走了’吧？还有，鸡块都炸成褐色了不要吃，这得是多么喜欢炸鸡块的女孩子啊！”①

少年扑哧笑出声来。他慌忙用手遮挡，还是晚了一步。

“刚才，你笑了吧？”

少年似乎察觉到老人在抿着嘴笑。

“是错觉吧。”

---

① “老鹰夺走了油炸食物”是日本俚语，形容心爱之物被夺走，到手的果实被抢走。——译者注

就在少年转过脸打算重新蒙上被子时，老人大声叫住了他。

“裕也！”

“这次又怎么啦?！难不成乌鸦跟老鹰在天上打起来了吗？”

“不，不是的。我现在看的是房间的角落。”

老人慢慢站起身来的声响，传到了焦躁的少年耳中。

“那里本来什么都没有，突然就出现了一束花，是魔法吗？”

“啊？花吗？”

“门口发现了一束花。要是有人来探病的话也会露面的啊，这是怎么回事呢？啊，花束里面还有张字条呢，上面写着‘抱歉，请振作起来’。”

老人问少年：“你知道这是怎么回事吗？”

“这我怎么可能知道呢！”

少年生气地答道，攥紧棒球，又钻进了被子里。

老人感到十分疑惑，少年虽有所察觉，可他仍旧闭上双眼，没做任何回应。

这天天气异常炎热，让人烦躁不已。

“裕也，裕也！”

“吵死了！今天又怎么啦?！”

见到少年起身，老人用比以往更响亮的声音对他说道：“刚刚窗外有个小学生投出一个很棒的快球！好想让你也看一看啊。”

“为什么想让我看啊?”

“因为你喜欢棒球吧?”

老人这看似明知故问的一句话，让少年不禁心头一震。

“我最讨厌棒球了！”

“为什么呢? 要真是这样，你为什么总是把棒球——”

老人正向少年询问棒球的事，讲到一半时却突然打住了。

“爷爷? 怎么了?”

眼睛要是看不见，这种时候会非常不方便吧。面对不知道发生了什么，只能不断询问的少年，老人高兴地说道：“裕也，今天也出现了一束花呢。”

“花？你是说又有人来送花了吗？”

“嗯，一定是这样的啊。”老人用力点头说道。就在这时，少年朝门口的方向把球用力地扔了过去。

“为什么啊？我才不需要什么花呢！”

胡乱扔出去的球是不可能砸中花的，球撞到墙后又弹了回来。

“裕也，怎么了？”

老人被突然发火的少年吓了一跳，忙担心地问道。

少年一句话也没有说，只是紧紧地咬住自己的嘴唇，垂下了头。他空洞无神的眼睛里，此刻已经满含泪水。

“为什么啊？为什么还要来呢？我都说了那么过分的话！”

伴随着哭喊声，泪水扑簌簌地滑过少年的脸颊，滚落下来。

老人一直注视着少年，过了一会儿慢慢地站了起来，弯腰捡起了地上的棒球和花。

“这束花是你的朋友放在这儿的吧？”

“才不是什么朋友呢！”

“为什么这么说呢？不惦记你的人，是不会每天过来送花的吧？”

老人把棒球放回少年的手里，继续说道：

“可以的话，要不要跟我说说到底发生了什么呢？作为老人，我比裕也经历得更多。没准我能帮上忙呢。”

少年仍旧保持沉默，紧紧攥着手里的球。

“裕也。”

老人叫了一声少年。但少年似乎在同什么战斗一般，一直出神地盯着半空中的某处。随着老人不断呼喊他的名字，裕也似乎再也受不了了，终于开口说道：“……我说了很过分的话。”

“过分的话？”

“是的，可能是世界上最过分的话了。”

说着，少年又将球用力扔到墙上，似乎准备将一直隐瞒的事情说出来。

“当初眼睛突然看不见之后，我每天都很焦躁。那段时间，启太每天都来安慰我，对我说‘你肯定马上就可以打棒球了’。但是，我却对他说‘眼睛看不见倒是有一个好处，就是再也不用看到你这张让人讨厌的脸了’。”

像是要掩藏起过去的自己一样，少年将脸深深地埋进了被子里。

“那个时候，虽然看不见启太的脸，但我知道他一定非常伤心。但我其实不想那样对启太，也没有打算讲那种话……”

少年的万千思绪变成深深悔意，压在稚嫩的肩头，头在被子里越埋越深。就在这时，老人用布满皱纹的手轻轻地抚了抚少年说道：

“没关系的，裕也。你要是觉得自己做错了，就去道一下歉吧。”

“道歉？他肯定不会原谅我的啊！”

“与其担心结果，不如先尝试一下。一切都会好起来的。”

“明知道结果还要……”

少年正打算再次反驳，却没有继续说下去。

爷爷的手让人觉得很舒服。虽然满是皱纹，像枯木一般瘦削，但又强劲有力，每次抚摸他的头，他就像被施了魔法一般，不安的情绪都烟消云散了。

第二天，少年不知道该怎样面对老人，一直缩在被子里。但是，老人却没有什么变化，仍然一如既往、精神十足地向少年讲述自己的所见所闻。

“裕也、裕也，今天也有花啊。哎呀！这会儿窗外有个少年正在向这边挥手呢！”

少年沉默不语，把头埋得更深了。可老人并没有气馁。

“看起来是和裕也年纪相仿的孩子。说不定，他就是启太呢——”

老人正讲到兴头上，突然打住了。

“爷爷？怎么了？”

少年觉得不对劲儿，于是从被子里探出头来。就在这时，老人大喊了一声：“等一下！”

这还是裕也第一次听到老人这么大声说话，下意识地缩起了肩膀。他察觉到，一旁的老人正急急忙忙地站了起来。

“爷爷，这么突然要做什么呢？随便乱动可不行啊！”

“怎么能这么干等着呢！既然这个人都来到这里了，那肯定是启太，没错的！”

“哎？等一下，爷爷！”

老人不顾少年阻拦，从房间里跑了出去。少年慌慌张张地跟了上去。不过，他的眼睛看不见，只能用肩膀抵住墙，循着脚步声慢慢地跟过去。就在这时，走廊的另一头，突然有人叫了一声“裕也”。

那并不是老人，而是一个久违的声音。

“启太？是启太吗？”

裕也走上前去，面前的人虽然没有说话，但却微微点了点头。

“抱歉。我本来没打算让你发现我，只是这位老爷爷……”

虽然看不见对方的脸，但那人肯定又跟以前一样，一副要哭出来的表情吧。裕也朝着声音传来的方向伸出手，一双满是皱纹的手指引着他触摸到了朋友的后背。指尖处启太的脊背微微颤抖。少年将头靠在朋友的肩膀上，耳语般轻声说道：

“启太，对不起。对不起，我说了那些过分的话。我会加油的。好好加油，我一定可以重新看见的。到那时我们再一起打棒球吧……”

最后的话虽没有说完，但这对两人来说已经足够了。裕也的指尖再没有感受到颤抖。这时，启太的手也怯生生地搭了上来。裕也轻轻地点了点头，那双手立即紧紧地抱住了他。

“说好了啊！一定要再一起练习接球！”

“嗯！”

裕也一个劲儿地点头。自打眼睛失明那天起，这是他第一次发自内心地微笑。

两个人相对而笑，仿佛之前的隔阂从未存在过。那双满是皱纹的手用力地抚过两人的头。

“不错！这样就又做回朋友了啊！”

“爷爷，谢谢……”

裕也不好意思地低头道谢。他突然感觉在医院正中央让老人摸头是非常难为情的事，正要推开老人的手。但是，少年并没有碰到老人的手，而是突然感到一股重量压在头上。接着，这股重量慢慢向旁边转移。

“爷爷？你怎么了啊？”

启太在眉头紧皱的裕也面前，大声喊：

“裕也！糟了！爷爷他……”

启太话音未落，就传来重物扑通一声倒地的声音。周围人声嘈杂，但能听到许多人向这边跑来的脚步声。

“爷爷，到底怎么了啊？你要振作啊！”

蹲在地上的裕也，用手试探着摇晃老人的肩膀。然而，老人并没有睁开眼。之后，老人也再没有充当过少年的眼睛了。

第二天，少年的身旁来了“一双新的眼睛”。

“真是一位好心的老爷爷呢。”

启太对裕也说道。裕也“嗯”了一声，又攥起了手里的棒球。无论回想多少次，裕也都觉得那位老爷爷确实十分奇怪。担心他眼睛看不见，自作主张地充当他的眼睛，起劲儿地把看到的事情讲给他听。他明明说了那么多过分的话，他也依然没对自己置之不理。

一股轻柔的风从窗户吹进屋内。裕也朝着窗外，向窗台伸出手去。

原来，他想到老人之前曾跟自己讲述窗外发生的事，而且尽是一些匪夷所思的怪事。

“裕也，你打开窗户不冷吗？没关系吗？”

启太关切地问。裕也微微笑了笑，深吸了一口外面的空气，向朋友问道：

“启太，今天能从窗户看到什么呢？”

“哎？”

朋友吃惊地叫了一声。难不成他又看到了什么奇怪的事？

“你不会要说，今天，长得像去骨火腿一样肥嘟嘟的大叔，被乌鸦袭击什么的吧？”

面对少年的疑问，朋友困惑地挠了挠头。

“到底怎么了？”

在一片寂静中，觉察到不对劲儿的少年继续追问道。启太犹豫了一下，对裕也说道：

“什么都看不见啊。因为，窗户外面是堵墙啊！”

原作：欧美短篇故事
改编：麻希一树

呼风唤雨的少年

阿伦经营着一家自行车铺子，此外还是当地的一支少年棒球队——白虎队的教练。他已经担任这一职位 20 年了。

刚任教练那会儿，白虎队还是支毫不起眼的小队伍，阿伦自己也只是个喜欢棒球的青年。怎样才能让孩子们的实力得以增强呢？在不断地试错过程中，白虎队终于成长为稳居地区大赛前三名的强队。

教导孩子们是非常困难的。首先要多加表扬鼓励，其次，虽说还是孩子，也必须严厉且明确地指出问题。只要阿伦认真地对待孩子们，他们也一定会听从阿伦的指导。

队伍变强的原因，也不全在于阿伦自身的努力，他也从孩子们身上学到很多。

对阿伦来说，最大的骄傲是能作为教练陪伴许多孩子成长。每当回想起这 20 年来指导过的孩子们的面孔，他就会感慨万分。

那是一个晴朗的星期天。争夺少年棒球全国大赛参赛资格的地区决赛，正在如火如荼地进行着。与白虎队对战的，是去年地区大赛的冠军。若不能团结一致全力以赴，队伍是无法获得胜利的。

此外，阿伦觉察到，赛场上还潜伏着干扰比赛进程的妖怪。接下来的比赛正如他所料，过程异常紧张激烈。

比赛进行到最后一轮，对方的进攻刚刚结束。目前白虎队 4 比 5 暂时落后。因此，本轮进攻至关重要。

阿伦决定更换击球手。

这轮，排在第一位的击球手是瑞克。他是个刚成为正式选手没多久的 10 岁少年。尽管瑞克很有天赋，但毕竟经验不足，阿伦对他并没有十足的把握。

比赛进行到现在，他一定很想站在击球区吧。

阿伦也很想成全他。但是，为了队伍获胜，他必须要做出冷静的判断。而且，这对瑞克来说，或许也是一次有意义的经历吧。

今天的比赛，瑞克感觉自己发挥得还不错。当然，球场上的妖怪也出现了，并时不时地影响比赛的进程。有几次失误虽然非常可惜，也只能说是妖怪作祟了。

阿伦把正准备握起球棒的瑞克叫住了。

“瑞克，你到休息区去。让约翰上！”

瑞克一脸不满。

阿伦来到他旁边，看着他说道：“我知道你很不甘心。但为了这次比赛获胜，我们必须得这么做。”

“但是，我想在这儿打出安打，向大家补偿之前的失误。”

“现在先交给你的前辈约翰吧。你还是新人，以后还有很多表现的机会。”

“但是……”

瑞克似乎还是没办法接受。在这种情况下，身为教练和成年人，阿伦必须要把道理明明白白地讲清楚。

“瑞克，听我说，棒球不是一个人的运动，最重要的是团队精神。要是大家不能齐心协力、互相配合，是无法获胜的。明白吗？”

阿伦看着瑞克的眼睛，语气斩钉截铁。瑞克点了点头。看来，他本性还是个懂事的好孩子。

阿伦想起今天发生的事，继续说：“而且，棒球是一项运动，不是打架。你们必须要遵守规则，不能违抗裁判的命令，明白吗？”

瑞克又点了点头。

“那么，当投出了好球，击球手却未击中，或者在一垒上出局，选手应该怎么做呢？”

瑞克稍微考虑了一下，回答说：“老实服从。”

“没错。反抗裁判，或是说对手的坏话都是不可以的。明白了吗？”

瑞克再次点了点头。

“大发脾气，乱扔东西之类，也是绝对不能做的，对不对？”

瑞克脸上露出既不甘心又羞愧的表情，重重地点了点头。

“好的。要是明白了的话，你就到对面去吧，把刚刚说的话，亲口跟你妈妈说明一下好吗？”

跟刚才斩钉截铁的口气相反，阿伦这会儿更像是在跟眼前的小孩儿求助。

瑞克转过身，跑开了。

“妈妈——”

不久，瑞克的妈妈便恶狠狠地瞪着阿伦，气势汹汹地过来了。终于，“妖怪”来了。没错，所谓的妖怪，就是瑞克的妈妈。自从瑞克入队以来，他的妈妈就开始对队伍指手画脚，牢骚不断。

在今天的比赛上，她也一如既往地凡事揪住不放，对裁判、对方选手、自己一方的选手，甚至是阿伦，各种挑剔，四处宣扬她认为的公平正义。

“刚才从哪里看出是好球？明明是坏球，四坏球。裁判，现在马上去医院检查下眼睛！”

“出局？错了吧！我可看到那个一垒上的孩子移动了垒位啊！”

“让我闭嘴？裁判，就是因为你靠不住，我才来这儿说出真相！”

瑞克妈妈的威力超乎想象，比赛好几次不得不暂停，现场气氛异常紧张。

阿伦预料到，如果中途换掉瑞克，他妈妈一定会大发雷霆，甚至可能导致比赛暂停。于是，他只能让瑞克亲自向他妈妈解释，但似乎也没能起到任何作用。

阿伦深切地感受到教育孩子很难。

但是，教育大人，就更难了。

原作：欧美短篇故事
改编：桑畑绢子

游戏的结局

某个大学的博士跟他的助手，为了参加在南非召开的学术会议，坐上了从纽约起飞的航班。说到南非，它位于非洲大陆的最南端。即便是博士一行乘坐的直达航班，也要飞行 15 小时才能到达。

博士刚开始时还读读论文，或看看电影来打发时间，没过几小时就厌倦了。终于，他合上手中的杂志，对旁边一直在听音乐的助手说：

“你要不要一起玩个游戏打发下时间呢？不论是知识问答，还是脑筋急转弯，都可以。我们轮流出题，没回答上来的就算输了，赌注是这样，你输了就给我 5 美元。我输了嘛……算我吃亏，给你 50 美元怎么样？”

助手当即摘下耳机表示赞同。

虽然这笔赌注的金额很有吸引力，但他更觉得这是让一直炫耀自己博学多识的老师出丑的好机会。

“那先请您开始出题吧。”

“嗯，那么……”

博士抱着胳膊思考了一下，决定先从简单的问题开始。

“趁着这次行程，那我就问几个有关接下来要去的南非的问题吧。”

“请随便问。”

“那么，作为探索新航路开端的 1488 年，首先到达好望角的人是谁？”

“是葡萄牙人巴尔托洛梅乌·缪·迪亚士。”助手脱口而出。

“好像太简单了，”博士抱怨了一句，又继续出题，“下个问题。南非历史上第一位黑人总统是——”

“纳尔逊·曼德拉。”助手打断博士，得意扬扬地答道。

博士嘴角一歪，露出故意刁难的表情。他耸了耸肩膀，看着助手深深地叹了口气。

“唉，你啊……我虽然觉得你脑袋转得够快，可也想错了不是吗？你觉得我会出这么简单的问题吗？你要认真听完啊。听好了，我的题目是：纳尔逊·曼德拉作为政治犯时被长期关押，如今被列为世界遗产的地方是哪儿呢？”

沉默了片刻，助手愿赌服输，取出一张 5 美元钞票。博士接过递来的钞票，满意地笑了笑。比起没回答出博士的问题，没法反驳让助手更不甘心。

“你还得多用点功啊！正确答案是罗布恩岛。你既然是学者，这点常识还是要有的啊。那么，接下来该你了。”

此刻，助手的脸上也显现出跟博士一样故意刁难的神色，不过很快就恢复了往常的笑容。

“那么，我就出道脑筋急转弯吧。”

“好。什么问题呢？”

“出生的时候是成人，但死的时候变成孩子的生物是什么呢？”

“这个，是南非的动物吗？”

博士想要点提示。可助手却笑着说“您可不希望我故意让您吧”，一点儿提示也没给。

“要是不知道的话，这回算我赢了怎么样？答案是——”

“等一下！我再稍微想想！”

博士急忙打断助手。要是马上就能猜出来，这游戏也就不好玩儿了。还有一点更重要，虽说是自己提议的，但白白给助手 50 美元，也太气人了。

“好的，那就请您好好考虑一下吧。”

说完后，助手便又戴上耳机，睡着了。而博士这边，虽说不上很困，却实在睡不着。不管是吃饭，还是上厕所，他都一直在想助手出的问题。但即便是往常引以为傲的聪明头脑，也完全没有想出正确答案。

不久，飞机越过赤道，穿过大西洋，终于到达了南非。

“没办法，我认输。答案是什么呢？”

已经熬出黑眼圈的博士，从钱包里取出 10 张 5 美元的钞票，心不甘情不愿地交到助手手里。到底会是什么答案呢？就在博士屏息等待时，助手笑了笑，将 1 张 5 美元的钞票还给了他。

“这……什么意思？”

“这是我输给您的钱啊。按照约定，答不上来的情况，您输我 50 美元，我输您 5 美元对吧？其实，我也回答不出自己提的问题。”

助手说完，当着目瞪口呆的博士的面，将剩下的 45 美元揣进了怀里。

原作：欧美短篇故事
改编：麻希一树

灯神和三个人的愿望

“啊，啊……终于安全了！汤姆！皮特！”

“我在，杰克哥！”

“我也没事。看来，只有我们三个人活下来了啊。”

此刻，映入眼帘的，是一望无际的海面。一座陌生岛屿的海岸线处站着三个人。原来，昨天他们乘坐的船翻了，他们跟其他许多乘客一起被甩进了海里。

三人抓着一扇大门板，相互加油鼓劲儿，拼命挣扎，这才从汹涌的波涛中死里逃生，漂到了岸边。早晨的太阳，异常耀眼。

“这里到底是哪儿呢？”排行老三的皮特问两

个哥哥。

“完全没有任何线索……”老二汤姆说。

“先找找有没有能吃、能喝的东西吧。要是运气够好，没准这岛上还有人住呢！”老大杰克说。

要是真有人住，就有救了吧。为了在岛上生存下去，更准确地说，为了找到能帮助他们活着逃出去的东西，三人分头在岛上搜寻了起来。

“天黑之前，一定要返回这里！”临行之际，杰克特意叮嘱两个弟弟。

日暮时分，三人又在之前落脚的沙滩上聚在了一起。

皮特手里拿着一只装满水的小瓶子。

“哥哥，我在森林深处找到了可以喝的泉水。泉水再加上岛上的水果，我们应该不会饿死了。”

汤姆捡回了一些看上去能吃的果子，以及一把老旧生锈的刀子。

“像是很久以前造的东西。有了这把刀，我们或许可以削木头做木筏。”

老大杰克捉到了几只鸟。

“我设了个陷阱抓住的，这些也勉强能吃吧。不过很遗憾，这座岛看来是座无人岛。眼下我们似乎只能先靠这些东西活下去，以后再找机会向过往的船只求助了。我们必须要团结，只有这样才能一天一天活下去。”

杰克注视着两个弟弟，目光坚定地说道。

“啊，对了……虽说比不上刀子管用，地上还掉了这么个东西。”杰克取下挂在腰带上的一盏破旧的油灯。或许是一直风吹日晒、无人问津的缘故，灯有点脏，但仔细看，会发现油灯通体刻满了细小的文字。

“要是有像油一样能做燃料的东西就好了……”

杰克右手提灯，用左手将灯擦拭了一下。突然，一股烟雾从灯里冒了出来。在目瞪口呆的三人面前，这股烟慢慢地膨胀、变大，幻化成魔神的样子。

魔神目不转睛地看着吓得瘫坐一团的三人，用低沉的声音说：

“我来是为了帮你们实现愿望，每个人，只能许一个愿望。”

这是怎么回事？原以为不如刀子有用的油灯，原来是可以满足任何愿望的神灯！他们还以为再也无法活着离开这儿，没想到却捡到了无与伦比的宝贝！

但是，魔神继续说道：“不过！许下的愿望不可以重复。你们三个人，要分别许不同的心愿。”

杰克、汤姆、皮特三人面面相觑。三个人都只能许一个愿望。杰克鼓起勇气问道：“要是我们许了相同的愿望，会怎么样呢？”

魔神回答说：“如果说了一样的内容，我就把他从头开始吃得骨头渣儿都不剩。”

一心想要回家的杰克，马上接道：

“我想回家！”

下一瞬间，杰克“嗖”的一声，以肉眼无法捕捉到的速度飞到空中，消失不见了。在这座荒无人烟的岛上，除了“想要回家”，还会有别的愿望吗？汤姆也像哥哥一样，一心盼望着回家，但又不能许同样的心愿。他稍微考虑了一下，对魔神说道：

“我想在家里泡澡！”

跟杰克一样，汤姆的身体眨眼间“嗖”地飞向空中，消失了。

岛上只剩下老三皮特。跟两个哥哥一样，皮特也想回家，可他还是不能许下同样的愿望。不过，二哥汤姆给弟弟做了很好的示范。

只要最后能回家就行，看来，只要把愿望的内容稍微修改一下就可以了。

终于，皮特想到一个好办法。如此一来，既可以回家，又不会重复。皮特看着魔神的脸，大声说道：“我想见两个哥哥！”

“嗖”的一声，从大海的另一边，杰克跟汤姆两人，以肉眼不可见的速度飞了回来。

“愿望都已实现！再见！”

说完，魔神便消失了，再也没有出现。

原作：欧美短篇故事

改编：小林良介

失败率 15%

几乎从未生过病的杰西卡，某一天因为身体不舒服，跟公司请假了。

她从早上起床后，就一直感觉身体乏力、头晕目眩。一想到这样根本无法工作，杰西卡便决定在症状恶化前向公司请假。虽然某家医院的医生水平更高，但离她住的地方比较远。以她现在的身体状况，她开车到那里，确实非常危险。所以，杰西卡只得摇摇晃晃地步行前往附近的医院。

这家医院刚开业没多久，粉刷得洁白的候诊室内，满是消毒水的气味。

或许因为临近中午，没有其他病人候诊，杰西卡很快来到了诊室内。

给杰西卡看病的科恩医生——医院的院长——是名 30 多岁的男人，笑容灿烂。据说，他大学毕业后马上去大医院工作，但由于应付不了院内的“等级社会”和复杂的人际关系，于是毅然决然地辞职，下定决心自己开医院。

“您今天觉得哪儿不舒服呢？”

科恩医生微笑着，温和地问道。如此一来，杰西卡完全放松下来，把从早上开始感觉到的症状都说明了一下。医生认真听完她说的每句话，又花了 30 分钟仔仔细细地为她检查过后，开了药方。

“附近有这么好的医院，真是太好了！”

虽然身体依然很乏力，杰西卡仍旧心满意足地回去了。当天喝下医院开的药片后，她安稳地睡着了。但是，过了三天，她的身体却丝毫没有好转。不仅如此，她感觉身体像灌了铅一样沉重，体温也越来越高了。

杰西卡步履艰难地又一次来到医院。科恩医生像上次一样给她仔细地检查过后，为她做了注射治疗。可是，这回也一样完全没起作用。

由于发烧汗流浃背，她夜里醒了好几次。第二天，杰西卡又一次来到科恩医生所在的医院。像往常一样耐心地听完她的说明后，科恩医生笑着说：

“你的症状我清楚了。这样，你回家后先泡一个热水澡，不要擦干身体，然后打开窗户，吹吹风。”

“啊？但是，大夫，要是这么做，我会得肺炎的！”

听到如此过分的治疗方法，杰西卡惊讶地大叫。

“你的病是什么，现在仍旧一点儿也不清楚。但要是肺炎的话，我是知道该怎么治的。”

杰西卡目瞪口呆。突然，她的脑袋一阵眩晕，不知道是因为病情发作，还是医生不合常理的话刺激到了她。她从包里取出手机，打开昨天自己查到的网站，准备跟科恩医生摊牌。

“这是什么？”

在皱着眉头的医生面前，杰西卡用手指敲了敲屏幕最上方的位置。

“这是一个家用医学网站。我的症状跟这个病非常相似，你怎么解释?！”

杰西卡发疯似的追问道。科恩医生为了让杰西卡冷静下来，按住了她的肩膀。

“原来如此，没想过会是这种病。但是你尽管放心，这个病是可以治好的。这种手术我可是做过好几次了呢。”

“别说得这么轻巧！这儿可写着，万一得了这种病，手术的死亡率高达15%啊！15%，也就是说，100个人做手术，就有15个人会死啊！”

“绝对不会有问题的，无论如何请冷静下来。”

“绝对？你凭什么这么说？”

看到杰西卡听不进任何话、愁眉不展的样子，科恩医生温和地笑着说：

“失败率是15%，也就是100个人里有15个人。碰巧，迄今为止这种手术我一共做过15场。并且，手术全都失败了。所以，按照概率，接下来的这85%，肯定都会成功的，不是吗？”

原作：欧美短篇故事
改编：麻希一树

唯一在意的地方

明年即将 30 岁的琼斯，虽然年轻，却已是华尔街声名远扬的股票经纪人。关于股票价格上涨、下跌的任何一丝波动，他都不会放过。有传言称，只要在他说的节骨眼，买下他指定的股票，你就一定能赚到钱。

不过，琼斯并非靠直觉的人。相反，他非常谨慎，时刻不忘提前做好调查和准备。每天浏览《华尔街日报》等财经报纸自不必说，为了能用股票获利，他付出了种种努力，掌握了种种技能。因此，他被人们叫作“行走的电脑”。

但是，他的能干，并非指调查及准备能力，而在于其广受认可的“行动力”。甚至，他也会参与游走于法律边缘的事。当然，他并没有打算不惜违法也要做成生意。不过，要是太在意这些条条框框，乃至于畏首畏尾，也就难以在这行生存了。对此，周围难免有人说长道短，不过，琼斯仍坚信“自己没有犯法”“自己是正确的”。

就是这样的琼斯，因缘际会，喜欢上了一个女孩。出乎意料，对方是名百老汇的音乐剧女演员。某一天，他应客户的邀请去看一场音乐剧。琼斯对舞台上这个笑容灿烂的女孩一见倾心。

他觉得自己喜欢上了这名女演员。当天晚上，他便开始行动。他打电话给一位在音乐剧领域颇有人脉的朋友，安排好第二天到女演员演出所在的剧场后台见面。对他来说，这是少有的下意识的行动。

快要见到对方时，琼斯一反常态，紧张不已。他跟身处完全不同领域的她，能否顺利交流呢？这点让他惴惴不安。另外，他担心昨天让自己沦陷的灿烂笑容是否只是表演出来的假象。

而对方的确非常友善地接待了前来拜访的琼斯。她抱着琼斯特地准备的玫瑰花束，莞尔一笑。那笑容像春日的阳光一样明媚，温暖了他的内心。

交谈时，琼斯发现她是位对待工作异常认真、为同伴着想的人。比如，有位和她有竞争关系的女演员腿部受伤，似乎无法登台演出时，她拒绝了千载难逢的替身机会，向导演低头恳求：“唱歌的时候，我会在不显眼的地方撑着她的后背，请一定要让她登台表演。”

琼斯完全被温柔的她迷住了，每天工作结束后，他都要去百老汇一趟。不久后，两人开始交往，琼斯甚至认真考虑起结婚的事情。

某天，在一处可以俯瞰曼哈顿夜景的高级餐厅内，琼斯向女演员求婚了。她被琼斯真挚的态度打动，当场便答应了。

当两人公布订婚的消息时，周围的亲朋好友纷纷表示祝福。“能跟像琼斯这样年轻有为的人结婚，真是让人羡慕啊！”她的亲戚朋友一个劲儿地夸赞。“婚纱要选择哪种式样的呢？”大家一起帮她出谋划策。

但是，就在周围所有人都对琼斯的订婚表示祝贺时，只有他的好友托尼出乎意料地说：

“你是怎么了，琼斯?！买股票时那么谨慎筹划的你，居然会这么感情用事！”

被托尼这么一说，琼斯猛然意识到，最近自己仿佛着了魔一般被她迷住，仔细一想，她的家庭情况、成为音乐剧女演员之前的经历，自己还有许多不知道的。虽然自己很爱她，可她毕竟是名演员。她真的打心底里认真地爱着自己吗？还是为了财产故意接近自己呢？如果说一切都是故意表演出来的，也不是毫无可能。琼斯不由得点了点头。就在这时，托尼拍了拍他的肩膀，说道：

“在举办婚礼之前，还来得及。我会拜托一个认识的侦探，帮你调查一下她以前的经历跟背景，放心吧。”

很快，他便代替琼斯，委托私家侦探进行了调查。不过托尼没对侦探提过任何关于琼斯的事。不只是为了保护他的隐私，也不希望侦探产生任何先入为主的想法。

一周后，托尼将从侦探那儿收到的报告交给了琼斯。据说，托尼也没看过报告的内容。

她到底会有哪些不为人知的故事呢？琼斯压抑着因不安、期待而激动的心情，打开了做成三折页的报告。事实上，报告的内容让他非常高兴。关于她的经历，不论是过去还是现在，都没有一点瑕疵。不论是现在与她共事的剧团同事，还是她高中时期的同学，都评价她是“极好的女性”。

原来自己真的没有看走眼。琼斯的嘴角不自觉地上扬，微笑着继续看下去。不过，看完最后一部分，他的笑容却凝固了。

“鉴于以上证言，可以确定她是位诚实、温柔，很不错的女性。但唯一值得在意的是，据说她最近跟一位年轻的股票经纪人订婚了。那名男人只要能从炒股中获利便不择手段，不惜做违法的事。她的朋友们似乎都异口同声地劝她‘这男人非常可疑，跟他的婚事还是再考虑一下比较好’。”

读完报告后，琼斯默不作声地将报告撕碎扔掉了。然后，他在心底暗暗发誓，在两人的婚礼上，绝对不会邀请她的朋友参加。

原作：欧美短篇故事

改编：麻希一树

讨价还价

一个小贩正在四处叫卖高级波斯绒毯。他将货物驮在骆驼背上，在沙漠里行走，从一座城市穿行到另一座城市。这天，他正牵着骆驼走在广袤的沙漠里，迎面走来两个人。一人个子高大、横眉立目；另一人年纪不大，微微发胖。

“呀，正好碰上了。”

高个子的男人，跟商贩搭话：“我正好想买条新的绒毯，能把你这里边最好的毯子给我看看吗？”

看到男人过来亲切地攀谈，商贩回答：

“我说客人，在我所有的毯子里，最推荐的是这条。”

要是往常，自己还得跟路上的行人吆喝，即便这样都不一定卖得出去。今天，居然有人专门找他来买，而且还要最好的。

商贩取出了珍藏的高级绒毯。

“就是这条。”

高个子男人不住地端详毛毯上精致的花纹，赞叹道：“确实是好东西啊！”

好像有戏，商贩敏锐地察觉到。

“在我卖的所有毯子里，这条的质量可是出类拔萃的。”

男人一会儿凑到前面看看，一会儿又隔开一段距离看看，仔细地查看毛毯的质量。看来，这个高个子男人是管事的。另一个人或许只是他的手下，一直沉默地站在旁边。

一通检查过后，男人说道：“就要这个吧。”

商贩满脸笑容，说道：“谢谢。这条绒毯，本来是要 1000 美元，只收你 800 美元就可以了。”

男人听完，惊讶地说道：

“什么，800 美元！太贵了吧？就连我也完全没考虑过要这么多预算。”

什么“就连我”。要是没有预算，就别和我提什么最高级的绒毯。不过，这次难得的机会可不能错过。而且，这种程度的讨价还价，对于做生意来说非常常见。商贩故意露出为难的表情回答道：“这样啊，那这次就为了您，降到600美元吧。”

男人听完，沉思了一会儿后说道：“要是能降到200美元的话，我就考虑考虑。”

“200美元！那可不得了，那样我就亏本了。这样吧，500美元怎么样？”

商贩感觉到这人是个相当强硬的对手。他要是还没决定是否要买，绝不会这么讨价还价。不过，对方一开始就表明了想买的愿望。要是他现在打住的话，自己可能会竹篮打水一场空。

“500美元啊……我也知道这绒毯值这个价钱。但是，很遗憾我手头没这么多钱。”

真是棘手啊！或许高个子也并非真的打算花200美元买。甚至，倒不如说他很享受这种讨价还价的过程。对于这种客人，让他以为“自己占了上风”，才是拿下这单生意的诀窍。

“好吧，明白了。那就给您一个特价，450美元！”

高个子十分顽固。“不，250 美元！”

商贩说：“400 美元！”

纠缠不休的男人，还不死心。

“那 300 美元怎么样？要是可以的话，我马上就买。”

时机到了。商贩决定就以这个价格成交。

“好吧。我可真是服了您哪，那就 300 美元吧。”

交易达成。虽然高个子看起来心满意足，不过这场交易的赢家可不是你。商贩压抑着脱口而出的冲动，在心底放声大笑。

高个子无从知晓商贩的内心想法，慢慢把手从怀里伸出来。但是，他手里握着的不是钱包，而是一把枪。

“那就把那条毯子交出来吧。”

商贩一时没能理解男人的意思，但他很快意识到，两人的真实身份是强盗。但为时已晚，就在他被男人持枪胁迫，身体动弹不得时，另一个微微发胖的男人早已扛起绒毯跑掉了。

“再见啦！”

持枪的高个子男人，也立刻跑掉了。

两个强盗回到了住处。微微发胖的一人，向另一人问道：

“大哥，赶紧抢了不就可以了吗，为什么非要跟他讨价还价呢？难道你一开始真打算买，那家伙不肯降价，这才决定抢的吗？”

大哥望着今天抢到手的绒毯说：“别说傻话。怎么可能真的给他钱呢。”

“大哥真狠啊！先让他高兴，之后再抢走。”

“喂喂，我对他也不错了吧！站在那家伙的立场上想想吧。比起被抢了 1000 美元的东西，现在只不过损失了 300 美元而已。多亏了我的一番交涉，那家伙可是赚了 700 美元呢。”

原作：欧美短篇故事
改编：小林良介

马戏团的驯狮员

安琪第一次看马戏团表演，是在6岁那年的夏天。

小丑和驯兽师们，时而引得观众捧腹大笑，时而让观众提心吊胆。高空秋千、走钢丝、踩球、高空抛物、身体杂技……安琪的眼睛一刻都离不开舞台。

帐篷内如梦似幻的奇异世界，深深地吸引了安琪。即使回到家，她也止不住兴奋的情绪。从那时起，安琪便梦想成为马戏团的一员。

等到18岁时，安琪真的如愿加入了马戏团。

彼时的小安琪，已出落得亭亭玉立。不过，单凭这个她还不能登台表演。她日复一日地刻苦训练，边打下手，边巩固基础。不久，作为驯狮员中的新星，她甫一出道，便一举成名。只要能驯服“百兽之王”狮子，就什么动物都不怕了。安琪之所以选择狮子，就是这个原因。

今天，安琪又站在了帐篷内的舞台上。光泽靓丽的金发、雪白的肌肤、明亮夺目的大眼睛，观众席上欢声四起。

清脆的响指声一起，装着狮子的笼子被运了过来。助手将笼子打开，只见凶猛的狮子踱步到了舞台上。它露出了狰狞的獠牙，发出阵阵咆哮声。安琪没有丝毫畏惧。她啪的一声挥动皮鞭，狮子便像狗一样坐下了。安琪又用皮鞭做出转圈的手势，狮子也跟着在原地转了一个圈。安琪伸出手去时，狮子听话地将前爪稍微伸了出来。

狮子充满幽默感的表演，赢得了一片欢笑声与掌声。这时，安琪突然靠近狮子，在观众的屏息注视下，轻轻地吻了下狮子作为奖赏。

霎时间，欢呼声四起，观众纷纷向安琪报以热烈的掌声。就在这时——

“哼，没什么大不了的嘛！”

观众席里，一个男人大声喊道。一片哗然中，男人继续说道：

“就这个程度的表演，我也可以！”

是喝醉了吗，还是故意找碴儿呢？

不管怎样，驯狮员可不是普通人随随便便就当得了的。

要取得狮子这种猛兽的信任，让它乖乖地表演是非常困难的。一旦失败甚至有丧命的危险。安琪虽在马戏团内资历尚浅，却比谁都要加倍努力。不过，对于马戏来说，比起努力，与生俱来的感染力跟调动气氛的能力更加重要。

马戏团的团长微笑着站在舞台一侧，似乎明白了安琪的想法。

她调整了一下呼吸，朝着那名男人温和地说：

“那么，这位朋友，能请您到这儿来，演示一下吗？”

“噢，没问题。”

男人站了起来，缓缓地来到了舞台上，自信满满地说道：

“那赶紧把狮子关到笼子里吧。”

观众席一阵骚动。许多孩子在问：“这个叔叔是什么意思啊？”男人继续说道：“那只狮子能做到的，我也能做。要是我完成了跟狮子一样的动作，你也能对我做你对狮子做的事吗？”

观众哄堂大笑，甚至不乏鼓掌起哄的声音。

男人一时得逞，露出得意扬扬的神情。

他并非要模仿安琪，而是打算模仿狮子，当然，他的目的是得到安琪的吻作为奖励。安琪没有一丝慌乱，继续微笑着说：“朋友，您要跟狮子做完全一样的动作，对吗？”

“啊，当然了。动物能做的，人也能做。”

“明白了。您要是能做出跟狮子一样的动作，那我也可以对您做对狮子做过的事。”

“好的，没问题！”

男人信心满满，正准备站到安琪面前。

“啊，请等一下。”

安琪用手制止了他。

“表演刚进行到一半。”

安琪打了一个响指，这次一个大铁环被运了过来。助手在铁环上点上了火。转眼之间火圈便做成了。

在熊熊燃烧的火圈旁，安琪用最灿烂的笑容对男人说道：“最后，我会让狮子钻过这个火圈。”

接着，她用手里的皮鞭，用力地抽了一下地面。

男人佯装短暂地思考了一下，很快便露出了一脸苦笑，耷拉着肩膀，回到了自己的座位上。

观众席上爆发出雷鸣般的掌声。

安琪深深地鞠躬，向大家致谢。

作为一名驯狮员，安琪还没遇到过她驯服不了的动物。

原作：欧美短篇故事

改编：桑畑绢子

因打赌失去的东西

那个老人是当地有名的讨厌鬼。之所以惹人厌恶，是因为他跟镇上的人打赌赌赢后，总是把钱尽数卷走。并且他打的那些赌，基本上都对老人有利。

不要跟他打赌就好了，无视他不就好了——虽然这话没错，但并非这么简单。老人是资本家，腰缠万贯。许多人因此来找老人贷款。这时，老人就会顺势提出对自己有利的赌约。结果，本来打算借钱的人，反而被老人把本属于自己的钱夺走了。

老人将从镇上的人那儿搜刮来的钱财，都用来改建自己的房子。对老人来说，他最珍视的，莫过于这座眼见越来越豪华的宅邸。

镇上的人越是有求于老人，老人的房子就越气派。老人的宅邸仿佛以镇上人的穷困为食粮，不断“成长”。

某天，同往常一样，老人正在屋前打扫庭院，这时一个男人过来搭话。

“您打扫得好认真啊。”

“跟你没关系吧？”

老人让人讨厌的，还有这乖僻的性格。男人像是故意挑衅一般，继续说：

“但是，真是好脏的房子啊。这么旧的房子，竟然还每天打扫啊。”

老人被这话惹得火冒三丈，站在男人面前，瞪着眼吼道：

“你说什么！我的房子哪里旧了。这么气派的房子，镇上再找不出第二座！”

但是，男人没有害怕，继续说道：“但是，就是很旧嘛。特别是这门柱之类的地方，感觉我一踢就会倒。”

老人迄今为止，还未受过这样的屈辱。终于，他怒火中烧地喊道：

“你这家伙，到底来这儿有什么事？房子是建了有一定年头了，但也不至于你踢一下就会怎么样吧！赶紧从我面前滚开！”

男人没有退缩。

“不是的，老头！这样的门柱，我只要踢三下，就会从底下咔嗒断掉。”

“怎么可能，真是难缠的家伙！”

老人前一秒还在大发雷霆，突然像想起了什么似的，表情一变说：

“好吧，那就打个赌吧。你现在，就狠狠地踢这门柱。三脚过后，要是你没有踢倒就算我赢，要是倒了就是你赢。”

这个男人体格并非特别强壮，穿的也只是普通的运动鞋。这根由混凝土浇灌、瓷砖铺砌成的坚固门柱，不可能这么容易就断的。

但是，男人毫不胆怯地答应下来。

“赌就赌。赌多少钱呢？”

老人抿嘴一笑。

“100 美元怎么样？其实还可以赌得更高，不过，要是你付不了钱跑了，就不好办了。”

“我会逃跑？别说傻话了。100 美元，就这么定了。另外，有一点，为了能鼓足劲儿踢，我需要说你的坏话。‘不是说绝对不会倒下吗？’这类的话，您得让我过个嘴瘾。”

“随你便。”

就这样，赌约成立。男人来到门柱前面，身体半蹲，摆出要踢的架势。居然答应这么不利于自己的赌约，难道他有什么踢倒门柱的秘诀吗？老人心底难免生疑。这时，男人一边大叫，一边踢起门来。

“你这个臭老头！”

“砰”的一下，发出轻微的响声。门柱纹丝不动。多么没魄力的一脚啊！老人甚至觉得刚才的担心完全是多余的。

“这样的破房子，赶紧坏掉！”

跟刚才一样，门柱依然立在原地。别说断掉了，甚至没有丝毫受损的痕迹。

“这镇上的讨厌鬼，赶紧滚出去吧！”

结果，上面只留下男人的脚印，门柱并没倒塌。

老人笑得前仰后合。

“哇哈哈哈哈！赢了！这场赌约是我赢了！”

就在老人欢欣雀跃时，从稍远一处电线杆的后面，突然出现一个男人，大声地喊道：

“真蠢！可恶，怎么回事！”

这个人似曾相识。原来，他曾来自己这儿借过好几次钱。老人问面前跟自己打赌的男人：

“那个人你认识？”

“不，谈不上认识。只是跟他打了个赌。”

“那家伙，跟你打赌？怎么赌？”

“赌我边大声说你的坏话边踢门柱，要是你看到后生气了就算我输，要是你高兴了就算我赢。顺便说一句，我跟那人赌的是1000美元。他说，被人说坏话，踢心爱的房子，你是不可能高兴的。看来也不是这样嘛！”

说完后，男人从钱包里抽出100美元，交给了老人。

“跟你的赌约，是我输了。”

老人虽然赢了赌约，却觉得失去了什么比钱更重要的东西。

原作：欧美短篇故事
改编：小林良介

八音盒里的骷髅

这个物件是从神户的一家藏在小巷内，充满异域风情的古董店里买到手的。当时，它就被随意地摆放在一座木雕的天使雕塑旁。

有时，即便是男性，也会想要欣赏八音盒的音色。可别笑话我，至少我在某些瞬间会有这样的想法。

于是，我边留意天使雕塑，边慢慢地将它放在手掌心。这时，出人意料的是，期待中的中世纪欧洲古城的庄严的城门恰巧敞开，轻快的音乐声响起。

轻快的节奏、华丽的旋律，身体也不由得摆动起来。真是不错啊！接着，城中出现一个小型的圆形舞台。舞台上的骷髅骨架让我惊讶不已。总共有7个骷髅，他们绕着古城跳着一支奇妙的舞。

他们时而将手高高举起，时而扭动腰部，时而摇晃双脚，这夸张的舞姿不论看多久都不会厌倦。虽然不知道是谁发明的，但想必出自一个很有幽默感的人之手。

我当下就看上了这个八音盒。什么，价格？一个骷髅平均 10 万日元。觉得太夸张了吗？不过，那是因为你没有亲眼见到。我认为，它确实值这个价。

小孩子好不容易得到梦寐以求的玩具，会经常把它放在枕头边上睡觉吧。这回我也算是久违地重温了儿时的体验。好吧，你想笑我的话就笑吧。这的确很难为情。

那晚，我做了个梦。梦里，巨大的城门缓缓打开，骷髅从里面跑了出来，边走边跳。没错，是有关八音盒的梦。第 7 个骷髅向我伸出了手。一股甜美的芳香将我包围，出于礼节，我毫不犹豫地握住了那只手。

就在这时，不知什么原因，一股强劲的力量将我往前拽去。真是难以置信！尽管那些手指只是骨头，还是能区分出男女。当时传来的是女性的触感。

女性的话，得把她向我这边拉，于是我也果断地使出了力气。就是这样一个梦。

别一脸觉得很无聊的样子。第二天早上，“叮”的一声吵醒了我，似乎是微波炉的声音。而且，房间内弥漫着一股类似烤面包的香味。我用力地揉了好几下眼睛，这是发生了什么？我甚至怀疑自己的眼睛出了问题。没想到在我的房间里，居然有个穿着睡衣的女人正在准备早饭！

我简直不敢相信。当然，我并不认识她。很快，她注意到我已经醒了，解答了我的疑问。据她所说，她是在梦里被八音盒抓住封印在了里面，昨天夜里才被我救了出来。我仔细地检查过八音盒，确实只剩 6 个骷髅了。

真是一桩怪事。不过，我因此得以跟这位出色的女性走在了一起。她开朗、浪漫、聪明……抱歉，我一不小心就得意忘形了。

八音盒让古董店收走了。因为他们说过，不论什么时候，都可以按原价收回。虽说由于少了一个骷髅，价格减了 10 万日元，不过这也是理所当然的。

自己的妻子可不是能用 10 万日元来衡量的，自己还是赚大了。当然，我们两人从此过上了幸福的夫妻生活，这就不用多说了吧。抱歉，一不小心又……

不过，前一段时间，我又去那家古董店时发现八音盒再次被卖了出去。让人吃惊的是，里面的骷髅恢复成了 7 个。第 7 个似乎是个小孩。

我猛然想起朋友跟我说的一件事。他还在上小学六年级的女儿半夜失踪后便不见了踪影。我跟妻子商议后决定，无论如何要将朋友的女儿带回这个世界。于是，我再次将那个八音盒买了回来。

我从梦里将她带回不是难事。不过，我认为还是应该由她父亲来出面。因此我来到了那位朋友的家中。

按响门铃后，朋友的妻子来开了门，她的面容非常憔悴。日夜寻女的无力感，从她的脸上一览无余。家里也凌乱不堪，没有一丝人气，寒意逼人。朋友的变化也非常明显，凹陷的眼睛里没有丝毫光彩。

我将八音盒放在桌子上时，两人的表情更失落了几分。包括给女儿买的八音盒，以及其他所有能勾起回忆的东西，他们都已经处理掉了。我深深地感受到夫妻俩的痛苦。

我跟他们讲述了那次不可思议的经历。或许，第 7 个骷髅就是他们的女儿。

夫妻二人的喜悦简直难以形容。终于可以再见到孩子了，两人紧紧地拉着手激动不已。我当然也非常高兴，做了件好事，心里暖暖的。

第二天，我给朋友打电话，可等了很久始终没人接，我心想他们或许是因为庆祝重逢而外出了，可到了晚上还是没有消息。我不由得开始担心。妻子也跟我一样，焦躁不安。我急忙跳上车向朋友家飞奔而去。

按响门铃后仍不见有人来开门。我走到后门口一看，只见落地窗敞开着。真是太粗心了！于是，我从落地窗进入房间。借着月光，我辨认出这是失踪的小女孩的房间。那个八音盒就放在书桌上面。我正要拿起来时，城门开了，骷髅陆续从里面跳了出来。我数了一下，多了 3 个。其中两个是大人，另一个像只小狗。我感到一阵头晕目眩。

朋友曾说:“这样就能见到女儿了。”但我没想到,他说的并不是在这个世界相见。我抿紧了嘴唇。

桌上放着一封信。里面表达了对我的感谢,以及前往另一个世界的决心。

最后,还有这样一段内容:

> 我考虑了下该怎样表达对你的感谢。我记得当时在那家古董店,一个骷髅是10万日元。我们夫妻俩一共是20万日元,这样不知道可不可以。妻子觉得太少了,把养的狗也带上了。能比20万日元稍多一些吧。

这个八音盒,我该怎么办才好呢?直到现在,我还在烦恼。

作者:江坂游

姐姐的担心

今年刚满 10 岁的凯西有个烦恼。并非同班的男生太傻太孩子气，也不是自己的头发看起来有点红。这些对她来说都算不上烦恼，只是稍微有点在意。

凯西打心底里烦恼和担心的事情，是今年刚满 5 岁的弟弟安迪的将来。

在 10 岁的凯西看来，5 岁大的孩子，就跟蛋壳还粘在屁股上的小雏鸡一样。别说 ABC 歌，念到字母表最后一位都做不到。连写自己的名字，都会写得乱七八糟。

对于这样的“生物”，你会明白，不论期待他做什么都是徒劳。但即便如此，凯西最近仍在认真地担心弟弟的大脑发育。事实上，弟弟已经 5 岁了，仍然完全没理解金钱的价值。

凯西的父母都在银行工作。正因如此，凯西跟安迪从小就玩了不少关于钱的游戏。

“安迪，你已经 5 岁了，给你些零花钱吧。从妈妈给你的钱里，选自己喜欢的吧。”

妈妈说完，在安迪面前摆出 1 枚硬币跟 1 张钞票。

25 美分的硬币背面雕着图案，而另一张 1 美元的钞票上，首任总统华盛顿在微笑着。这是在美国最常见的 1 美元钞票。

在 10 岁的凯西看来——哎呀，大多数 5 岁的孩子，在硬币跟钞票之间选哪个更值钱，肯定马上就能分辨。但是，安迪却露出天真无邪的表情，选了 25 美分的硬币。

“安迪啊，你为什么觉得比起钞票来，硬币更好呢？”

“因为这个一闪一闪的更漂亮啊！”

妈妈重重地叹了口气，无言以对。

“听我说，硬币确实很漂亮，妈妈也很喜欢。

但是呢，这种硬币集齐 4 枚才能换 1 张钞票。这样，才可以买安迪最喜欢的巧克力棒呢。巧克力棒正好 1 美元对吧？”

“嗯……是的呢。”

安迪没有在听妈妈说话，用 T 恤的袖子一个劲儿地擦刚刚拿到的硬币。

妈妈试了好几次这个游戏，但安迪最后选的都是硬币。

总是在一旁看着两人的凯西也烦恼不已。他现在还是孩子，似乎没什么关系。但今后如果一直这样的话该怎么办呢？钱对生存来说，是必不可少的东西。现在提前了解它的价值，也是为了日后生存储备必要的知识。

身为姐姐的烦恼无穷无尽，最近凯西一看到弟弟，就会悄悄地叹气。

某天，家人们一起去超市。不是家附近的小商店，而是远在城郊的大型超市。

凯西非常喜欢这家超市。宽敞的店内，整齐的货架上，密密麻麻摆满各类零食，要仰起头才能看到顶层。冷冻食品柜里，上百种冰激凌在向自己招手。

在凯西沉浸在挑选零食的喜悦中时，妈妈问她：

“哎，看到安迪了吗？我还以为他肯定跟你一起在挑零食呢。”

妈妈这么一提醒，凯西才意识到，刚刚还在旁边的安迪消失不见了。

“他不会让人带走了吧？”

“我去找一找！”

为了让妈妈放心，凯西信心满满地说完后，便跑开了。

无论如何，安迪应该还是知道不能跟不认识的人走的。那样的话，弟弟就绝对还在超市里。

结果没多久凯西就找到了安迪。只是，凯西没弄明白弟弟在干什么。因为此刻，他正在收银台前的队伍里排队。

不会算术的安迪到底是要干什么呢？接下来，排到安迪时，他把最喜欢的巧克力棒，跟 1 美元数额的钱，交给了收银的阿姨。他给的并非 1 美元的钞票，而是跟妈妈玩游戏时得的 25 美分硬币，不多不少正好 4 枚。

“安迪，你这不是会数钱吗 ?! ”

看到这一幕的凯西，吃惊地朝弟弟跑了过去。一直担心弟弟不认识钱，原来他已经完全理解了 1 美元的意思。

“看来你终于过关啦！”

一会儿一定要跟妈妈分享这个好消息！凯西刚要松口气，突然脑海中闪过一丝疑虑。

“既然你可以自己到收银台结账了，为什么还总是选 25 美分硬币而不选 1 美元呢? ”

看到姐姐疑惑不解的样子，安迪笑了一下。

“姐姐才没明白钱的重要性吧?！我要是选了 1 美元的钞票，妈妈就会觉得我已经过关了，就不会再做游戏了啊。那样的话，我还怎么能赚零花钱呢? ”

此时，凯西感觉自己的弟弟既有天使一样的笑容，又长着恶魔一样的尾巴。从这天开始，她又有了新的烦恼。

原作：欧美短篇故事
改编：麻希一树

料理账单

在某座城市里，一个男人正饥肠辘辘。由于经济不景气，他丢了工作，身无分文，无家可归。当然，他也没有家人。

“今天的晚饭，该怎么解决呢？能有饭吃吗？”

男人走在一条小巷内，恍惚地看着路边的垃圾箱。因为附近有许多餐馆，垃圾箱内堆满了菜叶子、过期的食材、剩饭等。箱盖上，正在觅食的野猫发出阵阵警惕的叫声。男人耸了耸肩膀，走开了。

由于今天是周末，街道上挤满了人。赴约的女孩，正借着商店的玻璃窗整理自己的发型；一对亲昵的情侣，正手牵着手走进餐馆。

“我贫穷，错不在我，都怪这个不景气的社会。

而且，谁让我的父母也是穷光蛋呢？”

男人知道自己是在乱发脾气。即便这样，他仍然止不住地发牢骚。他的父母虽然生活穷困，还是拼命将他养大。自己的父亲也是出身贫寒。父亲的父亲——男人的爷爷靠借钱度日，没钱上学，最终也没能摆脱贫穷的生活。

“大家伙儿穿着那么漂亮的衣服，到底去吃什么样的东西呢？”

光看看是不用花钱的。在既好奇又嫉妒的复杂的心情的驱使下，他拿起了放在餐厅入口处的菜单。下一秒，男人惊讶地叫出声来。

本店的厨师有信心为各位提供可口的菜肴。不过，万一味道无法满足您的要求，将不会对您收取费用。

为了能向孙辈收取费用，在此之前会继续精进厨艺。

读完写在菜单最下方的这句话后，男人咧嘴

一笑。

“这可真是太好了。也就是说，只要味道不合心意，就不用付钱？这种好事可不能错过啊！”

男人鼓起勇气，推开了门。

这家餐厅，据说是业内有名的老店，室内的装修也非常考究。闪闪发光的枝形吊灯从天花板处垂下，餐桌上清一色平整洁白的桌布。

当看到一行穿着正式的人们在排队时，男人瞬间胆怯，却发现自己并没有被赶出店里。一名服务员走过来，优雅地行礼后，将男人引到靠近窗户的座位旁，跟对待其他客人一样，恭敬地呈上菜单。接着，轮到男人点菜了。

他选作开胃菜的，是之前一直想尝尝的鹅肝酱。用刀切下小块，放入嘴里的一瞬间，鹅肝便似雪一般，在舌尖柔软地化开。一时兴起，男人又点了烤羔羊肉作为主食。接着又点了瓶有点年份的红酒。最后，品尝完淋满浓厚巧克力的熔岩巧克力蛋糕后，男人用餐巾擦了擦嘴。

“客人，您对味道还满意吗？”餐后服务员送来一杯意式浓缩咖啡，问道。岂止是满意，他迄今为止还未品尝过如此美味的料理，今后也未必再能吃到。可要是不小心说了实话，他就得交钱了。

男人咳了一声，一脸为难地看着服务员：“啊——那个……”

“您这儿的料理，谈不上好吃啊。盐放得有点儿多吧？鹅肝跟羔羊肉，都像在海水里泡过一样咸。作为甜点的巧克力也是，吃了这么甜腻的东西，感觉心口跟火烧一样。”

“您的意思是，对本店食物的味道不满意是吗？”

“啊，简单说，是这样的。”

看到男人点头确认，服务员说了句“明白了”之后，便退了下去。

他不会是去叫厨师长了吧。男人担心事情闹大，慌忙站了起来。店内的菜单，也跟店面处一致，上面标有“万一味道无法满足您的要求……”的字样。既然如此，就应该赶紧离开这儿。

跟进来时相反，男人鬼鬼祟祟地正要离开，就在这时，服务员拿着账单来到男人面前。

“客人，失礼了，请您结一下账。”

“你说什么呢？我对菜的味道不满意！要是不喜欢，我就可以不付钱，不是吗？”

男人拼命虚张声势，瞪着面前的服务员。不过，服务员没有丝毫胆怯，他回答道：

“确实如此。今晚，您品尝的部分，就不需要支付了。”

“对吧？那么……”

“但是——”

服务员打断男人，将账单递到他面前。

“这个，不是您，而是您祖父品尝过的料理的账单。您的祖父，在50年前，也在本店跟您点了一样的东西，过后说了一样的感想，都记录在此。”

男人默不作声地取过账单，无声地叹了一口气。账单落款处，50年前的日期旁，正是自己祖父的名字。

原作：欧美短篇故事

改编：麻希一树

口袋里的家伙们

您的心情我能理解，现在请冷静地听我说，可以吗？

事情的起因，缘于生活中再寻常不过的一幕。

一天，同事衣服的口袋内衬从里面翻了出来，我提醒了他一下。

结果，他的样子突然变得奇怪起来。他先是惊讶地瞪大眼睛，接着举止可疑地四下望了望，这才慌慌张张地将口袋整理好。

然而，他并没有对我的提醒表示感谢，而是一言不发地离开了。被人提醒口袋内衬翻出来了，就那么难为情吗？我当时只闪过这个念头，没怎么太在意，目送同事的背影走远了。

那之后过了一段时间，我从公司下班后，走在一段人迹罕至的路上，碰巧看到了之前的那位同事，想着跟他打个招呼，我急忙走上前去。正打算叫他，就在这个瞬间，我听到同事低头在说着什么。

难道他有自言自语的毛病？周围空无一人，还是他在哼歌？

这么想着，突然，我内心涌起一股恶作剧的冲动。为了吓唬他一下，我悄悄地绕到了同事旁边，接着大叫一声揪住了他的肩膀。

真是吓了一跳！不过，被吓到的可不是他，而是我。因为同事的尖叫声简直非比寻常。接着，他下意识地跳到一旁，撞到了墙上。

这反倒让我大吃一惊，再怎么说，惊讶到这种程度也太不正常了吧？该怎么跟他搭话比较好呢？见我一直站在一旁，他终于意识到我在恶作剧，好像稍微冷静了下来。不过，他仍大口喘着粗气，肩膀一上一下地抖动着。

附近的许多居民，从窗户里探出头来查看尖叫声的源头。为了避开他们的视线，我带着同事快步离开了那里。

正打算跟他说话，我突然注意到一件怪事。尽管十分不自然，他一直将右手插在口袋里。更奇怪的是，他还时不时显露出关心的样子。

“刚刚为什么那么吃惊呢？”

这个疑问暂且先放一放，我首先问了最在意的一个问题。

“还不是被你吓的吗？明知故问。”

他的回答看似没什么问题，不过能看出像是在遮掩什么。因此，我试探着问他：

“你刚才跟谁说话呢？”

这话似乎正好击中了他的死穴，我能看出他的身体猛地震了一下，接着整个人陷入沉默。我追问道：

“你口袋里是什么东西？”

这次也似乎抓到了关键之处。他彻底不淡定了，陷入慌乱疑惧的状态中。

看到这种情形，我开始担心起他来。他该不会是吃了什么奇怪的药吧？

“喂，把手从口袋里伸出来吧。藏也没用，我都已经知道了。”

同事稍微犹豫了一下。不过，似乎最终下定了决心，他将手从口袋里伸了出来。

我猛地抓住他的手，把他的拳头一点点掰开。但是，里面什么也没有。

“我不是说过了吗？是你想多了。这下可以松开手了吧。”

同事脸上露出了一丝苦笑。

“不，还不行。你是不是藏在口袋里了？要是什么都没有，我就乖乖地认错。怎么样？”

我又往前站了一步，空气中一下子弥漫着紧张的气氛。

他绷紧的肩膀耷拉了下来。

“不瞒你了，是我输了。我可以告诉你，但你要答应我绝不告诉其他人。”

“那得视情况而定。要是什么危险品的话，我可不会当作没看见的。”

“大概，不是你想的那样。我只是不想让别人知道而已。”

我虽然没办法接受，还是默不作声地点了点头。如果真是什么危险的东西，我也已经做好了违背承诺的心理准备。

他将手伸进口袋里，接着，把口袋的内衬翻了出来。

“是我的错！”

我立刻跟他道歉。毕竟口袋里什么都没有，只是个普通的带刺绣的口袋内衬。我的冷汗直流，自己犯了多么愚蠢的错误啊！

但是，同事继续说道：

“不是的，你再仔细看一下。看这里！”

他用手指了指刺绣的部分。我顺着他指的方向，眯起眼睛仔细观察。刺绣上是人脸的形状，做工非常精巧，看起来十分逼真。

“啊，初次见面。”

突然传来一个声音，我吓得差点瘫坐在地。似乎有人在说话，配合着声音在动的，还有刺绣上的一张嘴。乍一眼看上去，就好像刺绣在说话一样。我本以为是错觉，慌张地四下张望。但是，除了我俩以外并无他人。

“是这边，这边！”

果然，正是刺绣在说话。我虽然不知道这是什么原理，但这肯定是同事在用腹语表演。正当我这么想时，另一边的刺绣开口说话了。

“你好。”

“你好。”

自从第一处刺绣开始说话后，另外两处刺绣也开始自我介绍。

“你，这是……”

竟然不是腹语，我更加迷惑了。

“你知道我为什么不想让别人知道了吧。你刚才是在跟这些人说话。”

要将当前的状况在头脑里理清，需要花费不少时间。

“这些人怎么会在这里？”

“他们好像原本是普通的人类，因为喜欢这里，才在这儿定居。”

怎么可能发生这样的事？这个解释太过荒诞了。

我直接向刺绣本人询问理由。但他跟同事的回答基本相同。这么看来，真的只是因为喜欢，这些人才会住进口袋里的吧。

人类有时会因为一些微不足道的小事而做出出人意料之事。人类的可能性，真的是无法估量的。

“这几位知识非常渊博。我一个人的时候，他们经常陪我聊天。我遇到困难的时候，他们能给我提供切实的指导，我有高兴的事情时他们也会为我高兴。他们真是我非常好的朋友。”

“我们也是一样啊。”

“嗯。”

“是啊。”

他们说完后开心地笑了起来。从谈吐判断，这些人十分有教养。

我开始有点羡慕同事了，也扯出自己的口袋看了下。但是，什么也没有，只有最常见的内衬布料。左侧的口袋、后面的口袋、衬衫胸前的口袋都翻了个遍。但是，我的口袋里别说是刺绣了，连一处污渍都没有找到。

“请无论如何帮我保守秘密啊。”

同事再次强调了一下，确认了四下无人后便笑着走开了。

过了一段时间，我被同事叫了过去。

“还记得那件事吗？”

我不可能会忘记。

“是关于上次的事。虽然比较突然，但我决定去跟那些人一起生活。”

我惊讶不已。

“生活？”

“意思就是去口袋里面。”

“去？怎么去呢？”

“嗯，接下来我会好好想想。但是，我觉得一切会顺利。”同事冷静地说。

由于事发突然，我一时间难以理清思绪。我感觉自己就像被抛弃了一样，不免感到一丝孤单。

“那么，需要拜托你一件事。要是你觉得可以，这条裤子希望你能收下。”

我完全没想到同事居然会对我提这种要求。

“裤子？”

“不，正确地讲，应该是口袋。你要是不喜欢这条裤子，可以把口袋剪下来跟别的衣服缝在一起。我想找你说说话，做个伴儿。不用每天。你要是嫌烦，就偶尔把我们翻出来让我们呼吸下外面的新鲜空气就好。我们可不想落到那些奇怪的家伙手里。这件事情只有你了解情况，所以只能拜托你了啊！”

“请多关照。”

“拜托了。”

“拜托了。”

口袋里的居民也一个接一个地说道。

我考虑了一下，决定接受这一请求。我预感到他们的生活会非常愉快。

“明天，以防万一，还是后天吧，你能来我家里一趟吗？在那之前，我会想办法去那边。”

他说完就将钥匙交给了我。

两天后，我来到同事家里，在那条裤子的口袋里找到了他的身影。

“看来还是挺顺利的。”

为了不让别人发现，从那之后我便小心生活。包括同事在内的四个住在口袋里的居民的生活非常有趣，简直可以说精彩纷呈。

慢慢地，我也开始想要在口袋里定居。

跟同事商量时，我已经难以抑制对口袋世界的向往，等恢复意识后，我已经来到了那边的世界。是的，我还没来得及做各种移居准备，也没有给裤子找好接收方。过了很长一段时间，房东来收拾房间时，看到这条裤子，便把它当作旧衣服给卖掉了。

明白了吗？事情的经过就是这样。这就是我在你的口袋里定居的经过。

事出突然，让你受到惊吓，非常抱歉！我们真诚地希望你能接受我们。

作者：田丸雅智

两封信

商业竞争无论在什么时代都非常残酷。即便是大企业，或者说正因为是大企业，业绩的起伏波动才越发明显。甚至，陷入生死存亡的境地也不稀奇。

公司某位总裁，迄今为止已经带领企业挺过多次危机，总算让公司持续运转。

然而，正是这位总是在行业的激烈竞争中获胜的总裁，已下定决心正式退休。上了岁数之后，他觉察到自己的精力、体力早已大不如前。他判断，只有自己离开，才能让深爱的公司更好地发展。准备离任的当天，他把继任总裁叫到了办公室。

“我准备离开公司了。今后，希望你能带领公司发展壮大。”

“明白，我会全力以赴的。”

看着面前的继任总裁，他从抽屉里取出两封信，说道：

“今后，万一公司遇到危机，请打开第一封信。信里写着帮助企业脱离困境的方法。”

到底写着什么内容呢？虽然内心充满疑虑，继任总裁仍感激地接过了第一封信。总裁继续说道：

“照信里的内容去做，如果还是不起作用，就打开第二封信。那里，有能救你的办法。”

总裁将第二封信递了过去。

“您直到离开前都在为公司考虑，非常感谢。公司的事情就交给我吧，请您放心。”

就这样，总裁留下了两封信，便离任了。

这两封信给了新任总裁底气。虽然他从未打开过信，但他知道果真有事情发生，只要打开信就好了。

也许是因为这两封信，在他成为新任总裁的几年，公司业绩持续攀升。但渐渐地公司陷入经营危机。各大报纸、杂志版面上，满是围绕公司经营的各类恶意传言。向政府官员行贿、做假账粉饰经营状况……真真假假的事情，被人故意用夸张抑或戏谑的笔触渲染。公司的声誉山河日下。

公司可以说已被逼到无可奈何的境地。

困扰不已的现任总裁，想起了上任总裁说过的话，他打开了办公室书桌的一个抽屉，里面正是上任总裁留下的两封信。事到如今，只有靠这两封信了。这里，一定有能帮企业渡过难关的绝妙办法。多年来，一直以杀伐决断著称的上任总裁，应该会留下具体的指示。也许是削减经费的提案，也许是新商品的构思，抑或是最大限度地提高员工工作效率的新组织构想。新任总裁用近乎祈求的心情打开了第一封信。

信上有这样一句话：

“把一切责任都推到我身上。”

当下，总裁便决定召开记者招待会。现场，记者们争先恐后，向他抛来各种犀利的问题。面对所有提问，他都这样回答。

“那是上一任总裁在任时的事，我上任后，绝对没有再……”

“关于那件事，是上一任总裁个人的决定，所以……”

“不，我一点都不知情。都是上一任总裁决定的。”

现在的经营危机，都是上一任总裁造成的。自己今后将会把企业整顿一新，让其发展壮大，新任总裁这样反复强调。他认为，前任总裁既然主动提出这样的建议，就不会过来抱怨。按照信上的建议，他想通过把所有过错都推给上一任，来保全自己跟公司，以撑过眼前的难关。

不出所料，他从没收到上任总裁任何的消息和埋怨。但是，公司的经营状况并未好转，业绩依然持续下跌。再这样下去，历经几任总裁持续经营了几十年的公司，有可能在自己在任时倒闭。无论如何都要避免这种事情发生！

窘迫不堪的现任总裁，最终取出了第二封信。他心想，里面一定写着什么让自己料想不到的建议，它能轻而易举地化解目前的难题。

这次，一定有能指引公司顺利渡过危机的办法。

或许是新业务的推进方式，或是超越竞争对手的方法，又或是将全球经济动向纳入视野的秘密方案。

怀揣着期待与不安交织的复杂心情，现任总裁打开了第二封信。信上，仍然只有一句话：

“你也写两封信。”

过了几天，一个男人被叫到总裁办公室。总裁对男人说道：

“今后，希望你能带领我们公司继续发展。万一公司遇到危机……”

原作：欧美短篇故事

改编：小林良介

冷门马券

老人已从岗位上退休，靠退休金悠闲地生活，现在主要的兴趣爱好就是赛马。话虽如此，他并不是为了赚钱。除了打发闲暇时间，去赛马场买马券，还能顺便活动下身体。

给看中的马匹投上一些钱，有时稍微损失些，有时稍微赚些，这已成为老人的日常。

生活在一起的家人对老人每周末去赛马场的行为非常理解。他们认为老人已经为家庭奉献了这么长时间，晚年赛赛马，悠闲度日就可以了。

这天，老人像往常一样来到了赛马场内。今天是一年一度的德比马赛。不过，老人可不是因为比赛才来的。

“今天是孙子的生日吧。今天的德比马赛，就买跟孙子的生日数字一样的马券吧。”

出发前，老人跟家人这么说。平常他总是在赛马场待到最后一场比赛结束才离开，这天下午因为下起了雨，他决定提早回家。虽然买了主要的德比马赛的马券，老人却并没有看现场比赛。他原本就不是为了赚钱而赛马，所以对于比赛的结果也没有很大的兴趣。回到家后，老人便在沙发上沉沉地睡了过去。

一年一度的德比马赛正在电视里进行实况直播。老人的儿子跟儿媳，一边照顾一岁的孙子，一边在客厅闲聊。

“话说起来，爷爷说今天是孙子的生日，就买了生日的数字呢。”妻子一边叠洗好的衣物，一边对丈夫说道。

“是吗？今天的比赛应该是第一候补会赢，爸爸的马券应该不可能中吧。”丈夫没太关注赛况，边看报纸边随口答道。

结果比赛开始没多久，第一候补的马就开始落后。它的几个强劲对手，速度也总是提升不上去，发挥得不尽如人意。最终，反而是没多少关注度的马匹夺得了比赛的前几名，奖金数额非常大。

“哎，这数字，难道说……”

首先意识到的是丈夫。前两名到达终点的马的号码，跟儿子的生日一模一样。

丈夫打开老人随手放在桌子上的钱包，确认了一下马券的数字。

“这个，了不得了！”

老人买下的马券，中了大奖。奖金高达 100 万美元。

“老公，把爸爸叫起来，快点告诉他吧。”

丈夫正想照妻子说的去做，突然觉得有点不安。

“不，等一下。你知道爸爸心脏不好。要是他突然知道中了大奖，会怎么样呢？”

被丈夫这么一说，妻子也意识到了这一点。这种大奖，老人应该是生平第一次中。万一他太过兴奋，说不定一下子心脏病发作呢。

夫妻俩商量后，决定先找教会的牧师商量该怎么办。牧师跟父亲从小一起长大，和父亲又是很要好的朋友。牧师在电话里了解了事情的经过后，说：

“你们的父亲，虽然性情非常温和，但也有心眼小的一面。要是他知道中了 100 万美元，可能跟你们担心的一样，心脏承受不了。”

“那该怎么办才好呢？”

面对丈夫的疑惑，牧师回答道：

“我有个好主意。不要一下子都告诉他，让他受到惊吓，而是委婉地表述。这件事就交给我吧！”

于是，牧师来到了家里。几十分钟后，老人终于醒了。

“哎呀哎呀，今天怎么过来了啊？”

看到突然登门的牧师，老人打招呼道。旁边是一脸不安的儿子和儿媳。

“你跟我都上了年纪了。”

牧师若无其事地跟老人聊了起来。

“是啊，离去世的日子也不远了，在那之前，我想悠闲地过日子。”

啜了口儿媳准备的红茶，老人回答道。两人有一搭没一搭地聊了一会儿后，牧师进入正题。

“话说，你还在赛马是吗？要是能中的话一定很高兴吧？假如中了100万美元，你会怎么做呢？”

面对牧师的问题，老人回答道：

“反正我所剩的日子也已经不多了，对钱也没有多大兴趣。要是中了100万美元，先给儿子一半，剩下的就都给你吧。只要是为了教会，你想怎么用都可以。”

即使是一半，也有50万美元。听到老人的回答，牧师震惊不已，突然按住自己的胸口，当场倒地。大家慌忙赶去查看时，牧师已经没有了呼吸。

原作：欧美短篇故事
改编：小林良介

历史的进程

某个亚洲国家境内，发现了古代遗迹。当地农民偶然在丛林中发现了一处距今 3000 多年的石造遗迹，至于因何而建无人知晓。

有的学者认为这是座神殿，还有的学者认为这是古代某位国王的陵寝。无论如何，这样重大的发现，不能置之不理。很快，来自世界各地的几支考古团队，被派遣到遗迹所在地。

最先抵达的，是来自某所大学的两支考古队伍。负责接机的当地向导，觉得两支考古队既然来自同一所大学，应该是共同调查，因此安排他们在同一天抵达机场。然而，他未曾想到，下飞机的两支队伍离“同伴”二字相去十万八千里。

“没想到，你们队也会来啊。我还以为你们总是在研究室里，心不在焉地做发掘品的品评会呢。”

负责 A 队伍的博士，看到另一边队伍里的 B 博士后，面色不悦地挖苦道。但是，B 博士并没有发火。他耸了耸肩膀说道：

“你说得对，我们队伍平时待在研究室里的时间比较多。不过，那是因为发掘工作效率高，这才有充分的时间用于研究。跟整天毫无意义地挥舞铁铲、浑身是土的某人可不一样啊！”

“你说什么！”

“算了算了，等一下，你们两个！”

向导赶紧站到眼看就要扭打起来的两位博士中间。

“在这种地方吵架也没有什么意义，还是先去遗迹那儿看看吧。”

向导的提议非常在理，两位博士这才勉强收回了正要伸出去的拳头。

“哼！绝不会输给你们的！找到世纪大发现的是我们！”

A 博士“砰砰”地拍着结实的胸膛扬言道。

“你们也就只能现在还逞强一会儿。一周后的报纸头条等着我们的好消息吧！”B 博士不服输地笑着说。

看着两人剑拔弩张的场面，向导感觉发愁得胃病都快犯了。不久，在他的指引下，到达现场的两支队伍，分别根据两位博士的指示，准备从相反的两个入口进入遗迹。

日出时分，A 队伍从东侧入口进入遗迹内。

遗迹内仿佛残留了几千年以前的空气一般凉意逼人。借助手电筒的光亮，他们小心翼翼地穿过黑漆漆的长廊。不久后，A 队伍来到一处小房间。

“博士，快看！这个，难道是……”

一名助手看到房间内的墙壁后，目瞪口呆，惊讶得说不出话来。看向墙壁的博士，面对这一意料之外的景象，也不由得愣在当场。壁画里，人们拿着某种东西排成一列，应该在举行某种仪式。壁画本身并不稀奇，关键是壁画里最前排的人拿在手里、举到嘴边的那个物体。

“博士！箱子里有这个东西！”

另一位助手递过一根细长的像绳子一样的东西。博士接过后，反复用手检查其表面，嘟囔了一声“果然如此”。

“壁画里的人手里的东西是铜线——绝对没错。3000 年前这里已经在使用电话了！”

第二天的报纸上，A 队伍的考古发现，受到大肆报道。

“古代遗迹内发现电缆！！古代人已经在使用电话！！”

在两支队伍所来自的国家里，新发现也成为热门话题。

A 队伍的发现，仿佛闪电一般击中了 B 队。

“居然被那些人抢先，真是太不应该了！我们可不能就这么认输！”

与 A 队从相反方向进入的 B 队，花了一周时间，将遗迹内部仔仔细细地勘察了一遍。但是，可能是运气不好，也可能是这一侧本来就没什么。不论怎样检查，都没有什么特别的发现。

“博士，很遗憾，这边别说是电话零件了，连一根铜线似乎都没有呢。”

检查完最后的房间后，助手一副眼看就要哭出来的表情，向博士抱怨道。如此一来，自己的队伍就要输给 A 队了。或许是内心的焦急与不甘使得疲劳感一下涌了上来，助手突然垂头丧气起来。博士看到后，从后面拍了拍他的肩膀。

“你好像误会了什么，这就是最好的发现啊。”

“在哪里呢？”

看到愁眉不展的助手，博士咧嘴一笑。

“马上就知道了。我有事情要发表，请叫记者过来。”

第二天，世界各地的报纸上，“又是惊世大发现”的标题跃然纸上。B 博士的照片被大篇幅地刊登在报纸上，一旁附有他的评论：

A 队找到的铜线，是在垃圾箱里。实际上，这个古代文明比想象的还要先进。我们的队伍，在遗迹内什么也没找到。这意味着 3000 年以前他们已经在使用手机了。

原作：欧美短篇故事
改编：麻希一树

头顶生花

这个非常吝啬的男人，被称作“小气兵卫”。他人如其名，非常讨厌花钱。即使大家一起兴致勃勃地去赏花，他也一毛不拔，从早到晚不吃不喝，只是心不在焉地看看花。毕竟，只有赏花是免费的！

不过，人是铁饭是钢，一顿不吃饿得慌。此时，饥肠辘辘的小气兵卫面前，落下了几颗樱桃。原来，早花谢了之后，已经有一些果实成熟了。

“看我找到了什么好东西！”

小气兵卫甚至都没把表面的泥土擦干净，就把樱桃狼吞虎咽地吃了下去。

第二天早上，他在一阵剧烈的头痛中惊醒。到底是怎么回事？是生病了吗？还是有人在睡梦中敲了他的头？他强忍着痛苦，用手摸了摸头顶，感到情况有些不对。

他对着镜子看了看，头顶上竟然长出了奇怪的东西。仔细一瞧，原来是类似枝叶的东西在随风飘动。

“难，难道……”

小气兵卫想起了昨天的事。虽然令人匪夷所思，但除此之外似乎没有别的解释了。看来是因为误食了那几颗樱桃，才导致头上长出枝叶。虽然听上去十分可笑，但一切已成为事实，必须想办法尽快解决。于是，他想让妻子用剪刀把头上的枝叶剪下来。

“喂！无论如何，都要把这东西给我弄下来！”

正当小气兵卫到处寻找妻子的时候，头上的樱桃苗转眼间又长大了不少，等他回过神来，俨然已经长成一棵伟岸的大树了！

“小气兵卫的头上长出樱桃树啦！”

这个消息一时间传播得尽人皆知。

眼看着花季快要结束了，小气兵卫头上的樱桃树，也迎来了盛放。赏花人蜂拥而至，络绎不绝。

“这棵树可真壮观啊！不错不错！”

还有人在小气兵卫的头上开起了宴会，一些针对游客的小货摊儿也陆续出现。

“欢迎光临，欢迎光临，来尝尝美味的米粉团吧！”

虽然已经十分热闹，但人群还是越聚越多。一些人被挤得从头顶滑落下来，还有一些人拿着梯子，顺着耳蜗向上攀爬。

不仅如此。有人甚至在他头顶的角落里挖起了洞，生起火来温酒做饭，这令小气兵卫实在忍无可忍了。

这一切似乎都是开花惹的祸。于是，他开始拼命摇头，想把树上的花全都摇下来。不一会儿，他头上的人全被甩到了地上，一个都不剩。

“难道以后每年的花季都会这样吗？这还了得！”

小气兵卫被折磨得痛苦不堪，便把花匠叫来，请他把樱桃树连根拔起。

“好不容易长成这么一棵奇树，就这么拔掉也太可惜了吧！”

虽然花匠发了些牢骚，但小气兵卫毫不理会。

“别啰唆了，快给我拔掉！”

于是，花匠便按照小气兵卫的要求，把樱桃树连根拔起。由于根扎得太深，头顶上留下了一个巨大的坑。

要是只有这个坑还好，但只要下起大雨，坑里就会积水。于是，小气兵卫似乎又遇到了跟之前一样，甚至比之前还要大的麻烦。不过，他却巧妙地想到了一条省钱之道！

“要是把这些水存下来冲澡，不就省下了去澡堂的钱吗？”

不过，积水慢慢腐坏变臭，滋生了许多蚊虫。而以它们为食的一些鲫鱼、鲤鱼和鲇鱼也开始在水池里安家落户。于是，小气兵卫头顶的水池，又成为著名的垂钓胜地。

很快，许多钓客聚集于此。就跟之前的赏花客一样，大家手持钓鱼竿，络绎不绝地朝小气兵卫的头顶爬去。

“在这儿钓鱼可真有意思啊！”

此时，收获颇丰的钓客们开始吵吵嚷嚷，跟之前一样，一些小货摊儿也陆续出现。

“欢迎光临，欢迎光临，来尝尝美味的年糕小豆汤吧！”

虽然已经十分热闹，但人群还是越聚越多。一些人被挤得从头顶滑落下来，还有一些人拿着梯子，顺着耳蜗向上攀爬，似乎在这儿架梯子比较容易。另外，还有一些掉进水池里的人为了取暖，又开始在小气兵卫的头顶上生火。

这和当初赏花时的情景几乎一模一样，甚至比那时的性质还要恶劣。因为，有不少人把鱼钩挂到了他的鼻孔上；还有人在水池里泛舟，带着艺伎载歌载舞、吃喝玩乐，弄得小气兵卫不得安宁。

小气兵卫不禁叹息起自己悲惨的命运，对头顶上日复一日的吵闹声更是难以忍受。

“与其这么辛苦地活着，还不如一死了之呢！”

于是，他一跃投身于头顶上的水池中，自溺而亡。

原作：古典落语《头顶生花》
改编：小林良介

假如两人一起

有一天，男人乘上了从法国尼斯开往巴黎的列车。可能是工作日白天的原因，乘客出奇地少。即使是六人一间的包厢里，也有不少空座。

一开始，男人朝离车门最近的包厢里望了望。一个商人在里面正襟危坐，西装革履，似乎要在巴黎谈一桩大生意。他一看就是个精明强干的人，一边读着报纸，一边用手扶了扶眼镜。在如此漫长的旅途中，跟这个人坐在一起怎么样呢？恐怕聊的尽是些艰难创业的生意经吧！这样的话，一路上心情别想放松了。想到这儿，男人摇了摇头，又朝旁边的包厢走去。

他朝里面看了看，原来是一位年轻的女士。她看起来似乎是个大学生，正津津有味地读着手中的书。要是把她作为旅伴的话，简直没得挑！他正准备打开包厢的门，半道上又停下了。原来，他注意到女生手中的书是柏拉图的《苏格拉底的申辩》，而且似乎是拉丁语的原版书。他原本以为她就是个普通的年轻姑娘，没想到却深藏不露，还想在她面前卖弄一下自己的才学，但恐怕她比自己要高明太多了。于是，他又用力地摇了摇头，朝旁边的一间包厢走去。

它和之前的两个包厢完全不同，里面只有一个非常普通的老人。他端着似乎是从尼斯站买的咖啡，已经昏昏欲睡。男人心满意足地点了点头，用手缓缓地拉开了门。

“您好！请问我能坐在这儿吗？”

看到男人突然出现，老人连忙擦去了嘴角的口水，对他说道：“请进，请进！”不过，到底还是被扰了清梦，老人脸上有一丝不悦的神色。但这也无所谓啦！要是途中没有个说话的伴儿，旅行的乐趣绝对会大打折扣啊！

于是,两人在这个狭小的空间里,面对面地坐着。男人把包放在地上，便和老人聊起天来。

“大爷，您经常去巴黎吗？”

“啊？我吗？”

老人显得有些仓皇失措，捋了捋自己花白的胡子，慢慢悠悠地回答道：

“并不是啊……我在尼斯出生长大，没什么出去的机会。记得上一次去巴黎，都是十年前的事情啦。”

“啊?！这样啊，看来您并不知道如今的巴黎已经变成什么样了吧？”

“是啊，不过我在电视上看到过。”

“既然如此，那我给您讲讲现在的巴黎吧！”

于是，男人兴致勃勃地打开了话匣子。虽然老人非常疲惫，但不好意思拒绝别人友善的帮助，只能默默地点头敷衍。

“时间还早着呢，我把我知道的都跟您说说吧！您可是免费获得了巴黎的旅行指南，真是太幸运啦！”

这对男人来说，是无比美妙的幸福时刻，但对老人来说，却是残酷的阿鼻地狱！

“您知道吗？巴黎这个名字，源于罗马人对住在这里的凯尔特人的称呼‘巴黎希’，意思是乡下人和暴乱者。没想到，巴黎如今竟成为一个时尚之都了……”

男人自信满满地介绍着巴黎的历史。不仅如此，他又渐渐转向了与巴黎相关的其他知识、欧洲历史以及全球金融问题。

他说的这些话题，老人完全不感兴趣，甚至感觉是一种心灵上的煎熬。老人最开始的时候没有拒绝，事到如今，他心中已经对男人充满怨恨。

另一方面，男人居然对老人的疲惫和厌倦毫无察觉，自顾自地高谈阔论。

这种状态如果要持续到巴黎，简直让人无法忍受！老人终于下定决心，朝男人搭话道：

“你跟我说了这么多，十分感谢！你真是知识渊博啊！咱们俩在一起的话，恐怕这世上就没有我们不知道的事情了吧！”

知识渊博——这正是男人最喜欢的形容词。于是，男人兴冲冲地对老人说：

“没错，我的知识储备确实很大！我也这么认为！不过，您刚刚说‘我们俩在一起的话’，这是什么意思啊？难道您有什么特殊的才能吗？”

看着男人满是轻蔑的眼神，老人毫无愠色。相反，他却清了清嗓子，盯着男人的眼睛说道：

“从你跟我说的那么多事情来看，你的确是无所不知的。不过，唯有一点，你不知道自己是一个完全无法体谅他人的傻瓜。幸好，我却知道你是这样一个傻瓜。所以，要是我们俩合在一起的话，那真是无所不知、无所不晓了！”

男人听罢一声不吭，慌慌张张地离开了包厢。

老人一口喝完了手里的咖啡，无奈地耸了耸肩。

原作：欧美短篇故事

改编：麻希一树

万能笔

为了将人类第一次送入太空，某国针对宇宙技术进行了热烈的探讨。

“赌上大国的声誉，我们有使命比其他任何国家都更早地进入太空。”该国总统说道，“我们要在宇宙空间内进行各种实验，并且观测银河系外的星球。”

该国政府出资培养了大批科学家及航天员。正因如此，将第一颗人造卫星发射升空后，仅仅过了十年，该国又成功进行了人类第一次载人航天飞行。

从时间上来看，仅仅是十分钟的太空旅行，但历史意义非同一般。该国举国上下一片欢庆，不少新生儿也取了跟航天员一样的名字，人们都为载人航天事业的进步而欢欣鼓舞。

主张开发宇宙的总统也得意扬扬地向国民宣布：

“如果这样发展下去，我国应该很快就可以建成宇宙空间站。”

但是，他自信满满地推动的宇宙开发计划，却在意想不到的地方遇到了麻烦。问题既不是出在飞船性能上，也不是出在研究经费上，而是谁都不曾想到的地方。在宇宙空间失重状态下，墨水笔很难在纸上写字。

当时还没有电脑，仍旧依赖手写，可如果不能用笔，就不能很好地做记录。再优秀的宇航员，也不可能将宇宙空间内进行的实验成果，都背下来带回地球。

科学家们绞尽脑汁一起商议对策。

如果不能马上研发出能在宇宙空间使用的笔，本国的宇宙开发计划就要就此终止了。而且趁本国研发停滞不前的空当，别国很有可能抢先取得成果。绝对不能让这样的事情发生。

然而，优秀的头脑聚在一起，总能将不可能变为可能。科学家们仅用数年时间——耗费 120 亿美元的经费——终于开发出一支圆珠笔，名曰“万能笔”。这是一支不论是在宇宙的失重空间，还是水里、冰点以下，抑或是液体沸腾的状态下，都能写字的圆珠笔。

该国的国民都在为成功研发圆珠笔的消息而高兴。这样一来便没有阻碍了。不论是宇宙空间站，还是太阳系之外，都可以尽情地探索。而且，科学家们也不用再担心实验结果无法保存了。

一向表情严肃的播音员也露出会心一笑，兴奋地报道有关圆珠笔开发的这则新闻。一个正在看电视新闻的男孩，转头问妈妈：

“妈妈，开发万能笔，真的有必要吗？”

母亲温柔地回答：

“做记录，书写文字，对我们人类的进步来说是非常有必要的。活字印刷术的发明让人类的文明得以传播到全世界。万能笔，或许会成为宇宙时代的‘活字印刷术’也不一定呢。”

男孩听后，还是不明白，又继续追问。不过，这些疑问没能传到专心致志地收看电视新闻的妈妈耳朵里。男孩带着疑问，不知不觉变成在自言自语。

“不用万能笔什么的，用铅笔不就可以了吗？”

男孩说完后，将装有铅笔的笔盒放进书包，去学校了。

这天，就在大人们因为万能笔的研发而高兴不已时，孩子们却始终不明白，这东西有什么神奇之处。

原作：欧美短篇故事

改编：麻希一树

丈夫的心愿

“一眨眼的工夫啊，是吧？”

“多亏了你，我的人生才能过得这么幸福啊。”

这天是夫妻二人结婚三十五周年纪念日，同时他们也迎来了花甲之年，两人决定好好庆祝。平时不常买的高价肉制品、美味的鱼料理、个头不大却装饰精美的蛋糕，以及香槟这些平常在家中难得一见的美食摆满了桌子。

“孩子们也都开始在外面工作了，又回到两个人的生活了啊。”

“是啊，虽然有点舍不得，但我们作为父母的任务已经结束了。接下来，我只想跟你好好地度过余生了。”

一起度过漫长岁月的两人，仍旧十分恩爱。

“你也终于到退休年龄了，之前还一直念叨，这下可以去旅游了。”

“虽然不能太奢侈，但我还是想去趟国外看看。”

借着美食和微醺，两人越聊越有兴致。

“这一路能跟你一起走来，真是太好了！”

“我也是啊。不管多少岁，你都这么美。”丈夫深情地注视着妻子说道。

“你真是，太讨厌了，多难为情啊。”

“有什么不好意思的。你眼角的皱纹，花白的头发，都是我们一路并肩走来的见证不是吗？会有丈夫觉得这不美吗？我觉得现在的你是最美的！”

丈夫再次举起了酒杯，打算跟妻子干杯。就在这时，夫妻两人间闪现一阵耀眼的光芒，接着“砰”的一声，生着小小翅膀，手中举着法杖的不明生物出现在两人面前。

它虽然有人的外形，却明显不是人类。因为，它只有人的手掌大小。尽管觉得难以置信，但夫妻两人凭直觉认为，这绝对就是传说中的精灵。

看到目瞪口呆的两人，精灵开口说道：

“你们夫妻二人，这些年里一直深爱着对方是吗？”

夫妻二人下意识地攥紧了手，眼睛一眨不眨，吃惊地盯着精灵。

“请别这么惊讶，我来是为了帮你们实现愿望。”精灵悬浮在空中，挥动了一下手中的法杖，轻轻地点了点头。看到它如此惹人怜爱的姿态，夫妻两人脸上这才露出了微笑。精灵又继续说道：

“那让我立刻实现你们二人的愿望吧。请一条一条地说出你们的心愿。”

街上，如果有不认识的人突然对你说“可以实现你的愿望”，你十有八九是不会相信的吧。不过，精灵的外形本身，就是最有说服力的凭证。

丈夫注视着妻子，微微点了点头。

“你先来吧，说说看。”

妻子对精灵说道：

“我们打算去旅游。要是真的什么愿望都能实现，就干脆让我们来一次环球旅行吧。”

“轻而易举。”精灵挥了一下法杖，“砰”的一声，妻子手中便多了两张票。这是为期一年的豪华客轮环游世界之旅的船票。

“哇，你看……这不是在做梦！”妻子高兴不已。

接下来轮到丈夫了。一直在想该许什么心愿，在亲眼见证了精灵的力量后，丈夫似乎下定了决心，直到刚刚还一脸深爱妻子的温柔表情已消失不见。

“你，对不住了……但是我，其实还不想变老。我想和更年轻的女人继续生活。”

妻子一开始似乎没听明白丈夫说了些什么，不过很快，她猛然意识到丈夫要许什么愿望了。

“你怎么会……”

对于一心只想许愿的丈夫，妻子令人心碎的嘶哑的喊声，已传不到他的耳朵里。他大声说道：

“我想要比我小 30 岁的年轻妻子！”

听完丈夫的请求，精灵再次挥动法杖。“砰”，剧烈的响声过后丈夫变成了 90 岁。一旁的妻子用冷冷的目光注视着早已身形伛偻的丈夫。

原作：欧美短篇故事
改编：小林良介

要求很多的客人

星期日的下午，咖啡厅里来了一位客人。

这家店最近正在出售烤得松松软软的松饼，一连几日都是门庭若市。到了周日，除了住在附近散步路过的客人，还有特地大老远赶过来手捧杂志的女士，店里更加热闹。不同年龄、性别、职业的人们聚集于此，享受闲暇的时光。不过，其中一位客人，看起来似乎是第一次来。

首先，看不出他到底多大。说他“年轻”，确实有年轻人的样子；说他“年长”，有时候的确略显老态。其次，他的职业也不明。可以肯定他并非普通的公司职员，但具体做什么工作，似乎也很难捉摸。

“客人您好，请这边坐。”

服务生老练地把男人引入座位，并递上菜单。男人略显不耐烦地说道：“我知道要点什么，不用了。”接着便把菜单推了回去。

他似乎并不是熟客啊，为什么用这种口气说话呢？话说回来，可能他在来店里之前，就已经在网上看过本店的菜单了吧！正当服务生疑惑之际，昨天刚刚入职的新员工走上前去，满脸堆笑地跟男人搭话：

“啊，客人您好！我记得您昨天也来了吧？”

男人板着脸，轻轻地点了点头。

服务生恍然大悟，看来他不是第一次来，难怪不用看菜单了。

“感谢您这些天光临本店。今天您要点些什么呢？”

男人随即面无表情地回答：

“给我来一份特价午餐，饮料就上冰咖啡吧。”

服务生记录完毕后，又把订单复述了一遍。男人听后点了点头。于是，服务生准备回到厨房。在这家店里，服务生同时也兼任厨师的工作。他们通过与客人交流，根据对方的喜好做出令客人满意的料理。对这些细枝末节的关注，也是这家店拥有人气的重要原因之一。

正当服务生准备离开的时候，男人叫住了他。

“稍等！我想根据自己的口味，提一些更细致的要求……”

服务生笑着说道：“当然没问题。”于是，他又回到了男人的桌前，做好在订单上修改的准备。男人接着说道：

“首先，我不喜欢软绵绵的松饼，最好能硬得把我的牙硌掉。另外，上面搭配的草莓、蓝莓之类的水果，最好有一半是烂的。焦糖酱的话，我喜欢黑黑的、有些煳味的口感。对了，我的冰咖啡不要凉的。”

服务生已经吃惊得说不出话来。看来，他的直觉没错。从这个男人走进店里之后，他就觉得很不对劲。而且，特价午餐可是本店最有人气的招牌餐，他刚刚所说的简直匪夷所思。

“客人，您刚刚点的那些菜，到底是什么意思啊？”

“没什么，就是字面的意思啊。难道你想说，没有办法满足我提的那些要求吗？”

男人冷冷地看了服务生一眼，不动声色地说道。突然，服务生猛地一怔，没错！这个人肯定是某个餐厅点评网站的秘密调查员！

所谓的秘密调查员，就是假装成一般食客，评价菜品口味和服务水平的人。不过，只是常规点餐的话，根本无法了解这家店真正的实力。因此，据说有些调查员会刻意刁难店家，以观察其临场反应。

按照男人提出的要求，准备这样一道特殊的菜，其实并不难。而且说不定这样做的话，就能收到“可以根据客人需求随机应变”的正面评价。

不过，一味听从客人的需求，就是“服务”的真谛吗？恐怕也并非如此。餐厅也有自己的尊严，为客人提供最美味的料理，不是恪守不变的准则吗？！无论何时都能提供“最美味的料理”的餐厅，才能赢得大众的信赖吧！

想到这儿，服务生坦诚地对男人说道：

“客人，真是非常抱歉。本店无法提供您刚刚所说的那些料理。”

“也就是说，你们真的不能做吗？”男人依旧固执地问道。

“没错，客人！本店实在无法提供这些料理。”

被服务生断然拒绝之后，男人脸上浮现出恶作剧般的坏笑。

“什么？你说没法提供？这就怪了。我昨天来的时候，也说了同样的话，那个新来的店员就能做到啊！”

服务生吃了一惊，顺着男人手指的方向回头看了看。

只见刚刚那个新人，正笑呵呵地在厨房为客人准备午餐。看到她手中托盘的一瞬间，服务生已经完全忘记眼前的一切，全力朝她跑过去。

她所做的特价午餐——几乎有一半已经被烤煳了——根本称不上是薄煎饼。事到如今，服务生才终于明白男人奇怪的点餐要求，以及其中所包含的强烈的不满和抗议。

原作：欧美短篇故事
改编：麻希一树

社长的作风

“缩减一切的无用功，把所有精力放在工作上。有功必赏，有错必惩。这就是我的行事作风。”

威廉·梅森是一家大公司的总裁，公司的业务范围从普通玩具到宇宙研发，几乎无所不包。他在30岁的时候创办了一家小公司，迅速积累了财富，仅用十年时间就成为业界数一数二的人物。

威廉因其独断的行事风格而闻名，没有哪个部下敢给他提意见。胆敢谏言的人——无论意见正确与否——都要做好被开除的准备。此外，他还是一个效率至上主义者，也要求其他员工时刻将此牢记于心。公司纪律严明的程度，甚至可以说跟军队不相上下。

为了宣传威廉卓越的经营之道，电视台对他进行了跟拍采访。

“我的日常活动不会有任何谎言和遮掩，但你们绝不能把摄影素材恶意剪辑播放。”

这就是威廉接受采访的条件。

现在，他正在社长室里接受专访。

“对上司绝对服从，对工作心怀感恩。全天 24 小时，即使已经下班回家，也不能把工作抛到脑后。无论是公司的老人还是菜鸟，都必须严格贯彻这一点。公司全体员工，即便是兼职人员，我敢保证都充分理解了这条社训。”

记者问他：“按您的说法，即使是今天刚入职的新人也不例外吗？”

“当然了！早在实习期间，公司就对他们进行了充分的思想教育。”

记者点了点头说道：“真是了不起啊！”

威廉满意地笑了笑，而这个表情被摄像头精准地抓拍到了。

采访结束之后，威廉前往公司旗下的一家汽车工厂视察。采访团也跟着一同前往。

到达工厂之后，厂长和主要负责人礼数周到地出门迎接。

在巨大的工厂里，机器发出低沉的轰鸣声，正在有规律、无休止地运转着。在附近工作的员工们，动作十分干脆麻利，没有任何多余的动作。

效率确实高啊！威廉十分得意。正当他沉浸于这种满足感之中时，突然听到有人在身后哼着小曲儿。

他转过头来，发现不远处有个年轻小伙儿，正靠着墙悠闲地哼歌。

说他是个少年更加合适，他脸上仍带着不少稚气。看来是个刚刚入职的新人。

虽说这只是子公司的一个工厂，而他也只是流水线上的普通一员，但如果对这种小错误视而不见，就难以避免大错误的发生。而且，如此堂而皇之地消极怠工，也不能说是小错误了吧！虽然周围的人一言不发，但这已经挑战了威廉的底线。

不过，由于摄影机正在拍摄，威廉强忍住把这个小年轻胖揍一顿，抑或把他的上司痛骂一顿的冲动。

要是痛骂下属的视频在电视上流传，大家肯定会把自己当作一个暴力狂，甚至会影响公司的形象。但即便如此，他也不想完全放任不管。他必须要给部下树立一个榜样。

那个年轻人似乎完全没有注意到摄影机的存在。

威廉让记者、摄影师和工厂厂长留在原地，独自一人朝着年轻人走去。接着，他尽量用温和的表情对年轻人说道：

“你叫什么名字？”

“我吗？我叫杰克。”

“多大了？”

“刚刚满 19 岁。”

“哎哟，你还挺年轻的啊。我像你这么大的时候，一边积攒着学费，一边……”

接着，威廉对他讲述了自己的成功史。杰克听罢不由得吃惊得张大了嘴。

“我想你多多少少也听过这个故事吧……”

“不，这可是我第一次听。这实在太了不起了！”

“什么?！”

不可能啊！自己前半生艰辛的奋斗史，本来应该在实习阶段就作为企业哲学重点讲授啊！威廉又强忍住心中的怒火。

“那个……”

威廉正准备开始训话，没想到杰克却突然开口发问。

“怎么了？”

“我可以问个问题吗？”

“嗯。”

“大叔，您到底是谁啊？”

威廉不由得怒上心头。

按规定，每天早上员工都要向他的照片致意。

这家伙居然连老板的脸都记不住……

“你不认识我吗？我可是……”

威廉终于亮明了身份。

如梦方醒的年轻人，吓得不知所措，低下头来默不作声。

“唉，没想到他居然是那么了不起的人！”

年轻人懊恼地挠着头。

当然，威廉完全可以选择放他一马，说不定这会成为他成长的机会。不过，商场如战场，一个小错误往往会对战局造成整体冲击。威廉决心做出一个冷静的判断。

首先，他温和地对年轻人说：“无论多么细枝末节的地方，我都会到现场亲眼看看，就是为了解员工的工作状态。话说回来，你参加工作多久了？”

“两周了。”

“这样啊，你的周薪大概是 400 美元吧？”

“是的，没错。”

“我知道了。这儿是 2000 美元，你拿着吧。”

“啊？真的可以拿吗？”

威廉的脸色突然变得十分冷峻。

“拿了钱之后，你就离开这儿吧！”

“哎，哎，但我还……”

“这儿已经不需要你了。很遗憾，你和我们公司的风格并不搭。”

“虽然您这么说，但……”

此时，杰克内心十分慌乱，眼中甚至满含对威廉的不满和怨恨。

威廉觉得有些出乎意料，眼前的这个年轻人似乎还没意识到问题的严重性。于是，他把厂长和其他负责人叫到跟前。

“社长！”

“你们听到我刚刚的话了吗？快拿 2000 美元给他。”

接着，威廉又朝杰克大吼道：

“你这家伙，再也别踏进这座工厂的大门！”

“不过，社长……”

厂长满脸疑惑，似乎想要表达不同的意见。

威廉的眉毛抽动了一下，似乎非常不快。

他似乎正准备跟自己顶嘴。

威廉努力保持冷静，对厂长说道：

“怎么？你有什么想说的吗？想对我提意见的话，你已经做好觉悟了吗？”

没办法，厂长还是把满肚子的话憋了回去。

“不，社长，我没什么要说的……”

与此同时，杰克却接过2000美元，快步离开了工厂。采访团把刚才发生的这一切，都一五一十地记录了下来。

这段小插曲过后，威廉继续视察工作。视察结束之后，他把工厂的负责人集中叫到会议室。

威廉针对视察过程中发现的种种问题，提出了改进业务的详细意见。最后，他允许大家向自己提问。

其中一位干部问道：

“我想谈谈刚才拿2000美元给杰克的事。为什么非得给他钱不可呢？”

杰克的周薪是400美元，没必要花整整五倍的钱给一个偷懒的人吧？看来，这个干部对钱倒是很严格，在员工教育方面就松懈多了……

“确实，杰克的周薪只有400美元。不过，只给他这点儿钱的话，难保他不会心怀不满，把我们告上法庭。对企业来说，品牌形象可是至关重要的！而且，我可不是小气鬼，不过区区2000美元，根本不用在意！赶走这样一个害群之马，对公司绝对是好事。只花了这么点钱，简直太便宜了吧？！”

“社长，您的意思是，这2000美元就相当于给他的离职补偿吗？”

“是的，没错。”

干部犹豫了一会儿，勉强地挤出一句话：

“社长，但我们没法开除杰克啊！”

“咦？这是为什么？我不是说了要开除他吗，这就是最终决定了！难道那个杰克是哪位政要的儿子吗？”

就凭他那种工作态度，难道没人敢批评他一句话吗？

“即便如此，我说开除就是开除了，不论他是谁的儿子！我的公司不需要养这种吃白食的人！要是有人向你们施压的话，让他直接来找我！”

威廉对着摄影机厉声说道，感觉特别有范儿。这一幕，应该可以成为节目中的名场面！

“社长，并不是这样。那个叫杰克的年轻人，并不是我们公司的员工。他就是个来送新零件的搬运工。我们正准备给他开收据，就让他在厂里稍等片刻。”

一阵沉默之后，威廉赶忙对记者和摄影师说道：

“这段千万要剪掉！要是敢放出来，我要你们好看！”

原作：欧美短篇故事

改编：桑畑绢子

钓鱼

我走到防波堤一端时，发现有人早就到了。简单打过招呼后，我便取出鱼竿开始准备。

“有钓到什么吗？”

把鱼钩放入水中后，我往男人半敞的冷藏箱内窥探了下，跟他攀谈起来。

“没，什么都没有。”男人笑了笑回答道。

“你的冷藏箱里明明就有东西。不会是什么大东西装不下，才要敞着盖子吧？”

“啊，其实是这个……”

男人打开了盖子。我放下鱼竿，刚探过身去一看，便下意识地捏住了鼻子。

“呜哇，怎么回事啊？这么多垃圾。”

“你马上就知道了！看，来了！”

男人的鱼竿猛地一弯。

不过我能看出来，如果上钩的是鱼，竿应该会不停地晃动。如果不是，就说明……

“很遗憾……可能是海藻吧。”

“不对……是这个。”

男人说完，一口气拉起鱼竿，只见鱼竿顶端挂着一个装满垃圾的塑料袋。

“想不到是这种东西……原来如此，从刚才开始就一直这样吗？”

“没错。不过，可不是只有今天才这样。”

看到我吃惊的表情，男人哈哈大笑。

“我只要钓鱼，就总会钓到垃圾。其实，我钓鱼至今，还一次都没钓到过鱼呢。”

“怎么会？”

就在这时，我的鱼竿突然弯了一下。

“咦，好像有什么东西上钩了。”

我小心翼翼地收线，拉动鱼竿。一尾青鲋鱼噗噜噜地跃出了水面。

“这鱼不错嘛，真羡慕啊！”

这时，男人的鱼竿又有东西上钩了。

不过，这次钓上来的是自行车轮胎。

“看吧，就是这样。”男人满不在乎地说。

“不知道为什么，我总是钓到垃圾。一开始，我可吓坏了呢，不过现在我已经习惯了。最近我开始觉得，像这样钓到垃圾也是很有意义的事。多亏有我，海里能变得更干净一些。这么一想，这也不全是坏事呢！”

我被男人的一席话打动，心里又觉得非常过意不去。他是多么了不起的人啊！

“冷藏箱快装不下了，我也差不多该回去了。好，最后再钓一次吧。要是只能钓到垃圾，不如不要带什么冷藏箱，干脆换成垃圾袋就好吧。这样也能带回更多垃圾。不过归根结底，是自尊心不允许吧，毕竟自己是在钓鱼。所以至少在装备上，还是想做做样子的。”

就在这时，男人的鱼竿明显地动了一下，他马上收线。然而，卷线器丝毫没有反应。

“糟了啊，临走前却被绊住了。鱼竿是挂到底下的岩石上了吗？”

话刚说完，一个想法猛然出现在我脑海里。我浑身一激灵。看穿我的想法后，男人说道：

“是的，这也是经常会遇到的情况。鱼竿经常卡住。这我可钓不上来啊，毕竟是地球啊，凭我的力气，无论如何也……”

作者：田丸雅智

遵守约定的售票员

一个男人乘上了一辆卧铺列车。

昨天，他意外发现一个重要的商机，为了赶赴这场重要的谈判，男人专门乘坐了这趟卧铺列车。入职以来，他还是第一次负责这样大型的项目。

可以说，自己能不能晋升，就取决于明天的这场谈判了。必须保证万无一失，绝对不能迟到。他本来打算提前一天乘坐飞机在当地入住，但由于工作原因，他只能乘坐这趟列车了。

哐当——哐当——

对于乘客来说帮助睡眠的列车声响，在男人听来却让人异常烦躁。一想到明天，他就紧张得无法入睡。

男人要去的里昂站，预计黎明前能到达。列车终点站是尼斯站。无论如何，他绝不能在里昂这站坐过站。可越这么想，他便越是睡不着，十分疲倦，却又害怕不小心睡过去。男人觉得十分痛苦难熬。

正在此时，售票员过来检查车票。男人从钱包里抽出车票后，对售票员说：

“嗯，我想拜托您一件事……”

他告诉售票员自己要在里昂站下车，并拜托对方一定要在里昂这站叫醒自己。

“我绝对、绝对不能坐过站。这可是关系到我人生的大事。”

对于乘客反复的叮咛嘱咐，售票员回复说：

“这是我的工作，交给我，请您放心。到了里昂站后，我绝对会叫醒您的。说实话，经常有乘客拜托我，我已经习惯了。”

听到售票员轻松的语气，男人不放心地再次说道：

“要是我没起来，你摇晃也好、拍打也好，总之我必须在里昂这站下车。”

面对男人的一再恳求，售票员用力地点了点头。

“不得已的时候，我就算把您扔到车站，也会让您在里昂站下车的。我这个人，绝对会说话算数的。”

听完售票员这么说后，男人似乎终于放下心来，极度紧张的情绪得到缓解，不一会儿便沉沉地睡去。

第二天清晨，耀眼的阳光照进列车里，男人睁开眼。怎么是早上了？到达里昂站的时间应该是黎明前才对啊……他是在做梦吗？车内的广播声清晰地传入睡眼惺忪的男人耳朵里。

“下一站尼斯，即将到达终点尼斯车站。”

男人吃惊地跳了起来，但一切为时已晚。他一边感叹着自己的失败，对售票员的愤怒也到达了顶点。他气冲冲地来到售票室内。

“到底是怎么回事！”

看到售票员后，男人猛地抓住对方的前襟怒吼道。

“昨天晚上，我那样拜托你，反复地嘱托，还给了你小费。里昂站早就过了，这都到尼斯了！”

售票员看到男人的脸后，一瞬间脸上闪过惊讶的表情，他马上意识到是怎么回事，沉默地听任男人在旁破口大骂。

“怎么这么不负责任，还说是本职工作呢！”

任凭男人各种谩骂，售票员都一言不发。片刻后，等男人骂够了，售票员这才说道：

“确实，对您来说，这次的事情非常不幸。”

非常不幸？轻描淡写就想敷衍过去？！眼看男人再次勃然大怒，售票员赶紧制止对方，继续说道：

“我承认，这一切都是我的错。但是，还有乘客比您更加不幸。您的不幸，相对还轻些。”

居然有比我还不幸的人！

“是谁？你倒是说说看！那家伙跟我什么关系！是我让那家伙不幸了吗?！你搞错了吧！”

售票员目光凝视远方，表情好似想起了过去令人不快的记忆，他说道：

“我说的就是那位睡得正熟的时候，突然被摇晃、拍打，结果在睡梦中就被丢到漆黑的里昂车站的那位乘客。”

他摇了摇低垂的头。

“那位乘客还笑着跟我说过他一大早要在尼斯举办婚礼。可他现在人已不在车上了。本来只要安安稳稳地睡觉，就能平安到达尼斯站的……”

售票员确实遵守了约定。只是，他犯了一个致命的错误：人搞混了。

原作：欧美短篇故事
改编：小林良介

理想的结婚对象

琳达迟迟找不到心仪的结婚对象。她认为自己算是公认的美女，头脑灵光，气质也十分出众，又有幽默感，却不知为何一直跟结婚无缘。

琳达向一位已婚的朋友倾诉自己的烦恼。朋友问琳达：

“你想和什么样的人结婚呢？”

“其实，我的要求并不高啊。性格阳光、温柔就行。除此之外，他要是能熟悉政治、经济，能给我介绍世界上许多地方的风土人情就好啦。要是他能再有点语言天赋、擅长数学、做事认真、年收入在 100 万美元以上……”

“停！”

朋友打断了琳达的话。

“这就是你不能结婚的原因啊！”

“什么意思？”

“你虽然说自己对结婚对象的要求不高，但是我听了你刚刚的话，觉得你其实是要求太高了吧！所以你才结不了婚啊。听好了，婚姻是妥协的产物。如果不放弃一些东西的话，可是无法结婚的啊。”

琳达“嗯”了一声，接着陷入了沉思。朋友见状，以为琳达肯定会改变想法。谁知她不但没有转变想法，还用责备的口气对朋友说道：

“我可不这么认为！毕竟，世界上可是有 70 多亿人口呢。其中一半左右是男性。就算除去孩子、老人、已婚人士，也有差不多 10 亿人呢。既然有这么多男性，我却遇不到理想的结婚对象，我无论如何也不承认是我的要求高。”

“嗯，这么说也不是没有道理……”

实际上，朋友也有相似的疑虑。自己跟现在的老公结婚时就做出过妥协。现在孩子也有了，而自己只是普通的家庭主妇。虽然她刚刚神气地说什么

“婚姻是妥协的产物”，但内心深处其实不愿将就。如果再来一次的话，她希望能跟理想的另一半结婚。

“我懂了。虽然我已经结婚了，但我支持你继续寻找自己的理想型。为了你能找到合适的结婚对象，我也会尽力帮你的！”

“谢谢！”

之后的一段时间，琳达为了找到合适的结婚对象，尝试了各种途径和方法。比如通过亲朋好友的介绍，跟好几位符合条件的男人相亲。此外，每周的名流聚会，她也从没落下。

这段时间，为了提升自己，琳达还努力学习了各种各样的技能。虽然没找到合适的人，但她一点儿都没打算放弃。

就在这时，朋友告诉她，一款超级电脑问世了。它的名字叫迈纳斯，储藏了世界上所有人的数据信息，能够通过不同视角的比较分析，最终帮你找到理想的结婚对象。

朋友接着说道：“开发这款电脑的公司承诺，要是找不到结婚对象，可以无条件返还所有款项。

看来，这回你终于可以脱单啦！”

琳达大喜过望。

“太谢谢啦！那我抓紧去那家公司看看吧。”

于是，琳达很快来到了开发迈纳斯的电脑公司，完成信息注册并支付了相关费用后，一位公司职员把琳达带到了地下室。这里是一片比足球场还要大的空地，上面密密麻麻地摆放了数百台电话亭大小的黑箱子。琳达问道：

“这就是迈纳斯吗？”

“没错！放心吧，我们一定能帮你找到理想的结婚对象。”

公司职员一边说着，一边递给琳达一支麦克风。

“请通过这支麦克风，把你对另一半的所有要求告诉迈纳斯吧。一定不要有所妥协或打折扣啊！迈纳斯会综合分析各种信息，找出最适合你的理想伴侣。记住，不要妥协哦。”

琳达从一开始就是这样想的。于是，她对着麦克风说出了自己的全部要求。接着，主屏幕上出现了一行字：“已为您找到合适的结婚对象，恭喜！”

琳达连忙把脸凑近屏幕，想看得更清楚些。

“这个人对政治、经济和世界各国历史非常精通，语言和数学能力很强。年收入有 2000 万美元。幽默感也十分出众——”

这完全就是琳达的理想型啊。于是，她对着麦克风说道：

“我想和这个人结婚。他是谁啊，在哪儿？哪国人呢？能看到他的脸吗？”

接着，屏幕开始切换，黑箱子并排显现出新的画面。而这正是刚刚琳达在地下室看到的情景。很快，一行新的文字出现了。

“你理想的结婚对象就是电脑。或者说，就是我迈纳斯本人！”

确实，它连幽默的功力都这么出众。琳达除了从嘴角挤出一丝苦笑，也别无他法了。

原作：欧美短篇故事

改编：吉田顺

自信的根据

大富豪瓦格纳的女儿名叫尼娜，她梦想成为一名偶像歌手。在她年纪还小的时候，曾经说过这样一番话：

“希望我能成为一名人气歌手，给大家带来快乐！”

多么惹人怜爱的小姑娘啊！于是，瓦格纳决心帮助女儿实现梦想。他特地聘用了发音训练师，帮助尼娜练习唱歌。

他还鼓励女儿参加演艺公司的选拔赛。尼娜虽然参加过不少次，但一次都没有成功过。

于是，瓦格纳联系到其中一位评委，向他询问女儿屡次落选的原因。评委吞吞吐吐地答道：

“尼娜爸爸啊，我这么说可能有些伤人。作为人气歌手，长得可爱是非常重要的。但很遗憾，尼娜小姐可能……”

瓦格纳觉得这位评委并无恶意，只是说出了真实的想法。其实，他自己也已经意识到了这一点，尼娜不仅外表不出众，而且也缺乏成为偶像的天赋。

他并没有勇气直接告诉女儿“你没法成为偶像，快放弃吧”。但如果花点钱想想办法，说不定能让女儿有机会出道呢！不过，他能做的也仅此而已。要是毫无人气的话，即使出道又有什么意义呢？

和评委聊完后的第二天，瓦格纳把女儿叫过来，为了避免伤害她，瓦格纳脸上尽可能地堆满笑容，小心翼翼地对她说道：

“尼娜，你没有考虑过歌手以外的职业吗？比如，读完大学成为一名医生，或者考取证书成为一名律师什么的。想让大家开心的话，还有很多种方法呢！”

接着，尼娜回答道：

“爸爸，您不再支持我的梦想了吗？”

“才不是呢！我只是希望你能开心幸福。”

“我明白了。那我就继续为偶像歌手的梦想而努力吧！您以前不是也说过吗？追逐梦想的过程是值得歌颂的。”

“是啊，我是这么说过。”

“所以，即使是为了您，我也要继续努力。不好意思让您为我担心了。以后不管是为了您，还是为了我自己，我都不会放弃成为偶像的梦想。”

听了女儿的这番话，瓦格纳无言以对。于是，他最后问道：

“尼娜，你有关于结婚的打算吗？”

尼娜想了一会儿，回答道：

“嗯。要是能碰到不错的人，我说不定就会和他结婚。到那个时候，恐怕我也不得不放弃偶像歌手的梦想了吧……”

瓦格纳听后不禁心头一震。看来，终于找到能让她放弃偶像之路的方法了。

于是，瓦格纳开始暗中为女儿寻找合适的结婚对象，手头已经有了几个候选人。不久之后，他把尼娜找来。

“之前你不是说，如果有合适的人选，可以考虑结婚吗？我给你物色了一些，怎么样，想见见吗？”

不过，尼娜却不情愿地回答道：

“您让我去相亲吗？我可不要，这也太不自然了吧。我怎么会因为相亲就放弃自己的梦想呢？”

“你的意思是说，如果不是相亲的话，就可以是吗？”

“嗯。要是在我努力拼搏的过程中，自然地遇到了命中注定的白马王子，开始了一段浪漫的恋爱，那我或许就能放弃一切，甘心只成为他一个人的偶像。”

于是，瓦格纳重新调整了计划。他再次进行暗中调查，选择了一个最满意的恋爱对象。接着，他拜托这个男人：

“你试着去接近尼娜吧。但一定要自然，不做作。如果她爱上你的话，我会支付相应的报酬。”

于是，这个男人开始拼了命地跟尼娜搭讪。

但尼娜却对他说：

“非常抱歉，感谢你这么喜欢我。不过，我还有成为偶像歌手的梦想，暂时并不打算谈恋爱或者结婚。”

“那究竟什么样的人，才能让你放弃梦想，决定结婚呢？”

“我想那个人也应该有很棒的梦想，让我觉得即使为他牺牲自己也不后悔。”

瓦格纳听闻这番话之后，便开始为女儿物色新的结婚对象。这个人是市议会的议员，他的梦想是让大家过上富裕、安定的生活。于是，他假装不经意地接近尼娜，并向她求婚。不过，尼娜还是回答道：

“对不起，我有成为偶像歌手的梦想，所以暂时不打算结婚。而且，这么说可能有些失礼，我喜欢的是既有梦想、身高又很出众的男生，您可能……”

接着，瓦格纳又拜托一位立志成为世界最强篮球运动员的体育健将，暗中安排他们见面。尼娜依然十分固执。

“对不起。我的理想型应该既有梦想，身高又出众，同时又善解人意。”

瓦格纳又找到一位以诺贝尔奖为目标，身高出众而又年轻的科学家，请他和自己的女儿见面。不过，尼娜又提出了新的条件。

“对不起，我喜欢年龄比自己小的。”

之后，瓦格纳按照女儿的要求，暗中为她物色了一个又一个结婚对象。不知不觉，竟然已经超过了 200 人。不过，尼娜没有接受任何人的求婚，继续顽强地追求自己的明星梦。

在尼娜 30 岁生日到来的那天，瓦格纳再次问她。

“尼娜，关于你未来的打算，你还是想成为一名偶像歌手吗？”

“没错！”

“这样啊，追寻梦想的确是很好的。”

“当然啦！而且我有充分的自信，未来一定能梦想成真！偶像歌手最重要的不是要有人气吗？我越来越觉得自己拥有这方面的天赋。”

“那就好，真的很好。”

瓦格纳微笑着说道。不过，他的脑中却满是疑问。她怎么会越来越觉得自己有成为人气歌手的天赋呢？到底是怎么回事？

于是，他又满脸堆笑，小心翼翼地询问女儿：

“话说回来，你觉得有自信成为人气歌手，那你的自信从何而来呢？”

尼娜似乎有些得意地回答道：

“告诉你吧，到今天已经有 200 多个男人向我求婚了。而且都是一见面就求婚，这可不常见吧？要不是我拥有成为人气歌手的天赋，怎么会发生这种事呢？”

原作：欧美短篇故事

改编：吉田顺

临时列车

这是一个酷热的夜晚。

天气异常闷热……由于出汗太多，内衣和皮肤几乎紧紧贴在一起，令人非常不适。白天地面所积攒的热气，到晚上一股脑儿地喷发出来，从没感觉做人居然会这么辛苦！

不过，因为平交道上的路闸变成了手动式，所以我必须亲自拨动开关。

天色已黑，这条路上几乎没什么人经过，似乎路闸一直关着也无妨。但这毕竟是我的工作啊。

确认已经错过最后一班列车后，我开始用井水泡过的凉毛巾擦拭身上的汗滴，接着像往常一样打起了盹儿。不过，身上依旧火辣辣的，没有一丝凉意，无法入睡。我越是想在始发列车来之前眯一会儿，就越是焦躁不安，反而变得更精神了。

虽然还是在工作时间，但为了尽快入睡，我稍稍抿了一口酒。不过，绝对没到喝醉的程度。

终于，我开始有了困意，不知不觉地打起盹儿来。

突然，警报器开始“咣！咣！”地响了起来。

从睡梦中惊醒实在是令人不快。我一边噌噌地抓着头，一边看了看旁边的时钟，现在刚过深夜两点。从铺盖上直起身来，我的头脑终于有些清醒了。

警报器还在响着……

应该是临时列车！而且，远处的确传来列车驶过的钢轨震动声。

糟了！看来时间表里漏记了这班车！

由于太过惊慌失措，我甚至没空去想，到底是谁帮我按下了警报器。

我连忙套上裤子，戴上眼镜，伸出手准备打开信号灯。

但意外的是，信号灯已经打开，而我最担心的路闸也早已关闭。我睡觉之前没有把它关上啊，这是怎么回事？我不禁用手揉了揉眼睛，捶了捶脑袋，不敢相信眼前的这一切。

路闸已经关上了，真是万幸！还好我没有犯错，也没有引起任何事故。

啊，太好了！

我终于松了口气，目送临时列车远去。

突然，我不禁打了个寒战。

原来，列车被一束带有奇怪的尾巴的红光笼罩。这束光正在铁轨上移动，并发出巨大的声响。

虽然已是深夜，但我却看得真真切切。

这绝不是什么大自然的恶作剧，如果找不到合理的解释，那就让人后怕了！

究竟是怎么回事呢？原来，一个男人手提着煤油灯，正在追赶这辆临时列车。

他穿着十分简陋的睡衣，前襟敞开，此时正在铁轨上拼命奔跑。他双眼圆睁、紧闭双唇，手脚夸张地上下摆动，看起来十分搞笑。

突然，他大声地喊道：“喂！等一下，别丢下我一个人啊！等一下！”

啊哈，恐怕这人是得了梦游症吧。居然叫火车停下来，这怎么可能？！

我看着男人的背影，不禁笑出声来。接着，我半开玩笑地朝他喊道：

“你已经追不上那班车了。等天亮之后，还有一班车过来，坐那班车不就好了！放心吧，下班车你肯定能赶上的。”

不知道他有没有听到我的话，不过，他仍然在后面不停地追赶，最后消失在了夜色里。

刚刚发生的这一切真是不可思议。虽然这是一班临时列车，但在时间表上居然没有记录，我不禁陷入了沉思。

从那以后，我很久没有再想起这件事。虽然有很多奇怪的地方，但毕竟都是发生在我眼前的事实。

不过，这个故事似乎并没有结束。

那件事发生的三个月后，我从道口值班的同事那里，听到了一个有趣的故事。

据说隔壁镇的一个男人有一段神奇的遭遇。

当他被送到医院的时候，已经气若游丝了，就连医生也表示无计可施。

他躺在医院冰冷的床上，徘徊在生与死的边缘。

以下是男人后来的回忆：

他站在车站的月台上，等待开往黄泉之国的列车。月台上站满了人，后面排起了长长的队伍。

“列车到底什么时候才来啊？”

男人小声嘀咕道。不过，根本没人理会他。大家都面无表情地盯着列车即将驶来的方向。

不久，远处传来车轮驶过的嘎吱声，列车终于缓缓驶进月台，大家按顺序依次上车。终于轮到这个男人了，但一阵尖锐的发车铃声响起，门砰的一声关上。尽管他拍着车门大叫，但根本无济于事。回头一看，刚刚人头攒动的月台上，如今只剩下自己一人。

列车缓缓开动，男人突然跳下站台，跟在列车后面跑了起来。

接着，病床上的男人渐渐恢复了意识，奇

迹般地“起死回生”了。恐怕正是由于他没坐上那班黄泉列车吧！就在生死一线之际，他看到了刚刚那个不可思议的场面。

不过，他在梦中听到的死神的呼喊声，至今仍在他的耳边回荡。

“下班车你肯定能赶上的！”

病床上的男人，身体仍在不停地颤抖。

作者：江坂游

5分钟后意外结局系列

黄色悲喜剧

日本学研株式会社编辑部　编
姚锦祥　译

中信出版集团 | 北京

图书在版编目（CIP）数据

黄色悲喜剧 / 日本学研株式会社编辑部编；姚锦祥译. -- 北京：中信出版社，2021.1
（5分钟后意外结局系列）
ISBN 978-7-5217-2363-2

Ⅰ. ①黄… Ⅱ. ①日… ②姚… Ⅲ. ①短篇小说—小说集—日本—现代 Ⅳ. ①I313.45

中国版本图书馆CIP数据核字（2020）第206049号

黄色悲喜剧
（5分钟后意外结局系列）

编　　者：日本学研株式会社编辑部
译　　者：姚锦祥
出版发行：中信出版集团股份有限公司
　　　　（北京市朝阳区惠新东街甲4号富盛大厦2座　邮编　100029）
承 印 者：北京楠萍印刷有限公司

开　　本：787mm×1092mm　1/32　　印　　张：6.5　　字　　数：80千字
版　　次：2021年1月第1版　　印　　次：2021年1月第1次印刷
京权图字：01-2020-6599
书　　号：ISBN 978-7-5217-2363-2
定　　价：128.00元（全五册）

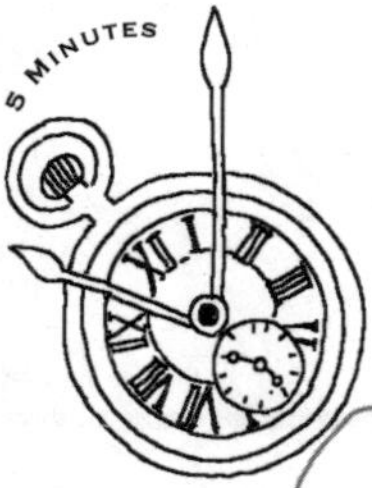

本书除了部分原创作品之外，还改编并收录了流传于世界各地的小故事、都市传奇、小说名篇、日本古典落语等等。此外，为了便于读者在短时间内掌握故事概要，本书对一些经典小说进行了改编。

目录

贤妻

这天晚上，阿尔伯特在高级的三星级饭店里与妻子玛丽共进晚餐，两人非常开心。今天是他们结婚二十周年的纪念日。阿尔伯特还记得当初刚结婚的时候，要想在这么气派的餐厅里吃饭，只有在梦中才能实现。

阿尔伯特是个歌手。二十年前，他只是个名不见经传的街头音乐人，几乎没有什么收入。为了维系生活的各种开销，玛丽拼命地工作，在背后默默地支持他。

不过，结婚三年后，阿尔伯特就被知名制作人挖掘，终于有机会出头。紧接着他马上推出了热门单曲，一跃成为当红歌星。

在那之后的几年，虽然没有太多惊艳的作品，但他已经在音乐界巩固了自己的一席之地，也住进了高级公寓。

告别了曾经的困窘、迷茫，他们的生活也逐渐发生了变化，特别是阿尔伯特的个人爱好。他开始喜欢赛马、赛狗、赌博……没钱的时候，他对这些毫无兴趣，但当他开始腰缠万贯，便对赌博情有独钟，出手相当阔绰。不过，他时输时赢，倒也没有太大的损失。

但妻子却并不这样想，她总是对丈夫说："你随便玩一玩倒没什么，但可千万别上瘾啊！"每当这时，阿尔伯特总回答说："知道啦，我会注意的。"不过，事实却并非如此。

前几天，玛丽发现丈夫去赌博输了一大笔钱，十分生气。于是，阿尔伯特想借今晚的这顿饭，向妻子赔罪。

两人享受完高级的料理，便离开了餐厅。阿尔伯特正和妻子并肩散步，突然有人猛推他的肩膀。

"啊，不好意思……"后面传来低沉而沙哑的声音。阿尔伯特回过头来，只见一个白发老人站在那里。

老人衣衫褴褛，似乎和这附近的繁华美景格格不入。但玛丽注意到，他的身上似乎散发着一种神秘莫测，甚至令人恐惧的气息。

“嘿嘿嘿，对不起呀。”

不过，比起这位老人，阿尔伯特似乎更想知道自己刚买的高级夹克是否被弄脏，他不由分说地狠狠骂道：

“喂！你给我看着点路啊！把我衣服弄脏了，你可赔不起！”

不过，老人却盯着阿尔伯特的脸，带着一种诡谲的笑容说道：

“你不记得我了吗？我可记得你呢！”

听到这独特的沙哑嗓音，阿尔伯特突然怔住了，好像记起了什么。

这位老人好眼熟，之前好像见过。哦，想起来了……好像就是在自己被制作人赏识的那天，他曾经见过这个人。

那天，这位老人曾经向阿尔伯特央求道：“行行好吧！多少分我一点吃的吧！”当时的阿尔伯特和老人境遇相似，心想着就当作行善积德，便把身上的钱分了一些给他。

作为还礼，老人说道：“相信你的音乐事业一定会取得成功！”

虽然阿尔伯特知道这只是客套话，但老人的一番话还是激励了他。

而知名制作人上前跟他搭话，就是在那之后不久的事情。

没想到，当时的那位老人，又出现在自己的面前。

不过，阿尔伯特的内心却犯了嘀咕。这位老人的外貌竟然和十几年前一模一样。

“嘿嘿嘿，我又有事情想拜托你啦……”

但阿尔伯特却感觉有些丢人，他并不想让别人知道，自己居然认识这么一个糟老头子。

不过，老人似乎丝毫没有要走的意思，厚脸皮地接着说：“能不能再赏我些钱呀？你现在出人头地了，可不能忘了老朋友啊！”

没想到老人居然恬不知耻地张口要钱，阿尔伯特一下就火了。

“喂，老头，你给我适可而止吧！你不仅不感谢我，居然还大言不惭地让我给你还礼？”

接着，他猛地甩开老人的手。老人顺势摔倒在路上，腰部好像被狠狠地撞了一下，疼得大叫起来。

“你这个忘恩负义的家伙，给我记住！”

说完，他起身快步从阿尔伯特面前离开了。

玛丽似乎觉得老人有点可怜，追了上去。恐怕是想多少给他一些钱。

阿尔伯特很快把老人的事忘得一干二净，生活依旧如常。

工作间隙里，他依旧赌博取乐。不，似乎并没有那么快乐，而是充满了懊悔。最近，阿尔伯特似乎一直都没赢钱，他的手气从没有这么差过。

不过，赌博的恐怖之处就在于让人越输越想玩，期待能够把输掉的赢回来，结果却越输越多。

不知不觉，他的银行账户里早就空空如也。即使如此，他仍不停手，甚至借钱赌博，仿佛中了邪一样。而他的本职工作——音乐——也被完全抛在一旁。

最后，他又偷偷取出家中的存款去赌博，没想到这次濒临破产。

阿尔伯特狠下心来，向妻子袒露了所有实情。

玛丽静静听完，深深地叹了一口气，说道："我知道了。"

"这样啊……"

这一切妻子似乎早就预料到了。既然如此，她为何放任他乱来呢？如果早一点阻止他的话，说不定就不会……阿尔伯特开始胡思乱想。她肯定觉得我太没出息，决心要离我而去了！

不过，接下来玛丽所说的话，却令人非常意外。

"想让我帮你吗？"

本以为妻子会断然向自己提出离婚，听到这句话，他不禁大吃一惊。

玛丽突然变得严肃起来，接着说道："从今往后，如果你能彻底戒掉赌博，我就答应帮你。”

接着，她离开座位，取来了一样东西。原来，是一张存折。

“看看吧。”

看到玛丽递过来的存折，阿尔伯特震惊得眼珠子都要飞出来了。

存折上记录着一笔数额巨大的资金，甚至是他目前赌博欠款的数倍。不仅能还完欠款，还能剩下一大笔钱。

玛丽明明只是个家庭主妇，怎么会有这么一大笔钱？着实让人奇怪。于是，阿尔伯特向她询问钱的来源。

“这其实多亏了你！”

“多亏了我？什么意思？”

“多亏你一直输钱，我才能攒下来这么多的钱。”

阿尔伯特一头雾水。

“看来，你果然完全没注意到啊。其实，你已经被施咒了！”

她到底在说什么啊？阿尔伯特觉得妻子的脑子

似乎出了问题。

不过，玛丽继续平静地说道："刚好是一年前的事儿了。在结婚纪念日当天，我们吃完饭回家的路上，曾经遇见了一位老人家，你还记得吗？"

阿尔伯特拼命回想这些似乎早已忘却的记忆："是那个浑身脏兮兮的老头吗？"

"当时你连头也没回。不过，我却有些在意，便追上前去。接着，那个老人对我说了一番话。"

妻子接下来说的话，简直让人匪夷所思。

原来，那位老人在接受阿尔伯特的施舍之后，作为感谢，便向他施咒，帮助他在音乐事业上取得成功。没想到，阿尔伯特却不知恩图报，这一次对他十分冷淡。

于是，老人十分生气，便对他下了一道"在赌场上永远不会赢"的诅咒。

"你为什么会信这种鬼话啊？"

"我可是亲眼所见。那个老人的后背突然冒出两个巨大的黑色翅膀，念完刚刚的咒语，便一下飞走了！"

“难道……难道那个老人是魔鬼吗？而且，即使他是魔鬼，跟你手里的这些钱又有什么关系呢？难道你和魔鬼达成了什么交易吗？”

“魔鬼？不，我想他可能是天使吧。”

“什么意思？”

“一听他说完，我就马上意识到，这个诅咒完全可以为我所用啊！只要跟你押相反的结果，不就肯定能获胜吗？！”

这时阿尔伯特才恍然大悟，玛丽也终于露出最灿烂的笑容。

“在赌场上永远不会赢的诅咒”，这可真是太好用了！

那个老人到底是天使还是魔鬼，还有他是否真的使用了魔法，阿尔伯特已经无从知晓了。

不过后来，他彻底放弃了赌博。因为他意识到，他永远无法战胜他的妻子。

原作：欧美短篇故事
改编：桑畑绢子

推销话术

"利兹，挺直腰板，双脚并齐！"

"好的，卡罗琳小姐。"

利兹轻声回复道，并按要求摆正了姿势。

这是家售卖高级帽子的老店。卡罗琳是已经在这家店工作超过二十年的老员工了，而利兹上周才刚刚入职。

利兹端正仪态后，确实是个秀气可人的姑娘。不过，年轻漂亮并不意味着一定能成为一名好店员。于是，卡罗琳想把自己积累的推销话术精髓教给这个新人。

"一定要保持嘴角上扬，笑脸迎人。"

接着，卡罗琳特意挤出一个笑脸做示范。

利兹学着上扬起嘴角。

“对，就是这种感觉。但要更自然一点！”

正在这时，店铺的门被推开了。

卡罗琳略微发嗲地高声迎客：“欢迎光临！”

利兹也跟着喊道：“欢……欢迎光临！”

进店的是一位看起来六十岁出头的女性。长脸、高鼻梁，涂着口红，身上穿着轻薄的紫色套裙，脖子上围着一条碎花围巾。

一看就是位高雅的贵妇人。不过，利兹却觉得似乎哪儿有些不对劲。

卡罗琳不动声色地小声说道：“她似乎有些刻意装嫩了。”

利兹听到后暗暗吃惊，前辈的话一下解答了她心中的疑惑。

“你去向她推荐这款帽子吧。这个款式，她一定会喜欢。”

卡罗琳的眼神指向一顶用花朵装饰的粉红色帽子。

这顶手工帽品质优良，设计也十分考究，但由于不太适合日常使用，且价格昂贵，所以一直没卖出去。

要把这顶帽子推荐给她吗?

卡罗琳似乎胸有成竹，但利兹却觉得不太合适，并说出了自己的意见。

“不过……那位客人似乎更适合高贵、沉稳点的颜色，而且设计也最好更前卫些。”

“什么? ”

卡罗琳的眼神突然变得严厉起来，利兹吓得赶忙捂住自己的嘴。肯定是她刚刚出言不逊，惹恼了前辈。

不过，卡罗琳很快调整过来，优雅地笑着说道：“你的想法不错，原来你是这样想的啊。不过，那位贵妇人可能比想象的要固执哦。如果你把不称她心意的东西推荐给她，她绝不会接受的。把客人期待的东西提供给他们，这才是我们的工作啊。”

“这样啊……”

“好吧，就让你见识一下我的推销技巧吧。”

于是，卡罗琳主动向贵妇人走过去，和她搭话。

此时，她在心中暗想：这件事舍我其谁呢？把那顶帽子卖出去了，不仅能帮店里赚钱，还能给这个新人好好上一课。我得让她知道，东西不仅是要能卖得出去，而且要卖得恰到好处……

卡罗琳站到顾客旁边，对她说道："您有看中的吗？需要的话，我可以给您介绍一下。"

"好啊，我想要一顶适合聚会时戴的帽子……"

"聚会呀……那您看看这顶如何呢？"

卡罗琳装作若无其事地拿过那顶粉红的帽子，递给贵妇人。

那位贵妇戴上帽子，站在镜子前仔细瞧了瞧。

突然，卡罗琳夸张地大声喊道："完美！真是太合适了！看来这顶帽子终于找到主人了！"

"哎呀，不错呀！颜色很漂亮，但会不会有点花哨啊？"

"才没有呢！这可是中间色，看起来特别温柔大方。"

"这样啊……"

"而且，这顶帽子是纯手工制作的，做工相当精良。”

“是呢，看起来确实挺结实的。”

接着，客人又调整了一下帽子的角度，对着镜子看效果。

“这顶帽子多少钱啊？”

卡罗琳说出了价格。

“挺贵啊！”

“是呢，不过一分钱一分货，这顶帽子绝对值这个价！”

“嗯，不过……”

没想到，这位客人比想象中更难对付。不过，看起来她似乎已经有想买的意思了。

再加把劲儿就成了！于是，卡罗琳亮出了绝招。

她对客人说道：“确实非常好看呀。而且您戴上这顶帽子之后，感觉一下年轻了十岁！”

听完这话，贵妇人又仔细地看了看镜子。接着，她似乎终于下定决心。

“我决定了。”

这一瞬间，卡罗琳在心中不禁欢呼起来：“这就是专业的推销话术！新人呀，学到了吗？”

不过，贵妇人接下来的话，却让卡罗琳大吃一惊。

“这顶帽子果然不太适合我。”

卡罗琳显得有点慌乱，赶忙问道：“为，为什么啊？明明这么合适啊！”

“你刚刚不是说，我戴上帽子显得年轻了十岁吗？那也就是说，我一摘掉帽子就会一下老了十岁。这我可接受不了！”

原作：欧美短篇故事
改编：桑畑绢子

替换兵卫

男人肩上挑着扁担，两头挂着两个大桶，在大街上走着。但和一般活力满满的小贩不同，他的打扮总让人觉得非常奇怪。他似乎在模仿消防队员的装扮，短上衣上有些污渍，补丁也崩开了线，邋遢地随风摆动。如果不仔细看的话，还以为是一只黑山羊踮起脚，试图逃走呢。

他的脸完全看不清，几乎整张脸都被乱糟糟的毛发覆盖了。必须得拨开毛发才能看到他的眼睛、鼻子和嘴。他腿脚也不太灵活，步伐摇摇晃晃，似乎马上就要摔倒。因此，路上的行人看到他，都赶忙躲到一旁。要是大桶里面的东西泼出来溅到自己身上，那就太糟了。

男人的时间观念仿佛和镇子上的其他人截然不同，他总是慢悠悠地这儿走走、那儿转转，旁若无人地把整条街都当成自家的院子。即使他大白天喝得酩酊大醉，大家也觉得十分正常。

这时突然传来一声喊叫："啊！危险！"只见扁担前面的大桶剧烈摇晃，猛地撞到了土墙上。土墙轰然倒塌，扬起一阵灰尘。墙上长出的小竹子也随之折断，飞得到处都是。因为惯性，男人朝前摔了一跤，又扬起一阵灰尘。

当灰尘散去之后，旁边一直屏住呼吸的乡亲们赶忙探出身来看看情况。

只见男人正盘着腿坐在马路中间，一边拍打着脸上的尘土，一边高喊："替换兵卫来喽！"

这句话就像闪电一样，打破了小镇里沉寂的气氛。

男人挺起胸膛，环视着路上的每一个人，再次发疯似的叫道："替换兵卫来喽！"

听到这番话，行人的态度骤然改变。

"什么？替换兵卫？原来他就是替换兵卫吗？"

他的声音婉转悠长，似乎可以传到很远的地方。

“替换兵卫上一次来这里，都是十几年前了吧？没想到过了这么久，他竟然又来了啊！”

镇上越来越多的人睁大眼睛，满脸惊讶。

“那……那我们快回家吧！”

“对呀！赶快回家跟我那当家的商量一下，看有什么东西可以换！”

街上的人们一边说着，一边四下散去。

不知何时，街道正中已被两个大桶占据，一面旗帜随风飘扬，上面歪歪扭扭地写着“替换兵卫”四个大字。

真是一场夸张的表演啊！他和一般小贩吸引注意力的方式完全不同。

高喊着“替换兵卫”的男人，不停转动着他那颗像满月一般圆滚滚的头，寻找第一位顾客。

接着，他看到一个小个子男人正向这边跑来，眼中闪闪发光。他满脸笑意，浓密的毛发后的小眼睛似乎也开始有了光彩。

看来他就是第一个了！

但现实并非如此！只见一个壮汉从另一个方向飞奔而来，大地都开始在他的脚下震动。

“请问，什么东西都可以换吗？”

“当然，什么都可以。”

于是，壮汉掏出一把卷刃的斧子。

“这可是我很重要的工具，不过已经用不了了。怎么样，能给我换把新斧子吗？”

替换兵卫答道：“小菜一碟！”

“没有涨价吧？”

“当然没有！只需要一文钱。”

壮汉听完紧紧地抱住了替换兵卫。

替换兵卫似乎想要挣脱，但为时已晚。

“既然如此，那赶快给我换吧！”

“你快把我放下来，我马上给你换！”

“哈哈，没问题！”壮汉终于放下了替换兵卫。

替换兵卫摇摇晃晃地接过斧子，把它塞到红色的桶中。

替换，替换，替换！请实现我的请求，替

换吧！

替换兵卫口中念起了咒语，双手合十。壮汉也收起了平时像熊一样的威严表情，变得像鹿一样恭敬温顺，跟着替换兵卫一起祈祷。

替换兵卫睁开眼睛，走到后面绿色的桶旁，探着身子往里看，拿出了斧子。

“哇！万分感谢！兵卫大人，非常感谢！”

壮汉恭敬地从替换兵卫手中接过闪闪发光的新斧子，别提有多高兴了。

“替换兵卫，请实现我的请求吧！”

耳边突然传来一阵响亮的声音，替换兵卫转过头一看，原来是一位美貌的夫人正向他搭话。

“好的好的，你想换什么呢？”

夫人妖娆地伸了下修长的脖子，美艳动人的外表，令在场的男人无不双眼放光、目不转睛。

“能把我的丈夫换掉吗？”

“换丈夫？”

“没错！我现在对他已经没有任何感情了。他把我攒下的钱都拿去赌博，虽然他是个美男子，但我还是受不了被他欺骗！怎么样，可以吗？”

“我是可以啊！不过，你丈夫那边没问题吗？”

只见一个仪表堂堂的男人，在旁边小声嘀咕道：“替换之后，不会被送往阴间吧？”

“当然不会！只是单纯的替换而已。当夫人替换到心仪的丈夫后，你就会自然而然地换成他的身份，成为别人的丈夫。不过需要注意的是，只能替换一次。”

“呵呵，既然你不想要我这样的坏男人，那你可别后悔！”

“好的，看来你俩已经达成一致了，那我们就开始替换吧。这位男士，请你钻到这个红桶中，屈膝抱头，闭上眼睛，静静地等待就好。”

“明白了！哈哈，真是太好了！”

替换兵卫再次双手合十，念起了咒语。

替换，替换，替换！请实现我的请求，替换吧！

接着，一个身材矮胖的男人从绿桶里走出来。夫人连忙凑上前去，抓起他的手说道：

“太感谢了！您果然像传说中一样神奇啊！这个丈夫太符合我的心意了，特别是他口袋里沉甸甸的黄金。”

于是，两人互相依偎着，消失在街道的尽头。

“叔叔！替换兵卫叔叔！您能实现我的愿望吗？”

替换兵卫弯下腰来，盯着眼前的这个小孩。原来，他就是最早跑过来的那个小个子。他皮肤白净，就像雏祭[①]陈列的人偶一样雅致。此刻，他的脸上像花朵绽放一样闪着光芒。

“你有什么愿望呢？”

“替换兵卫叔叔，我妈妈非常可怜，但我却一点办法也没有。虽然具体情况我不太清楚，但似乎我刚出生的时候，爸爸就过世了。”

“这样啊。”

替换兵卫眉头紧锁，认真地听着。

---

① 雏祭：是日本女孩子的节日，这一天有女孩的家庭都会摆出小女孩人偶饰品。——编者注

“想到妈妈的遭遇，我想如果我能用自己的命换回爸爸的命，那不是很好吗？爸爸能赚到比我多几倍、几十倍的钱。我想，这是能让妈妈感到幸福的唯一方法了吧！”

替换兵卫看着眼前这个勇敢的小男孩，充分理解了他的想法。

“我理解你的想法。”

“大家都说，只要是客人的要求，您都会无条件满足。”

“但这次我恐怕要食言了。”

“请您把爸爸从极乐之地换到现实中来吧！”

替换兵卫感到非常为难。很长一段时间里，他都把手揣在怀里仰望天空，若有所思。

“好的，我就来实现你的请求吧。如果能让你感到安心的话，说不定也是一件好事！那么，一路顺风，请钻到红桶里面，闭上眼睛。”

替换兵卫强忍住泪水，终于下定决心念出咒语。

替换，替换，替换！请实现我的请求，替

换吧！

他靠近绿桶一看，只见那个小男孩蹲在里面。他只是从红桶移到了绿桶，而他的父亲却并没有现身。

“唉？这里就是极乐世界吗？看起来好像完全没有变化啊。叔叔，这到底是怎么回事啊？”

替换兵卫身子向前微倾，对小男孩温和地说道：“因为替换的功能只能使用一次啊。”

“什么意思？”

“你很小的时候，其实就已经病死去往极乐之地。不过，当时你爸爸用自己的命替换了你的命。我刚刚才想起来这件事。”

在替换兵卫滴落的泪珠中，映射出小男孩震惊、不知所措的脸。

作者：江坂游

寻找犯人

马可是一家时尚品牌制造工厂的厂长。

这本来只是个小型的承包工厂，但因其高超的生产技术而受到人气设计师的青睐，逐渐接到了一些大型时尚品牌的业务。工厂的规模越来越大，如今员工已有几十人了。

马可原本也是一个工匠，但如今早已退居二线，主要做些日常经营、业绩统计之类的管理工作。

工厂每天都按订单制作产品，销售额非常可观，看起来一切似乎都顺风顺水，不过马可却有自己的烦恼。

最近，根据订单制作的成品数与最终的出货数经常对不上。而且每当这种情况出现的时候，马可总是有事不在工厂。

难道是进贼了？经过彻底的调查后，他发现门锁完好，也没有窃贼从外部侵入的迹象。

既然如此，那就很有可能是内鬼作案了。恐怕是厂里的某个工人，暗地里偷走了货品。

没想到，工厂里居然闹了家贼！昨天还非常和善的一张张面孔，现在看起来似乎都不怀好意。大家的表现都变得很奇怪！

无论如何要查出真相。即使真的是某个员工所为，也不能对他有丝毫同情。于是，马可决定报警。

为了找出犯人，收集证据，马可决定在员工常经过的小门处安装摄像头。不过，这并不是简单的摄像头。它像X射线一样，具有极强的穿透性。只要有了这个机器，谁在包里或口袋里私自夹带了什么东西，都能看得一清二楚。

那天晚上，马可确认员工都已离开之后，把透视摄像头安装在门口的隐蔽处。而他则可以通过家里的监视器实时观看监控录像。

第二天，马可便开始在家监视厂里的一举一动。

他骗员工们说今天不会去工厂，好令“犯人”麻痹大意，再次犯案。

最关键的就是晚上收工以后，大家陆续离开的时候。马可一直紧紧盯着屏幕，直到最后一个人离开工厂。一张张熟悉的面孔像往常一样，若无其事地通过小门。

似乎谁的包里都没有异常，也没人在衣服里私自夹带。大家一整天都在认认真真地工作，下班后就动身回家。

马可的眼睛开始泛起泪花，这是悔恨的泪水。他既对没有抓到犯人感到不甘心，也为自己怀疑这些共同奋斗的好兄弟而感到无比羞愧。

当然，问题并没有得到解决。货品确实是被某个人偷走了，而且他仍然逍遥法外。虽然不知道真相到底如何，但犯人肯定采取了某种巧妙的开锁方法，潜入了工厂。

虽然仍有疑问，但知道员工没有背叛自己，马可还是松了一口气。于是，他关上了监视器的开关。

同一时间，走出工厂的员工们看似分开，各回各家，但目的地却是一致的。看来，下班之后大家想要聚餐放松一下……不过，事实似乎并非如此。

员工们尽量不引起别人的注意，他们慢慢地走向港口附近的一个旧仓库，陆续进去。

仓库中有一个男人，一个对马可来说完全陌生的男人。不过，员工们却似乎都认识他。男人亲切地跟他们打招呼：

“看来今天又是大丰收啊！”

一个员工笑着接过话茬儿：“今天老板又没来，所以我们拿了个痛快！”说着，他把肩上的包递给了男人。其他员工也纷纷把背包递过去，不一会儿就堆成了一座小山。

这些都是今天工厂刚刚生产出来的产品。没错，虽说它是个时尚品牌，但并不是只生产西服，还包括饰品、鞋子……以及皮包。这些漂亮的时尚单品，都是这个品牌的人气商品。

失窃事件就这样再次上演，而且是在监视器下明目张胆地进行。不过，厂长过于在意皮包之中有没有夹带，完全忽视了皮包本身。

男人接过这些皮包，说道：“按老规矩，我来把这些货处理掉吧。”

“拜托啦！”

原来，这个男人就是负责销赃的中间商。他把这些还未上市的产品，通过隐秘渠道销售出去。而这些员工，则是他得力的合作者。

原作：欧美短篇故事

改编：桑畑绢子

甘拜下风

马克和布莱恩同一年进入公司的营业部，到如今已有十多年了。

营业部的员工们在业绩上总是互相较劲，不过马克从没排过第一名，因为布莱恩总是压他一头。

由于他俩同期入职，所以彼此知根知底。布莱恩并不是个优秀的业务员，做事也十分笨拙。而且他为人过于老实，人虽不错，但总是吃亏。工作上，每年年中的时候，布莱恩的业绩都十分惨淡，但到年末的时候，他却总能急转直上。

马克打心眼儿里把布莱恩看成一个傻瓜，不过，这样一个傻瓜居然在业绩上战胜了自己，实在是让人难以接受。于是，马克内心越是鄙视布莱恩，他的自卑感就越强。马克时常会讨厌这样的自己。

“他肯定有什么特殊的关系。”这样一想，马克的心里就会觉得好受一些。

“关系”对于业务员来说，是非常重要的武器。同期入职的员工之间天然就存在着竞争。但马克却没有因此去质问布莱恩，弄清真相。

有一天，马克在公司旁边的公园里看到布莱恩和一个不认识的中年女人在说话。那个女人的穿着十分寒酸。

布莱恩似乎在把钱塞给那个女人，并从她那儿得到什么情报。

马克伸长了脖子，想看得更清楚。但布莱恩好像感觉到了什么，朝马克所在的地方望去。

“马克！”

马克佯装镇定，嘴里一边说着“哎哟”，一边向布莱恩走过去。

“这位是？”马克瞥了一眼中年女人问道。

“这是米莉女士。”

“工作上认识的吧？”

“怎么会！我今天可是第一次见她。”

布莱恩一如往常，脸上一副无辜的样子。

想装糊涂？于是马克单刀直入地说道：“但我刚刚看到，你好像把钱递给她了吧？”

听到这个问题，布莱恩的表情看起来有些不安，接着小声地说道：“这是因为……唉，米莉女士现在身无分文，实在太可怜了……”

米莉难过地低下头，开始讲述自己的遭遇：“我的孩子身患重病……非常严重，想治好得花一大笔钱。但我那死去的丈夫留下了一大笔债务，我根本无力帮孩子看病。我恨不得能二十四小时工作攒钱，给孩子治疗，但实在是太难了！现在，我的孩子没法住院治疗，我也没钱买药……”

听完这话，马克也非常同情她的遭遇。虽然他平时不会参加什么募捐活动，但此时却不自觉地从钱包里掏出一张钞票，递给这个女人。

“快到月底了，别嫌少啊……”

“啊！您的朋友也是一位善人啊！非常感谢！”

布莱恩拉过马克的手，兴奋地说道："谢谢！这样一来，米莉女士就能给孩子买药了！"

这次似乎是受到了布莱恩的煽动，不过马克转念一想，仅此一次似乎也无妨。

一转眼几天过去了。下班后，前辈们约马克去酒吧消遣，他们在那儿看到一个醉醺醺的女人。她似乎喝了烈酒，正在那耍酒疯。

"哎？"

她看起来似乎有点眼熟。没错，她就是那个为了给孩子看病不辞辛劳的母亲！

"她的孩子不是生病了吗，怎么还会……"

难道因为孩子的原因，她开始自暴自弃了吗？

前辈们看着马克惊讶而又有些担忧的表情，不禁苦笑道："难道你也给那个女人钱了吗？"

"啊？你们怎么知道的？"

"那女人可是个有名的骗子。说什么孩子生病之类的话博取同情，求人给她点钱。不过，这些全是她瞎编的，哪有什么孩子啊。骗来的这些钱，全都被她用来买酒和买衣服了！”

马克顿时十分愤怒，居然被这种人欺骗，自己真是个傻瓜！虽然并非想从她那儿把钱要回来，但他实在不想再看到这张可恶的脸了。

第二天傍晚，马克刚从公司走出来，就看到了布莱恩和那个女人。

布莱恩似乎正要把手里的兔子玩偶递给她。马克正想大声喝止，但想了一下，还是决定先看看情况。

“把它拿给您的孩子吧！”

不过，女士似乎不太高兴，一把夺过玩偶就马上离开了。只留下布莱恩一个人站在那里。

马克从远处目睹了这一切。

看到女人离开后，马克一边盯着她的背影，一边朝布莱恩走去。

“你还不明白吗？”

马克不顾自己也被欺骗的事实，开始对布莱恩说教：“她说的话都是假的！只是想博取同情，趁机骗钱而已。哪有什么生病的小孩啊，你被她骗了！”

布莱恩震惊得张大了嘴，一时竟说不出话来。

这并不是他的错。只不过，他就是这样一个傻瓜。马克还是有些不忍心，便想找一些话来安慰他。

不过，布莱恩很快变成笑脸，大声说道："太好啦！"

这话听起来，似乎还有一丝喜悦。这回轮到马克吃惊了。

"什么？你没毛病吧？"

"你想想看，其实并没有被病痛折磨的小孩，对吧？这可是我最近听到的最好的消息了！"

马克愣了一会儿，也跟着笑了起来。

"真是伤脑筋！难怪我赢不了你。"

布莱恩听到这话，满脸疑惑。不过，马克似乎终于意识到这个总在吃亏的人，为什么到最后总能取得不凡的工作成果。

原作：一则职业运动员的逸闻
改编：桑畑绢子

最佳方案

本杰明继承了从爷爷那辈传下来的裁缝店，成为一名制作西装的手艺人。不知不觉间，他已经快四十岁了。

几年前父亲去世后，他只能一个人操持店里的大小事务。而且说白了，几乎赚不到什么钱。

过去，住在这条街上的男人们，都会在这家店里置办西装。不过，随着成品西装的出现和价格下滑，来裁缝店定做西装的人变得越来越少了。

这是时代发展带来的无奈，不过，这跟本杰明个人的变化也分不开。

他的技术并没有退步，但他开始觉得这份工作过于烦琐，情绪上出现了懈怠。顾客之所以变少，并不完全是因为他们没有需求，而是因为本杰明不愿再花这么多时间和心血，专门制作一件衣服。

订单变少后，似乎打磨一件西装的时间变得更多，但本杰明并不想花精力制作一件精品。对那些要求多、爱挑剔的顾客，他更是毫不掩饰自己的反感。不久后，连老主顾也不来光顾了。

于是，店里一直入不敷出，处境窘迫。为了生活，本杰明开始借助魔法卡片的力量。没错，就是信用卡。

凡是想要的东西，都可以先刷卡垫付。虽然本杰明一开始只把它用于临时周转，但用这张卡片可以轻松买到任何东西，而钱包里的钞票一点也没减少，不知不觉中他便严重超支，甚至一掷千金买了辆汽车。

不久之后，信用卡就透支了，再也无法使用。于是，他又办了新卡，拆了东墙补西墙。

重复几次这套把戏之后，他的欠款骤增到三万美元。由于迟迟无法还款，他所有的信用卡都被冻结了。

本杰明终于意识到这样下去已经行不通了。他决定想方设法还清信用卡债务，从头再来。

包括房子在内，他把除店铺以外一切能卖的东西都卖了。衣服和家具都被处理了，保险也解约了，但凑到最后还差五千美元，无论如何也拿不出来了。

明天是还款的最后期限。

本杰明无计可施，突然想到可以试着向朋友约翰借钱。他俩从高中就认识了，还一起组过乐队。

本杰明很喜欢音乐，但大学毕业之后，便放弃乐队回来继承祖业。不过，约翰仍在从事音乐工作，并成了一个颇有名气的作曲家，现在住在一个高级小区的豪宅里。

向当初的好友借钱的确难以启齿，不过，本杰明还是强忍内心的羞愧，低下头说道："拜托了！麻烦借给我五千美元吧！"

"嗯……"

约翰的脸色有些阴沉，于是本杰明的头垂得更低了。

"我真的遇上大麻烦了！而且，对你来说，区区五千美元根本算不上什么吧。”

“我倒不是故意为难你。不过俗话说，不要借钱给朋友，借一个少一个。要是咱俩以后发生了金钱纠纷，不就是损害了我们的友谊吗？你也不想这样吧？”

本杰明理解约翰的想法。约翰对他来说也的确是重要的朋友，他并不想损伤两人的友谊。

但事到如今，他已经走投无路了。

“一周内我肯定会还给你的！很快我就有大生意上门了。”

约翰还是心软了。

“知道了，我会借钱给你。我不收任何利息，但你一定要遵守自己的承诺。”

用这五千美元还完借款之后，本杰明一直悬着的心终于落了下来。

不过好景不长，一周很快就过去了。他根本没钱还给约翰。之前所谓的大生意，不过是他信口开河胡诌罢了。

于是，本杰明又打算向另一个朋友尼古拉斯借钱。

尼古拉斯和约翰一样，也是当时乐队里的朋友，后来不玩音乐之后，成了一个小说家。如今他也是声名显赫的作家，住在豪华小区，估计也不差钱。

为了避免尴尬，本杰明隐瞒了曾向约翰借钱的事实，在尼古拉斯面前再次低下了头。

“拜托了！麻烦借给我五千美元吧！”

“这样啊，我倒不是不能借给你……”

尼古拉斯似乎也有些犹豫。

于是，本杰明再次恳求道：“一周内我肯定会还给你的！我向你保证！”

尼古拉斯也心软了，便同意借给他五千美元，而且也没要利息。

本杰明拿着这些钱赶忙跑到约翰家，按时还上了钱。

一周又飞逝而过，他还没凑到要还给尼古拉斯的钱。于是，他又去向约翰借钱。

“一周后我一定还你！”

约翰有些犹豫，但还是把五千美元借给了他。看来，上次按时还钱的确起到了作用。

一周后，老问题再次出现。实在没有办法，他又决定去向尼古拉斯借钱。由于上次他遵守承诺，尼古拉斯虽然心里不悦，但嘴上也不好说什么。

“一周后我一定还你！”

一周后，他自知无法还债，便又去向约翰借钱，如此循环往复，不知过了多少次。

本杰明不断往返于两人之间，不停恳求和拜托，弄得自己也非常疲惫。毕竟，本杰明的家离他们两人的家都有相当一段距离。

“这样下去可不行，必须要想一个解决方案。”

这回他是真的犯难了。

就在这时，裁缝店里久违地来了生意。看来终于有活儿可干了。不过，货款还得好一阵子才能汇进来，而且这些钱并不多，能满足日常生活就不错了。

看来短期内，只能继续游走在约翰和尼古拉斯之间了。虽然很麻烦，但为了维护和他们俩的友谊，无论如何也要遵守“一周内还钱”的承诺。

“到底该怎么办呢……”

他脑海里浮现出两个朋友的脸。他们的共同点是，都比自己有钱，都住在高级小区。突然，一个想法在本杰明脑中闪现。

“太棒了，我终于想到办法了！为了维护我们的友谊，也只能这么做了！”

第二天下午，约翰应本杰明的邀请，来到一家咖啡馆。

尼古拉斯也在这家店里。

“哎哟，好久不见！听说你的新小说很畅销啊！”约翰走上前搭话。

“谢谢。话说回来，本杰明马上也会来，是他约我在这里见面的。”

“哎，我也是被他叫过来的……”

他们等了一会儿，本杰明终于赶到。

“你……你们都到齐了啊。”

本杰明坐下来后，把向两人借钱的事，原原本本地说了出来。

“……正因为如此，我就不停往返于你们两人的家。不过这样下去，问题根本没法解决。于是，我绞尽脑汁想要找出办法。终于，我想出了一个最佳方案！”

本杰明看着两个人，突然脸色严肃地说道：

“以后每周，你们俩直接进行交易吧。下周约翰把五千美元拿到尼古拉斯家，下下周尼古拉斯再把五千美元还给约翰。这个方法怎么样？”

“什么？！”

约翰和尼古拉斯同时惊讶地叫出声来。

但本杰明却似乎无动于衷。

“你们都住在那个高级小区，离得也近，到对方家里多方便啊！根本没必要由我来中转一下吧？”

本杰明满脸得意，一口喝完手中的咖啡，站起身来说道：“不好意思，我还有别的事情，就先告辞了。之后的事情，就拜托两位了！”

看着本杰明离去的背影，两人对视一下，深深地叹了口气。

原作：欧美短篇故事

改编：桑畑绢子

空服人员的使命

飞机乘务员不只是女性专属的职业，还有不少男人也从事这份工作，本就是其中一个。

受小时候看过的一则新闻影响，本很早就立志成为空服人员。这则新闻的大概内容是，飞机出了意外在海上迫降，但由于空服人员的沉着应对，全体乘客都安全逃出，真是一个奇迹！

空服人员不仅要为乘客提供服务，更要在紧急时刻守护他们的生命安全。本一直秉持着这样的理念，对自己所从事的工作深感自豪。

今天，本继续站在登机口，对每一位准备登机的旅客笑脸相迎。

“这个座位在哪边啊？

一个身材较矮、容貌和蔼的老奶奶手里拿着机票，向本问道。

“请走这边。”

本拉着老奶奶的手，搀着她在狭窄的过道上慢慢往前走，把她带到座位上。

“给你添麻烦了，我这么大年纪，却是第一次坐飞机，所以有点手足无措……你真的帮了我大忙，非常感谢！”

“您别客气！”

本回到登机口，继续把乘客引导到各自的座位，整个客舱马上就坐满了。

厚重的舱门关上后，机体慢慢转向，开始在跑道上滑行。

“本次航班即将起飞。”

机长开始播报舱内广播，并介绍了此次航程所需时间。飞机继续滑行，马上就要进入跑道。

本和其他空服人员一起，在机舱过道里穿行，确认乘客已经系好安全带。

正在这时，他又看到了那个老奶奶。她看起来非常不安，眼睛紧盯着窗外。不巧的是，外面似乎开始下雨。毕竟是第一次坐飞机，感到害怕也是正常的。

“别担心，飞机是非常安全的哦！”

听到本的声音，老奶奶似乎有所宽慰，微笑着点点头。本也笑了笑，便很快回到乘务员专用席坐好，系好安全带。

飞机开始右转弯，看来马上就要加速起飞了。这时，本瞥见了那个老奶奶的侧脸，表情好像十分害怕。只见她用手捂着心脏，看起来很不舒服。

本来在起飞时，乘务员必须坐下并系好安全带。不过，对空服人员来说，最重要的到底是什么呢？本的脑海中再次浮现出小时候看到的那则新闻。他有些坐立难安，随即便快速解开安全带，赶忙跑到老奶奶的座位旁，跪坐在地上，紧紧地握着老奶奶的手。老奶奶猛地一惊，看到了面前的本。

本对她点点头，老奶奶又再次露出了微笑，也紧紧握住了本的手。

本总觉得这位老人跟自己的妈妈有一点像，因此即便冒着违反规则的风险，也要来照顾她。其他的客舱乘务员看到这一幕，谁也没有责怪他。

飞机正在加速。随着轰鸣声逐渐变小，飞机猛地抬升，离地升空。接着，飞机迅速爬升，窗外的机场看起来也变得倾斜。机体一边盘旋，一边上升，很快就到达了既定高度，进入平稳飞行阶段。

客舱提示音响起，提醒乘客系好安全带的指示灯熄灭。这样一来终于可以安心了。本放开手，正准备回到自己的座位上时，老奶奶和蔼地对他说："等飞机降落的时候，你如果再害怕的话，就过来找我吧。我会紧紧地握着你的手，别担心！"

原作：欧美短篇故事
改编：小林良介

财神与爱神

罗克韦尔·尤雷卡肥皂厂的老板安东尼·罗克韦尔深知金钱的重要性，所以，他是个绝对的守财奴。在他看来，只要有钱，没什么是实现不了的，所以千万不能乱花钱。

有一天，他把儿子理查德叫到书房问道："理查德，你的衣服是多少钱买的？"

"六十美元左右。"理查德答道。

安东尼听完立马说道："你做得真不错！"

"我听说，现在那些年轻的公子哥，衣服大都超过一百美元。虽然你有的是钱，但仍然规规矩矩，花销很有分寸，可以算个上流人物了。人们都说三代才能造就一个上流人物，这句话不对。只要有钱，就能自然而然地跻身上流社会，你也可以。就连我，也快要得到“绅士”的称呼了，其实我比谁都无礼粗鲁。钱要省着花，不过在必要的时候，一定要借用钱的力量。只要有钱，几乎没有什么事情是做不到的。”

“某些事情哪怕有钱也办不到。”理查德有些忧郁地说。

“慢着，可别那么说！”安东尼错愕地说道，“我始终认为钱能通神。你倒是说说，世界上有什么是钱买不到的？”

“比如，即使花再多的钱也挤不进最高等的上流阶层啊。”

“真的是这样吗？假如美国第一个千万富翁阿斯特一世[①]当初没有钱买移民舱的三等船票到美国来，你所谓的上流阶层又打哪儿来呢？”

理查德无力反驳，沉默不语。此时，父亲似乎注意到了什么。

---

① 此处指美国皮毛与地产大亨约翰·雅各布·阿斯特。——编者注

“孩子，你有什么困扰的事情吗？两个星期前我就注意到了，你看起来有些不对劲。跟我说说吧。我可以在二十四小时内调度一千万美元现款，房地产还不算在内。如果你想散散心，‘逍遥号’就停在港湾里，装足了煤，两天之内就可以开到巴哈马群岛。”

“您猜得不远了。爸爸，我确实有点烦心事。我最近喜欢上一个女孩，想和她结婚！”

“原来如此，那她叫什么名字啊？”

没有什么事情能瞒住罗克韦尔。他能够有今天的成就和地位，并非完全靠金钱的力量。他问了问女生的大概情况后，接着说道：

“你为什么不向她求婚呢？能和你结婚的话，她可一下就飞出鸡窝变凤凰了！你有钱，头脑也不错，又是个正派的小伙子。她没理由不答应。”

“我还没找到求婚的机会。”

“没有机会就创造机会啊！带她去公园散步，或者做了礼拜后送她回家。机会到处都是啊！”

“我可不像您，能让别人配合我的时间表。她的每小时每分钟都在几天前就预先安排妥当了……不过，我非要那个女孩不可。如果不能和她结婚，我一定会抱憾终生的！”

“什么？你的意思是说，我给你的全部钱财都无法让一个姑娘陪你一两个小时吗？”

“现在说这些都太晚了！她后天中午就要乘船去欧洲待两年。不过明天晚上，我能单独和她待上几分钟。明晚八点半我会坐马车去中央火车站接她，然后把她送到百老汇街的沃拉克剧院。路上也就几分钟，她母亲和别的亲友都在剧院休息室等她。你以为在那么短的时间里，她会听我表白心意吗？在兰特里小姐出发之前，我根本没希望向她求婚了！”

那天晚上，罗克韦尔的妹妹来看他，两人围绕着这对年轻恋人的苦恼议论开了。

“儿子全告诉我了”罗克韦尔说道。

“我告诉他，我在银行的存款全都听他支配，可他却说钱根本派不上用场。”

“哎呀，安东尼。当面对真爱时，财富根本就算不了什么，爱情才是万能的。要是理查德能早一点开口就好了。”

第二天，埃伦姑妈取出一枚古雅的金戒指，交给理查德。

“今晚戴上吧，孩子。这枚戒指是你母亲交给我的。她说，这枚戒指能给有情人带来好运，她嘱咐我，当你找到意中人时，就把它交给你。”

理查德把戒指放进上衣兜里，然后打电话叫马车。

八点三十二分，他在火车站杂乱的人群中接到了兰特里小姐。

“我们可别让妈妈和朋友们等久了。”兰特里小姐说道。

“去沃拉克剧院，越快越好！”理查德按她的意思吩咐车夫。

不过，理查德突然喝令车夫停下。

“我掉了一枚戒指！那是我母亲的遗物，我不能丢了它。很快就能找到，我知道它掉到哪里去了。”

不到一分钟，他带着戒指回到了马车里。

但就在那一分钟里，一辆有轨电车停在了马车的正前方，车夫试图往左拐，但被一辆大型快运货车挡住了。车夫朝右试了试，又撞上一辆搬运家具的马车。他想后退，又被不知哪儿来的车辆和马匹堵住了，现场一片混乱。

“快想办法走出去啊。我们要迟到啦！”兰特里小姐不耐烦地说道。

理查德起身站在马车里，望了望四周。只见各式各样的货车、观光马车、搬运车和有轨电车把路面挤得水泄不通。似乎在一瞬间，曼哈顿的车全部都挤到这儿来了。

“实在对不起，看样子我们被堵死了，都是我的错，如果没有掉戒指的话，我们也不会……”

“既然如此，那也没办法了。本来我也觉得看戏挺无聊的。话说回来，你那枚戒指能给我看看吗?你刚才好像说是你母亲的遗物……”

那天深夜，有人轻敲安东尼·罗克韦尔的房门。

“进来吧。”

罗克韦尔大声应道。他穿着一件红睡衣，正在读一本有关海盗历险的小说。

走进来的是埃伦，她的嘴角浮现出天使一般的笑容。

“哥哥，他们订婚了。”埃伦平静地说道，“她答应嫁给我们的理查德，他们去剧院的路上堵了车，两小时之后，他们的马车才脱困。”

“看吧，我的哥哥，别再吹什么金钱万能了。多亏了嫂子留下来的表示真爱的信物——一枚小戒指，才让我们的理查德获得幸福。他把戒指弄丢了，便下车去找。找到后本想继续赶路，没想到路却被堵住了。就在堵车的时间里，理查德向兰特里表白了爱意，并紧紧抓住了她的心。和真正的爱情比起来，金钱一点儿用都没有吧，哥哥！”

“这样啊，真让人高兴，他终于得偿所愿了。我早就跟他说过，在这件事上，花多少钱我都愿意。”

“可是，哥哥，在这件事上你的钱起了什么作用呢？”

“埃伦，之后我会告诉你的，先让我把这本书读完吧。”

于是，埃伦默默地走出了房间。

没错，故事并未结束。

第二天，有个自称凯利的人来找安东尼·罗克韦尔，他立刻在书房受到了接见。

“你来了呀。”

罗克韦尔说着，伸手去拿支票簿。

“一开始已经给了你五千美元现款了吧。”

“是的。不过，您能再给我三百美元吗？预算超出了一些，所以我就先垫上了。快运货车和观光马车是五美元，但搬运车和双马马车提高到十美元。有轨电车的司机一般是十美元，不过也有人跟我要价二十美元。最让人为难的就是巡警了，两个人就要我五十美元，剩下的钱根本不够他们分啊。不过，罗克韦尔老爷，我们虽然一遍都没有排练过，但事情进展得十分顺利！伙计们都准时赶到现场，一秒钟也不差。整整两个小时，把那条路堵得水泄不通。”

“我知道了，这里是一千五百美元。”

罗克韦尔说着，撕下一张支票。

“一千美元是我们约好的报酬，三百美元是你垫的钱。剩下这二百美元，是给你的奖金。这么多钱不烫手吧，凯利？”

“我吗？要是我见到发明贫困的那家伙，我一定要揍扁他！”

凯利正准备离开，罗克韦尔叫住了他。

“话说回来，在交通阻塞的那地方，你看到有个头发金黄、赤身裸体的胖娃娃手拿弓箭在乱射吗？”

凯利一头雾水地回答道：“没有吧，我没注意到。如果真像您说的那样，也许我还没有赶到那儿，警察就早已把他收拾了。”

“不，他本来就没有去。我想，丘比特这个家伙，才不会去那里呢！”安东尼说完，咯咯地笑道。

原作：欧·亨利《财神与爱神》
改编：桃户晴

为求胜利的计算

这里有一家口碑不错的牛排店。当地人自不必说，很多食客更是从老远赶来，就为了品尝一口鲜嫩多汁的牛排。

这家店的男老板待人十分和气，就算店里的生意再好，他也没因此自吹自擂。不过，一旦涉及以下两个话题，他立马双眼放光、滔滔不绝。

一个是跟肉有关的话题。如果客人询问肉的产地和口味，他能花上几小时讲得头头是道。老板喜欢的另一个话题就是赌钱，从纸牌、投币赌博机到轮盘赌局，凡是跟赌有关的，他都想试一试。有时候，他也会饶有兴致地在店里举行纸牌大会，或者“三十分钟能吃下五公斤牛排者，可全部免单！”之类的特别活动。

一边烹饪出可口的牛排，一边和客人们愉快地交谈，店主就这样简单而快乐地度过每一天。这天，他又想和老主顾们一起玩玩纸牌。但临近关店的时候，发生了一件出人意料的事情。

有人推开了店门。店主和老主顾们打量了一下走进来的客人，不由得有些吃惊，睁大了眼睛。她和店里邋遢的大汉们相比，显得格格不入，虽然已经入夏，她依然穿着一套派头十足的笔挺西装，戴着一副黑框的方形眼镜。看着也就二十来岁，个头也不高，应该是位职业女性。

“小姐，要是正在减肥的话，我劝你还是去其他店吧。或者，我给你上一份儿童汉堡餐？”

店主的俏皮话引得其他客人哄堂大笑。不过，这个女人似乎并不在意，她简单地看了下菜单，一只手扶了扶眼镜，指着店里的一角说：

“今天就在那儿吃吧。”

看到女客人所指的地方后，店主似乎非常高兴，双眼放光。

“小姐，你是认真的吗？那张纸上写的可不是开玩笑的。要是你在三十分钟内能吃完五公斤的肉，费用全免！但要是吃不完的话，你可得付我三百美元。怎么样，还想试试吗？”

“小姐，我劝你别试了！这分量就是男人也吃不下，你到时候后悔都来不及！”一位老主顾上前跟她搭话。但女客人似乎心意已决。

“谢谢您的提醒，请别担心。其实，我最拿手的技巧就是计算！”

“什么意思？”

“我从不参加没有胜算的赌局，我可不是傻瓜！”女客人笑呵呵地说道。

四周的老主顾们都一脸茫然，丈二和尚摸不着头脑。

“真是个有自信的姑娘啊，我喜欢！稍等一下，马上就把牛腰肉排给你端来。”说着，店主走进厨房。

随后他端着一个两手都抱不过来的大盘子走了出来。

“小姐！再给你最后一次机会。看到这个，你还想试吗？”

“当然啦，乐意之至。”

虽然老主顾们都表示担心，但女客人始终不为所动。只见她手持刀叉，只用了二十分钟就把所有的肉吃了个精光。

“你的胃难道是黑洞吗？”

老主顾们不敢相信眼前的一切，不停地揉眼睛。

“小姐，你太厉害了！小店开业三十年来，你可是第一个完成这项挑战的人！能吃得这么干净，真是了不起！今后有机会，还请再次光临。”

女客人闲话不多，用纸巾擦了擦嘴角，点头示意后便离开了牛排店。

那天以后，一周转瞬而逝。那天晚上，那位西装笔挺的女客人再次来到店里。她刚进门，店主便开始鼓掌欢呼。

“哈哈，看来是我赌赢了！我就说她一周之内肯定会再来吧！”

原来，上次她离开之后，大家就在赌她什么时候会再来。

老主顾们输掉赌局，不情愿地付了酒钱。反观店主，高兴得手舞足蹈，他跑到女客人跟前说道：

“小姐，你来得可真是时候。今天想吃点什么？”

“嗯……那就跟上次一样吧。”

女客人指了指墙上的贴纸。店主见状，嘿嘿地笑着说道：“我可专门为你修改了规则，现在的要求是要在三十分钟内吃完十公斤的肉。怎么样，想试试吗？”

她似乎有些惊讶，但并没有过多地犹豫。

“这样啊，那我就试试吧。能让我吃这么多的肉，真是感激不尽啊。”

“她也太逞强了吧？”围观的一位客人向坐在对面的朋友耳语道。

结果——依然是女客人获胜。肉源源不断地被端上桌，然而很快就被一扫而空。更让人震惊的是，她的体形和饭前相比居然没有任何变化。

“虽然不甘心，但输就是输，赢就是赢。小姐，下周有空的话还请再来一次！”

店主本以为今天可以大获全胜，但此时却懊恼得直跺脚。

于是，又过了一周。店主看到窗外那个熟悉的身影飘过，猛地冲出店门。

“小姐，我一直在等你呢！今天我特别给你准备了专用座位！”

“特地给我准备的吗？太谢谢了！”

“你可别多想。我只是不甘心被你击败，想再决胜负。”

店主意味深长地笑了笑，把女客人领到了吧台。这个长条形的桌子足够五个人并排坐下，桌上不留间隙地摆满了食物，总共有几十公斤的肉。

“请问，这是……”

“毕竟这次的对手是你。我今天买了一整头牛，肉绝对管够。怎么样，敢跟我一决胜负吗？”

店主目光炯炯地盯着女客人。她抱着胳膊站在一旁，似乎在沉思着什么。看来即使是她，面对这种场面也会心生胆怯。

过了一会儿，在店主和老主顾们的注视下，女客人有些勉强地叹了口气说道：

“不好意思，比赛的事情能让我再稍微想一下吗？”

“这当然没有问题，你需要多长时间呢？”

“不好意思，要等多久我也不太清楚……”

“不清楚……难道你想等到肚子饿了之后再开始吗？”店主突然发疯似的怒吼。

女客人似乎并不在意，她很快地点了一下头，默默地走出店去。

“到底怎么回事啊？连那位大胃王小姐，也被这次的挑战吓倒了吗？真是太扫兴了！”

客人们惊讶地看了看餐厅大门和堆满食物的桌子，心中很是不满。但店主和他们截然不同，他心满意足，兴奋地朝着空中挥拳。接着，他对客人们说道：“这回终于战胜那位小姐了！今天我请客，大家喝个痛快！”

“真的吗？要知道这样的话，早一点给你助威就好了。”

“什么？你们这些家伙，原来一直都希望那位小姐获胜啊！”

“这个嘛，胡子拉碴的大叔和漂亮的小姑娘，支持哪个不是显而易见的嘛！”

“你这个叛徒！”

店主笑着戳了一下客人的头，餐厅里热闹得就像在举办庆功会。

一小时后，店主和客人们已经喝得醉醺醺了，突然，餐厅的门被推开了。

“让你们久等了，非常抱歉！我决定接受这次挑战。”

“小姐，你不是逃跑了吗？”

女客人的意外出现，着实让店主和客人吓了一跳。虽然吸引了店里所有人的目光，但女客人完全不为所动，径自坐到了吧台边。她手中的刀叉快速飞舞，把一块块肉送到嘴里。

店主和客人们屏住呼吸，盯着眼前发生的一切。大概一个小时后，桌上所有的肉都被一扫而空。刚刚意气风发的店主，此时早已震惊得目瞪口呆。

“小姐，你太厉害了！居然能吃得这么干净，这回是我彻底输了。不过，刚才你为什么出去了呢？难道你在外面做了运动，让自己肚子更饿吗？还是说你为了以防万一，专门去买了胃药呢？”

女客人放下手中的刀叉，看着店主笑着说道：

“我从没吃过相当于一头牛分量的牛排，所以心里有些没底。我从不打没把握的仗，所以刚刚找了另一家店，试吃了相同分量的牛排，这才放心地过来。”

原作：欧美短篇故事

改编：麻希一树

昂贵的垂钓

这个少年还从没钓过鱼。不过，大人们都像约好了一样，经常在那条小河边垂钓。

“看起来很有意思啊……”

这么多大人每天不厌其烦地聚到这里，看来钓鱼肯定很有趣。少年心想，自己有机会一定要试一试。

这天，爸爸难得回家特别早，少年赶忙对他说：“爸爸，我也想去钓鱼。”

爸爸听到后立马答道：“不是每个月给了你零用钱吗？你可以用这笔钱想想办法呀！”

于是，少年决定把零用钱攒起来，购买钓鱼所需的工具。

为了攒够这笔钱，他可做出了不小的牺牲，忍住了买零食和玩具的冲动。钓鱼必须用到钓竿、卷盘、钓线、鱼饵，以及捞鱼用的网等，要把这些全买下来，大概需要二百美元。

“哎哟，你又来了啊？”

不知不觉间，少年早已跟这些钓客混得脸熟，他们也给少年提了一建议。比如，哪家店的钓竿比较便宜，哪个型号的钓竿比较好，可以用水桶暂时代替保温箱，等等。这些人不愧是老手，提的各种建议都非常有用。

终于，那一天到来了。

父母知道少年拼命攒钱买装备的事情后，把他最后差的那点钱补齐了。少年紧紧攥着这些钱来到钓具商店，买齐了整套钓鱼装备。

“成功了！我终于做到了！”

第二天是周日。少年一大早就来到河边，没想到已经有很多人在钓鱼了。他小心翼翼地取出钓具，挂上鱼饵，把钓线扔向水面。

一小时、两小时过去了，根本没有鱼上钩。

三小时、四小时……一直到下午，少年还是一条鱼都没钓上来。

很快到了傍晚，太阳就快落山了。突然，他拿着钓竿的手感受到了一丝晃动。

“上钩了！”

这是他钓上来的第一条鱼，虽然很小，但却是他亲手钓上来的。

他内心虽然有些高兴，但说到底今天的成果只有这么一条小鱼，绝对谈不上心满意足。正在此时，一个小女孩恰好从旁边经过，她对他说道：

“哥哥，你是在钓鱼吗？已经钓上来了吗？好厉害啊！”

少年有些惭愧地答道：“对呀，不过我花了二百美元，才钓上来这么一条小鱼。”

小女孩听完说道：“那也不错呀！”

少年还是一脸的闷闷不乐。虽说自己是第一次钓鱼，但居然只钓到这么一条小鱼，有什么可高兴的呢？这个小女孩是在挖苦我，还是假装在说客套话？不过从她那天真的笑脸来看，似乎又不是这样……

“那个，其实我今天是第一次钓鱼。不过，只钓到这一条，真是差劲啊。你看看其他人，几乎都是大丰收！”少年强压着怒气说道。

小女孩不解地接着说道：“你刚刚不是说，钓上来一条鱼就花了二百美元吗？要是钓上来十条二十条，那得花掉多少钱啊！”

原作：欧美短篇故事
改编：小林良介

经商之道

城镇的大街上来了一个小贩。他拉着一辆两轮拖车，上面层层叠叠地堆满了旧衣服，手里还拿着一个扩音喇叭。他把拖车停到马路边，在地上铺了一大块布，然后把车上的衣服一件件码放整齐，摆列布上。路过的行人感到好奇，不停地回头张望。突然，小贩深吸了一口气，举起喇叭向路人大声喊道：

“瞧一瞧，看一看，我是隔壁镇的托马斯，今天给大家带来了很多好看的西装。虽然是二手货，但质量和新品一模一样，而且价格公道。走过路过，不要错过啊！”

听到这俏皮的叫卖声，不少行人停下了脚步。

其中有一些人，半信半疑地来到摊位前，打量起这些西装。不过，当他们看到价签的时候，都遗憾地摇了摇头，转身离开。确实，这些旧衣服正如托马斯所说，和新品看起来一样漂亮，但价格却并不便宜。既然如此，那就根本没必要去买件二手货。

托马斯并不在意，继续向行人吆喝叫卖。但似乎效果不佳，衣服一件都没卖出去。

过了不久，又来了一个小贩。他和托马斯一样，拖车里满是旧衣服，也拿着一个扩音喇叭。

这个小贩就在托马斯的正对面，用一块非常醒目的粉红色薄布，摊开了自己的摊位，把车上的旧衣服全摆了上去。接着，他完全无视托马斯眼中的阵阵杀气，拿起喇叭就喊道：

“瞧一瞧，看一看，我是隔壁镇的杰克，今天给大家带来了很多好看的西装。虽然是二手货，但质量和新品一模一样，而且价格公道。走过路过，不要错过啊！”

听到他连叫卖的用词都跟自己一模一样，托马斯不由得怒上心头。不过，不少人倒是被这戏剧性的场面所吸引，停下来驻足观望。

“哎哟，这是旧衣服对决吗？”

“对了，新来的，你的衣服卖多少钱啊？”

围观路人把衣服拿到手上，被标签上的价格吓了一跳。论衣服的外观，他和托马斯的可以说不相上下；论价格的话，却只有托马斯的一半。

“这可真不错啊。这件衬衫我要了！”

“好的好的，这件十美元。”

杰克的摊位前一下子挤得水泄不通，大家争相抢购。

“来我这儿看看吧！我也能给您算便宜点！”

虽然托马斯拼命吆喝，但谁都没有搭理他，全都一窝蜂地涌到杰克的摊位前。

“你这个浑蛋！明明是后来的，却把我的客人都抢光了，真是奸诈啊！”

面对托马斯的满腹牢骚，杰克完全不在意。

“那又怎么样呢？这跟谁先谁后没有关系吧？没法吸引顾客，说到底是你自己的问题吧？哎哟，姐姐，您到我这儿来吧，这种带有装饰的西装跟您最配啦！”

杰克无视托马斯的存在，又连忙跟路过的大妈搭话。

托马斯不甘示弱，也上前推销道：“大……哎不对，小姐！他的衣服太花哨了，来看看我的，这才是真正的高级货！”

不过，大妈在看过两边的价格之后，还是买了杰克的衣服。

三小时之后，杰克带来的旧衣服几乎全都销售一空。

“再见了各位，咱们有机会再见啊！”

杰克满脸笑意，得意扬扬地离开。等到他的背影渐渐消失，托马斯也开始收拾自己的摊位，把西装一件件堆上车，踉踉跄跄地拉车前行。拖车的重量，跟来的时候几乎没什么变化。自从杰克出现之后，他就再也没卖出去一件衣服。

托马斯在路上片刻也没休息，一鼓作气走到了城外。接着，他又走了整整三十分钟，终于停了下来。没想到，杰克正在那儿等着他。

托马斯目光凶狠地盯了杰克一会儿，便把拖车放在一旁，朝他大步走去。接着，托马斯把手高高举过头顶……和杰克击掌庆贺。

杰克笑着把手中的袋子扔过去，托马斯从中取出一大捆钞票和半个三明治。两人席地而坐，大口吃着手里的三明治。

他们可能是太饿了，很快就把三明治吃完了，连蹭到手上的蛋黄酱都舔了个精光。此时，托马斯对杰克说道：

“喂，大哥，咱俩的分工偶尔也该换一下呀。总让我扮演卖不出货的角色，也太可怜了吧。”

“你？再等十年吧！”

说着，杰克又从托马斯的车上卸下一些衣服，催他快走。托马斯略带不满地站起身来，继续往前走。三十分钟后，杰克才慢悠悠地站起来，伸了个懒腰，朝下一个镇子走去。

原作：欧美短篇故事

改编：麻希一树

鞋店的招牌

在这条颇具乡土风情的商业街上，有一家“哈利鞋店”。

哈利在这里开店已经有二十多年了。他生在这里、长在这里，对邻里的喜好和需求都了解得一清二楚。店里的熟客非常多，生意也一直十分兴隆。

不过今年情况有了变化，哈利鞋店的右边开了一家大型鞋子卖场。这家店的广告常常出现在电视和广播节目里，是家非常有名的连锁店。店门口巨大的招牌上写着“全美国最便宜”。

没有人会对此无动于衷。连锁店刚一开门，哈利就暗中开始了侦察工作。店里宽敞明亮，鞋子的种类远比哈利鞋店的种类要多，价格也更便宜，各式各样的鞋子满满当当地摆在鞋架上。

从那天开始，哈利鞋店失去了往日的光彩，客流都被新店吸引了过去，尤其是热爱时尚的年轻人。

哈利抬头看了看自己的店铺招牌。经过二十年的岁月洗礼，招牌早已褪色，陈旧不堪。尽管如此，他相信这块老字号的招牌依然有竞争力。

哈利下定决心，既然在价格上比不过它，就在鞋子的品质上一决胜负！

于是，他用比以往更高的标准严把进货关，试图以此抓住顾客的心。

不过，不久之后在哈利鞋店的左边，又开了一家其他品牌的大型鞋店。这也是一家知名连锁店，他们的招牌上写着“全美国质量第一”。

哈利前往侦察之后，震惊地发现，质量这么好的鞋子，居然可以以这种价格买到！原来，这家店有自己专属的鞋厂进行量产，可以把成本压到很低。像哈利这样的个体户，根本没法做到这一点。总体来看，价格虽不算便宜，但在这儿能买到国外才有的设计考究的鞋子，也很划算。于是，哈利的一些老主顾和喜欢高级货的客户，也都慢慢流向这家新店。

除了当地街坊之外，还有不少慕名而来的外地客人，这两家鞋店的生意因此十分兴旺。

相比之下，哈利鞋店的生意却日益萧条。门前的人虽然络绎不绝，但都是路过而已。不过，有一天，终于有人在哈利鞋店的门前停下脚步。

“欢迎光临！”

不过，客人又仔细瞧了瞧招牌，小声嘀咕了一句：“哎呀，看错了！”便转头向旁边的鞋店走去。

哈利叹了一口气，心想：能不能想个主意，把这些路过的客人都吸引到自己的店里来，还是说就此认输，撒手不干了呢？哈利认真思考了一阵子，终于得出了结论。

那天，哈利终于把这块挂了二十多年的“哈利鞋店”的招牌摘了下来。看来，它的使命到此结束了。此时此刻，他的眼泪止不住地流。

接着，哈利擦干眼泪，很快换上了一块新招牌。上面写着“正面入口”。

这样一来，凡是想去那两家连锁店的客人，都会走进我的店里了吧！

原作：欧美短篇故事

改编：桑畑绢子

小小目击者

托马斯一家人利用暑假，开始了一场环欧自驾之旅。

他们首先来到一个很有名的自然公园。不过，它的卖点并不是园中珍奇的动植物，而是可以感受七千万年前恐龙生活的那个时代。这个公园紧邻市区，交通十分便利，是家庭出游的人气胜地。

“妈妈，我现在站的地方，恐龙也曾经走过吗？”刚满五岁的托马斯，兴奋地拽着妈妈的裙边问道。他非常喜欢恐龙，一直期待着能来这个公园。

“对呀！托马斯最喜欢的禽龙，说不定就在这附近散过步呢。而且这里也发掘出了始祖鸟的化石。”

“始祖鸟？”

听到妈妈的话，托马斯吃惊地瞪大了眼睛。

“始祖鸟，就是鸟类的祖先吗？”

“没错。”

“那样的话可糟糕了！”托马斯突然一脸担忧。

妈妈把头转过来，不解地问道：“你有什么可担心的呢？”

托马斯看着妈妈，一脸认真地答道：“你看，这附近有多少高楼大厦啊。恐龙居然住在离人类这么近的地方，多恐怖啊。而且，有这些高楼在，始祖鸟飞起来恐怕也很麻烦吧。”

妈妈听完，笑着摸了摸孩子的头。

接下来，一家人出发前往地中海上的一个小岛。他们乘坐渡轮，在波光粼粼的海面上航行了三十分钟，很快就到达了目的地。岛上没什么特产，最为知名的就是春夏之交各式各样的花儿，实在是美得让人心醉。而且在岛上远足完全可以当天往返，十分便利，因而成为倍受欢迎的景点。

“太棒了！感觉就像是在无人岛上生活的鲁滨逊

·克鲁索啊！”

看着如宝石般闪闪发光的海面和从白色沙滩延伸出去的笔直道路，托马斯禁不住大声叫道。自他学会看电视以后，恐龙和鲁滨逊的故事，都令他非常着迷。最近，他也总是在家玩过家家的游戏，假装自己在无人岛流浪。

“直到不久前，这个岛都是真正的无人岛呢！”

“真的吗?!”

托马斯双眼放光，抬头看着仿若恶作剧般微笑着的妈妈。

“据说直到几年前，游客们才开始来岛上参观。这里离陆地又近，而且面积又这么小。所以，好像没什么人会特地来这里定居。”

“真不错啊，要是我早出生几年的话，说不定就能成为这座岛的鲁滨逊·克鲁索了！”

看着满脸遗憾的托马斯，站在旁边的爸爸不由得扑哧一声笑了出来。

“看来你真的很喜欢鲁滨逊·克鲁索呢。假如只能带一件东西去无人岛，你会选择什么呢？”

“我吗？”

突然被问到这种问题，托马斯一反常态，皱起眉头认真思考起来。看着孩子那认真的表情，爸爸也转头问了妈妈同样的问题。

“杰西卡，要是你的话会选什么呢？”

“这个嘛……可能我会带本书？要是有一本生存宝典的话，即使一个人也能应付自如吧。对了，你会带什么呢？”

“我会带猎枪。要是有枪的话，什么猎物都能抓到吧。”

爸爸一边说着，一边做出拿枪瞄准的样子，假装射了一枪。妈妈嫌弃地皱了皱眉。

“我知道了！”沉默了许久的托马斯突然大声叫道。

“托马斯，你怎么了？”

“我决定了！我要是鲁滨逊·克鲁索的话，我会带一个水龙头！不论什么时候，水都绝对是必需品！”

听着孩子自信满满的回答，爸爸妈妈不由得相视一笑。他费了半天工夫想出来的答案，充满了小孩子的天真可爱，不禁让人心头一暖。

花了半天的时间绕岛一周之后，一家人又坐上渡轮回到出发时的港口。

“接下来我们去城堡参观一下怎么样？”

“嗯，走吧。”说着，托马斯就拉起爸爸的手跑了起来。不过，意想不到的事情发生了。他们停在停车场的车居然自己动了起来。不！不对！并不是车自己在动。

“偷车贼！”

爸爸立刻意识到情况不妙，急忙追了上去。不过，面对全力加速的汽车，人跑得再快也不可能追得上。

“这算什么事啊！好不容易一家人出来旅游，居然遇上了贼！”

车从视线里慢慢消失，爸爸的脸上堆满了托马斯从没见过的伤心和失望。

“老公，快点报警吧。”

“至少也得知道小偷的长相吧！杰西卡，你有看到什么吗?! ”

妻子无力地摇了摇头，爸爸见状懊恼地挠头，似乎已经无计可施。正在这时，托马斯突然拽了拽爸爸的裤子。

“怎么了，托马斯？肚子饿了吗？现在还不是吃饭的时候，再等一会儿吧。”

爸爸强忍心中的怒气，抱起托马斯，带着教训的口气对他说道。托马斯鼓起腮帮子，用自己的小拳头捶着爸爸的胸口，似乎在说“别把我当小孩子”。

“我可是看得清清楚楚，为什么不听我说话呢？”

“什么？你看到小偷的脸了吗？”

爸爸非常吃惊，目不转睛地盯着托马斯。不过话说回来，托马斯确实是家里视力最好的，如果他碰巧看到了小偷的脸，也没有什么奇怪的。

“你看到什么了？跟爸爸说说吧。”

看到爸爸的态度发生变化，托马斯有些得意。他盯着爸爸的眼睛，自信满满地说道：“虽然我没看见小偷的脸，但车牌号我可是记得清清楚楚！在这种情况下，记住车牌号不是更重要吗？”

话说回来，除了恐龙和鲁滨逊以外，托马斯还非常喜欢看刑侦剧。

托马斯的眼睛水汪汪的，他似乎在等待着爸爸的夸奖。没办法，爸爸只好无奈地紧紧抱住托马斯，好像在说："你做得真棒！"

原作：欧美短篇故事
改编：麻希一树

采访大富翁

刚刚进入出版社的布伦达，被分到了商业杂志编辑部。她和公司的其他员工不同，并不是毕业于名牌大学的精英。她出生在一个并不富裕的家庭，为了成为记者而拼命自学，终于在朋友的推荐下通过社会招聘被出版社录用。可以说，她能有今天的确并不容易。

终于，她起草的方案获得通过，能够正式撰写稿件了。她设计的方案内容，是对世界级的大富豪麦加汉的专访。如今的麦加汉腰缠万贯，但据说他是在穷苦的贫民窟里长大的。

大家都对麦加汉的成功秘诀非常感兴趣，但他始终讳莫如深，从不提及。有传闻说他性格非常内向，不喜欢与人打交道，总之是个谜一样的人物。

直至今日，他也没有接受过任何采访。要是能对这样的人进行单独采访，绝对会引起轰动。而就布伦达来说，她个人也很有兴趣听一听麦加汉成功的秘诀。说不定听了他的成功哲学后，自己也能受到启发，走上发迹之路呢。因此，虽然一开始并不抱多大希望，但她还是想试试看。

或许是一时心血来潮，麦加汉居然接受了访问请求。他年纪已经非常大了，说不定是想在离开人世之前，记录下自己的一生。

采访将在麦加汉的家中进行。那座豪宅位于郊外，四周绿意盎然，看起来简直就像一座城堡。目之所及的一大片土地都归他所有。

布伦达被安排在宽敞的接待室里等候，房间里的家具十分奢华考究，还装饰了许多名画。终于，麦加汉出现了。他体态优雅、面色红润，完全看不出来已经八十高龄。

“看来他平常的饮食一定很不错啊。”布伦达一边想着，一边打开了手中的笔记本。

“我们希望借这次采访，您能跟年轻人好好说说您的人生。比如，想要取得成功，最重要的是什么呢？您是以什么为契机走上了成功之路呢？希望您能用自己的经验，给这些追梦人加加油、鼓鼓劲儿。”

“嗯……我现在也老了，所以想趁自己还活着，对年轻人说一些话。”

看来他果然早有准备啊。于是，采访正式开始了。

“听说您是在一个贫困的家庭中出生的？”

“没错，我是在贫民区最穷困的家庭里出生的，和家人挤在破旧公寓的小房间里相依为命。尽管如此，能和家人在一起还是很幸福的。十五岁之后，我就开始一个人在社会上闯荡。”

眼前的这位老人似乎唤醒了脑海里那些沉睡的记忆，不禁深深地叹了口气。

“想必那些年您一定过得很辛苦吧！”

“辛苦倒也谈不上，谁让我们碰上了大萧条的年代呢。”

“在那种严峻的情况下，您是怎么找到出头的机会，取得今天的成就的呢？”

“这一切，都得从那一天说起……”

麦加汉闭上眼睛，开始回忆那段往事。

“那时我的父母相继去世，只留下我独自一人孤苦伶仃。而且，身边也没有人来帮助我。就这样，十五岁的我被赶出了公寓，全身只剩下口袋里的一枚五分钱硬币。”

“真是一个凄惨的故事啊。”

“是啊，那时候大家照顾自己都很困难了，更别说去帮助别人。我只能在街上游荡，不久之后肚子就饿了。到市集上，我发现有人在卖脏苹果，一个正好是五分钱。要是想买，就要拿出我全部的家当！虽说如此，但我肚子实在是太饿了，还是忍不住买了一个脏苹果。

“拿到苹果后，我赶忙用袖子擦了擦上面的泥。苹果的表面变得非常干净，看起来非常诱人。于是，我拿着它站在路边，以十分钱的价格卖给了路人。

接着，我用这十分钱又买了两个脏苹果，把它们擦得干干净净——这之后的事情，就不用我再解释了吧？”

“哎，也就是说……您在那个时候，就已经懂得销售的概念了，真是了不起啊。”

“差不多吧。”

“真是令人感动的故事啊！”

布伦达忍不住叫出来。看来，努力和肯动脑筋的确是成功的秘诀。

麦加汉接着说道：

“就这样，短短一周之后，我靠转卖苹果赚了三十五美元二十美分。”

“这就是您提到的改变命运的瞬间吗？”

“不，并不是。真正重要的，是第二天发生的事……”

麦加汉深深吸了一口气，喝了口红茶。

布伦达急不可耐地问道：“到底发生了什么呢？”

“第二天……我的伯祖父去世了。我们是远房亲戚，他甚至都不知道我的存在。但家族律师突然出现在我的面前，告诉我可以继承他的全部家产。于是，我一下就获得了七千万美元的财产。”

房间里顿时陷入沉默，终于，布伦达开口说道：“那么，您想对年轻人说的话是？”

“这辈子最重要的东西，是运气！也就是所谓的‘有福不用忙’。”

听完这话，布伦达默默地合上了笔记本。

原作：欧美短篇故事
改编：桑畑绢子

粗心的骑士

在中世纪的欧洲，德意志的一个城邦里，有一个以冒冒失失、粗心大意而闻名的骑士。他的名字叫约翰·施密特。

虽然他有时无意中会给别人造成一些麻烦，但大家似乎都挺喜欢他，连城邦的国王都对他很感兴趣。

附近另一座城邦的王是国王的亲戚，连他也听说了关于这个另类骑士的传闻。

“要是他真这么有意思的话，一定要让他作为使者来访，我想亲眼看一看。”

国王得知之后，欣然应允，决定派遣约翰作为使者出访。

于是，一头雾水的约翰接到了国王的命令，正式出发前往临近的城邦。

到达邻邦之后，出现在约翰面前的是深受对方国王信赖的骑士团长。他上前问道：“您这次来我们这里有何贵干呢？”

约翰的表情十分窘迫。原来，他把这次出访的意图和国王的旨意忘得一干二净。

“这个……这个……”

无论他怎样努力地回忆，也是一点儿用都没有。他这次可是作为国王的使者出使邻邦，如果无法完成使命，他要负全部责任，说不定连“骑士”的称号也会被收回！

就连对方的骑士团长，也跟他搭话，想帮他找回记忆。约翰大伤脑筋，却一无所获。于是，他对骑士团长说：

“实际上，我从小就是一个马虎鬼。每当我忘记了什么事情，妈妈就会捏我的脸，帮我找回记忆。这回能麻烦您捏一下我的脸吗？说不定我能想起些什么。”

骑士团长内心虽觉得不太合适，但还是伸手捏了一下。不过，约翰的脸由于常年被捏，已经变得像岩石一样坚硬，根本一点疼痛都感觉不到。

骑士团长也大吃一惊：脸颊居然这么硬，是被捏了多少次啊？这个人到底有多马虎啊？

接着，骑士团长决定用力捏上一把。不过，即便如此，约翰还是完全感受不到疼痛。骑士团长无计可施，只好叫住了正准备进城的园丁。

园丁了解事情的原委后，掏出了自己的园艺工具——一个巨大的、钳子一样的东西。

“怎么样，我来用它试试？”

约翰把脸伸到了园丁面前。园丁毫不犹豫，拿起钳子就开始揪他的脸。

“这……这也太……”

这还是约翰第一次叫出了声。于是，骑士团长赶忙问道：“怎么样？您想起来国王托付给你什么事了吗？”

约翰答道：“疼疼疼疼疼！好像想到些什么了。再用力一点！”

于是，园丁又加大了手上的力道。

“疼！疼！不过还得再使点劲，再用力点！”

骑士团长又问道：“怎么样，想到什么了吗？”

约翰答道：“就差一点了，再等一下……”

于是，园丁取出自己的另一把钳子，开始揪他另一边的脸。骑士团长忙问道：“怎么样，这下想到什么了吗？”

约翰吼道：“就到嘴边了！”

由于两边的脸颊被揪着，约翰的两脚竟然已经悬空，可见这钳子力道之大。终于，一阵惨叫传来。不过，叫出声的并不是约翰，而是园丁。

“您这脸怎么回事啊？居然连我的钳子都给硌坏了！也太不可思议了吧！”

就在这一瞬间，约翰终于大叫出声：“想……想起来了！”

骑士团长立马问道：“太好了，国王到底拜托了您什么事呢？”

大概是由于太疼，约翰一边擦着额头上的汗水，一边说道：“我想起来了！我出城的时候，忘记问国王这次出访的任务了！”

原作：古典落语《粗心的使者》

改编：小林良介

最后的业务改进

某一天，公司的社长和副社长，在社长办公室里一脸严肃地商量着些什么。

这是家专做小点心的公司，曾经推出过一些非常有人气的产品。那时真可以算得上盛况空前，产品往往刚一上市就被抢购一空，不少超市和便利店都竖起了“等待进货”的告示牌。不过，这些辉煌的业绩，如今只存在于人们的记忆中了。这些年来，公司的生意一直不好，总是入不敷出。

“社长，再这样下去的话，不出三年我们公司可能就会倒闭了！”

听完副社长的话后，社长抱着胳膊，轻轻地回了一声“嗯”。

“没错，现在的状况确实很糟。不过，接下来到底该如何是好呢？”

“这种时候应该尽量削减无用的支出，提高工作的效率，您觉得怎么样？”

“具体应该怎么做呢？”

副社长朝着抱头沉思的社长竖起了两根手指。

“我觉得有两个地方需要尽快削减。第一是经费，午休的时候可以关闭电源，那些没用的办公用品也不必再买了。第二是尽可能地减少加班，提高工作效率。要是能顺着这两条线，踏踏实实地干下去，公司的盈利应该会逐渐上升的。您说呢，社长？”

看到社长点头表示同意，副社长清了清嗓子说道：

“为了公司考虑，恐怕您也得控制一下自己的消费，那种东西就尽量少买吧。”

副社长一边说，一边盯着社长网购的各种创意小商品。

虽说是为了激发创意，但这些东西买来后几乎从没用过，很快就被闲置在一旁。

“好……我会妥善处理的。”

社长的目光有些闪烁。副社长假装没有看到，又伸出了一根手指。

“这样一来，又多了一个可以削减成本的方法……”

社长室里只有他们两人，但即便如此，他们还是担心隔墙有耳。因此，副社长把声音压得很低，而社长则是微微弯腰，把耳朵凑上前去听。

听完副社长的建议，社长的表情十分痛苦。不过，这是让公司生存下来的唯一方法，即使他不情愿，也无可奈何。

“具体的工作，您就放心地交给我吧！”

副社长一脸严肃地立下了军令状。社长没有办法，只能点头同意。

一周之后，公司员工收到了一份调查问卷。翻开封面，发现上面还设计了一栏空格，要求大家自由讨论公司发展所遇到的问题。据说，这是为了能让管理层更好地了解员工的想法，从而提高公司的效率。

某位员工对公司的许多做法早就心怀不满，于是洋洋洒洒地写了好几条。此外，他还顺便写了一些如何改进的工作建议。

另一些员工则比较谨慎，害怕惹恼了上级，秋后算账，于是在问题栏里什么也没写。

剩下的员工，在日常工作中确实没感受到什么问题，因此也空着没填。

问卷调查完成一周之后，副社长选出了一些员工，让他们在食堂集合。而他们并不知道自己被选中的原因。

“到底为什么把我们叫到这里啊？”

有人小声地说道：“之前不是让我们填了问卷吗？虽说是畅所欲言，让我们谈谈公司存在的问题，但也有传言说这实际上是在暗中调查对公司心怀不满的人。”

“我也听说了。看来领导把我们叫到这里，就是想问出到底是谁写了对公司不满的意见。”

根据他们的情报，一旦查出来那个满腹牢骚的员工，公司肯定会给他穿小鞋。这么一想，大家心里都很不是滋味。

不久之后，副社长走进了食堂。在场的员工们连忙直起腰板，正襟危坐。副社长看了看表情略显僵硬的大伙儿，笑着说道：

“今天把大家集合到这里，首先要向你们表达我的敬意。你们为了公司勤勤恳恳、不辞辛劳，我衷心地感谢大家！之前我们做了一份问卷，在公司这么困难的情况下，大家仍然毫无怨言地努力工作，真令人感动。各位都是公司宝贵的财富，不过，我有一事相求，希望你们能从公司的大局出发去考虑……”

果然没错！他想让我们为了公司而甘心成为告密者！大家的脸色都变得有些阴沉和不快。但副社长似乎完全没有意识到这一点，接着说道：

“希望各位能从公司的大局出发，主动辞职。”

听到这番话，员工当中猛地骚动起来，一股不安的情绪迅速蔓延。其中有一个人实在无法接受，大声喊道："这是为什么啊？我们对现状没有任何不满。在那份问卷上，我们也没有任何抱怨啊！既然如此，为什么要解雇我们，而不解雇那些满腹牢骚的家伙呢？"

"确实如此。"

副社长看了一眼这个满腔怒火的员工，无奈地耸了耸肩说道：

"公司的现状简直是积重难返。即便如此，你们却丝毫看不出任何问题，只能说明你们缺乏观察力，工作中只想敷衍了事；或者为求自保，不愿说出实话。这样的员工，我们不需要！"

现场的员工都陷入了沉默。

两年之后，这家公司凭借"精兵强将"的信念，终于得以重整旗鼓。公司推出了新的畅销产品，免于破产危机。这段时间，公司进行大量裁员，而社长和副社长也承担了长期业绩不振的责任，从公司辞职。此时，他俩正站在超市的货柜前，看着公司推出的新产品，含着泪说道："看来我们所做的一切都是对的！”

原作：欧美短篇故事
改编：麻希一树

友情

“老公，路上小心！”

丈夫乔治准备出门工作，妻子安娜一直把他送到门外。结婚三年多来，夫妻俩每天的生活几乎没有什么变化。虽然略显平淡，但安娜很喜欢这种简单的幸福。老公非常善解人意，对待工作也非常认真。他们就是这样一对平凡而普通的夫妻。安娜对这样的日子并没有什么不安或不满，不过最近似乎有了些变化。

因为，丈夫开始经常晚回家。

他说最近加班很多，因此深夜回家的次数也开始慢慢变多。有时候甚至连周末也得去公司，算起来，他最近在家的时间比新婚的时候少了太多。

而难得的周六晚上，他也总是和学生时代的朋友们一起聚会度过。

丈夫说道："当上班族啊，到了我们这个年纪，正是最艰苦的时候。所以大家才聚在一块儿，互相帮衬帮衬，排解一下烦恼。"

丈夫的这些朋友，安娜并不陌生。她在结婚典礼的时候见过，和他们一起去烤过肉，甚至还曾邀请他们来家里住过几天。这些人是丈夫大学足球协会的老朋友，个性都非常阳光，安娜本来并不讨厌他们。但丈夫总把他们称作"拥有极深羁绊的同志"，用此来形容那段共同奋斗的艰难岁月。他把朋友的烦恼当成自己的烦恼，与其共同分担。安娜非常嫉妒这种友情，但乔治却对此扬扬自得。有时候，安娜甚至觉得这种友情在乔治心中的分量超过了自己，这让她非常伤心。

比如，最近乔治在洗澡的时候，总会带着手机进入浴室，并且把门锁上。安娜问他原因，乔治回答道："有个朋友遇上大麻烦了。不赶快给他建议的话，他说不定会被公司开除。我要是因为洗澡而漏接电话，他听不见我的建议，那才真是让我追悔莫及呢！”

有一天晚上，安娜偶然拿到了乔治的手机。不过，手机设置了密码，没法看到电话和短信的记录。安娜心想，恐怕丈夫是想独自一个人解决朋友的困难，并不想给自己增添额外的负担。此时此刻，她既为丈夫的体贴而感到开心，又为自己没帮上忙而感到一丝落寞。

那是一个星期五，乔治回来得比较早。晚上，他对安娜说："明天朋友约我去他家，他好像遇上了一个大难题，说无论如何也要跟我商量商量。作为补偿，周日我们一起去购物吧！”

第二天一大早，乔治便开着车出发，前往朋友的家。安娜和往常一样，留在家里做家务。

出门之前，乔治说自己不会太晚回来，安娜还以为他大概傍晚就能回家。没想到天色一片漆黑了，丈夫依然没有回来。于是，安娜给丈夫的朋友发了一条信息。

“乔治这么晚还没回家，他还在你那儿吗？”

很快，安娜收到了回信。

“还在呢。我正让他帮我准备一些工作上的资料。”

看到丈夫没事，安娜终于松了一口气。没想到，这个时候丈夫还在朋友家努力工作，她越来越喜欢这个重视朋友的男人了。不过，她还是担心丈夫过于拼命，把身体弄垮了。于是她心想，等丈夫回来给他做按摩放松一下。

几个小时之后，已经是第二天的凌晨了。乔治终于回来了，他看起来非常疲劳。而安娜也没有睡觉，一直在等着他。

“老公，你回来了！”

乔治听到妻子的声音，吓了一跳。

“我看你这么晚都没回家，有点担心，就给你的朋友发了短信，问你是不是还在他那儿。”

乔治可能是太累了，没有说话，只是静静地听着。

“很快他就回信了，说你正在帮他处理工作上的事。我这才放心了。”

听到这儿，乔治也松了一口气。其实他撒了谎，根本没有所谓的朋友，他是在搞外遇。

安娜接着说道：“看来，你们之间的羁绊确实很深呢！”

确实如此。正是这份从足球协会时代积累起来的友情，救了他一命。收到短信的那位朋友，机智地编造了谎言，成功地骗过了安娜。此时，乔治在心中对他万分感谢。

不过，安娜的话似乎还没说完。

“实际上，我最近一直觉得你很奇怪。于是，我同时给你的十个朋友都发了短信，很快就收到了一个人的回复。但没想到，其他九个人也陆续给我回复了，都说你正在他们家。你说这到底是怎么回事呢？”

男人之间坚定且热烈的友情，把乔治和他的朋友们紧紧地联系在一起。不过这样的友情在愤怒的妻子面前却毫无作用。此时，乔治的脑海中浮现出朋友们笑着竖起大拇指的样子，似乎在说：“怎么样？我做得不错吧！”

原作：欧美短篇故事

改编：小林良介

考验

早上一睁眼，已经快八点了。八点半开始上课，还剩三十分钟赶到学校。糟了！我赶快换衣服跑出家门。

我家在六楼，平时都是坐电梯下楼。不过，遇上今天这样的特殊情况，我都会直接走楼梯。因为时间实在太紧张，根本没空慢悠悠地等电梯。

我飞快地跑向楼梯间，却发现和平时的样子有些不同。在楼梯的入口处围了一根绳子，上面挂着“危险·禁止使用”的标志。为什么今天运气这么差啊！看来只能回去坐电梯了。

于是，我急忙掉头，猛按电梯的下行键。正在这时，我发现了一件奇怪的事情。原来，显示屏上的数字在不同楼层间来回跳动，显然不太正常……

这到底是怎么回事啊！肯定是这层的设备出了问题，要不然电梯怎么偏偏在我这层不停？一定要跟管理员说说不可！不过即便如此，也要花费大量的时间。唉，这种事还是头一回遇到，看来肯定是哪里出了故障。难道连电梯也没法使用了吗？

“叮咚”，电梯到达的提示音一下让我回过神来。什么啊，不是好好的嘛。赶快上去吧，白白浪费了我几分钟，再不快点的话真的要迟到了！

电梯门打开之后，没想到里面早已挤得满满当当。有准备出去倒垃圾的阿姨，有抱着公文包的白领，还有跟我一样的学生，这些人把电梯挤得像满员电车一样。看到这一幕，我也吃了一惊。不过，为了不迟到，这点小事算得了什么！我使劲儿朝人缝中挤，终于进来了。

很快，电梯门关闭，开始运行。

“哎，怎么回事？”

我不禁叫出声来。接着，电梯里也陷入了混乱。

咦……怎么会有一种被压到床上的错觉？本应该下行的电梯，现在居然在上升！

电梯上行了一会儿后，突然停住了。

“我要下！我要下！”

一个阿姨大声喊着，硬是从人缝中挤了出去。

“终于下来了。”阿姨长舒了一口气，小声呢喃道。

电梯门再次关闭。这回，电梯终于开始下行了。虽然不知道到底是怎么回事，但电梯终于恢复正常，着实让我松了口气。

电梯下降到二楼，门再次打开。我心想可能有人要上来，但外面却空无一人。而且似乎也没人要下去。很快，门再次合上。到底为什么在这层停了啊……虽然我有些不解，但也无所谓了。好，接下来就是一楼了！

不过，事情并没有这么顺利。不知什么原因，电梯居然又开始上升。本以为它会停到七楼，谁知在五楼就停了，接下来是三楼……最后，电梯居然又回到了六楼。

此时，电梯里已经乱作一团。我问旁边的人：“到底是怎么回事啊？”

“我也不知道啊。”

“似乎从早上开始一直就是这样。”

“没错，我在电梯里都快待了一个小时了！那边还有比我更早上来的。”

他说的正是那个白领打扮的人，对方看起来的确急得不行。

白领紧盯着电梯的天花板，我也顺着他的视线向上望去。接着，不可思议的事情发生了。

“那，到底是……”

“怎么感觉那儿有个轮盘之类的东西啊！”

“啊，原来如此！楼层数字确实在闪来闪去呢。不过，为什么啊？我记得昨天还没有那个东西呢。啊！难道是……”

“就是你想的那样。电梯似乎就是根据轮盘上的数字来决定会在哪一层停下。不信你看……”

这回轮盘显示的数字是“11”，果然电梯又在十一楼停了下来。

“怎么总是这样啊，一直没在一楼停过，这下肯定要迟到了。”

原来如此！我又朝四周看了看，大家都开始盯着天花板上的轮盘，各怀心思。有些人渐渐有些泄气，低下头不停地叹气。还有些人干脆直接放弃，到自己家的那一层就直接下去了。

正当大家眼巴巴地望着天花板时，我下定决心要继续坐下去。无论如何，我都会坚持，直到到达自己的目的地！

面对这种谜一样的现象，我遵从自己的内心做出了决定。

眼前这一切，肯定是对那些因过于依赖社会的便利而失去耐心的人的教训。如今，这股怠惰的风潮正在蔓延。反过来想，这不正是清除这种恶劣风气的机会吗？而且，大家都成了时间的囚徒，整天奔波于工作和各种琐事之中，为此而放弃了多少生活中的美好事物啊！

现在，该是好好反省这一切的时候了。这就是对那些依存于文明利器的人类的报应啊！这场考验，是无论如何也逃避不了的。

绝不能妥协，我一定要坚持到最后，完成自己的使命。我的决心前所未有地坚定。

不知又过了多久。终于，那个时刻到来了！轮盘终于指向了“1”，电梯开始下降。啊，我成功了！我通过了这次考验！

电梯门打开后，这些共患难的朋友们蜂拥而出。

似乎已经太久没有呼吸到外面的空气，我的心情不知怎的，变得十分轻松愉快。恐怕大家也都是这种感觉。

看了看表，已经迟到很久了。不过，现在的我似乎并不觉得迟到是件多么了不得的事了。一种达成目标的成就感已然包裹了我的全身。

现在该去学校了。此时的我，内心充满了满足感。刚刚发生的一切让我成长了不少。我觉得以后不论发生什么，都没有我过不去的坎儿、闯不过的难关了。此时，公寓一楼的自动门打开了。

不过，眼前的一切却让我大惊失色。只见道路被分割成一格一格的，像跳棋游戏一样。突然，我瞥见了旁边的骰子。

我似乎明白了什么，茫然不知所措。

作者：田丸雅智

“丁零，丁零！”门上挂的铃铛响了起来，接着一个年轻人走入店内。他走到吧台客人较少的那边坐了下来。

“请问您需要点什么呢？”

就在调酒师询问的瞬间，年轻人像是早就想好似的答道：

“给我三杯扎啤！”

调酒师开始从酒桶里接啤酒，一杯，两杯，三杯。透明的玻璃杯里，一下就注满了金黄色的啤酒，上面漂着诱人的白色泡沫。

调酒师把三杯扎啤端到吧台上，心想，他的另两个朋友可能很快就会过来吧。

“谢谢！”

年轻人看着眼前的三杯扎啤，首先选了最右边的一杯，一饮而尽。

不过，似乎他并没有朋友要来，而且也不像在等人。接着，他又端起了中间那杯，很快喝了个精光。等他拿起左边那杯的时候，由于时间太久，上面的泡沫早已消失了。要知道，啤酒的美味离不开冰爽的口感和细腻的泡沫啊，他这种喝法一看就是个外行。

几乎从不和客人搭话的调酒师饶有兴趣地对年轻人说道：“客人，即使您一下点了三杯，也没有折扣啊。”

年轻人答道：“啊，我知道。”

调酒师感觉有些惊讶，接着说道：“如果您一杯一杯点的话，啤酒不会跑气，味道不是更好吗？”

旁边的其他客人也跟着应和，为什么非得一次点三杯呢？似乎是为了解开大家的疑惑，年轻人直直地盯着前方，自顾自地说道：

“啊，这一点我当然知道。不过，我还有一个哥哥和一个弟弟。”

他的嘴角浮起一丝落寞的苦笑，接着说道：“我们兄弟三个关系很好。不过，哥哥现在在英国，弟弟在澳大利亚。由于工作的原因，我们分隔异地，但至少在喝酒的时候，希望能营造一种相聚的感觉。因此，我们三个都会一次点三杯。”

吧台上的几位客人和调酒师都听到了这番话。

“所以，第一杯是给哥哥的，第二杯是给弟弟的，最后一杯是给我自己的。”

这番话让大家深受感动。兄弟三人的关系该有多好啊。他们虽然身在不同的国家，但每当去酒吧的时候，都会同时点三杯啤酒。或许在另一个国度的酒吧里，客人也在问他的兄弟同样的问题吧。这份宝贵的兄弟之情，真是让人动容。

很快，这个故事就在酒吧的常客里传开了。年轻人每次来店里，都会点三杯扎啤。几个月之后，大家都已经习以为常。而调酒师一看到他，就会主动给他准备三杯扎啤。

不过有一天，事情发生了变化。年轻人有几天没来店里了，常客们都开始担心他出了什么事。就在此时，他出现了，脸色看起来比以往都要疲惫。调酒师正要给他准备啤酒，他却突然出手制止，叹了口气说道：“给我……两杯啤酒吧。”

店里瞬间弥漫着一股沉重的气息，客人们纷纷窃窃私语。他不是一直都点三杯吗，怎么会……恐怕原因只有一个，那就是兄弟当中的某个人，不幸去世了。

“真不知道该说些什么……肯定很痛苦吧，不要太难过了！”

常客们异口同声地安慰起他来。

年轻人略显无力地回答道：“是啊，正是如此，我也是上周才知道的。”

一位客人凑上去说道：“今天的酒钱我包了，你只管敞开了喝！”

“啊，太谢谢了。”年轻人笑着回道，但语气中包含孤寂与凄凉。

大家都不知道该说些什么，店里陷入了死一般的沉寂。正当此时，调酒师的话打破了大家的沉默。

“那……去世的是哥哥还是弟弟呢？”

年轻人听到这番话，一脸疑惑地反问道：“哎？什么意思？他们俩都健健康康的呢。”

这回店里的客人们更加疑惑不解了。

“你刚刚不是很痛苦地说‘正是如此’吗？”

年轻人点了点头，接着说道：

“对啊，我说的是我被禁酒的事。之前我的身体很不舒服，医生跟我说，我的肝脏受损得厉害，暂时绝对不能再喝酒了。所以，我今天戒掉自己的那杯，只喝他俩的就行了。不能喝酒真是太痛苦了，我做梦都没想到会有这么一天！”

原作：欧美短篇故事

改编：小林良介

偶像的资质

这天，在某个建筑的高层上，正在举办一场偶像明星的选拔活动。

现在可以说是偶像界的“战国时代”。长得可爱是必备条件，但还需要有能力抓住粉丝们的心。而这些能力只靠筛选报名材料是无法分辨的，因此，演艺公司的社长和制片人从一大早就开始了马拉松式的面试。一连面试了几十个小姑娘，但能让他们眼前一亮的好苗子，却一个都没有。

休息时间，制片人累得瘫倒在椅子上，深深地叹了口气。

“长得可爱的小姑娘是一点儿都不缺，但怎么就没有那种有穿透力、能撼动人心的选手啊？”

“没错，哪怕有一样能让我们吃惊的特长也好啊！”

也许是太累了，也可能是因始终挖掘不到想要的人才而略显焦躁，社长用手指“咚咚”地敲着桌子。正在这时，屋外传来声音，打断了两人的对话。

“很抱歉打扰两位休息，请问下一组的面试可以开始了吗？”

“好，快让她们进来吧。”社长略显敷衍地回答。

很快，四个小姑娘走进了面试间，毕恭毕敬地低头致意后，坐在了两人面前的长凳上。

礼仪方面还不错，外表也还可以，不过还是没什么特色，从她们身上完全感受不到成为偶像的灵气。看着她们，社长居然无聊到打起了哈欠。

“啊——那你们就依次介绍一下自己的名字、年龄和特长吧。”

虽然也倍感无聊，但制片人还是象征性地做了指示。不过，这几个小姑娘看起来倒是十分认真。

“初……初次见面，请多关照！我叫川口英子，十七岁，特长是下腰！”

第一位小姑娘站起来后，像宣誓一样干脆利落地做了自我介绍。

“这样啊。你说你会下腰，能做一下看看吗？”制片人接着问道。

于是，小姑娘慢慢用手撑住地面，做了个下腰的示范。

“我的身体非常柔软！所以即使维持这个动作唱歌，也完全没问题！”

“嗯，原来如此。但这种状态下唱歌，有什么意义呢？”

“这……这难道不是很厉害吗？”小姑娘怯生生地问道。

制片人笑着对她说：“我想你恐怕是来错地方了吧。这里是发掘优质偶像的，并不是马戏团。好了，就到这儿吧。”

于是，小姑娘只好坐回椅子上，眼看就要哭出来了。突然，旁边另一位自信满满的小姑娘一下站了起来。

“我叫川崎万里，十六岁。特长是对战国时代的故事如数家珍，能够把战国武将的名字用歌曲一一列举出来！”

还没等面试官发话，她便哼起旋律，热情献唱自己的原创曲。不过，刚列举了二十多个武将的名字，就被社长叫停了。

“请等一下，没必要再继续唱了。战国武将是不错，但你觉得粉丝们会对这些东西感兴趣吗？”

“所有人都很喜欢战国武将的故事啊，难道您不知道吗？”

这个小姑娘实在太过自我，完全不听别人的意见，社长无奈地抱着头说道：

“确实有很多人喜欢战国武将，但他们会因此喜欢你的歌吗？你要是这么想发行这首歌，还不如去做个日本史的老师呢。到此为止吧，下一个！”

小姑娘遗憾地咬着下嘴唇，似乎已经没有再继续反驳的勇气，一脸惊恐地盯着社长。不过事到如今也没有办法，她只好乖乖地回到座位上。接着，她旁边的女生站了起来。

“您好，我的名字叫大川夏美，今年十八岁，特长是用鼻子吃意大利面——”

“结束！你扯得太远了。”

制片人立马打断了她的发言。他望着社长，无声地叹了口气。或许一开始还抱着一些期待，但没想到居然这么差劲，真是让人头痛。

“好吧，接下来是最后一个！”

社长垂头丧气地望向坐在最边上的姑娘。他的表情一下就变了，似乎觉得很不愉快。

简单来说，她实在是太土了。既没有像别人那样染头发，也没有化妆。她难道不知道这里是做什么的吗？居然穿着 T 恤和牛仔裤就过来了，她以为这是去附近的便利店买东西吗?!

似乎被面试官盯得有些紧张，她双腿微颤地从椅子上站了起来，猛地低下头行了个礼。

“初……初……初次见面，请多关照！我是南野……南野鸟子，今年十五岁，我可以模仿小鸟。”

“虽然你的名字里有鸟，但特长不一定非得照着来吧！”

社长的调侃引发了姑娘们的一阵窃笑，鸟子害羞地低下了头。但社长并不在意，接着说道：

“模仿小鸟是吧？那你叫两声来听听吧。”

“什么？”

“叫两声！鸡也好，其他的什么也行，随便叫两声来听听。”

“啊，好的！我明白了。咯，咯，咯咯咯！”

社长不禁和制片人对视了一眼。说实话，学得实在是太差了，就连幼儿园的小孩都学得比她像。

鸟子正酝酿情绪，准备再学着叫一次时，社长急忙拍了拍手，打住了她。

“不用了，已经足够了。你们几个先回去吧，后天会通知你们面试的结果。我劝你们也别抱太大的希望了。”

这几乎已经宣告了她们几个人的失败。有的人深感遗憾，有的人则满脸怨气，她们正准备走出房间。这时一阵悲痛的叫声传到社长的耳中：

“难道我又要失败了吗……”

这叫声听起来仿佛世界末日一样。社长转过头一看，吓得眼睛瞪得溜圆。

只见鸟子飞快地跑到窗前，打开窗户，风吹乱了社长的头发。

“等一下！只不过是在选拔中落选了而已，千万不要想不开啊！”

“没错！你还这么年轻，以后肯定还有很多机会！”

意识到事态不对的社长和制片人脸色苍白地一点点靠近鸟子。要是这里发生自杀事件的话，明天肯定会被新闻媒体大肆报道。因此，无论如何都要把她劝下来！

不过，鸟子却一脸不解地眨巴着眼睛。

“请问，您二位在担心什么啊？”

“什么？你不是准备要自杀吗？”

“自杀？我吗？为什么啊？我只是想回家而已啊。”

说着，鸟子转过身去，猛地蹬了一下窗沿。

社长觉得一切都完了，不禁闭上了眼睛。不过，过了很久都没有听到鸟子的惨叫声。

“社长，快看！快看那边！”

“到底是什么啊？”

听到制片人的话，社长提心吊胆地睁开眼睛。接下来的一幕，让他震惊地张大了嘴。

“她说的模仿小鸟，原来是这个意思吗?!”

只见窗外的鸟子，像鸟儿一样张开双手，在空中自由地翱翔。

原作：欧美短篇故事
改编：麻希一树

问路的女学生

这个女生今年二十岁了，并没有什么特别之处，就是一个随处可见的普通学生。每逢暑假或其他长假期，她都会离开居住的华盛顿，飞往各地旅行。为此，每天下课之后，她都会去咖啡厅打工赚取路费。

虽说她是这样一个平凡的女生，但还是有一点与众不同之处。不知为什么，无论何时何地，总有人向她问路。

在家附近带小狗散步时有人问路，似乎还可以理解。不可思议的是，当她在外地旅行时，竟然也经常有人向她问路。

比如，当她上小学的时候，曾经和家人一起去纽约旅行。有个身穿西服、颇有精英范儿的男人居然问她："你知道法院在哪儿吗？"虽然父母都在旁边，可别人偏偏只问她这个孩子。

去非洲旅行的时候，居然有当地人向她询问去观光景点的路线。后来在日本，还有人一本正经地问她："你知道哪儿有好吃的寿司店吗？"为什么啊？明明只是个游客——肤色也完全不同，对当地语言也一窍不通，为什么偏偏都找她问路呢？

说实话，这个与众不同之处，并没给她带来什么特别的好处，而且最近还给她添了不少麻烦。

暑假已经结束，新学期开始了。校园里，很多穿着宽松正装的新生们正拿着地图四处找路。每年的这个时候，对她来说都是地狱般的日子。

那天，她忙到几乎一夜没合眼，一大早就来到学校。原来，头天晚上有人临时请假没法来上班，她只好替他顶了晚班。之后，由于课程报告的截止日期马上就要到了，她不得不熬夜赶作业。

早上交完报告之后，她好不容易缓过一口气。但傍晚还有课，现在也没法回家。于是，她决定在学校庭院的草坪上睡个午觉。正当她眼皮慢慢变重，浓浓的睡意袭来之际，不知是谁摇了摇她的肩膀，又把她带回了现实中。

“不好意思，打扰你休息了。请问，能告诉我图书馆在哪儿吗？”

对方看起来是个刚入学的女生。她拼命睁开已经快要合上的双眼，虽然想说声抱歉，然后不再跟对方搭话，但作为前辈，她不好意思拒绝新生的请求。

“图书馆啊？要去综合图书馆的话，顺着这条路直走，再向左拐。”

虽然她的语气很不耐烦，但那个新生还是低下头说了好几次非常感谢。

对这么有礼貌的学妹，自己的态度是不是太粗鲁了？她刚想反省一下自己的做法，就被瞌睡虫占了上风，很快就睡——醒了。

“打扰一下，学姐，请问怎么去社团大楼呢？”

耳边突然传来嗲嗲的问路声，惊得她猛然睁开眼睛。只见一个看起来十分友善的男生正笑眯眯地低头看着自己。

“社团大楼的话，你往对面走，走到头再右拐就到了！”

似乎是被她怒气冲冲的态度吓了一跳，男生小声嘀咕了些什么，便转身离开了。

她轻轻地叹了一口气，又再次躺在了草坪上。任凭夏末的微风从身上吹过，真是无比惬意，她的眼睛又慢慢合上了。然而，就在她昏昏沉沉之际……

“学姐！我想去食堂，请问该怎么走啊？”

一阵粗犷的男性声音传来。她强忍住内心的烦躁，又睁开了眼。眼前站着一群体格壮硕的男生，估计是橄榄球队队员之类的吧。他们的胳膊都跟原木一样粗，似乎都可以跟棕熊掰掰手腕。

“想去食堂是吧。”

她扫视了一下众人，接着说道：“你们的话，还是去第二食堂吧。那里正在举办体育协会的挑战活动，只花两人份的钱就能吃到三人份的饭。”

“真的吗？那怎么去第二食堂呢？”

“顺着这条路一直走，在左手边能看到图书馆，食堂就在图书馆的正对面。”

“非常感谢！”这群留着平头的男生纷纷低头表示感谢，把她吓了一跳。

不过，男生们似乎已经习惯了对方是这种反应，并没有特别在意，大声聊着天离开了。

“啊——真是够了！怎么这样啊?!”

等到这群男生彻底从视线中消失后，她低声抱怨了一句，两手不停地挠头，似乎已经忍无可忍了。

虽然早已习惯不论何时何地，总会有人问路，但今天被问的次数也太多了吧！而且，今天本来就睡眠不足、意识恍惚，这些人偏偏不让她睡觉，真是太折磨人了。

“今天就到此为止，我的营业时间结束了！”

她一边说着，一边撕下一张纸，用最粗的马克笔在上面写道：“我不认识路。”

终于想出了一个妙计，她心满意足地把纸片放在肚子上。“贴上这样一张纸，肯定就没人再跟我搭话了吧。”

她又再次躺在了草坪上，慢慢地闭上双眼。接着，正当她要安然入眠之际——

“不好意思，打扰了，关于问路的事我想……”

这回打扰她清梦的，是一个听起来很客气、很有礼貌的声音。

这孩子难道不识字吗?

“到底怎么回事啊?!”

她站起身来，满眼血丝地怒吼，把对面的女生吓得直往后退了一步。不过，女生回过神来以后，拿出一张校园地图在她面前摊开。

这回又要问去哪儿的路啊?她无奈地摊了摊手，等着对面的女生开口。

只听女生怯生生地说道：“我看你贴了一张‘我不认识路’的纸条，看起来你是迷路了吧?方便的话，我可以帮你指路啊!”

原作：欧美短篇故事

改编：麻希一树

聪明人的礼物

一块八毛七，这是德拉身上全部的钱。其中六毛二都是一分一分的铜板。都是买东西的时候，一点一点攒起来的。只有一块八毛七，但明天就是圣诞节了。

除了扑倒在那破旧的小沙发上哭号之外，显然别无他法。

德拉所住的旧公寓，每周的房租就要八美元。楼下的大门上有个信箱和坏掉的电铃，另外还贴着一张名片，上面写着“詹姆斯·迪林厄姆·杨先生”。

德拉的丈夫詹姆斯，以前每星期可以挣三十美元。但是现在，他的收入缩减到了二十美元。尽管如此，德拉还是一如既往地爱着自己的丈夫。

德拉痛哭的原因是，明天就是圣诞节，但她却只有一块八毛七，没法给丈夫买一份像样的礼物。

她站在壁镜前面，解开了绑头发的皮筋，让一头长发完全披散开来。

夫妻俩各有一件特别引以为豪的东西。一件是吉姆（詹姆斯的昵称）的金表，是他祖父传给他父亲，他父亲又传给他的传家宝。另一件就是德拉的秀发。

德拉把自己秀丽的长发梳好，看着镜中的自己。

破旧的红地毯上溅落了她的一两滴眼泪。接着，德拉穿上那件褐色的旧外衣，戴上褐色的旧帽子，下楼来到街上。

她走到一块招牌前停下来，只见上面写着“索弗罗妮夫人——专营各式头发”。于是她跑上楼梯，气喘吁吁地寻找索弗罗妮。

“你要买我的头发吗？”

“可以啊。不过，你得摘掉帽子，让我看看头发。”

德拉摘下帽子，褐色的长发像瀑布一样倾泻下来。

“我出二十美元。”夫人说道。

“可以，快把钱给我吧！”

接下来的两小时犹如长了翅膀，愉快地飞掠而过，德拉到各家店铺搜寻，为吉姆买礼物。

她终于找到了！那是一条朴素的白金表链，设计简洁精致。她第一眼看到这条表链，就知道它一定属于吉姆，售价是二十一美元。如果把原先的旧皮带取下来，用这条链子配金表，他在公司看时间都能神气起来了。

德拉回家之后，赶快整理起自己的短头发。不出四十分钟，她的头上布满了紧贴头皮的一绺绺小卷发，使她活像个小男孩。

“吉姆多喜欢我的长发啊，要是他不生气就好了……”她自言自语道，“但实在没办法，我只有一块八毛七，能干什么呢？”

七点钟，她煮好了咖啡，把煎锅放在热炉上，准备做晚饭要吃的猪排。吉姆一贯准时回家。接着，她听见楼梯上响起了他的脚步声。

此刻，她小声地祈祷："求求上帝，让他觉得我还是很漂亮吧。"

门开了，吉姆走进来，随手关上了门。他显得瘦削又严肃。可怜的人儿，他才二十二岁，就挑起了家庭的重担。他需要买件新大衣，而且竟然连一副手套也没有。

吉姆进屋后，站在那里纹丝不动。他的两眼落在德拉身上，那种神情让她无法理解。既不是愤怒，也不是惊讶，更不是嫌恶，是她完全预料不到的神情。他仅仅是面带这种神情死死地盯着德拉。这让德拉感到十分害怕。

于是，德拉喊道："啊，吉姆，别那样盯着我看！我把头发剪掉卖了，因为不送你一件礼物的话，这个圣诞节还有什么意义呢？头发还能长起来——你不会介意的，是吧？"

"你把头发剪掉了？"吉姆问道。

"是的，我剪掉了。"德拉说，"不管怎么说，你不还是一样喜欢我吗？没了长头发，我还是我，不是吗？”

吉姆开始在房间里四下张望。

“你说你的头发没有了吗？”

“别找啦，我已经卖了。卖掉了，没有啦。今天可是圣诞节，别生气了好吗？我是为了你才卖掉自己的头发的。跟头发相比，我对你的爱不是更珍贵吗？”德拉温柔地说道。

接着，她很快转换话题问道：“我可以煎猪排了吗？”

吉姆好像刚从恍惚之中清醒过来，他把德拉紧紧地搂在怀里。

吉姆从大衣口袋里掏出一个小包裹，扔在桌上。

“听我说，德拉。无论你的头发变成什么样，都不会让我对你的爱减少一分一毫，我并没有生你的气。不过，你只要打开那包东西，就会明白我刚才为何态度那么奇怪了。”

德拉打开包裹，紧接着传来她欣喜若狂的尖叫。但很快，她又泣不成声。吉姆连忙走上前去安慰她。

原来，吉姆送给她的是百老汇街的一家店里卖的全套梳子，一共有三把。这些精美的发梳是用玳瑁做成的，上面镶着珠宝——其色彩正好和她失去的秀发相配。德拉一直想拥有这套梳子，但它的价格实在太昂贵了，根本不是她能买得起的。现在这一切属于她了，但她的美丽长发却无影无踪了。

不过，她依然把发梳搂在胸前，过了好一阵子才抬起泪水迷蒙的双眼，微笑着说："我的头发长得飞快！"

突然，德拉跳起来叫道："对了对了！我也给你准备了礼物！"

她迫不及待地想把自己准备的礼物给丈夫看。于是，她把手掌摊开，伸到了他面前。

"漂亮吗？我几乎跑遍了全城的商店才找到它。现在，你每天可以看一百次时间了。把你的表给我，我要看看它配在表上的样子。"

吉姆并没有掏出自己的表，他反而倒在沙发上，双手枕着头，笑了起来。

"德拉，我们暂时把圣诞礼物放在一边吧。这条表链，我现在还没法用。因为我卖掉了金表，用换来的钱为你买了发梳……现在，你去做猪排吧。”

传说中的东方三贤士，曾经把礼物带来送给刚出生的耶稣。他们首创了圣诞节馈赠礼物的风俗。他们是聪明人，他们的礼物也是有智慧的，有舍必有得。

但这里的两个笨蛋，为了对方卖掉了自己最宝贵的东西，却并无所求。不过，在一切馈赠礼物的人当中，他们是最聪明的。

原作：欧·亨利《聪明人的礼物》
改编：桃户晴

奇迹之泉

奇迹之泉的泉眼位于森林深处，泉水澄澈透明。传说它有治疗疾病和创伤的神奇功效，甚至还能让人看到奇迹。

想要看到所谓的奇迹，据说一定要浸泡在泉水中。这时，泉眼会放出夺目的光芒，等到光芒消失，你的愿望就会实现。

老人突然想起了小时候祖母告诉过他的奇迹之泉的传说。

老人和心爱的女人一起生活了近五十年，如今老婆子已经腿脚不便，没法靠自己的力量行走了。

“只要能继续跟你在一起，就已经很幸福了。”

妻子躺在病床上坚强地微笑着，额头上布满深深的皱纹。她的年纪已经不小了，但还没到“大限之期”。孩子们也都已经独立、成家，过起了自己的小日子。于是，老人想彻底治好妻子的腿，带她去各地旅行散心。但他请教了很多医生，他们的回答都是一样的。

“这些医生对自己的无能避而不谈，总说一些有的没的，我绝对不会放弃的。”

不过，老人的内心也清楚，妻子的腿脚可能很难康复了。病急乱投医，他突然想到祖母曾跟他提到的奇迹之泉，便动身前去寻找。

通过查阅古文献和咨询城里的老年人，他终于查到了泉眼所在的位置。它位于一片茂密的森林深处。

老人借了一辆车，载着妻子动身了。道路崎岖，靠近森林之后，狭窄到车辆根本无法通过。于是，他帮妻子坐上轮椅，推着她继续前进。

“快到了，再走几步就行了！”

在妻子的鼓励下，老人顽强地推着轮椅前进。

“为了我，你真的受苦了……”妻子似乎很过意不去。

但丈夫笑着说道：“没什么，等回去的时候，就要你自己走啦！”

看着眼前的丈夫，妻子心想，这辈子能和他在一起真是太幸福了。于是，她在心中暗暗地对神泉许下愿望，就算自己的腿没有治愈也没关系，请在我丈夫的身上展现神迹吧……

两人不停地走啊走，旧轮椅的车轮也在吱呀作响。终于，传说中那透明而澄澈的泉眼，出现在了他们的面前。

“老公，我们到了！”

“嗯嗯，我祖母告诉我的传说，果然是真的啊！”

这个泉眼比想象中的美丽太多，由于处在茂密的森林之中，又平添了一种神秘的氛围。

四周静得仿佛能听到心跳。它真的能够带来奇迹吗？丈夫紧紧握住轮椅的把手，虔诚地许下自己的愿望。

“请无论如何都要治好我爱妻的腿！”

丈夫静静地推着妻子往前走，让她整个人泡在了泉水中。

水面上瞬间闪现刺眼的光芒。那光芒和阳光、火光完全不同，是一股柔和而温暖的光芒，将两人紧紧包裹住。于是，夫妻俩赶忙对神表示感谢。

“啊，天神大人！”

“非常感谢！”

过了一会儿，光芒渐渐消失，轮椅从泉水中慢慢浮起来。

“啊，啊啊……”

丈夫已经惊讶得说不出话来，奇迹果然出现了。

仔细一看，轮椅的轮胎被换成了新的，锈迹也被除去了。妻子所坐的这辆轮椅，俨然变成了一件新品！

原作：欧美短篇故事
改编：小林良介

无用小店

这家店位于办公大楼的地下三层，一点儿也不起眼。

它的一侧是家总向游客推荐冷清景点的旅游公司，另一侧是家尽卖些冷门书的书店，几乎没什么生意，店门也经常关着。

有一天晚上，一个迷路的醉汉看到了店门口的招牌。

“哎呀，这家店的名字可真奇怪。无用小店？居然还有人说自己的店无用，有意思！真想进去逛逛。”醉汉确实这么做了。“喂！快开门。我可要使劲敲门了。我要来买东西，快老老实实地来开门！”

被这么一吓，任谁都会有些害怕吧。于是，店主急忙打开了门锁。

“您好，现在还没到营业时间，要不然再等会儿？”

醉汉不由分说，硬是从门缝里挤了进来，简直是赤裸裸地私闯民宅。

“不好意思，我就是想进来看看。哎呀，你这也没什么东西啊。你们是家雨伞店吗？”

店主在黑暗中答道：“你可别动粗啊！这些都是我们要处理的无用商品。”

醉汉的手里拿着一把折叠伞。

“这把伞没用了吗？是哪里有个洞吗，还是伞骨折断了？好像没有吧。既然你说这是无用商品的话，那我即使动粗也没关系吧？反正也不值钱！哎？大叔，你这里的价签写错了吧，这怎么会值十万日元？”

店主从暗处走出来，往上捋了捋自己的白头发。

“十万日元已经很便宜了！这可是我策划的特价促销活动！”

看到这个眼窝深陷的老人拼命睁大眼睛说着豪

言壮语，连醉汉也有点被唬住了。

“别开玩笑了，就这把没用的伞，哪里值十万？”醉汉似乎有点清醒了。

“我可不是吹牛。刚才有不少人在我的门前大喊：‘我想买！’‘请卖给我吧！’”

这个醉汉看起来挺强壮的，不过这时也被说得哑口无言了。

“不过，这把伞既有破洞，伞骨也折断了，买这种没用的东西做什么啊？”

夜色又渐渐吞噬了店主的身影，他笑着答道：“哈哈哈，不对不对。这把伞上没有破洞，伞骨也没有坏。它绝对不是一件废品，而是全新的男用折叠伞。你可以一直把它放在包里，以防万一。我保证，你很快就会觉得物超所值。我绝对不是强行推销，等你觉得手头宽裕的时候，再把钱存到这个银行账户里就可以了。我们店可以先交货，等您满意之后再付钱。”

醉汉嘿嘿地笑了几声。即便现在手头有这些钱，但一下全款支付他还是有些犹豫。如果之后通过银行汇款的话，要是发现商品有什么质量问题，那就不会吃亏了。

“男人一旦许下承诺，就肯定会兑现的。不过，要是我发现这是件瑕疵品，就别怪我不付钱啦。”

店主平静地鞠了个躬说道：“非常感谢！以后再有特价活动的时候，我会在门上的广告板上做通知的。请您多多关照！”

于是，男人将这把平平无奇的伞夹到腋下，离开了这家店，感叹真是一个不可思议的夜晚。

男人按店主所说的，把折叠伞塞到了包里。这把伞非常轻便，作为备用伞是再合适不过的了。当然，上面既没有洞，伞骨也没有折断，似乎还不错。

过了一两个月，男人一直都没遇到使用这把伞的机会。并不是没下过雨，而是即使下雨，他也碰巧开车或在家休息，根本不需要打伞。

男人还没有付款，店主也并没有催促他。再说了，毕竟还没有用过这把伞，还不能确定它到底好不好用。虽然他有点愧疚，但这毕竟是个高价商品，谨慎点也是理所应当的。

三四个月过去了，他还是跟雨无缘。这把伞还是没被使用过。

第五个月，男人终于意识到这把伞卖出如此高价的理由了。似乎这把伞的功能不在于使用它，而是可以带来好运，让你尽可能地避免用到它。

“无用的伞”并不是伞本身没用，而是让你无须使用吧！

于是，男人故意把伞忘在了朋友家，结果马上就被淋成了落汤鸡。这下，他对之前的推断深信不疑了！

他赶快跑到银行去给店主汇款。

只要有了这把伞，这辈子都不用担心被雨淋到了。这么一想，花十万日元简直是太值了！

有一天，男人又来到这家店的门前。

在他还依稀留有印象的门板上，贴出了一条广告：无用的化妆品套装——近日发售。

于是，男人便经常过来蹲守，终于抢到了这套化妆品。

从此以后，他的妻子即使不化妆，看上去也是个十足的美人。

不久，门上又贴出来了新的广告：无用的药品套装——近日发售。

很快，他的家人再也不需要求医问药了。

此时此刻，男人正在兴奋地期待着店里什么时候会发售“无用的棺材”。

作者：江坂游

求雨

电影导演戴维斯在这个被称作秘境的沙漠地区拍戏已经有足足三周了。他拍的是一队淘金者的冒险游戏。

拍摄过程也是和天气的一场斗争。当然，如果在室内摄影棚拍摄的话，就不用考虑刮风下雨的因素。但一旦在室外取景，就免不了要受天气的影响。

想拍大晴天的时候偏偏下雨，想拍雨戏的时候又万里无云。虽然最近出现了CG（计算机动画）技术，可以在后期加工改造任何场景，但画面总有明显的“合成感”，看起来很不自然。戴维斯对画面的要求很高，他的原则之一就是尽量避免使用

CG 技术。

这个地方虽然雨水稀少，但有时也会降雨。这是戴维斯决定把它作为外景拍摄地的重要原因之一。“沙漠暴雨”是这部电影高潮部分的重要场景。

在沙漠的摄影工作顺利进行，没有太大的麻烦。但之前大多都是在阳光普照的条件下取景，现在剩下的就是电影高潮部分“沙漠暴雨”的场景了。

据可靠消息，这个地方一年也就下几次雨，想要预测具体的降雨日期十分困难。

他们不断追踪各个媒体发布的天气预报，偶尔会有媒体报道“明天有可能下雨”。

每当这时，戴维斯都会命令工作人员和演员待命，做好拍摄的准备，但总是无功而返，不仅一滴雨没下，还白白浪费了时间。

由于预算和演员日程的原因，无论如何都要在两天内结束拍摄。特别是这部电影的主演，由于他要参加下一部电影的拍摄，三天后必须离开。时间已经非常紧张了。

因此，有人提议使用 CG 技术合成场景。但戴维斯并不想就此认输。

戴维斯虽然知道无法和大自然对抗，但仍怀有一丝期待，希望电影之神能够显灵，帮他渡过难关。都来到这种人迹罕至的秘境了，为什么电影之神还不现身呢？

一筹莫展的戴维斯抬头看了看天空，但天空依然没有任何要下雨的意思。

“导演——”

助理导演大叫着跑了过来。

“导演，我得到一个有价值的情报！据说只要向恩加兰族求助，什么事情都能办成。”

恩加兰族是这片沙漠的原住民，如今还习惯于身穿民族服饰，以狩猎为生，与大自然为伴。为了保护他们的生活方式，政府很早就采取了措施，其他地方的人或外国人，如果没有特别许可的话，是绝对禁止与恩加兰族接触的。

这个民族如此神秘，竟然连戴维斯都完全没听说过他们的存在。

“什么事情都能办成？什么意思？”

“我问了问附近的街坊，他们说只要恩加兰族人求雨，就一定会下雨的。”

这确实很难让人相信。

水是人类生存繁衍的重要资源，因此从很久以前，世界各地就流传着一些求雨的仪式。

这些大概都属于迷信的范畴。不过，也不能否认，这个世界上还有许多事情无法用科学解释。戴维斯决定把所有的希望都押在恩加兰族身上。

但问题是，怎么才能和恩加兰族取得联系呢?

即使现在向政府提出申请，也不可能明天就得到答复。看来，只有和他们进行直接交涉了。于是，戴维斯雇了懂恩加兰语的当地人作为翻译，决定进入他们生活的村子里。

他们来到村子入口处，一个恩加兰族的老人出现了。

老人的头发很长，脸的下半部分几乎都被胡子遮住了，脖子上挂的饰物叮当作响。这个老人看起来似乎是个巫师。

戴维斯说道："我对恩加兰族的神秘仪式很有兴趣，能让我一睹为快吗？"实际上，他是想在把演员和摄制组拉过来之前，亲自验证一下他们是否具有求雨的神力。

巫师抬头望了望天空，略微思考了一会儿，用他们的语言说了些什么。

据翻译说，他似乎答应了戴维斯的请求。

按照巫师的指示，族人们开始做起求雨的准备。

他们在村子中央的广场上点起了篝火，一些年轻的舞者围着篝火跳舞。旁边有一群人开始演奏音乐，舞者们和着笛子与大鼓的奇怪节拍，开始跳起舞来。

看来这就是他们的求雨仪式了。

大概过了二十分钟，巫师在嘴里念念有词。

他似乎说了一句"来了"。

戴维斯抬头一看，仍然是晴空一片，一点下雨的意思都没有。

果然，所谓的求雨仪式只是迷信而已！

正当戴维斯准备放弃时，他的脸颊上突然感到了一丝凉意。只见天上开始落下淅淅沥沥的雨滴，不一会儿就变成了瓢泼大雨。

“啊！真的成功了！”戴维斯激动地跳了起来。

恩加兰族人也发出喜悦的呐喊。

戴维斯连忙说出了事情的原委，希望他们能再求一次雨，帮助完成电影最后的拍摄。

巫师痛快地答应：“看来这部电影对你们来说很重要啊，我明白了，我会帮你们的。”

第二天，终于到了正式拍摄的时候了，这也是最后的机会。戴维斯和摄影人员、演员都做了充分的准备，接下来就是静待大雨的到来了。

终于，恩加兰族开始了他们的求雨舞蹈。

不过，等了半天却一直没有下雨。

“这样真的能求到雨吗？”主演瞅了戴维斯一眼，不满地发着牢骚。

“请再等等吧。只要他们跳舞的话，就一定会下雨的！”

不过，等了又等，仍然没有下雨的迹象。

求雨仪式开始后，已经过了好几个小时了。天色也在慢慢变暗，这样下去就到晚上了！

不过，恩加兰族人却依然在跳舞。舞者和乐手们肯定都已经很疲劳了，但没有要停止的意思。

虽然戴维斯对他们为了电影拍摄一心一意求雨的行为十分感谢，但实在不能再这样等下去了。早已焦躁不安的戴维斯对巫师说道："这是怎么回事啊？为什么不下雨呢？"

巫师却一口咬定："马上就会下的！"

戴维斯的脸色变得铁青，满腹狐疑地接着问道："这是什么意思？你过去有过失败的经历吗？就是求了半天却始终不下雨的情况。"

巫师听完翻译的解释后，一脸不可思议地看着戴维斯。

"求雨是什么？雨本来就会下啊，跟求不求没什么关系。这完全取决于天神的心情如何。我们的仪式可没法带来降雨，能做的只有一心一意地跳舞，等待天神恩赐的雨水到来。要是雨下得快的话，我们就可以早点结束。要是十几天都不下雨的话，我们也只能连续跳上十几天。不过，要是上了年纪，体力可能就跟不上了。”

原作：古典谜语

改编：桑畑绢子

大男子主义

修建宫殿的木匠大师源藏，不太喜欢最近的一股风气。

“喂，小爱吗？今天我得和朋友出去应酬，没法回家吃晚饭了。什么，你说我怎么不早打电话告诉你？对不起！对不起！说实话，我根本不想去的，什么都比不上小爱做的料理啊。这次真是太抱歉了，回去我帮你做按摩赔罪，原谅我吧！”

徒弟正对着电话那头不停地点头赔罪。源藏斜眼看到这一切后，一脸不悦。最近的男人，真是一点威严都没有了。是男性变弱了，还是女性变强了呢?

“你是刚结婚吧？怎么被妻子管教成了这个

样子！”

“妻子……您是说小爱吧？被管教……这是什么意思呢？”

徒弟挂断电话之后，不明白师父为何如此生气，歪着头一脸茫然。而源藏与其说是不悦，不如说就像嘴里塞满苦瓜一样愁容满面，他用手按着额头说道：

“真是没出息的家伙。我们这些修建宫殿的木匠，可以说是男人中的佼佼者，说是日本男人的榜样也不过分。而你居然在妻子面前如此低声下气，真是世风日下啊！”

源藏说完深深地叹了一口气，徒弟难为情地挠了挠头说道：

“我曾经也有过一段大男子主义的时期。不过后来发现，跟女人对着干没有什么意义。而且我的胃和钱袋子都握在她手里，想反抗也无能为力啊。”

“真是丢人啊。按照传统，妻子只能跟在丈夫的三步以后。你这个样子，别提什么宫殿木匠了，连人你都只能算半个！”

“虽然您这么说，但在家里您对师母难道不也是低声下气的吗？”

“才没有呢！你这小子可别瞎说！”

源藏把徒弟的玩笑话当真了，大声呵斥道。

要是在妻子面前都毫无威严、不受尊重，在职场又怎能得到尊重呢？这样的人，未来又怎能成为合格的木匠大师呢？

他要给年轻人好好地上一课。要想成为合格的木匠，首先要成为有威严的丈夫。当然，如果只是一味地逞威风的话，也是很难被尊重的。但不论对方如何反抗，只要你有坚不可摧的自信，就能渐渐赢得优势。为了获得这种坚不可摧的自信，你必须要认真地面对工作和你的伴侣。

源藏对弟子们说：“每天，都要和你的工具对话。你不能跟它们撒谎。不论你多么善于编造谎言，如果轻视这些工具的话，总有一天会得到惨痛的教训！”

这是源藏常挂在嘴边的口头禅。

源藏的独生子几年前就已成家，现在只剩他和妻子一起生活。

“我回来了。”

源藏打开大门，有些不高兴地小声嘀咕道。妻子马上小步快走了过来，三指着地对丈夫行礼，恭敬地说道：“欢迎回家！”

“饭。”

源藏就说了一个字，妻子连忙低头答道：

“马上给您端来！我今天做了您喜欢的煮芋头，希望能合您的口味。”

“洗澡水呢？”

“我已经烧好了，什么时候想洗都可以。”

妻子除了回答丈夫的问题之外，一句多余的废话都没有。她把丈夫的上衣小心地叠好之后，便走进了厨房。看着妻子的背影，源藏满意地点了点头。妻子就该是这样才对嘛。要是像那些年轻人一样成了妻管严，那可就完了！

被妻子服侍得心满意足的源藏，一边大口吃着煮芋头，一边说道：

“明天开始我要出差一周，去京都修缮寺院。你帮我准备一下吧。”

“我明白了！”

虽然突然被告知要帮丈夫做出差的准备，但妻子一句抱怨也没有。打完洗澡水之后，便着手把丈夫的衣物装到行李箱里。

第二天早上，源藏出发前往京都，心情十分不错。

一周之后，源藏回来了。

“欢迎回家，出差怎么样啊？”

和以往一样，妻子依然在门口三指着地行礼，迎接丈夫回来。但一看到妻子，源藏突然用训斥徒弟的态度大声喝道：“你难道连出差的准备都做不好吗？”

虽然夫妻俩已经一起生活了多年，但有些事情还是有必要好好管教她一下。源藏愠怒地盯着妻子，对她说道：

“你居然忘记给我准备内衣了！怎么，直到现在你才意识到自己的失误吗？你知道没有替换的衣服，给我添了多大的麻烦吗？”

虽然只不过是个小错误，但就这么原谅她的话，她肯定不会长记性。该骂的时候就要骂，只有坦然地面对问题，她才能够有所长进。

不过，刚刚被痛骂了一通的妻子，居然莫名其妙地笑了起来。

“怎么了？你在笑什么？”

妻子的奇怪反应让他有些不自在，一时间手足无措。接着，妻子指了指他的右手，笑着说道：

“内衣的话，不就在你手中的木工工具箱里吗？我倒是不知道你有多窘迫，只不过奇怪的是，你不是出差去工作了嘛，怎么会完全没注意到工具箱里的内衣呢？”

源藏无话可说。这意味着，过去的整整一周，他完全没有和自己的一箱工具对话过。

几小时后，徒弟过来接源藏去自己家，隔着门就听到里面传出师父的哭号和道歉声：“都是我一时鬼迷心窍，请原谅我吧！”还有师母的怒吼声：“给我滚出去，你这个人渣！”

原作：欧美短篇故事

改编：麻希一树

善良的男人

在托尼身上，“善良”这个词得到完美的体现。

如果他看到有老人提着重物，即使自己快迟到了，也会上前帮忙；看到迷路的小孩，即便被警察误以为是诱拐犯，也会和他一起找妈妈；看到有肚子饿的人，他也会毫不犹豫地把自己的食物分给他吃，甚至有时候连自己都饿晕了。

不过，他内心所想的并不是为世界、为人类舍身奉献，也不是图别人的回报。事实上只要他看到有困难的人，就控制不了自己，身体不由自主地就动了起来。

“那个人似乎遇到了困难，但跟我没什么关系，还是别逞能了吧。”这似乎是大多数人的想法。但与之相反，有些人在意识到问题的时候会选择出手相助。

托尼其实也不喜欢自己这种爱管闲事的个性，但这并不是喜不喜欢的问题。他本人也无可奈何，根本没法抑制自己帮助别人的冲动。

那是一个雪花刚刚飘落的冬日，托尼和朋友喝了不少酒，走路都有些摇摇晃晃。当然，即便喝醉了，也无法改变托尼乐于助人的性格。实际上，酒精反倒起了催化作用。

托尼从朋友店里出来回家的路上，路过一幢公寓，看到一个十分疲惫的男人靠在入口处。

“你怎么了？喝醉了吗？”托尼问道。

天冷得刺骨，要是在外面睡着可就麻烦了。

“啊。”这个疲惫的男人答道。

“你住在这座公寓里吗？”

男人答道：“啊，是的。”

既然如此，绝对不能置之不理。

托尼架着胳膊把他抬了起来。

“我把你送回家吧。”

男人有气无力地答道：“啊，真是不好意思。”

虽说要把他送回家……但这个男人身材十分魁梧，似乎不是那么简单就能完成的。托尼先将他拖行了一会儿，又背了一会儿，终于通过公寓入口不远处的楼梯把他搬到了三楼。

“是这一层吗？这个房间对吧？”

面对托尼的询问，男人又淡淡地答道：“啊。”

忽然，托尼注意到了他左手无名指上的戒指，看来他已经结婚了。于是，托尼心想，他的妻子说不定正在为丈夫晚归而担心。

虽说已经把他送到大楼里面了，但就这样把他放在这里没问题吗？托尼心里还是拿不定主意。

“不过，要是他妻子误以为是我把他灌得这么醉的，那就太糟了……”

正在他一筹莫展之际，眼前的门突然打开了。托尼急忙把男人往里面一推，看来这样就没问题了。

又做了好事的托尼，赶忙跑下楼梯，准备往家里走。没想到，公寓入口处又有一个情况和刚才一样的男人，全身无力地瘫倒在地上。雪越下越大，虽然很想赶快回家，但托尼不能对此视而不见。

“你怎么了？喝醉了吗？”

“啊。”男人答道。

“你住在这个公寓里吗？我把你送到房间里去吧。”

疲惫的男人回道：“啊，太不好意思了。”

这一切让他有一种说不出的熟悉感，不过托尼还是和刚刚一样，又拖又背地把男人搬了上去。

他的内心在不停地拷问自己，为什么非得做这些事，但最终还是善良占了上风。跟刚刚一样，等大门打开后，他把男人推了进去。

“今天是周末啊，难怪这么多人都喝醉了。”

他一边苦笑，一边走到一楼的大门外，眼前的景象令人难以置信。居然又有一个男人，浑身无力地瘫倒在墙边。

“不会吧?!”

托尼叹了口气，在这样的雪夜，他总不能这样一走了之吧？

“你怎么了？喝醉了吗？”

正当托尼拍了拍他的肩膀，跟他搭话时，男人突然站起来，晃晃悠悠地跑到路中间。

那里碰巧有警察经过，男人抓住警察的胳膊说：“警……警察，请帮帮我！”

托尼吃了一惊，自己只不过想要帮助他而已，犯得着找警察吗？难道他以为我是假装上前帮忙，实际上想入室行窃吗？

只见那个男人哭着对警察说道：“请管管那个人吧！从刚才开始，他就一直把我拖到三楼，然后再用电梯把我放回一楼。一遍又一遍地重复！他到底想干什么呀？求求他发发善心，让我好好待着吧！”

原作：欧美短篇故事
改编：小林良介

酒的功效

刚过晌午，医生就拿着一张病历卡抱头叹气。

这并不是什么疑难杂症，病人如果谨遵医嘱的话，很快就能病愈出院。但实际上，想一步步地推进治疗，却比想象中困难太多。

“丹尼先生，您还是不想戒酒吗？”

看了看眼前的患者和手里的病历，医生又抛出了相同的问题。结果可想而知。

“不要。酒是我的朋友，你会抛弃自己的朋友吗？”

丹尼一边说着，一边在医生面前打了一个大大的哈欠。

“丹尼先生，您真的不想有任何改变吗？要是再这样下去，恐怕您的肝功能就会彻底受到损害。您多少也为自己的家人和朋友想想，把酒戒掉吧！”

说着，医生把肝脏的片了递给他，希望他能意识到问题的严重性。看来，医生已经转换思路，准备用威胁、恐吓的手段逼他就范。不过，丹尼却觉得十分无聊，匆匆扫了一眼就把它扔在一边。

这位患者为什么始终无法戒酒呢？实际上，酒又被称作“百药之长”，只要不过量饮用的话，对身体还是有好处的，能达到放松身心的效果。

但这位名叫丹尼的患者，却是每喝必醉。他喝酒，完全起不到舒缓身心的作用；而一旦喝不到，他又觉得全身上下都不舒服。

“丹尼先生，舒缓身心和醉酒可完全不是一回事。您实在喝得太多了，一整天都脑子晕乎乎的吧？”

丹尼看着眼前自以为掌握了主动权、有些得意的医生，无奈地耸了耸肩。

“音乐家只有不断聆听各种曲调，才能创造出新作品，我也是一样啊！每喝一杯红酒，就能想到一个工作上的新点子。我能达到今天的成就，可以说都是拜酒所赐。因此，让我对酒叩拜完全没有问题，但让我戒酒确实万万不能。”

丹尼似乎无意再继续聊下去，起身离开了房间。

看着他逐渐远去的背影，医生意识到这次的劝说行动又失败了。

第二天，医生发誓绝对要说服丹尼戒酒。略微思考之后，他觉得自己讲了太多关于酒的负面信息，而丹尼的性格又过于偏执。越否定他喜欢的东西，他就越不可能放弃。

“就这么办！今天我就不提喝酒的坏处了，多跟他说说戒酒的好处！”

医生决定试试这招，紧握双拳给自己打气。于是，他又把丹尼叫到了这个房间。

“早上好啊，丹尼！今天想跟您说一些有趣的事。”

“什么啊？怎么又突然把我叫过来？”丹尼满腹狐疑地皱了皱眉。

“您知道如果戒酒的话，可以省多少钱吗？”

医生一边说着，一边取出计算器。

“假如您每天喝两瓶红酒，每瓶的价格是——”

“大约二百美元。”

“二百美元?!”

医生被如此高昂的价格吓了一跳，接着把数字敲到了计算器上。

“一瓶二百美元，也就是说每成功戒酒一天，您就能省下四百美元。对了，您这么喝酒已经多少年了呢？”

“酒可是我的朋友，它大概陪了我三十年了吧。”

“这就意味着，您每年需要在酒上花费将近十五万美元。而您这辈子已经在酒上投入四百万美元以上了！要是有这些钱的话，您连买下那边的豪宅都绰绰有余了吧。”

医生用余光瞟了一下窗外。那里有一栋相当气派的别墅，宛如城堡一般。庭院相当宽敞，不仅有网球场，还有一个超大型游泳池，在这里举办游泳比赛也没有问题。

丹尼也朝窗外看了看，接着向医生问道：

“医生，你也想住在那样的豪宅里吗？”

“嗯，那当然！”

“你虽然不喝酒，但你不也买不起那样的豪宅吗？我给你个建议吧，不如跟我一样学着喝酒。”

“什么意思？”

丹尼看着有些惊讶的医生，对他说道：“那座豪宅其实就是我家。我就是一边喝酒，一边用攒下来的钱盖起了这座房子。我昨天不是说了嘛，只要一喝酒，我脑子里就能冒出很多新点子。我就靠这个做出了不少新发明呢！”

原作：欧美短篇故事

改编：麻希一树

彩虹的艺术品

“爷爷，您是做什么的啊？”

突然被别人搭话，老爷爷似乎被吓了一跳，眼睛睁得溜圆。

“哎呀，怎么了？你听到我们刚才的对话了吗？”

坐在前面的老爷爷转过身来看着小女孩问道。

离永远野平站还有三十分钟，也许她是觉得太无聊了，才主动搭话的吧。

老爷爷戴着一顶乱蓬蓬的黑帽子，皱皱的灰色大衣上带有一点污迹。不过，他看起来倒是十分温和亲切，似乎是个不错的谈话对象。他的眉毛很浓，微微下垂的小眼睛散发出不可思议的光芒。络腮胡几乎盖住了他的半张脸，偶尔能看到隐藏其中的月牙形的嘴巴。

“小妹妹，你也在永远野平站下车吗？”

“是的，不过外面正下着雨，即使到了也没什么可做的吧。”

“雨很快就会停的，我也在那一站下车。真巧啊，哈哈。”

“那样的话就好了。对了，刚刚的那个人是谁啊？”

“那个人是永远野平镇公所的办事员。据说最近镇子里的人情绪都很低落，所以他才特地把我找来帮帮忙……但我其实没什么兴趣。”

“爷爷，您是做什么的啊？”

“对了，我还没告诉你呢。”

说着，他解开了口袋上的绳子，把手伸了进去，似乎在找些什么。

“啊，找到了！”

老爷爷打开手掌，手心里出现了一只十分可爱的小兔子。仔细一瞧，兔子的身体是用类似玻璃的透明材料做成的，反射着红、黄、绿、紫等迷人的色彩。

“哇，好可爱的小兔子啊。”

“这是用玻璃做成的艺术品。”

小女孩把它放在手心里，眼睛使劲凑上去想要看个清楚。有趣的是，它的表面出乎意料地冰凉。她悄悄地用兔子碰了下自己的嘴唇，那感觉真有意思。无论是用手指触摸，还是贴着脸颊，小女孩一遍又一遍地玩，似乎毫不厌倦。这个只有三厘米长的可爱物件，就像彩虹做成的一样美丽。

“这是用彩虹做成的吗？”小女孩不假思索地问道。

“没错，用彩虹做出艺术品就是我的工作。我可以把彩虹做成各种各样的小动物哦！兔子啊、狐狸啊、小马驹啊，还有海豹等，我都可以赋予它们生命，让它们闪耀出彩虹般的色彩。”

老爷爷在小女孩面前展示了自己满是皱纹的双手，手心手背都让她看了个遍。看着如此好奇的小女孩，他不禁笑出声来，露出了洁白的牙齿。

“您是怎么抓住彩虹的呢？”

“这是个好问题！我可以教你。首先，要准备两面镜子，平时妈妈使用的梳妆镜或小镜子都可以。你得仔细地盯着这面镜子，注意！一定要仔细！接着，你要在镜面上寻找一个小洞。”

“镜子上怎么会有洞呢？”

“哈哈哈，找到洞可不容易。你得慢慢来，花时间把镜子上的每个角落都仔细查看一遍。只要有点耐心，就一定能找得到。找到小洞之后，用喷雾器对着它喷水，记住必须要喷很长时间。就算镜子已经湿了，也千万不要中途停下。再多等一会儿，类似彩虹的东西就会从小洞里慢慢浮现了。这时再拿出另一面镜子，把它放在离刚才那面镜子一定距离的地方。于是，彩虹就会被吸引过去，在两面镜子之间架起一座彩虹桥。刚开始看起来有些摇摇晃晃，不过等一会儿就能变成真正的彩虹了。”

“哇！”

这时，小女孩已经在脑海中幻想出两面镜子之间那条美丽的彩虹了。

“接下来，你可以用剪刀或剃刀把彩虹取下来。

越快越好，一开始它还比较柔软，过一会儿就会变得跟这只兔子一样坚硬了。”

“我也能做到吗？”

“当然了！关键是一定要有耐心。”

“嗯！”

“哎呀，看起来快到站了。说着说着，似乎也来了干劲。这只兔子就送给你吧，你要好好保管啊。”

“谢谢，我太高兴啦！”

“哈哈，看到你这么高兴，说明你和它真的很有缘。作为交换，你能不能把头上的金色发箍送给我呢？”

“啊，这个吗？这就是个随处可见的塑料发箍呀。虽然我也很喜欢，但既然爷爷想要，就送给您吧。”

“哈哈！”

老爷爷放声大笑，月牙形的嘴此时像一轮满月，胡须也跟着微微颤抖起来。

到达永远野平站之后，居然雨也恰好停了。眼前是一片一望无垠的草原，一股凉爽的清风徐徐吹来，好不惬意。

“能认识你真是太高兴了，那我们就此别过啦。”

老爷爷微微往上抬了抬自己的帽子，笑着对小女孩说道，接着便匆忙地离开了。走了一会儿之后，他转过身来，把发箍扔向了东方的天空。

“啊！”

小女孩抬头仰望着天空。

突然，刚刚放晴的天空中出现了一条巨大而美丽的彩虹桥。

红橙黄绿蓝靛紫。

接着，又多出来一个不可思议的颜色，就像闪闪发光的星星散落在地上一样的金色！

小女孩被眼前的美景惊呆了，几乎忘记了呼吸。

她看见了八色的彩虹，第一次，也是唯一一次。

原作：江坂游